Balzac

バルザック
―語りの技法とその進化―

奥田恭士
Yasushi Okuda

朝日出版社

はじめに

I　小説とは何か〜バルザックというステージ

　バルザックにおける「語り」について論じる場合、そこに作家がどのような「現実性」« réalité » と「真実性」« vraisemblance » を巧みに織り込んでいったかが問題となる。

　柏木隆雄は、『ペール・ゴリオ』冒頭でバルザックが「このドラマは作り話（フィクション）でもなければ小説（ロマン）でもない。"すべては真実"なのだ。」[1]と記していることを挙げ、この言葉が「バルザックのいう真実の意味をはっきりと示している」と述べている[2]。バルザックは、小説という表現形式を使って、どのような現実認識をおこなったのだろうか。われわれの問題もまた、そこから出発する。

　実際、バルザックは、文字通り「ありのままに」当時の現実を切り取ってみせたわけではないし、再現しているわけでもない。この作家のリアリティーは、むしろ可塑的で流動的だったとさえ言える。彼が現実をその筆の力で掬い取ろうとしても、なかなか掬いとることはできなかった。彼は呻吟し、校正刷の修正という作業の中で、更に掬い取ろうとする。執拗に書き直し、可能なかぎりそれまでの矛盾を解決しようとして、自分ではうまくいったと思い込んだこともあるが、実際には誤謬や思い違いが少なからず残存していたというのが実態と言える。これがバルザックのありのままの姿なのだ。バルザックにおけるテクスト操作の意識性の問題は、何よりもまずそこから出発しなければならない。

　小説形式の模索が、近代的な意味で本質的展開を見せた19世紀にあって、バルザックの存在はひとつの重要なステージだと言っていい。18世紀は、出版・流通の未成熟さが執筆者そのものに発展的な広がりと同時に制約を与えた。それが、19世紀に入り、執筆者が出版形態の社会性に目を向けざるをえなくなって、執筆

---

(1)　*Le Père Goriot*, *Pl.* III, p.50, « ce drame n'est ni une fiction, ni un roman. *All is true*, (...).»
(2)　柏木隆雄,『ゴリオ爺さん』における「知ること」, 大阪大学大学院文学研究科紀要第42巻, 2002, pp.1-2.

原理そのものが大きな変革期に直面する。バルザックもまたその例外ではなく、初期の新聞雑誌掲載という形態からはじまり、再生産と新規生産との模索というプロセスのなかで、独自の執筆空間を発見していった。その功績は、19世紀的な小説形式がひとつの到達点を示したという点ではなく、小説形式が本来持つ潜在的な能力に対して、バルザックがどのように取り組んだかという点に求めるべきである。19世紀末から20世紀にかけて、リアリティーの概念が変化すると同時に始まった「小説とは何か」という問いは、当然のことながらバルザックを否定することからはじまった。しかし実際には、バルザックを総体として否定する根拠となりえ、乗り越えるべき正確な対象としてのバルザックは限定できなかったと言わなければならない。

　バルザックにおける「語り」の視点を、神という統一的・一元的なものと考えるのではなく、「小さな私」からの変容として捉える必要がある。事実、20世紀において否定の対象となったバルザック的なるものは、実際のバルザックに内包されるその一面でしかなかった。時代の制約とバルザック固有の思考原理が、どのようにその執筆原理に影響していたのかという点について、その一端を垣間見ること、それによって、小説形式に対してバルザックが挑んだ新たな展開点を提出すること、本稿の根底にある問題意識は、まさしくそこにある。

II　執筆のメカニズム〜パッチワークと一人称

　芳川泰久は、『闘う小説家　バルザック』の冒頭で、フランス革命後の出版界の事情に触れ、バルザックが1830年に「フュトン・デ・ジュルノー・ポリティック」に寄稿した「書籍店の現状について」を引用しながら、こう言っている。

> 　そうした知の所有者の空位に、やがて間もなく近代ジャーナリズムが就こうとしている時代であって、バルザックは、そのような時代に書くことを選んだのであり、同時代のだれよりも、そうした変化の意味するものを理解していた。この認識は、バルザックの理解に不可欠である。(中略) バルザックもまた、新たに生じつつあったこの書物制作・流通という利益奪取ゲームに、まさにそのピーク時において参加した一人なのだ[3]。

---

(3) 芳川泰久,『闘う小説家　バルザック』, せりか書房, 1999, pp.10-14.

芳川泰久は、当時の出版システムにおいて、小説が利益を生まず、定期購読料を基礎とする新聞や雑誌という新たな場に、バルザックは、何よりもまず最初に参入したという点を明確に記している。われわれは、バルザックに対するこのような認識から出発する必要があるだろう。1830年から、バルザックは怒濤のような勢いで、その大小を問わず新聞や雑誌に書きまくる。その時のバルザックのスタンスが、ジャーナリストであったことは言うまでもない。

　バルザックが、どれほど生産的な1830年‒1832年期を過ごしたかについては、ロラン・ショレが「ジャーナリスト」の側面に初めて光を当てた著作『ジャーナリスト・バルザック』によって裏付けられる[4]。ショレは掲載された新聞雑誌別にバルザックが寄稿した雑文をリストアップしているが、これを見ると、バルザックは、連日あるいは数日おきに掲載しているのはもちろん、同じ日に2〜4本はざらで、5〜8本という日もあったことが分かる。その勢いは彼がどのようなスタンスで執筆に向かっていたかを如実に物語っていると言えよう[5]。そして、この中に、当然のことながら、本稿で取り上げる数々の初出作品も含まれているのである[6]。

　このような問題意識を背景として、本稿で特に検討したいバルザックの執筆のメカニズムが二つある。ひとつは、テクストの再利用、再生産、パッチワークのメカニズムである。バルザックの置かれた時代的な制約は、純粋な執筆者である

---

(4) Roland Chollet, *Balzac journaliste, le tournant de 1830*, Klincksieck, 1983.
(5) 早水洋太郎が、ショレのリストから、掲載順に並べ替えたリスト（1830年4月‒1832年5月）を作成しているが、これを見れば、その実態は、臨場感を持ってわれわれに迫ってくるだろう。早水洋太郎，「バルザックの新聞記事、掲載順リスト」，新聞人バルザック：「パリ便り」，バルザックと周辺領域における文化史的背景の研究，平成12年度〜平成13年度科学研究費補助金　基盤研究(B)(1)研究成果報告書，pp.15-20．
(6) バルザックが寄稿したジャーナリズム・メディアは、新聞と雑誌に分類しにくいものがいくつかある。このうち、本稿で扱う初出作品掲載定期刊行物としては、まず、「剽窃」を標榜した日刊ではない『ル・ヴォルール』、週間新聞だが「雑誌」と表紙に銘打ち、新聞とは異なる性格を持つ『ラ・モード』、新聞だが雑誌スタイルと考えることもできる『ラ・シルエット』、これに通常は新聞として扱われる『フユトン・デ・ジュルノー・ポリティック』『ラ・プレス』『クロニック・ド・パリ』が加わる。その他は、例えば『ラ・カリカテュール』や『パリ評論』といった、明確に「雑誌」だと考えていいものが大半である。このような点を考慮し、本稿で扱う初出掲載誌の大半が「雑誌」であることから、バルザックが関わったジャーナリスティックな定期刊行物という大きなカテゴリーで括り、これを「雑誌掲載作品群」という名称で統一した。本文中では『ラ・プレス』紙と『クロニック・ド・パリ』紙の表記以外は「誌」とする。

以前に、職業作家が擡頭しつつあった過程で出版業界に付随したさまざまな事情を考慮させずにはおかない。その認識なくしては、バルザックの執筆の原理を考えることはできないだろう。小説というジャンルに分類できない、それ以外のテクストに対して、執筆者自身がまだ明確な意識を持ち得ない時期にあっては、新聞雑誌掲載やあるコンセプトに基づいて一度書かれた過去の生産物について、その一部を再利用しながら、それとは全く異なる状況に同じテクストを再配置することによって、以前とは異なる意味をそのテクストに付随させるという独自の執筆システムを構築していくことができた。この点が第一の課題となる。

もうひとつは、新聞雑誌掲載形態から出発したという状況から、語りの形式として使用した一人称形式が変形していくというメカニズムである。バルザックは、20世紀的な批判対象となった単一視点である神の視座を獲得する以前に、当時の執筆事情のなかで「名前のない一人称」という形態をひとつの簡便な方法として利用するが、本来自己を語るというルソー的なこの方法は、当然のことながら、執筆者の自己表出の手段との混淆を余儀なくされる。その点において、バルザック自身、一人称で語ることによって自己の投影をはかるという利点を理解はしていたが、同時に、それが事実の客観性や語りの真実性に影響を与えるという意味で、小説構成における一人称のデメリットそのものにも目を向け、その模索のなかで、彼独自の執筆原理を発見していったという点が重要である。これによって、バルザックは一人称の語りの持つ意味を大きく変え、第一のメカニズムであるパッチワークの方法がこれと関連しあう形で、語りの外延や語り手の位置づけにおいて、画期的な原理を提出していると言っていい。

この方法は、プロセスにおいて徐々に獲得されたものだったため、混乱やその後の修正においてさまざまな矛盾を現出しているが、その矛盾そのものに彼の執筆のメカニズムが現れており、それらを検討することで、われわれは、その原理がどのようなものであるかを、可能なかぎり生の形で、臨場感のある執筆の現場という形で見ることができるだろう。バルザックは、自分の個人的な「私」から出発し、この方法を使って、より客観的な自己を提出し、語り手である「私」から作品内部の人物を析出することに成功している。そして、それが人物再出法へと展開していく原理となっている点が、特徴と言えるのである。

このふたつのメカニズムは一見分極し相反するもののように見えるが、実際には、彼に特徴的な執筆プロセス、とりわけ、校正に書き込み、修正・増補を重ね、それを繰り返すという執筆原理であり、これは当時の出版事情に照らしてみれば、執筆方法そのものへのひとつの大きな時代的制約であると同時に利点でもあった。

このような背景があってはじめて、バルザックが『人間喜劇』というひとつの全体的世界を獲得していったことの意味が分かる。

バルザックは、書き続けるプロセスにおいて、ようやく人物再出法を発見した。われわれは、その方法が創作世界をひとつの全体に還元するために有効な手段であったという事実だけに目を向けるのではなく、その発見そのものが執筆原理の意味であったという点を忘れてはならない。アプリオリなものではなかったという点で、ゾラとは人物再出法の意味は大きく異なるのである。

III テクストの可塑性〜《テクスト・カードル》と《レシ・ノワイヨ》

バルザックに関する研究は、この作家が生きた時代に始まり、その後年月を経るにつれて、実証的・生成的・テーマ的に深まりを見せており、扱う分野は多岐に渡って層の厚いものとなっていることは言うまでもない。とりわけ、フランス本国におけるテクスト生成の研究は、近年その進捗にめざましいものがあり、本稿でもプレイヤッド版のヴァリアントをはじめとして、個々の作品生成に関する研究書、ステファヌ・ヴァションに代表されるトータルな観点から生成の流れをとらえた研究など、依拠したものが多い。また、ロラン・バルト以降、フランスだけではなくアメリカやカナダにおいてもナラトロジーの分野で画期的なバルザック論が展開されてきた。加えて、霧生和夫など日本が主導的な役割を果たしたデータベースの構築がある[7]。本稿も、これらの研究成果の恩恵にあずかっている。

このような状況の中で、本稿はどのように位置づけられるのか。

第一に、筆者は、テクストの分析を主体とし、そこから現出する矛盾の解決と未解決を、可能なかぎりそのままの形で、バルザックの思考が生み出すものとして提示する方法を取った。物語論の観点から個々の作品を演繹的に解釈することに、本論の意図はない。確かに、バルザックの作品に関する物語分析には参照するべき点が多いのも事実である。これらの成果、例えば、ロラン・バルトの分析やジェラール・ジュネットの構築した理論、またレオ・マゼやピーター・ブルックスなど、「語り」そのものを論じる中でバルザックに言及する諸研究には、多くを負っているが、作品をひとつの確立した総体としてとらえる以前に、本論で

---

(7) http://www.paris-france.org/MUSEES/Balzac/kiriu/concordance.htm

は、多くのバルザック研究の成果であるテクスト生成や実証的な事実を土台として、できるかぎり執筆プロセスからにじみでてくるものを紡ぎ出そうと試みた。

　バルザックの語りに関する考察の多くは、完成されたテクストの構造を扱っており、そこに至る思考のプロセスへの配慮をしばしば欠いている。バルザックのテクストに特徴的な一種の「流動性」を考慮にいれる必要がある。その意味で、《テクスト・カードル》＝「枠となるテクスト」と《レシ・ノワイヨ》＝「核となる物語」の関係[8]に焦点を当て、最終的にバルザックがどのようにテクストの「場」とそこで語られる挿話を位置づけているかを問題とした。

　第二に、生成研究[9]そのものに本論の意図があるのではなく、具体的なテクストの分析を通して作品創造の秘密という瞬間的な描写をおこなうこと、作品を固定したものととらえないこと、未完であったバルザックの構想の発展的な糸をたぐること、そこに本稿の意図がある。バルザックのテクストを可塑的なものとしてとらえ、可能なかぎり執筆時の作者の思考を探るという作業は、これまでに蓄積された研究を基盤としておこなうが、その際、個々のテクストそのものから読み取れる材料に考察を加えていきたい。この意味で、これまでの研究にはないバルザックの思考傾向に関するいくつかの独自の視点が提出できるのではないかと考えている。

　第三に、バルザックの自己表出のメカニズムに焦点を当てる際、18世紀的な視点の確保と新たな展開という観点、分断された会話の連続体による「語り手」の

---

(8)　ピエール・シトロンは、『サラジーヌ』の作品構造を説明する上で、外枠となった部分を「テクスト・カードル」« texte-cadre »、語り手がロッシュフィード侯爵夫人に語るサラジーヌの物語を「レシ・ノワイヨ」« récit-noyau » と名づけた。Pierre Citron, « Interprétation de Sarrasine » in L'Année balzacienne［以下 AB と略記］1972, p.81.この手法は通常「物語の中の物語」« récit dans le récit » と呼ばれるもので、バルザックは、後述するように、『サラジーヌ』『赤い宿屋』『あら皮』を初めとして、少なからぬ作品にこれを用いている。本稿では、《レシ》と《カードル》（または《テクスト・カードル》）という呼び方で簡略化する。

(9)　バルザックに関する精緻な生成研究としては、国内では高山鉄男に始まり、最近では鎌田隆行が成果を挙げている。TAKAYAMA (Tetsuo), Les œuvres romanesques avortées de Balzac (1829-1842), The Keio institute of cultural and linguistic studies, 1966; KAMADA (Takayuki), La stratégie de la composition chez Balzac, Surugadai - Shuppansha, 2006. また、近年進みつつある広義の社会学的なアプローチとしては、博多かおるを挙げたい。HAKATA (Kaoru), Le mot « télégraphe » (« télégraphique »« télégraphiquement ») chez Balzac, Equinoxe No 19, Rinsenbooks, 2001, p.69-p.81; La Rumeur dans l'œuvre de Balzac — Les discours collectifs et l'écriture du romancier —, Études de langue et littérature françaises, 2004, No 84, p.56-p70.

視点の分散という現象、物語を語る文字通りの「語り手」« CONTEUR »としてのバルザックの能力について、とりわけ、バルザックが新聞・雑誌掲載の形で「名前のない私」を使用した時期である1830年を出発点とし、自己表出の形式として一人称の問題を取り上げる。この意味で、人物再出法の問題は、本稿で述べる人物析出の方法と密接な関連を持っている。また、テクスト再利用によるエピソードの意味変換について、物語の増殖と進展という視点からバルザックが意識的にこの方法を採取していることを明らかにしていきたい[10]。

---

(10) 本稿において、作品の引用は、特に注記がないかぎり、プレイヤッド版からとし、各節冒頭の註に *Pl.* と略記した上で、その巻数を記す。本文中には頁だけを指示した。ただし、ひとつの節に複数の巻が混在する場合やプレイヤッド版でも注釈・資料については、略記する *Pl.* のあとに、巻と頁を併せて記した。*La Comédie humaine*, Bibliothèque de la Pléiade, Gallimard, 1976-1981, 12vol. また、プレイヤッド版以外の版を引用する場合は、註および本文に版の略号を付記している。

目　次

はじめに i
 Ⅰ　小説とは何か〜バルザックというステージ i
 Ⅱ　執筆のメカニズム〜パッチワークと一人称 ii
 Ⅲ　テクストの可塑性〜《テクスト・カードル》と《レシ・ノワイヨ》......... v

第1章　『結婚の生理学』と
　　　　1830-1832年雑誌掲載作品群 ──────── 1

第1節　『結婚の生理学』と初期短編群 3
 Ⅰ　初期短編群の概要と《語り手》 3
 Ⅱ　『結婚の生理学』における《レシ》と《語り手》 5
 Ⅲ　命名されなかった「私」〜『二つの夢』『教会』『砂漠の情熱』...... 10
 Ⅳ　「語り」のアリバイ〜『アデュー』 17

第2節　『不老長寿の霊薬』の《語り手》 21
 Ⅰ　父親殺しのテーマ 21
 Ⅱ　どこが修正されたのか？ 23
 Ⅲ　どのように配列されたのか？ 28
 Ⅳ　「語り手」の位置と二つのテーマ 33

第3節　人物再出法適用の痕跡〜『サラジーヌ』の《テクスト・カードル》...... 39
 Ⅰ　《レシ》と《カードル》の均等性 39
 Ⅱ　穢れた金の起源 41
 Ⅲ　問題は何か？ 43
 Ⅳ　フェドラ伯爵夫人とザンビネッラ 46
 Ⅴ　《レシ》から《カードル》へ 50
 Ⅵ　『サラジーヌ』の語り手は誰か？ 52

第4節　「私」とは誰か〜『赤い宿屋』と語り手の階層化 57
 Ⅰ　時間設定の矛盾と両極性 58
 Ⅱ　単純な象嵌構造からテクストの分断へ 61
 Ⅲ　《レシ》に内包された短い描写と語り 64
 Ⅳ　テクスト階層の分析 67

	V　語りにおける契約と物語の感染 ……………………… *71*
	VI　「私」という装置とバルザックの執筆原理 ……………… *74*

第2章　『コント・ブラン』と1832年-1845年の試み
〜《レシ》と《カードル》のパッチワーク ─────── *77*
第1節　『スペイン大公』〜《レシ》の置き換え ……………………… *79*
  I　テクスト再利用の経緯と挿話の区分 ……………………… *80*
  II　『スペイン大公』(1832年版)における挿話の構造 ……… *83*
  III　ヴェルデ版『グランド・ブルテーシュ』(1837年)の問題 … *88*
  IV　1843年『田舎ミューズ』における《テクスト・カードル》…… *94*
第2節　『フランス閑談見本』〜《レシ》の構成 ……………………… *105*
  I　『人間喜劇』から除外された作品 ……………………… *106*
  II　挿話のテーマとその展開 ……………………………… *108*
  III　「語り」の円環構造と連鎖構造 ……………………… *120*
第3節　『続女性研究』〜語り手たちの饗宴 ……………………… *129*
  I　『続女性研究』とは？ ………………………………… *129*
  II　対照的な修正方法 …………………………………… *135*
  III　「グランド・ブルテーシュ」の自立性とその修正 ……… *141*
  IV　「グランド・ブルテーシュ」接続の理由 ………………… *146*

第3章　命名された語り手
〜三人称化への試み ─────────────── *149*
第1節　語り手の確立〜ビアンションの形成 ……………………… *153*
  I　『続女性研究』とビアンション ………………………… *153*
  II　第一の矛盾（人称）…………………………………… *154*
  III　第二の矛盾（記述）…………………………………… *160*
第2節　『女性研究』の「語り手」ビアンション ……………………… *169*
  I　自立したエピソード …………………………………… *169*
  II　作品枠の設定 ………………………………………… *171*
  III　人物像と時間に関する矛盾 …………………………… *173*
  IV　「語り手」の問題 …………………………………… *176*
  V　名前の力 ……………………………………………… *180*

第3節 「語り手」(「私」)の変容 〜『シャベール大佐』 …………… 183
- Ⅰ ブルックスの視点 …………………………………… 185
- Ⅱ ゴデシャルの問題 …………………………………… 186
- Ⅲ 「名前のない最初の語り手」の位置 ………………… 189
- Ⅳ 知り得ない物語〜バルザック的テクスト …………… 191
- Ⅴ 語り手の変更〜「私」からデルヴィルへ …………… 194

第4節 デルヴィル像の成長 〜『ゴプセック』 ………………… 199
- Ⅰ 『ゴプセック』の構成と主題 ………………………… 200
- Ⅱ 『ゴプセック』に関するいくつかの疑問 …………… 202
- Ⅲ 『ゴプセック』生成のプロセスと問題点 …………… 205
- Ⅳ 原型をめぐる二つの矛盾
  〜ファニー・マルヴォーの人物像と現在時制 ……… 207
- Ⅴ 『高利貸』の位置づけ
  〜『ラ・モード』誌とマーム゠ドゥローネ版との関係 ………… 211
- Ⅵ ピエール・バルベリスの見解〜人物像の保証と現在時制 ……… 215
- Ⅶ 語り手の変更〜再び「私」からデルヴィルへ ……… 216

第4章 『海辺の悲劇』と
1834年以降の試み ─────────── 223

第1節 《語り手》の構造化 〜『海辺の悲劇』 ………………… 227
- Ⅰ 『海辺の悲劇』とはどんな作品か？ ………………… 227
- Ⅱ カンブルメールの子殺し …………………………… 230
- Ⅲ 二人の「語り手」 …………………………………… 232
- Ⅳ 「子殺し」の動機と「相続」のテーマ ……………… 236
- Ⅴ 「語り」における「相続の観念」 …………………… 240
- Ⅵ 再び《レシ》から《カードル》へ …………………… 242

第2節 新たな「私」の模索 〜『谷間の百合』『ルイ・ランベール』
『ファチノ・カーネ』『Z・マルカス』 …………………… 245
- Ⅰ 一人称で語ることの「罠」と「仕掛け」〜『谷間の百合』 …… 246
- Ⅱ 作者であるはずの「語り手」〜『ルイ・ランベール』 ………… 250
- Ⅲ 『ファチノ・カーネ』の語り手 ……………………… 255
- Ⅳ 仕掛けられた「私」〜『Z・マルカス』 ……………… 260

第３節　語りの意識化の試み ～『ボエームの王』……………………… *267*
　　Ⅰ　マージナルな佳品 ………………………………………………… *267*
　　Ⅱ　『ボエームの王』の分析～あえて名のらないテクスト ………… *269*
　　Ⅲ　『ボエームの王』の特徴 ………………………………………… *301*

結論にかえて ……………………………………………………………… *307*
　　Ⅰ　「会話体小説」の到達点～『ニュシンゲン銀行』………………… *307*
　　Ⅱ　「象嵌形式」の完成～『オノリーヌ』…………………………… *309*
　　Ⅲ　人物再出法の意味 ………………………………………………… *311*

　　参考文献 ――――――――――――――――――――――― *315*
　　【付表】本論に関係する年表 ―――――――――――――― *323*
　　あとがき ――――――――――――――――――――――― *329*

第 1 章

『結婚の生理学』と1830-1832年雑誌掲載作品群

第1節

『結婚の生理学』と初期短編群

I　初期短編群の概要と《語り手》

　『人間喜劇』中、最も早く書かれた作品は、言うまでもなく1829年刊行の『結婚の生理学』である。この作品で、バルザックはかなり意識的に「作者」« l'auteur » のほか「われわれ」« nous » と「私」« je » を使い分けており、とりわけ具体例を「私」で語ることによって読者の関心を引きつけることに成功していた。この手法をバルザックは明白に意識し、1826年版を増幅する際に一人称の「私」を組織的に用いたという点を、まず第一に指摘しておかなければならない。「私」＝作者というレベル以外のある種の「語り」の戦略がこの作品には込められているからだ。

　『結婚の生理学』で一人称の持つ戦略的機能を全面に出し、作品を書くために何よりもまずバルザックが「語り」において「私」から出発したという現象は、この作品の刊行後、翌1830年から1832年ごろまでに書かれた、かなりの数の新聞雑誌掲載作品を概観することで検証しうるだろう。バルザックはこれらの初出作品で、名前のない「私」が語るという形式を取っているからだ。

　バルザックは1830年以降、後年の『人間喜劇』を形作る基礎的な短編をさまざまな新聞や雑誌に掲載する。（巻末【付表】参照）

　例えば、1830年3月6日『ラ・モード』誌に掲載された『高利貸』は、同年4月13日に『不身持ちの危険』と改題して『私生活情景』所収の作品として刊行されたあと、1832年に二版を経て1835年には『パパ・ゴプセック』（『パリ生活情景』に変更）としてベシェから刊行され、その後1842年にフュルヌ版『ゴプセック』となった。これに、バルザックは更に修正を加え、今日の『ゴプセック』が存在するという経緯である。

　このように、初期短編を原型としてかなり長い期間を経て修正が行われるケースが多い。しかも、改変が大きなものと、ほとんど本質的な修正のないものなど、作品によって修正スパンの長さと連動していたり、あるいは全くしていなかったり、そのプロセスはさまざまである。また、この時期にすべてが集中しているわけではなく、『人間喜劇』の構想が一定の方向に定まったあと初めて書かれたも

のでも、その後の修正に見るべき重要な改変がある場合もあるし、人物再出法を適用しはじめたのと同じ時期に構想された作品で、最後まで「語り手」の問題を解決できない例も少なくない。そこで本節においては、まず、いくつかのカテゴリーに分けながら短編群を概観しておく。

第一に、初出が1830年の新聞雑誌掲載短編群としては、後に『ゴプセック』となる『高利貸』、同名のままだがその後「語り手」に重要な修正の見られる『女性研究』、『哲学的研究』中の長編『カトリーヌ・ド・メディシス』の第3部として組み入れられることになる『二つの夢』、同名のままで「語り手」に論点のある『アデュー』、後に『フランドルのイエス・キリスト』という短編を加え、アマルガムとして融合させた同名タイトルの作品後半を構成する『教会』の原型（『ゼロ』と『石のダンス』）が、それぞれ上梓される。また、後に作品の中間部を「読者へ」という「緒言」に書き換えた初出から同じタイトルの『不老長寿の霊薬』、原型『最後のナポレオン』を初出とし、間もなく『放蕩』を加えて『あら皮』の本体を構成する『ある詩人の自殺』、初出から同じタイトルで《カードル》と《語り手》に争点を持つ『サラジーヌ』、語り手と「語り相手」にさまざまな疑問の残る『砂漠の情熱』が、初出としてこの年に姿を見せており、翌1831年には、本章第4節で取り上げる『赤い宿屋』が、人物再出法を適用される前の形で雑誌掲載となった。これら1830年初出の短編群を第1章では取り上げ、章の締めくくりとして1831年初出の『赤い宿屋』を対象としたい。（『高利貸』『女性研究』は第3章で扱う）

第二に、1831年末『アルティスト』誌に一部掲載を見たあと、1832年に刊行された共作短編集『コント・ブラン』を出発点とする《レシ》の再利用の問題を、主として『グランド・ブルテーシュあるいは三つの復讐』（ヴェルデ版1837年）を経て『田舎ミューズ』に至る挿話の配置換えと、初出が『ことづて』とともに『ル・コンセイユ』という二挿話だけから構成される短編に発し、いったんヴェルデ版を経たあと分離されて別系列の『続女性研究』へと接続される「グランド・ブルテーシュ」の複雑な位置づけ、それに『コント・ブラン』冒頭の短編『11時と真夜中の間の会話』の挿話群をもとに一度『人間喜劇』に組み入れられるが最終的には除外された『フランス閑談見本』という作品について、第2章では、《レシ》と《カードル》の関係に焦点を当てる。

第三に、1834年以降のひとつの試みとして、一人称であった「語り手」に名前を与えるという方向、すなわち語り手の三人称化の問題を第3章では取り上げる。「語り手」（「私」）が名前を与えられる軸として、『人間喜劇』形成に大きな役割

を果たしたと一般に考えられているビアンションに、この視点からこれまで扱われることの少なかったデルヴィルを加え、とりわけ顕著な例を検討する。まずビアンションと関連し、第2章でも言及した『続女性研究』と第1章で触れていなかった『女性研究』を併せて、考察する。また、1830年初出の短編群のうち、第1章で扱わなかった『不身持ちの危険』を経て『ゴプセック』となる『高利貸』については、ビアンションとともに三人称化の焦点のひとつであるデルヴィルという観点から、1832年初出で『二人の夫を持つ侯爵夫人』を経て『シャベール大佐』となる『示談』とともに論じる。

　第四に、バルザックが1834年以降新たに模索した試みとして、1834年にカンブルメールの《レシ》だけが掲載されたあと、《カードル》を含めて作品化され、『父の裁き』というタイトル変更を経たのち、『海辺の悲劇』となる作品について、第4章で取り上げたい。「語り手」(「私」)が巧みに構造化されているこの短編は、「書簡」を利用するという新たな試みと言える。これと関連し、『人間喜劇』の構想が生まれつつあった1835-1836年期において、バルザックが「私」で語ることにどんな意味を見出したかを、これまで自伝的と見なされてきた『谷間の百合』で検討する。また、初出が1832年で、のちに『哲学的研究』の重要な一編となる『ルイ・ランベール』、1836年と初出が遅い作品であるにもかかわらず、「語り手」(「私」)に新たな問題を生じさせている『ファチノ・カーネ』、1840年初出で、いったん『ある野心家の死』とタイトルを変えてフュルヌ版に至る『Z・マルカス』について、自伝的な「語り手」(「私」)の観点から論じる。最後に、1840年に初めて姿を現わす『クロディーヌの気紛れ』が、版の異同を経て最終的には『ボエームの王』となる作品について、バルザックが意識的なテクスト操作をおこなったという視点から、そのひとつの成果としての位置づけを明らかにしたい。

　本稿は、以上の概観のとおり、問題点をカテゴリーに分けて論じていくが、最後に、それまでに論及してきた《会話体形式》のひとつの到達点として、1838年の『ニュシンゲン銀行』、また、《象嵌形式》のひとつの成果として、1843年の『オノリーヌ』についても、簡単に触れ、巻末の付表に提示した作品群全体の考察を完了するつもりである。

Ⅱ　『結婚の生理学』における《レシ》と《語り手》

(1)「私」で語ることの意識

　一人称代名詞に対するバルザックの意識的な位置づけは、『人間喜劇』の起点

とも言える『結婚の生理学』に、つとに現われている。
　例えば、本論冒頭の「第一部　総論　考察Ⅰ　主題」(*Pl.* XI, p. 911~)からすでに、一人称単数の「私」と一人称複数の「われわれ」を軽妙に使い分けているし、「第二部　内外の防衛手段について」では、とりわけ「考察XVII　ベッドの理論」(*Pl.* XI, p.1060~)において、具体的な場面に読者を引き入れる目的で、会議の記録係としての「語り手」が一人称単数の形で語りはじめ、会議が終わると、「われわれ」「著者」「あなた（たち）」を混在させながらも「われわれ」を基調として論述し、逸話の部分になるとまた一人称単数の「私」を登場させるなど、一見すると人称代名詞が無秩序に混在して出てくるように感じられるが、実際にはバルザックがテクストレベルでの差異化を意識的におこなっていることが、容易に読み取れる。
　バルザックが明確に「語り」の立脚点を意識していたと思われる根拠として、「序説」末尾を飾る『味覚の生理学』（ブリア＝サヴァラン）からの引用を挙げておきたい。

　　　一人称単数で「私」と書いたり話したりしたときは、読者との打ちとけた話を前提としていて、読者は調べたり、討論したり、疑ったり、ときには笑ったりもできる。しかし、かの畏れおおい一人称複数の「われわれ」で身を守ったときには、はっきりと申し上げておくが、読者はこれに従わなければならない。（ブリア＝サヴァラン、『味覚の生理学』序文）(*Pl.* XI, p. 912)

　バルザックは、『結婚の生理学』を書き起こすに際して、主語人称代名詞の役割区分をブリア＝サヴァランにならい、十分に意識していたことが上の引用から読み取れる。つまり、一人称単数を用いたときと一人称複数を用いたときでは、筆者の立場は大きく異なるということをあらかじめ読者に明言しているのである。
　更には、一人称単数の機能的な側面もはっきりと理解していることが以下の記述から分かる。

　　　事柄はとても重要なので、筆者は一貫してそれを《逸話化する》ように心がけた。というのも、今日、教訓には欠かせないもの、あらゆる本を退屈さから救う眠気覚しこそ、逸話だからだ。(*Pl.* XI, pp. 911-912)

　この《逸話化する》(anecdoter) という言葉がバルザックのネオロジズムである

ことはプレイヤッド版の校訂者も指摘するところだが、この表現が端的に示すように、『結婚の生理学』において読者を飽きさせない逸話という手段は、「私」という主語人称代名詞を使うことでよりいっそう効果を発揮すること、一人称単数の語りには読者に楽しんでもらうという機能的側面が存在する点を、バルザックがはっきりと理解していることが分かる。これは、1826年版を改訂する際、エピソード群を組織的に増幅させるために用いた手法のひとつであったことは言うまでもない。

このように、『人間喜劇』の初期段階から、「私」の機能に対する意識がバルザックにははっきりとあったことが確認できる。『結婚の生理学』に「《私》の組織的な隠蔽」[1]を見るピエール・バルベリス、バルザックが「代弁者なしに話している」[2]とするペール・ニクログの見解は、その戦略的側面に十分注意を払うことをうながしていると言えるだろう[3]。従って、この観点から『結婚の生理学』全体を分析することによって、バルザックの「語り」と一人称との関連を明確化する研究が想定されるが、これは本稿の枠をはみ出す大きな課題であり、ここでは詳細な分析はおこなわない。

実際、『結婚の生理学』については、これまでの研究を総合的に俯瞰した上で道宗照夫がすでに詳細に論じているし、それと全く異なった視点から、近年とりわけエリック・ボルダスなどがこの作品に関心を強めており、その方面の進展がすでに予想される課題である。ここでは、本稿との関連から避けて通れないものだけに限定し、簡単な指摘にとどめておく[4]。

(2) 挿話の自立と発言の分断

『結婚の生理学』において、本稿と関連するのは、挿話の果たす役割についてである。第2章で詳細に検討することになるが、バルザックが挿話を活用してテクストを増幅させる場合、そこには二つの傾向が見られる。ひとつは、挿話自体が

---

(1) Pierre Barbéris, *Le Monde de Balzac*, Arthaud, 1973, p.71.
(2) Per Nykrog, *La Pensée de Balzac dans la Comédie humaine*, Esquisse de quelques concepts-clés, Copenhague, 1965, p.33.
(3) *Pl.* XI, p.1774-1775.
(4) 道宗照夫, バルザック『人間喜劇』研究 (一), 風間書房, 2001; 佐久間隆, バルザック『結婚の生理学』における文学的コミュニケーション, 日本フランス語フランス文学研究, No85-86, 2005, pp. 232-243; Eric Bordas, « Au commencement était l'impossible (la *Physiologie du mariage*) », *Balzac ou la tentation de l'impossibles*, SEDES, 1998.

本来自立しており、その挿話に存在する夾雑物を排除し一層の自立化をはかる傾向である。結果として排除され削除された断片が別のテクストに再利用されることで、そのテクストが発展的契機を与えられた例を「サン＝ピエール＝デ＝コール」という挿話の断片について考察することになるだろう。もうひとつは、挿話を分割し、当該の挿話に対する別の人物による発言を頻繁に挿入することによって、テクストを挿話というよりも発言の連続体に変えていく傾向である。バルザックにはプルーストがコメディー・フランセーズの「際物劇」や「儀典劇」と形容した一種「語り手たちの饗宴」とでも呼びうる《会話体形式》に対する強い嗜好が存在した[5]。これについても第2章で、『続女性研究』の前半部分について分析することになるだろう。

　ここでは、このような二つの傾向が、『結婚の生理学』においても、すでに顕著に見られる特徴であった点を確認するにとどめたい。

　第一に、『結婚の生理学』には、それだけでひとつの挿話をなし、再利用できる自立したエピソードがすでに数多く存在している。その中でも、この分析的研究の「序説」冒頭から語られるガン（ゲント）の貴婦人のエピソードはきわめて印象的だ。

　『結婚の生理学』の「著者」が、「結婚」とは何であるかを説くにあたり、「読者」に対する例示として、「パリのサロン」で聞いたひとつの「逸話」を物語る。それは、ある男性のひとりが「墓場から響いてくるような声」で語ったエピソード (*Pl.* XI, pp.907-908) であった。

　ガンで起こったとされるひとつの事件。十年前に夫を亡くしてからは未亡人で通した、ある貴婦人が臨終の床についていた。その遺産を狙う三人の近親者は、ヴァン・オストロアン伯爵夫人が慈善事業に財産を寄付することを恐れて寝ずの番をしている。そのとき、暖炉の燃えさしが跳ねる音を聞いた病人が、急に起き上がり、燃えさしの転がる床を凝視した。近親者たちは仰天する。やがて、三人はおばの財産が彼女のじっと見つめていた床の下にあるに違いないと踏んだ。夫人が息を引き取ると、三人は職人が床の羽目板をはずすのを、興奮しながらも固唾を飲んで見守る。「あった！」と叫ぶ相続人たち。しかし、職人の打ち振る鑿の勢いで飛び出したものは、人間の首だった。包んであった衣服の切れ端から、それが、ジャワで異邦の死を遂げたと夫人がひどく嘆き悲しんでいた伯爵その人の

---

(5) Marcel Proust, *Contre Sainte-Beuve*, Editions Gallimard,1971, Bibliothèque de la Pléiade, pp.285-286.

首であると分かったのである。

　プレイヤッド版を校訂したアルレット・ミシェルは、この「逸話」の源泉は特定できないと記している[6]。しかし、本稿第2章で検討するように、この挿話が、本質的に「グランド・ブルテーシュ」そのものであり、とりわけ、『田舎ミューズ』の原型『グランド・ブルテーシュあるいは三つの復讐』において「グランド・ブルテーシュ」の挿話中に存在し、その後挿話から削除されて『田舎ミューズ』の三挿話のあとにクラニーの語る実話として紹介される「サン＝ピエール＝デ＝コール」に酷似していることが分かる。このように、バルザックがかなり早い時期から《逸話》の名手であったことは認識しておかなければならない。

　道宗照夫は先に挙げた『結婚の生理学』の詳細な論考の中で、バルザックの青年期の作品に存在した家族内での犯罪の例をあげて、この種の逸話が新規なものではないとし、また、遺産相続を画策する相続人のテーマについても、後年の『ユルシュール・ミルエ』につながる先駆的な例と述べている[7]。

　この冒頭第一の逸話は、『結婚の生理学』にとって象徴的な意味合いを持つことは疑いえないことであり、この作品は、このような多数の逸話によって巧みに織りなされている。このことは、『人間喜劇』のテクスト構築以前から、バルザックがいかに逸話を語るのにすぐれていたかを表すだけではなく、逸話ないし挿話の持つ独立性を執筆技術の上でつとに意識していたことを示している。

　『結婚の生理学』は、考察の途中で唐突に現われる短い発言や会話、逸話が荘重にはじまったかと思うと、すぐに発言が飛び交い中断される場面描写はもちろん、定理条項やアフォリズムが随所に鏤められ、短編小説の構造に近い逸話から、前後のコンテクストと一見結びつきにくいように見える逸話の断片など、実にヴァリエーション豊かなテクストから出来上がっている。テクストの中断や分断の例には事欠かない作品であり、「私」を基調として、これ自体がひとつの大きな《会話体形式》だと言っても過言ではない。このような「私」を含めた一種の発言の連続という形式に、バルザックが『結婚の生理学』の時点で、すでに強い関心を持って取り組んだことが分かる[8]。

---

(6)　*Pl.* XI, pp.1769-1770 (p.908 の註2).
(7)　道宗照夫，前掲書，pp.302-303.
(8)　道宗照夫は、『結婚の生理学』の特徴のひとつとして、挿話が「多様性に富んでいること」を挙げ、「長さの点でも長短あり、自伝的要素と結びついた例で、年代が確定されていて具体性を感じさせるものや年代は必ずしも明示されていないものもあるほか、より一般的、抽象的表現形態をとっている例などもある。」としている。道宗照夫，前掲書，pp.404-405; p.361.

これは、『結婚の生理学』だけではなく、その後の新聞雑誌掲載記事や素描などにも見られる傾向である。例えば、道宗照夫も例に挙げ、モーリス・バルデーシュが『女性研究』を過小評価する際にその「ひとつの素描」と呼んだ『手袋による風俗研究』も、例外ではない[9]。

　この小品は、1830年1月7日、『ラ・シルエット』誌に掲載された、物語の断片ともいうべき一文である。

　「語り手」は「われわれ」という主語を使用し、ド・C***侯爵夫人の「すばらしい夜会」に姿を現わさなかったド・S***公爵夫人を気遣って、翌日公爵夫人のこじんまりとはしているが心の通い合うサロンに集まった。弾まない会話にやがて夜の疲れを感じはじめたとき、偶然発せられた手袋についての話題をきっかけに、座は活気づく。こういった短い《カードル》のあと、会話が続く。

　確かに、のちの『女性研究』を思わせるサロンの場が提供され、特に作品末尾に出てくる「胃炎」《gastrite》という言葉は、『女性研究』の最後でも、リストメール侯爵の口を借りて発せられる。それにもかかわらず、この断片作品は、『女性研究』の作品構成とは全く異なっており、むしろ、執筆当初から逸話の非自立性が顕著であった。厳密に言うと、第2章で分析する『続女性研究』の本体部分と同じ執筆形態、すなわち、逸話の総体を提示するのではなく、発言の連続体によって構成されるという形式を取っている。さきほども述べたバルザックのもうひとつの傾向を示す初期の例示である。最初から最後まで、まとまったエピソードは語られず、手袋をめぐる発言の連続から構成されているからだ。この点も含め、『女性研究』の構成と語りについては、後述することになるだろう。

Ⅲ　命名されなかった「私」～『二つの夢』『教会』『砂漠の情熱』

　1830-1832年期の新聞雑誌掲載作品には、名前のない「私」で語られるものが少なくない。その語りの利点を、バルザックは十分意識していた。のちに『人間喜劇』の構想が形成されるにともなって、これらの「語り手」たちには作中人物の名前がつけられていく。しかし、最後まで「私」という主体が、命名されないまま残されたものが少なからず存在することも確かだ。いわば「不思議な語り手」とでも言うべき、名づけられなかった「私」である。これら規定されなかった

---

(9) *La Comédie humaine*, Bibliophiles de l'originale, 1967, t. XXV, pp.345-348. この版については *BO.* と略記する。

「私」のうち、ここではまず、『二つの夢』、『教会』、『砂漠の情熱』という三つの作品を見ておこう。

(1) 作者であるはずのない「私」〜『二つの夢』

　最終的に『カトリーヌ・ド・メディシス』第三部を形成することになる『二つの夢』という短編は、『ラ・モード』誌（1830年5月8日）掲載と、その初出は早い。同年12月に『両世界評論』誌に再録、翌1831年3月15日に『ル・ヴォルール』誌に再々録されたあと、初版である1831年のゴスラン版、次いでヴェルデ版〔所収の巻はデロワ・エ・ルクー〕（1837年）、スヴラン版（1842-44年）、フュルヌ版（1846年）という経緯をたどり、現在に至っている。

　時は1786年8月。当時パリで収税財務官として盛名を馳せていた海軍経理官ボダール・ド・サン・ジャムの夫人が開くサロンでのこと。「語り手」である「私」は、「身分称号の点にかなりこだわる財務官夫人のサロンに、ひどく身分が卑しいと思われる二人の新来の客を見つけて」驚きを隠せない[10]。そこで、「語り手」の関心が、この二人の人物に向けられるところから、物語ははじまる。「どうしてあなたはそんな手合いを受け入れたんです？」(Pl. XI, p.444) という語り手の懐疑に対して、一人は外科医、もう一人は弁護士であることを夫人は明かすが、名前は与えられない。サロンにいた人物たちについて出てくる有名な名前は、ボーマルシェとラヴォワジェの二人である。やがて、サロンを《カードル》とする短編の例にもれず、真夜中を過ぎた頃、挿話が語られるという運びとなった。

　弁護士が「私だって、カトリーヌ・ド・メディシスと話をしたんですよ。」(Pl. XI, p.447) と発言するところから、簡単な挿話が語られる。カトリーヌ・ド・メディシスと弁護士との対話は、その名を冠せられた長編小説の最後を飾るにふさわしく、それがフランス革命前夜の1786年であることによって、一層重みのあるものとなっている。

　半ば泥酔状態の外科医が「私も夢を見ました」(Pl. XI, p.454) と発言するのはこのときである。彼が見たのは民衆の夢だった。それも、外科手術を施した患者の太ももの中に、である。不思議な感覚に襲われた「私」が、サロンの引ける最後の場面で聞いたのは、「ロベスピエールさん、申し訳ありませんが、マラーさんを送ってさしあげてね。」(Pl. XI, p.457) という財務官夫人の言葉だった。物語は

---

[10] Pl. XI, p.444.

語り手の感想を記すことなく、そこで終わっている。

　フランス革命にその名を刻む主要な二人の人物が、まだ無名の革命前夜、とあるサロンに会し、その予兆とでも言うべき短い挿話を語るという設定は、それだけで十分ドラマティックと言える。名前が最後まで明かされないのは、意識的な手法である。

　このドラマに、語り手である「私」が立ち会うわけだが、この初出短編では、「語り手」が誰であるかはまだ問題とはならない。しかし、場面に立ち会い、介入し、自由に発言するこの人物は、本稿で取り上げる「私」の機能を考える上で興味深いと言える。なぜなら、『二つの夢』を語る主体は、明らかに作者バルザックではないからだ。そこには物語に登場する架空の人物を十分に想像させるだけのものがある。

　この作品は、「私」の性格づけにおいて、初出からほとんど変わっていない。つまり、この語り手は、「私」以外の何ものでもなく、「私」以外のいかなる情報も与えられないまま、現在も『人間喜劇』所収となっている。『二つの夢』が書かれた時点で、バルザックは「語り手」が作者ではありえないことをどの程度意識していただろうか。他の短編群と関連して具体的な作品の人物が脳裡にめぐるのは、おそらく、もっとあとのことだ。

　実際、この作品の「語り手」（「私」）は、1786年に生存し、若きロベスピエールとマラーに立ち会うわけで、それが作者バルザックでないことは明白である。また、「私」がボーマルシェやラヴォワジェと知り合いであると書かれている点からも、作者とはとうてい言いがたい。更には、後述するような形で、いくつかの「私」に見られる人物再出法適用の痕跡も全く認められない。バルザックは、『ラ・モード』誌から最終の版まで変わらず「私」のままとし、あえて名づけようとしなかった。

　このテクストは、雑誌掲載のときはまだ『カトリーヌ・ド・メディシス』の一部を構成するものとは考えられていない。従って、その時点では当時流行した幻想的コントあるいは寓話的なコントの色彩を意識して書かれたと考えていいだろう。このような初出テクストは『二つの夢』以外にも後述する『サラジーヌ』などに見られるが、これら二つの作品が「語り手」を特定しないまま『人間喜劇』に残った理由のひとつとして、この寓話的な側面が当初あったことは留意すべき点である。

　バルザックは、『二つの夢』で歴史を縦断し超越する一個の「語り手」として、名前のない「私」を使った。しかし、作品を書いている「私」が、明らかに「作

者ではない」という初出テクストの前提条件が、その後、再利用する際に、作品を拘束し「語り手」の命名を躊躇させたと考えられる。この短編は『カトリーヌ・ド・メディシス』という大作において象徴的な役割を担わされることになるが、今述べた状況から「語り手」は作者ではありえず、そのため『哲学的研究』に見合う補足的なエピソードとして挿入されるに至ったのだと理解できる。このため、バルザックはあえて「私」の規定をおこなわず、『サラジーヌ』と同じように不思議な「語り手」として、『人間喜劇』に残すこととなったのである。

　ロラン・ショレは、『ジャーナリスト・バルザック』の中で、「《レシ》全体を架空の語り手に帰することでその足跡を消しおおせている」[11]と述べている。更には、『両世界評論』誌に『二つの夢』が採録されたとき、タイトルが『夜食、幻想的コント』となっていた点をあげ、1830年の『ラ・モード』誌において、この作品がひとつのコントにすぎなかった証左とした[12]。これらの見解は、『二つの夢』がまだ、『カトリーヌ・ド・メディシス』という『哲学的研究』に大きな位置をしめる歴史小説の枠には入っていなかったことを物語る事例と言えよう。

　もうひとつ重要な点がある。この作品に『夜食、幻想的コント』というタイトルが一時的にでもつけられていたことから、サロンを《カードル》とするひとつの会話体（＝発言の連続体）を意識して書かれていたことが分かるからだ。この意味で、《カードル》をより大きな《カードル》の中に組み入れるというバルザックに特徴的な操作が、この作品のプロセスには見出せる。これは、第2章で扱う問題と密接な関係を持つことがらとなる[13]。

(2) 名づけられなかった「私」～『教会』『砂漠の情熱』

　現行の版では『フランドルのイエス・キリスト』の後半部にすぎない『教会』という小品は、1830年10月3日『ラ・シルエット』誌に掲載された『幻想的コント』所収の『ゼロ』と、同年12月9日『ラ・カリカチュール』誌に掲載された『石の踊り』とを統合する形で、1831年9月刊行の『哲学的小説集』（ゴスラン版）に初めて登場した。生成プロセスの上では、現在の『フランドルのイエス・

---

(11) Roland Chollet, *op. cit.*, p.263.
(12) *ibid.*, pp.264-265.
(13) *ibid.*, p.270. ロラン・ショレは、「会話体小説」« roman-conversation » として、『ニュシンゲン銀行』『知られざる殉教者たち』『続女性研究』『11時と真夜中の間の会話』などを挙げている。

キリスト』前半を構成する初出から同名の『フランドルのイエス・キリスト』とは、別個に掲載されたということになる。これはヴェルデ版（1836年）でも別個のままであり、フュルヌ版（1845年）に至ってはじめて『フランドルのイエス・キリスト』という総タイトルのもとに統合され、『教会』は、その後半部分をなしている[14]。このような経緯から、ロラン・ショレも記すように、『教会』それ自体がすでに「混種テクスト」に他ならない[15]。

『教会』の「語り手」も、初期から名前のない「私」であり、最終的に名前を与えられなかった不思議な「私」のひとつである。「語り手」（「私」）は、トゥールのサン＝ガシアン教会の伽藍において夢想とも言える体験をするが、この人物が作者自身であるかどうかは定かではない。先ほど述べた『二つの夢』が明らかに作者ではないのとは異なり、この語り手は作者とも取れるという意味で、性格を異にすると言える。

『フランドルのイエス・キリスト』には、もともとアマルガムによる不自然さが残っていた。後半の『教会』では「私」が実際に体験した話となっているのに対して、前半は三人称形式で、「私」は全く出てこず、構成上異質な感じがあるからだ。このような「アマルガム」の形態は、たとえば『続女性研究』に「グランド・ブルテーシュ」が接続されるという事例や、「私」は出てこないが『実業家』のアマルガムの問題とも関連して、バルザックにおける挿話利用の方法を知る上で考慮すべき対象と言えるだろう。

また、後述するように、後期の作品に登場する名前のない「私」、例えば『ファチノ・カーネ』の語り手とも密接な関連がある。このように、「私」という主体が作者であるのか、ある程度登場人物を想定しているのかが判然としない作品のひとつに数えられる。

『砂漠の情熱』は、1830年12月24日『パリ評論』誌に掲載され、その後1837年ヴェルデ版『哲学的研究』所収の作品として配置されるが、1845年のクレンドフスキ版を経て、1846年にフュルヌ版刊行時は、『ふくろう党』とともに『風俗研究』中の『軍隊生活情景』に収められた。

最終的に命名されなかった「私」と人物再出法との関連の上で、『砂漠の情熱』の語り手も、前二作品とは、また違った側面を見せている。まず、「私」はある

---

(14) 私市保彦，バルザック「教会」―宗教の死と再生の夢，武蔵大学人文学会雑誌，Vol.12, No.4, 武蔵大学人文学会, 1981, pp.25-94; *Pl.* X, pp.1353-1357.

(15) Roland Chollet, *op. cit.*, p.397, 註31.

人物から物語を聞き、それを語り相手の女性に「伝える」(「書く」と「話す」) という設定だが、「私」も女性も名前が与えられていない。しかも、初出の『パリ評論』誌 (1830年) から、「私」も女性も存在した。作品冒頭で、「彼は私に自分の話をしてくれました。それで、"よくあることさ！"と彼が叫んだのはもっともだったと、得心がいったのです。」(Pl. VIII, p.1220) という「私」の言葉のあと、語りの前提として提示されるのは、以下のようなものだった。

> 自宅に戻ると、彼女は溢れんばかりの媚びや約束を見せてくれたものですから、私はとうとう兵士の打ち明け話を彼女のために書いてあげることに同意しました。こうして、翌日、彼女は『エジプトのフランス人たち』というタイトルが付けられそうな一編の叙事詩中のこの挿話を受け取ったのです。(16)

ロラン・ショレは、『砂漠の情熱』の「語り相手」« narrataire » に関してコメントする際、この語り出しの部分について、『サラジーヌ』にも見られる語りの契約性を問題としている。「媚び」« agaceries » と「約束」« promesses » という表現が明らかに物語との交換条件を示しているからだ。これは、ロラン・バルトが『S/Z』で、『サラジーヌ』の特徴としてはじめて指摘したことがらである。

問題なのは、この二つのキーワードがクレンドフスキ版以降で加筆されたことだ。従って、初出および1837年のヴェルデ版では、『サラジーヌ』との親近性は明確化されていない(17)。クレンドフスキ版では「翌日、彼女が受け取ったのは以下のようなものだった：第三章『砂漠』 その頃」と章立てへと移行するように続いていたが、ヴェルデ版では、女性は「まあ！私にお話してください！」と言っており、「語り手」はのちの設定とは異なって、積極的に喜んで話すという形だった。その際、語りの前提として、兵士の言葉使いを自分流に変形するという条件をつけた。

『砂漠の情熱』の《レシ》は、ヴェルデ版までは口頭で「語られた」のに対して、クレンドフスキ版以降では、名前のない「私」が、「語り相手」の女性の懇願に負けて「書いた」とする設定になっている。

《レシ》の等価価値や交換条件など、語りの契約性が、『サラジーヌ』だけに偶然生じた現象ではなく、『砂漠の情熱』の修正プロセスにも伺えるという点は、

---

(16) Pl. VIII, p.1220; p.1841. variante-c. 以上の表現はフュルヌ版 (1845-46) からの加筆。
(17) Roland Chollet, op. cit., pp.573-574.

ロラン・バルトがいかにバルザックをよく知っていたかを物語る好例だが、その点を補足する意味で、もうひとつの加筆に言及しておきたい。

バルザックは、1845年にクレンドフスキ版として『三人の恋人』(『モデスト・ミニョン』のオリジナル)と同じ巻に、この作品を9章に分けて入れた。章の細分化はクレンドフスキ版に共通の特徴だが、問題なのは、現在の版で物語が終わったあとの「私」と女性の会話は、クレンドフスキ版からの加筆という点だ。ここで注意すべきなのは、初出およびヴェルデ版では、砂漠を背景とする一兵士と牝豹との愛情の物語が「語られていた」のに対して、それをクレンドフスキ版で「書かれた」ものと修正すると同時に、それまで作品冒頭にしか登場しなかった「語り相手」を、わざわざ末尾付近で再び登場させ、その女性の発言を加筆するという奇妙な現象が起こっていることである。この加筆によって、冒頭で設定した状況が、それまでの版と同じように「語られた」場合と同じになってしまった。

「ところで」と彼女は私に言いました。「あなたが獣を好意的に扱われる次第は読みました。でも、これほど親密になってお互いを理解し合えたのに、二人は、どうやって破局を迎えたのでしょうか？」[18]

ここから「では、お話を最後までしてくださいな」(Pl. VIII, p.1232) までは、クレンドフスキ版で初めて出てくる。つまり、物語の結末は書かれたのではなく、「語られた」ことになっているのである。

この加筆から作品の最後までの部分について、プレイヤッド版の校訂者は、『金色の眼の娘』と類似した表現と結末を指摘し、この加筆が、『金色の眼の娘』との連係を意識したうえでおこなわれたと述べている[19]。この観点に立てば、『砂漠の情熱』についても、修正段階で人物再出法を適用する余地が十分にあったのではないかと推測できる。

実際、プレイヤッド版の校訂者は、語り手である「私」には作者が隠蔽されている可能性を指摘しながらも、語り相手に人物再出法を適用しなかった点について、疑問を投げかけている。「私」も語り相手も初出から登場し、二人の会話ははじめから書かれており、若干の削除がある程度である。『金色の眼の娘』との

---

(18) Pl. VIII, p.1231; p.1844. variante-a.
(19) ibid., p.1841, 註1,2,3,4.

関連がバルザックの脳裏にあった可能性を仮定すると、執筆時点でバルザックが、「私」を『金色の眼の娘』の主人公アンリ・ド・マルセーだと想定していた可能性もないとは言い切れない。この意味では、『二つの夢』や『フランドルのイエス・キリスト』よりも、後述する人物再出法および作中人物の命名という問題と関連が深いと思われる。

IV 「語り」のアリバイ～『アデュー』

　初期短編群には、相続や父親殺し、穢れた財産の起源など、その後『人間喜劇』において重要な位置を占めるテーマが登場する。第2節、第3節で扱う『不老長寿の霊薬』と『サラジーヌ』、最後の節で取り上げる『赤い宿屋』に、そのことは十分反映されている。その意味で、この時期、『エル・ヴェルデュゴ』における家族殺し（プレイヤッド版校訂者は父親殺しとして『不老長寿の霊薬』との関連を指摘している）とともに登場する死の影という点で、1830年初出の『アデュー』にも触れておきたい。この作品は、「語り」を問題にする場合、バルザックが配慮した「アリバイ」について、さまざまなヒントを与えてくれるからだ。

(1) 語りの前提

　この作品は、1830年5月15日と6月5日の二回に分けて、『ラ・モード』誌に掲載されたのが初出だが、人物再出法の適用がなく、語り手の問題をいろいろと含んでいる。

　初出のタイトルは、『兵士達の思い出／アデュー』となっており、5月15日に第一部「ボン＝ゾム」、6月5日に第二部「ベレジナ渡河」と第三部「回復」が掲載された。これは、前号の5月8日『ラ・モード』誌に掲載された『エル・ヴェルデュゴ』と共通の主題を持つと考えられる。この作品は、1832年『私生活情景』第二版（マーム版）では、『妻の義務』とタイトルを変え、1834年ヴェルデ版では『哲学的研究』の中の一作品として、『アデュー』という最終的なタイトルがつけられた。1846年フュルヌ版『人間喜劇』15巻でも、『哲学的研究』中のひとつとなっている。

　『アデュー』において、まず問題となるのは、ファンジャ氏が語る物語の前置きとして書かれた次のような部分である。作品の主要な流れだった三人称の語りは、ここで、突然作者の介入を起こしている。

それから、絶えず浮かびあがってくる苦悩に取り憑かれ、孤独の中で暮らしている人と同じように、彼は長々と次のような出来事を法律家に話して聞かせた。その話を、語り手と判事がやりとりしたたくさんの脱線から時間的な順序に沿って整理し直したのが、次の物語である。(*Pl*. X, p.985)

　作者を思わせるこの突然の介入に関して、プレイヤッド版の校訂者モイーズ・ル・ヤウアンクは、註で、バルザックがファンジャの語りとしては不自然だと感じたことを理由として挙げている。

　この作者的な予防線は、バルザック自身、そのレシがファンジャ氏の口を通してでは自然らしさがほとんどないと感じたことを明らかにしている。(*Pl*. X, p.1772; p.985-n.2.)

　本稿でもこのあと幾度か指摘することになるが、このような語りの「語り直し」という手法は、バルザックの作品には珍しくない。しかし、たとえば「グランド・ブルテーシュ」において、ビアンションがロザリーの代わりに物語る場合、次の記述に見られるように、「語り」の信憑性への配慮を作者は忘れてはいないのである。

　「最良の語りとは、われわれ全員がテーブルについているのと同じように、ある一定の時間になされるものです。立ったりお腹をすかしたりでは誰もうまく話せた試しはないからです。しかし、ロザリーの混乱したおしゃべりを忠実に再現しなければならないとすれば、本が一巻でもまだ十分ではないでしょう。ところで、(…) 私は手短かにあなた方にお話するしか、もはやなさそうですね。ですから、概要だけをまとめましょう。」(*Pl*. III, p.724)

(2) ファンジャの立場
　『アデュー』では、ファンジャの立たされる「語り手」としての位置づけが問題となる。まず何よりも重要な点は、この物語は、もともとステファニーを救出し、語られる場面に直接立ち会ったフルリオによるものだということである。ファンジャは親衛隊擲弾兵の口を通して物語を知ることになった。本来フルリオ自身が語るべき話であるが、テクスト上、フルリオはすでに死亡しているため、ファンジャが「語り直す」という設定が取られている。そのため、「語り」の保証はこ

の時点で確かなものではなくなった。

　ファンジャは絶えず「フルリオが語ったように」という留保をつけて読者に物語を伝える他ない。ファンジャは、作品において一旦語り手の役割を担おうとしながら、先ほどの引用で見たように、すぐさま突然の介入者によって語り手から降ろされてしまうのである。言い換えるならば、ファンジャには語り手としての主体的な位置づけがなされておらず、実際にはあくまで聞き手にすぎない。ファンジャが介在することで、物語はフルリオ、ファンジャ、更には物語内物語の直前で介入する語り手という三重構造を取っていることが分かる。

　このようなファンジャの語り手としての危うさは、この人物の名前の現われ方からも読み取ることができる。ステファニーの物語を話す語り手が「ファンジャ」であることは、最初から自明というわけではないからだ。語り手の名前は、象嵌された物語の前では「見知らぬ人」、物語の後では「医師」、「老医師」あるいは「ステファニーの叔父」とだけ書かれ、「ファンジャ」という固有の名前は与えられていない。

　ファンジャの名前が初めて出てくるのは、核心の物語 (*Pl.* X, pp. 985-1001) のあとだいぶたってからに他ならない (*Pl.* X, p.1004)。「ステファニーの叔父」とちょうど入れ替わるように、「ファンジャ」という固有名詞がこの人物を規定する「しるし」として作品末尾まで使われていく。核心の物語を語る「語り手」としてのファンジャ氏の立場を示す一例である。

　このような『アデュー』における「語り」のアリバイという問題は、第4章で取り上げる『ルイ・ランベール』の「語り手」(「私」)とも親近性がある。また、これは、例えば『サラジーヌ』という作品において、物語内物語の最終場面がすでに死亡しているサラジーヌしか知りえない内容であり、「語り手」(「私」)は語ることができないはずだという矛盾に見られるように、語りの真実性という問題とも深い関連がある。

　　小説外の現在（読書の現在）と語り手との共犯という相互補償は、作家＝ジャーナリストであるバルザックにおいて、「語り相手」すなわち『ラ・モード』誌の読者という存在に対する絶え間ない意識なのだ。[20]

---

(20) Roland Chollet, *op. cit.*, p.273. この点について、ロラン・ショレは、後述する『続女性研究』や『ゴプセック』とともに『アデュー』をあげ、「現在性の効果」« effet d'actualité » という見方をしている (pp.270-273)。

ロラン・ショレのこのような指摘は、『人間喜劇』の読者であるわれわれが、そこに置かれた作品について個々に「語り手」を考える場合、きわめて重要だと言わなければならない。というのも、バルザックはまず初出作品について、「語り相手」を新聞や雑誌の読者であると考えながら書いたのであり、結果的にはそのときの「語り手」は当然バルザック自身でなければならず、その立脚点で書かれたものがその後ロマネスクなものとして改変されるとき、意識の分離や異相化を生じさせる原因となっているからだ。いわば、語り手＝名前のない「私」は、バルザックがテクストを増幅させていく過程で一種の「装置」として機能しているのではないか。本節では、このような問題も含め、初期の新聞雑誌掲載短編群について、概観しながら問題点を整理してきたが、更にそれらの点について掘り下げていく。

第 2 節

『不老長寿の霊薬』の《語り手》

　本章の第 2 節、第 3 節で取り上げる二つの作品は、1830 年に相次いで雑誌掲載されたが、一方は「語り手」が作者バルザックであるという意味では明白であり、もう一方では、「語り手」が作者ではなく作中人物でもないという意味で曖昧であるという、いわば両極の位置づけを持っている。本稿で検討する「語り手」の問題において、この両極が実際には扱われるテーマと絡み合って微妙な関係にあることをまず知っておく必要があるだろう。それは、前節の最後でも記したように、バルザックにおいては、名前のない「私」で語る行為がひとつの装置として働いていることを示している。

　『人間喜劇』の構造やテーマ群は、「語り手」の問題と切り離すことができない。バルザックは、最初から統一的な構造やテーマの配置を考えていたわけではなく、書くことによって考え、考えては構想を変更してまた書き、書きながら別の着想を得るといった流動的な執筆形態を取った。加えて、それが出版事情や雑誌側からの要請など、多様な要因にも左右されていたことは否定できない。「語り手」もまたテーマの着想や発展に伴って変化していく。

　『不老長寿の霊薬』は、作品の内部に現われる作者の介入として、初出では中間部に「語り手」を登場させるが、最終的には登場人物化することなく、作者そのものの位置を獲得する。他方、『サラジーヌ』は、後述するように、名前のない「私」がそのまま作中人物へと変容しても不思議ではない作品だった。それが、どうしても名前をつけ、作中人物化することができなかったのである。その両極を踏まえて、二つの節を進めていきたい。

I　父親殺しのテーマ

　『不老長寿の霊薬』は、1830 年 10 月 24 日、『パリ評論』誌上に初めて掲載され、翌 1831 年にゴスラン版『哲学的長編・短編集』所収の一編となり、その後いくつかの版を経て、1834 年 12 月刊行のヴェルデ版『哲学的研究』に収められた[1]。

---

(1) *Pl.* XI, p.1425. 以下『不老長寿の霊薬』の引用は *Pl.* XI に拠る。

その後、1846年、『人間喜劇』中の『哲学的研究』に編成され、今日に至っている。アルベール・ベガンの言葉を借りれば、「あまりに軽視されてきたこれらの小説にこそ、バルザックの全創作物を支配するいくつかの象徴の鍵をしばしば求めにいかなければならない」[2]とする作品のひとつであり、『人間喜劇』という全体的構築物の構想以前、まだ創作の初期段階にあった作品群の中に含まれる。

従来、習作期の諸作、特に『百歳の人』の延長線上に位置し、万能の力や長寿思想といったテーマの発展のひとつと見られ、のちにヴォートランへと結実する「悪の詩」の原型をなすものとも考えられてきた。また、『哲学的研究』の構成という観点からは、初出がこの作品の前年となる『エル・ヴェルデュゴ』や1834年初出の『海辺の悲劇』との関連によって、「父親殺し」のテーマを扱ったものであり、「観念が肉体を殺す」という『哲学的研究』に共通した命題を端的にあらわす作品という見方がなされている[3]。更には、同じく『哲学的研究』所収の短編『神と和解したメルモス』との比較から、主人公ドン・ジュアンが、ファウスト的な人物の初期の現われとして評価されてもきた[4]。

しかしながら、現代史をあらわす大伽藍としての『人間喜劇』においては、あくまで「埋め草」[5]であり、「もっとも脆弱な作品の中のひとつ」[6]に数えられる傾向がある。その理由は、作品構成が比較的単純な短編であり、同じ時期に初稿の書かれた『サラジーヌ』のように「語り手」に関する「曖昧さ」を欠いているし、『呪われた子』の場合のように、同じく「相続の観念」をテーマの発端に持ちながら、大幅な修正を経たのち全く次元の異なる作品へと発展させられたという例とは異なるためである[7]。また、人物再出法の適用が試みられようとした形跡も認められないことから[8]、『人間喜劇』を飾る一小品との見方が、今でも有力だと言っていい。

しかし、仔細にこの作品を調べてみると、作品の主題決定の上で依然として曖

---

(2)　Albert Béguin, *Balzac lu et relu*, éd. du Seuil, 1965, p.126.
(3)　Maurice Bardèche: *Balzac, romancier*, 1967, Slatkine reprints, p.323.
(4)　Moïse Le Yaouanc, « Présence de Melmoth dans la *Comédie humaine* », AB 1970.
(5)　Maurice Bardèche: *Une lecture de Balzac*, Les Sept Couleurs, 1964, p.75.
(6)　Ernst Robert Curtius, *Balzac*, traduit de l'allemand par Henri Jourdan, Ed. Bernard Grasset, 1933, p.298.
(7)　François Germain, *Honoré de Balzac, L'Enfant maudit, édition critique établie avec introduction et relevé des variantes par F. Germain*, Les Belles Lettres,1965.
(8)　後述するように、『サラジーヌ』には人物再出法適用の痕跡が見られる。

昧さが残るし、修正プロセスには、『人間喜劇』構想の過程で生じた問題そのものが反映されているように思われる。そこで、テクスト生成の過程を再検討しながら、1830年から1846年までの間に、修正によるどのような本質的変化があったのかという問題を考察した上で、作者が意図したテーマと作品が実現したものとの間の矛盾、更にはそのため生じたと思われる「語り手」(「私」) の位置づけを指摘し、初期短編『不老長寿の霊薬』が、『人間喜劇』との関連において、どうして現在のような体裁に変わったかという点を明らかにしていきたい。

II どこが修正されたのか？

『不老長寿の霊薬』は、まず、1830年10月24日、『パリ評論』誌に一括して掲載された。次いで、1831年9月『哲学的長編・短編集』の第3巻、1832年6月『哲学的短篇集』、1833年3月『哲学的長編・短編集』三訂版の第4巻に、それぞれ収められる。しかし、この段階までテクストは1830年のものと同じであり、修正は認められない。

『哲学的研究』(ヴェルデ版) 第5巻に、第1回配本として刊行されたのは1834年12月である。このテクストでは、従来ふたつの章に分かれていたものを、その分割を消し、同時に各章の冒頭に置かれていたサブ・タイトルとエピグラフが削除された。ほかにテクスト全体に目を通し、比較的重要ではない細かな修正がほどこされている。

細部に終始するもののなかで、多少とも留意すべきだと思われるのは、中間部分の削除と移し替えである。1846年8月、『人間喜劇』第15巻 (『哲学的研究』第2巻) 所収の一作としてフュルヌから出された時には、従来の第1章末尾にあった著者の見解部分が削除され、その代わり、同じ部分が書き変えられて、作品全体の冒頭に「読者へ」« Au lecteur » という前置きの形で置かれた。バルザックはその後、『人間喜劇』全体について最終的なフュルヌ版の訂正をおこなうが、上記テクストに関するかぎり修正はなされていない。

(1) 第一の修正～寓話性の削除

1830年『パリ評論』誌に掲載されたテクストは二章に分かれ、それぞれサブ・タイトルとエピグラフが付されていた (*Pl.* XI, p.1427, p.1432)。ゴシック・ロマンやウォルター・スコットの歴史小説など、当時章立てやエピグラフは通常よく用いられる形式であり、未刊行の書や著者不明の書からの引用であるとする体裁も、

ロマン派が好んで使ったという点で共通している。バルザック自身すでに、『最後のふくろう党員』で用いていた形式である。『不老長寿の霊薬』に関して言えば、これらは各章で物語られる内容を予め暗示することによって、読者の関心をひき、その幻想的な雰囲気へと誘いこむという役割を果たしている。

「ある冬の日の夕べ、ドン・ジュアン・ベルヴィデロは、フェラーラにある豪華な屋敷で、エステ大公の長男をもてなしていた。」(pp.474-475) という一文ではじまる前半部において、エピグラフに記された「夜会・死・片方の眼」といった要素は、ベルヴィデロ家での少々淫らな饗宴、ドン・ジュアンの父バルトロメオの死、長寿の霊薬を塗られて再生したバルトロメオの片眼を、それぞれ示唆していることがわかる。また、後半の「司祭・聖人探しの名人・贋聖人の捏造」といった暗示は、ドン・ジュアンの顔面と両腕だけが再生した光景を見て、サン・ルカル修道院長がこれを聖人として祀る偽善的な儀式を予告しているとも言えよう。

バルザックは年代が進むにしたがって、一体にこのようなエピグラフの使用をやめており、それまでに書かれていたものに関してもやはり同じように削除している[9]。従って、『人間喜劇』の構想が明確化する中で、次第に寓話的なものの必要性を感じなくなったと考えることができる。作品構成が二部立ての対比型で、エピグラフが示すような幻想的要素の強い「死と再生」の物語とは別のものを、この作品の中に見出そうとしたと言いかえることができるだろう。

上記の修正と同時におこなわれたのは、作品全体の末尾にあった次のような部分の削除である。

われわれは、この神話からいくつかの興味深い教訓を引き出すことができる。まずは… いや… 作者なしでお続けください。(p.1438)

1831年のゴスラン版『哲学的長編・短編集』においては、この直前にあった一文「これが、二頭体で死んだ最初の聖人となったのである」という部分が、すでに削除されている。「二頭体」と「神話」とが併記されたほうが、この作品の寓

---

[9] *Pl.* X, XI のテクスト解説に拠れば、『哲学的研究』中、ほとんどの作品が、フュルヌ版で章立てやエピグラフが消されている。但し、サブ・タイトルの残った『あら皮』『呪われた子』や、章立てとサブ・タイトル双方が残った『知られざる傑作』『カトリーヌ・ド・メディシス』『セラフィタ』のほか、『徴募兵』のように、フュルヌ版からエピグラフが加えられた例があり、単純には割り切れない問題が残る。

意性は強まるから、徐々にその寓意性を取り除いていこうとしていることが、このことからも窺える。いずれにせよ、少なくとも1834年版までに、この作品のもつ幻想的要素や寓意性の除去が形式面でおこなわれたと考えることができる。

一方、これらの修正よりも一層作品の構成に関わると思われる第1章末尾の比較的長い説明の部分は、ヴェルデ版ではまだ変化していない。1846年になって漸く形式面以外で二部立ての解消へと移行していった。

(2) 第二の修正〜内部から外部へ

問題の箇所は、ドン・ジュアンが父親の片眼をつぶし、同時にバーベット犬がそれと呼応するかのように呻き声をあげて息絶えたあとと、当初の第2章のはじまりである「ドン・ジュアン・ベルヴィデロは孝行息子ということになった」(p.485) の間に挿入されていた60行ほどの部分である[10]。これは、その中間にあるほとんどの部分が、現在の「読者へ」のなかに、多少の字句・句読点の異同はあるものの、いわば移しかえられている。

この部分は、「相続」にともなう財産委譲を今日では期待され、日々父親の死を願わぬものはいないということを述べており、スパイよりは人殺しのほうがましだという内容で、基本的な主張は同じである。しかし、仔細に読むと、修正前と後とでは、作者が意図した作品のテーマと語り手自身の位置づけに、ある種の変化が窺える[11]。

まず修正前は、このテクストが前半と後半の中間に位置しているという理由から、作品前半部でドン・ジュアンが父親の片目をつぶすという行為に至ったことに対して、弁明がおこなわれている。単なるありそうもない残酷物語ではなく、また父親殺しという結果には何ら作品の核心はないこと、むしろこの後が恐怖の頂点へと導くものであり、現代社会が「相続」を軸にしている以上、主人公の行為は大罪とは言えないと言っている。

一方、修正後では、E.-T. A. ホフマンからの借用を言明し、物語の種そのものが問題になるのではないということ、当時流行した残酷物語ではなく、ドン・ジュアンの父親殺しに「相続」という社会的要因がひそんでいる点を描いたと、説明のニュアンスを変えた。

もう一点あげると、修正前は、それまでに述べた「相続」を軸とする社会に対

---

(10) *Pl.* XI, pp.1430-1432.
(11) *Pl.* XI, pp.473-474; pp.1430-1432. 修正はそれぞれ冒頭と末尾に限られている。

する明らかな非難を表明し、ドン・ジュアンという人物像は特殊なものではないと擁護する形で終わっているのに対して、修正後では、ドン・ジュアンの人物像を単なる社会批判の形で擁護するだけではなく、小説のこの部分を借りて一種の社会改変を提唱しており、そのような考えが1830年当初からすでに作者のなかに存在し、「相続」の観念がこの作品の中心であったと、作者の意図するテーマを明確に打ちだしている。

修正前も後も、ドン・ジュアンの父親殺しの背景となる「相続」という観念を問題にしている点では変わっていない。ただし、修正前では作品の醸し出す残酷さに対する予防線として「相続」という問題が取りあげられるにすぎないが、修正後は更に作品の中心が「相続」の観念そのものに「あった」ことを、積極的に読者に認めさせようという意図が読み取れる。

この修正は、はじめの二つの修正とは異なり、大きな問題を含んでいる。

第一に、中間部に置かれていたときは、« Croyez-vous » « Attendez » « Essayez »（p.485; p.1431）といった呼びかけを読者に向けて頻繁にしているのに対して、修正後では、« vous » による呼びかけをなるべく減らし、できるかぎり客観的な記述に変えており、《レシ》の「語り手」については、作者であるかどうかが曖昧な「私」から、「作者」« auteur » という言葉に修正して、部分的に « nous » を用いている。これは前節で『結婚の生理学』について述べた « nous » と同じ機能を使っていることになる。従って、作品の中間部から冒頭部への単純な移動ではない。

本来、作品の内部にあるテクストは、作品の流れの中に入っていた。従って、読者にとっては、中間部で著者が介入しているという印象を持つだろう。作品の外にはずし、冒頭にもってきたということは、作品の流れからこの部分を独立させるということを意味する。つまり、この部分で、バルザックが言明したことが作品全体を統括し、ある意味で作品の主題を明確化するという役割を担っているのである。

第二に、形式論的観点から、この「読者へ」をどう位置づけるかが識者によって微妙な違いを見せている。ニコール・モゼは献辞に関する考察のなかで、「読者へ」をこのカテゴリーの中に入れた[12]。確かに、『哲学的研究』のほとんどの作品は、フュルヌ版から献辞が付け加えられている。しかし、不特定多数の読者を対象とした献辞は、これ以外見当たらず、加えて献辞だとしても、これほど長いものは、『ルイ・ランベール』や『セラフィタ』のように、特定の思い入れの

---

(12) Nicole Mozet, *Balzac au pluriel*, Ed. PUF, 1990, p.237.

ある人に向けてを除いては、バルザックが書いていないことを考慮すると、献辞と考えるには無理がある[13]。

それでは、「序文」« Introduction » ないし「前書き」« Préface » と見なすべきか。確かに『あら皮』や『神秘の書』、『カトリーヌ・ド・メディシス』など、長編に関してはそういう形式を踏んでいるものもある。しかし、『不老長寿の霊薬』のような短篇に用いられた例は、他に見出すことができない。「読者へ」を、ルネ・ギーズのように「意見」« Avis » と考えるか、ピエール・バルベリスのように「緒言」« Avertissement » とするか、いずれにしても、元あったテクストを中間部から抜いて新たに冒頭へ持ってくるというのは、バルザックに自然な操作とは言えない。このような処理は『人間喜劇』の中で例外的と言えるからだ[14]。

第三に、フュルヌ版で「読者へ」が作品冒頭に置かれた時、バルザックは修正前にはなかったホフマンの名をあげ、中心テーマの明確化に利用した。「読者へ」でバルザックが触れたホフマンの作品については、モーリス・バルデーシュによって『悪魔の霊薬』がまず想定されたが、P.-G. カステックスは、両者の類似性をタイトル以外に見出せないとした。その後、本当の源泉はスティールの『三人の聖ヴァランタンの冒険』ではないかとするエリザベート・タイヒマンの論考によって、作者の記憶違いだとする見解が一般的だった。ルネ・ギーズは、この作品の源泉に関する論考で、これらの検証を踏まえ、それでもホフマンの『悪魔の霊薬』との類似性を見ている[15]。

要約すると、①『悪魔の霊薬』の登場人物が語る言葉のなかに、バルザックがのちに『哲学的研究』の命題とする「観念の破壊力」に通ずる表現が見出せること ②『悪魔の霊薬』の基本テーマのひとつが「相続の観念」であり、『不老長寿

---

(13) 『ルイ・ランベール』はベルニー夫人に捧げられており、献辞の原型は1832年から存在した。『セラフィタ』の献辞は、1835年のハンスカ夫人宛書簡に表わされて以来のものである。

(14) ルネ・ギーズは « Avis » « Avertissement » のどちらの呼び方も使用しているが、プレイヤッド版では « Avis » で統一している。René Guise, « Balzac, lecteur des *Elixirs du diable* », *AB* 1970, pp.57-67; *Pl*. XI, p.46, p.1425; Pierre Barbéris, *Balzac et le mal du siècle* II, Ed. Gallimard, 1970, p.1338 の註2を参照。なお、道宗照夫は、初期作品『無実の最高公証人』の項目で、短編小説の本文の前に比較的長い『序論』が置かれていることについて、そのような体裁の例はこの作品が初めてではなく、『アルデンヌの助任司祭』にも類似した「序文」(préface) がついていたと指摘している。しかし、『人間喜劇』においては他に例を見ることができない。道宗照夫, バルザック初期小説研究「序説」(二), 風間書房, 1989, pp.137-138.

(15) René Guise, *art. cit*., pp.57-67.

の霊薬』との関係が密接であると考えうること ③それ以外にも、例えばタイヒマンがスティールの作品との類似性を見出しえなかった冒頭部および結末部が、「饗宴」«orgie»と「奇蹟」«miracle»の描写において、むしろ『悪魔の霊薬』と一致していることを挙げ、④ホフマンの描くドン・ジュアン像に存在する反宗教的・悪魔的な側面を補完することによって、習作期からバルザックの関心を引いていた長寿の問題にドン・ジュアンの要素を加え、「相続」のテーマを一新する可能性を見出したのだとしている。

このようなルネ・ギーズの論は、『不老長寿の霊薬』における「長寿」および「ドン・ジュアン」というテーマの分極化を融合しようとするものであり、バルザックがこの作品で実現しようとしたものを確かに代弁してはいる。しかし、この作品の中心テーマが、「読者へ」でバルザックが言うように相続にあるとするには、全体からくる印象はあまりにもドン・ジュアンの反教会的性格・人物像に傾きすぎているという点も否定できないのである。

バルザックがフュルヌ版の段階で上記の修正をおこなったのは、むしろ作品の内部に存在するテーマの分極化を意識してのことではなかったのか。その点を補足するために、『哲学的研究』中での配列順の変化を、その時々に置かれた前後の作品群を概観しながら検討しておきたい。

III　どのように配列されたのか？

(1) 配列順の問題

バルザックは1820年代の習作期を経て、『最後のふくろう党員』（のちの『ふくろう党』）で1829年3月に文壇デヴューし、同年12月には、のちに『分析的研究』に分類することになる『結婚の生理学』を匿名で発表した。次いで『私生活情景』の諸編執筆のかたわら、哲学的小説群を雑誌等に掲載しはじめる。1830年から1835年までに『人間喜劇』の各情景に収められることになる作品群のかなりの部分を執筆し、1835年ごろからは、人物再出法を援用して全体的構想の枠組みを次第に形成していった。同時にこれまでの諸作品にも統一性をもたせるように修正したり、作品によっては根本的な改変をおこなっている。1840年以降、『人間喜劇』という総題のもとに全体をまとめる意図をかため、1842年7月には、その全体的構想に理論的な裏づけをほどこすために『序文』を発表した。更に、1845年には、最終的に完成するはずである『人間喜劇』全26巻のカタログを示している。第2章で扱うことになる『フランス閑談見本』のような例外は別として、実

際には、この時点で未完の作品の大部分は書かれず、カタログにはタイトルの現われていない新たな作品群を構想・執筆することになるのだが、いずれにしても、『人間喜劇』の全体像は、この間の絶えざる分類修正のなかで形成されていったのである。ピエール・バルベリスは、この分類修正の過程を重要視し、分類が各年代ごとに出版社との兼ね合いからなされた点があることは認めた上で、問題なのはこの分類作業の意味そのものであるとして、次のような理由を述べている。

　　　なぜかというと、バルザックは、ひとつの観念やいくつかの直感あるいは
　　絶えず豊かで真実な発見からしか、分類し移動させ、更には撓めたり変造し
　　たり、どんな場合にも方向付けをしたりしなかったからである[16]。

　『不老長寿の霊薬』は、当初より『哲学的研究』の枠から出ることはなかった。また、同じ枠のなかにあって、その配列の異同がテクスト修正とも関わりの深い『知られざる傑作』『ガンバラ』『マッシミルラ・ドーニ』などに比べて、論じるにたるだけの変化をこうむっていないように見える。しかし、作品配置のプロセスに目を向けるならば、1831年から1833年においては『追放者』の前に置かれていたこの作品が、1834年のヴェルデ版では『エル・ヴェルデュゴ』と『海辺の悲劇』の間に、1846年のフュルヌ版では『赤い宿屋』と『コルネリュス卿』の間に、そして最終的には『カトリーヌ・ド・メディシス』と『神秘の書』三作の間、つまり当初と同じ『追放者』の前に現在の位置を見出すといった配置の変遷は、その時々でバルザックが『不老長寿の霊薬』の中心テーマを異なった角度から見ていたことを示すひとつの現われであると考えられる[17]。

(2) テーマと分類

　既に述べたように、1830年に単独で『パリ評論』誌に掲載された『不老長寿の霊薬』は、その後、1831年9月刊行の『哲学的長編・短編集』では、同年4月に、これも単独で『両世界評論』誌に掲載された『呪われた子』（実際には、決定稿『呪われた子』第1部に当たり、しかも大幅な修正前のもの）と、同年5月1日に『パリ評論』誌に掲載された『追放者』（実際にはプレ・オリジナル段階にすぎな

---

(16) Pierre Barbéris, *Balzac, une mythologie réaliste*, Larousse, 1971, p.155.
(17) 1845年のカタログでは『追放者』のふたつ前、すなわち未完となった『ある観念の生活と冒険』の前に置かれた。変遷の経緯については、*Pl.* XI, p.1425.を参照。

い）との間に配置された。この配置はゴスラン版の三回とも変わっていない。

　1834年12月刊行の『哲学的研究』（ヴェルデ版）で、はじめて『エル・ヴェルデュゴ』（決定稿でもこのテクストにはほとんど修正はない）と『海辺の悲劇』（決定稿の章立て以外ほぼ同じテクスト）の間に配置された。実際は、この時『エル・ヴェルデュゴ』と『海辺の悲劇』は、親殺しと子殺しという対立補完的な関係にあることから、連続して配置されるはずであったが、実際には上記の配列となったという経緯がある。

　これらの三作には、二つの点で親近性がある。ひとつは、『エル・ヴェルデュゴ』が家族殺し（両親・兄弟を含むファニト以外のすべての家族）、『不老長寿の霊薬』が父親殺し、『海辺の悲劇』が子殺しの話であること、もうひとつは、『エル・ヴェルデュゴ』が、スペインの王族につながる家名を存続させるために、一家を処刑するという命令に服さざるを得なかったファニトの「呪われた長男」としての立場、『不老長寿の霊薬』が、遺産をわがものとするために、再生した父親の片目をつぶすという行為をやってのけたドン・ジュアンの「呪われた一人息子」の立場、『海辺の悲劇』が、裏切りによって一家の名誉を庇つけた報復として、父親自身の手で私刑に処されるジャック・カンブルメールの「呪われ甘やかされた子」という立場を、それぞれに体現していることである。おそらくヴェルデ版段階で、バルザック自身にも、このような家族ないし親子という構図のなかで、死に至らなければならない悲劇が共通の概念として把握されていたものと推測される。これは、やがて呪われた子のテーマが展開する契機となるだろう。

　ここでヴェルデ版段階において、『不老長寿の霊薬』のテーマが、バルザックによってどのように捉えられていたかを、二つの序文を比較することによって明確にしておきたい。

　1833年の『哲学的長編・短編集』には、フィラレート・シャールによる『序文』が付されていた。この『序文』でシャールは、バルザックの考えを代弁し、人間に対する思考の破壊力をルソーの言葉を引用しながら述べているが、小説群のテーマの規定や関連性については、必ずしも明確な考えを打ち出し得てはいない。例えば、『赤い宿屋』『不老長寿の霊薬』『悪魔の喜劇』の三つを挙げ、これらに「厭世的」という共通の背景を見出すだろうとしているが、この実体はテーマ的には判然と説明されていないからである[18]。シャールは、更にこれら三作で表わ

---

(18) *Pl.* X, pp.1187-1188. 『悪魔の喜劇』は結局『人間喜劇』には収められなかった。

された基本的観念が、『エル・ヴェルデュゴ』において悲劇にまで達するとし、父親殺しが家族のエゴイスムから生じるような社会を非難しているように見える。「父親殺し」という表現にとどまり、ここではまだ「相続」という言葉では説明されていない。バルザックが社会を活性化すべく、いかにさまざまなニュアンスを描いているかという、その力量の強調が全面に押し出され、各作品におけるテーマ的関連は明確化されていないと言っていい。

　1834年12月、今度はフェリックス・ダヴァンの名を借りて、『哲学的研究』（ヴェルデ版）の『序文』で、バルザックはこの点を明確化した。前の『序文』とは異なり、この時点では、『風俗研究』の視点が導入されていることもあり、全体的構想に立って『哲学的研究』諸編についても、統一的な説明をするに至った[19]。『アデュー』は幸福の観念、『徴募兵』は母性的感情の観念、『エル・ヴェルデュゴ』は家系の観念、『不老長寿の霊薬』は「相続」の観念、それらが人間を破壊することを描いたのだとしているのである。この時点で『哲学的研究』の中心命題と各作品間の関連性が明確に述べられたことになる。1833年の『序文』においても、同様の概念がバルザックの頭の中に存在した可能性はあるが、例えば上記『エル・ヴェルデュゴ』に関する説明で、わざわざ前年の『序文』を引用し直していることから考えて、『エル・ヴェルデュゴ』を短編群のテーマ的頂点とするようなテーマの段階性を捨てて、諸作品を水平に置き、しかも「観念の破壊力」という共通点を作品レベルでも見出したように思われる。構想の発展に伴って、これらの作品のテーマ規定が，バルザックのなかで明確化したと言えるだろう。

　ここで問題なのは、テーマの明確化と作品に内在するテーマとの一致・不一致である。一致しているのならば、修正の必要はない。しかし、多少とも不一致があるとすれば、修正の必要があるだろう。すでに書かれていた作品に時期的規制として残存するテーマ、つまりテーマがかならずしも統一へとは向かっていないという複合的な状態を、どのようにしてテーマ規定の枠に調整するかということである。修正もその線に沿って、おこなわれた「はず」である。『不老長寿の霊薬』に関して、その修正が十分におこなわれただろうか。すでに述べたように、バルザックは1834年のヴェルデ版で章立てをやめ、サブ・タイトルとエピグラフを削除したが、「相続」に関する部分は、作品の中間部に残存させたままであった。

---

(19)　*ibid.*, p.1213.

フェリックス・ダヴァンによる序文は、ヴェルデ版に上梓される。序文で『哲学的研究』の統一テーマが打ち出され、その構成上、『不老長寿の霊薬』のテーマも明確化されたにもかかわらず、中間部の修正に至らなかったのはどうしてか。この部分の内容が、「読者へ」を待つことなくすでに「相続」そのものの弊害を述べていることは前述したとおりであるから、修正の必要性を感じなかったと考えることもできる。しかし、バルザックがこの形で上記『序文』の主旨を表現しえていると判断したのならば、1846年のフュルヌ版でことさら修正に及んだ理由はどこにあったのか。

　移動・修正された中間部は一見同じ内容を冒頭にもってきただけに見えるが、実際はそれ以上の意味を担っている。テーマの不均衡を意識した上で、むしろドン・ジュアンの人物像に重点があるような印象を与えることに対する作者の配慮を読み取ることができるだろう。もし、そういう配慮があったとすれば、テーマの中心を作者みずからが明言しておく必要があった。相続の観念が中心テーマでなければ『哲学的研究』の統一テーマと矛盾するからだ。この作品のテーマは、1846年の修正まで、実のところ、ダヴァンの『序文』で明言されたようには、明確なものではなかったのではないか。

　この点について、フュルヌ版そのものの配列順に触れておこう。『不老長寿の霊薬』は、1846年8月刊行の『人間喜劇』第15巻（『哲学的研究』第2巻）になると、今度は『赤い宿屋』と『コルネリュス卿』の間に配置され、一度確定したはずの配列順が変わってしまった。『赤い宿屋』は「パリの穢れた金の起源」というテーマを持っており、ここでは友人を殺人の冤罪に陥れることによって手にした金を元手に、財をなしたタイユフェールの過去が物語られている。『コルネリュス卿』では、蓄財の病の嵩じたコルネリュスが、夢遊病のため自ら財産を夜な夜な運び続けるのだが、それとは知らず盗まれたと思いこむ話である。この配列から推察される共通点は、「相続」「父親殺し」というよりも、「金」「財産」という観念が人間に及ぼす思考の影響力ということになる。1834年の『序文』で、この作品のテーマを「相続の観念」の破壊力と明言し、更には、フュルヌ版そのもので「相続」を作品の統括テーマとして前面に押し出しているにもかかわらず、配列順を変えた理由が判然としない。現在の版では、『カトリーヌ・ド・メディシス』と『神秘の書』との間に配置され、最初の形に戻った。このような経緯は、バルザックがこの作品のテーマ規定に関して、フュルヌ版段階でもまだ流動的だったことを示している。「読者へ」が置かれなければならなかった背景が、実はここにある。

Ⅳ 「語り手」の位置と二つのテーマ

(1) 対比的な二つの部分

　バルザックが1834年の『序文』で、『不老長寿の霊薬』の中心テーマを「相続の観念」と明言しているにもかかわらず、従来研究者の多くは、この作品にそれとは別のテーマ、例えば、「万能の力」と「長寿の思想」、あるいは「悪の原理」「父親殺し」「父子関係」など、さまざまなテーマを見ている。「相続」はあとから著者が付加したものに過ぎず、本質的テーマではないという見解である。なるほど、バルザックは当初自分でも気づかなかったテーマを発見し、大幅に書き直して、全く別の次元の作品に変えてしまったことが少なくない。それでは、作品自体が作者の意図を裏切っているのだろうか。「相続」のテーマは、『人間喜劇』という統一体に組み込むための口実に過ぎないのか。確かに、この作品には、さまざまな要素が混在している。その点を検討してみよう。

　『不老長寿の霊薬』は、前半の父バルトロメオの死、後半の息子ドン・ジュアンの死という対比的な二つの部分から成り立っている。この手法はバルザックには親しいものであり、同じく1830年に書かれた『サラジーヌ』など、他の作品にも適用された。しかし、『サラジーヌ』とは異なり、「物語のなかの物語」という形式は取っておらず、前半がイタリア・冬、後半がスペイン・夏といった単純な分割と対比になっているし、臨終という同一場面を軸に父子の関係が鏡の両面のように対峙されているのである。「読者へ」が取り出される以前のテクストでは、その二つの対比を提示する役割が「語り手」にはあった。

　前半はベルヴィデロ家で催されている饗宴の場面から始まる。ここでは、七人のクルティザンヌたちが登場するが、これは『あら皮』に出てくるアキリナなどと同じだ。この宴席に召使が登場し、ドン・ジュアンは父の臨終の場面に立ち会うこととなった。

　ここまで父バルトロメオは登場しない。しかし、彼がどのような世界観を持っているかが、次のような形で述べられている。

　　「私はルビーよりも一本の歯のほうがいい。それに、知ることよりもできることのほうがいい」と、彼は時折大声で笑いながら言ったものだった。
　　(p.477)

　プレイヤッド版の注釈者は、この箇所で『あら皮』の老骨董商との類縁関係を

見ている(20)。この「できること」「知ること」« pouvoir-savoir »という表現は、言うまでもなく、『あら皮』で老骨董商がラファエルに語る次のような言葉に呼応しているからだ。

　　　二つの動詞が死の二つの原因となるすべての形態を表している：すなわち、"欲する"と"できる"だ。(…) "欲する"はわれわれを焼きつくし、"できる"はわれわれを破壊する。しかし、"知る"は、われわれのひ弱な器官を恒常的な安逸さの中に置いてくれる。(*Pl*. X, p.85)

　バルトロメオが使用する「できること」「知ること」という言葉は、『不老長寿の霊薬』のコンテクストだけに限ると、意味が取りにくい。『あら皮』との関連があってはじめて、この人物の世界観がどのようなものであり、従って長寿薬の「相続」にどんな意味が込められているかを正確に理解することが可能になる。この時点で、『あら皮』のテーマが意識されていたと考えるほうが自然だ。しかも、叙述は三人称であり、中間部まで「私」は出てこないため、直接父親が登場する場面に先立って示されるこのような記述は、一種の作者の介入とも考えられる。
　第三の場面は、父親が「再生」を予告して長寿の霊薬をドン・ジュアンに託すところだが、眼の暗示がすでに表わされているのは意図的なものである。
　次いで、どうしたものかとドン・ジュアンが迷う場面が来る。時計の「おんどり」が三回鳴いて、彼を瞑想から醒ますという部分は、注釈者の指摘通り(21)、聖人ペテロの裏切りを暗示しており、更に押し進めると、後半部でユリウス二世が口にするペテロに関する言辞のもつ意味深長さを、予め準備していると言えるだろう。ドン・ジュアンの長い躊躇の末、物語は最終的な父親殺しの場面へと移っていく。
　このように前半部には、長寿思想と『あら皮』で詳細に述べられるエネルギー論の素描が十分に読み取れる。その中で、「父親殺し」がおこなわれると言わなければならない。そして、修正前では、この場面のすぐあと、社会悪としての遺産相続について、作者は「語り手」(「私」)という立場から突如語りはじめるが、「父親殺し」の場面が読者に与える背徳性と残酷さに対して、弁明することになるだろう。

---

(20) *Pl*. XI, p.1428 (p.477 の註1).
(21) *ibid*., p.1429 (p.481 の註2).

後半部は、その後ドン・ジュアンが浪費生活を慎むこと、むしろ社会に対する透徹した認識を身につけることが述べられ、この人物の持つ新たなドン・ジュアン像をかいま見せている。ここでは、ドン・ジュアンは伝説的漁色家ではなく、『あら皮』のラファエルと同じ世界観に基づいて行動する人物であり、併せて、同時代人が認識していたのと同様のファウスト的人物として描かれている。しかし、更に、中間部でローマ法王ユリウス二世とのエピソードを挙げることによって、バルザックがドン・ジュアンのシニスムを強調している点は重要だ。このエピソードは、カトリックに対する公然たる皮肉に満ちているからである。

　このようなドン・ジュアンの性格づけののち、物語が再びはじまり、スペインに舞台を移す。主人公は六十才でドンナ・エルヴィーラと結婚し、フィリップという一人息子を持つが、臨終に際して父親の轍を踏まぬよう、このふたりを従順なままに仕立てあげる。

　いよいよ衰えを感じたある夜、ドン・ジュアンは、息子だけを枕もとに呼び、みずからの父と同じように長寿の霊薬を託す。フィリップは忠実に実行するが、顔と両腕が再生した段階でドン・ジュアンが息子の首を締めたため、驚いたフィリップは薬の瓶を取り落として気絶してしまった。何事かと集まった人々は、ドン・ジュアンの再生に驚愕し、神の御業と叫ぶ。ここでサン・ルカルの修道院長が来て、ドン・ジュアンを聖人として祀ることとなるのである。

　この儀式自体は、『谷間の百合』でも描かれる「音・香り・色」といったコレスポンダンスを先取りするような荘厳さに満ちた場面となっているが、何よりも教会の偽善性への痛烈な批判に他ならない。最終場面で、ドン・ジュアンが死んだ肉体を棄て、蘇生した頭部だけを切り離して、祭壇から修道院長の頭を襲う部分は、徹底した神への冒瀆を表現していると言える。

　このように、後半部は前半の「父親殺し」とは打ってかわり、ドン・ジュアンのシニカルな人物像を基調に、公然たる反教会的要素から成っていると言いかえることができる。

　しかし、作品全体の構造から言うと、タイトル（これはバルザックにとって重要な意味を持つ）が一貫している点からも、「長寿薬」が全体の軸となり、前半と後半でそれぞれ薬の伝達という共通項をもって二世代が対比的に配置されていると考える方が妥当だ。すなわち、前半はドン・ジュアンの父親殺しに重点があり、その意味で遺産相続の弊害が批判されていると見ることができるのに対して、後半ではむしろドン・ジュアンの反教会思想の大胆な描写に終始し、独自のドン・ジュアン像を形成していると言わなければならない。そして、その二つを

結ぶ線上に「語り手」(「私」) がいるのである。

(2) 語り手の役割

　バルザックが独自のドン・ジュアン像を構想していたことについては、1830年段階で、『ドン・ジュアンの老年あるいはヴェネツィアでの恋』という三幕物の戯曲を書く計画があったという点を補足しておきたい[22]。その草稿のなかに「キリスト教に対する無神論の戦い」という表現があり、この戯曲のテーマのひとつが、ドン・ジュアンの反教会的性格にあったことを示しているからだ。バルザックには、はじめから長寿の霊薬の問題とは別の形で、彼独自のドン・ジュアン像の構想があったと言える。

　この二つのテーマはどのような形で融合しうるのか。この作品で前半と後半を結ぶ縦糸は「長寿の霊薬」である。そして、一個人の「長寿」が追求されているのではなく、長寿薬（いわば「あら皮」）の父子間における伝達・引き継ぎが取り上げられている。従って、広義の相続が問題となっていると解釈することができる。二世代にわたる「長寿」と「再生」の物語であると言い換えることもできるだろう。確かにその意味では、バルザックに親しい概念である「父性」につながると考えられ、この作品の枠組自体が「相続」を表わしているとすることも不可能ではない。しかし、著者が「読者へ」で述べているのはあくまで社会的な「相続」である。『呪われた子』におけるように、この社会的な「相続」のテーマが一旦姿を消したあと、作品の内部で別の役割を担うという例は想定しうるにしても[23]、『不老長寿の霊薬』では本質的変化をこうむることなく、そのままの形で残ってしまったと言わざるをえない。

　実際、『パリ評論』誌に掲載されたテクストでは、中間部に介入する「私」は、一般的な意味の作者というよりも、厳密には『あら皮』を構想しつつあったバルザックであった。父親バルトロメオの世界観を提示し、ドン・ジュアンにラファエル・ド・ヴァランタンと同じ生活をさせる作者であり、その時点では、この人物は、「読者へ」を書く段階のバルザックではない。その意味では、初出テクストにおける名前のない「私」は、来るべき作中人物になる可能性を持った「私」であり、この装置を通して、例えばラファエルと命名されることができたかもし

---

(22) Douchan Z. Milatchitch, *Le Théâtre inédit de Honoré de Balzac*, Hachette, 1930, p.145.
(23) 奥田恭士,『呪われた子』の修正に関する考察, 賢明女子学院短期大学研究紀要 No.24, 1989, pp.76-77.

れないのだ。
　しかし、バルザックは、これまで述べてきた二つのテーマに均衡を持たせ、統括する目的で、中間部の「語り手」を明確に『人間喜劇』を構築する作家バルザックとして打ち出した。バルザックは「読者へ」で次のように書いている。

　　あなたがたは、ドン・ジュアンの優雅な父親殺しの辺りまで読み進めたら、紳士諸君がほぼ同じような局面で取ることになる行為を見抜こうとしていただきたい。紳士たちは、19世紀において、カタル症を理由に終身年金をせしめたり、余命少ない老女から家を借り受けたりするものだ。彼らは年金生活者を生き返らせようとでもいうのか？ (p.473)

　　作者が、あらゆる文学形式を代表させようとした著作に、"読者へ"というこの古くさい書式を残したのは、いくつかの"研究"、とりわけこの"研究"に関するひとつの注記を差し挟むためである。(p.474)

　この言明には二つの意図がある。
　ひとつは、『人間喜劇』で描かれる社会そのものの雛形が、1830年段階から『不老長寿の霊薬』にはすでにあったと言明すること。これは『人間喜劇』序文にも匹敵する言明であり、1830年から作者はすでにこのエピソードによって、総合的な作品構想を持っていたとする自信に満ちた言葉と読める。
　もうひとつは、本来中間部にあった「語り手」（「私」）は、この作品において、はじめから読者を意識する「作者」であったという表明である。これは、この作品が中間部で分断され、前半と後半のテーマに異質感があることをバルザック自身が十分に理解していたことを示している。
　バルザックは、この短編に、『呪われた子』でおこなったような本質的修正を加えることができなかった。そうだとすれば、当初の意図を故意に説明するという行為自体、暗黙のうちに、統一体としての『人間喜劇』へ組み入れる場合のひとつの方法だったと理解できる。これもまた一種のテクスト再利用と考えることができるだろう。
　『不老長寿の霊薬』は、父親殺しのテーマを中心におき、モーツァルトのオペラやプロスペル・メリメの短編など、当時流布していたドン・ジュアン像へのバルザック独自の解釈として出発したと思われる。重要なのは、そういう意図で書かれたものが、その後他の作品を書く際にテーマを発展させ着想させる役割を担っ

たということだ。実際には、作品の持つこのようなテーマの不均衡をバルザックは十分意識していた。この小説は当然のことながら、ドン・ジュアンという人物像そのものに発展的要素を見出すべきであった。バルザックが1846年段階で、ことさら異例な「読者へ」という部分を置き、作品全体のテーマが相続の観念であると強調しなければならなかった理由は、実は、このように作品内部に存在するテーマの不均衡そのものにあったと言うことができる。

　現行の『不老長寿の霊薬』における「語り手」は、明らかに作者自身であり、ここには雑誌掲載から出発した短編の行く末と結果がうかがわれる。第1節で述べた不思議な「名前のない私」の諸形態も、実際にスタート地点では可塑的であったということを、何よりもまず認識しておきたい。それが、作品を書き続けるうちに、万華鏡のように変化する。バルザックにおける「私」の機能は、時代が要請する出版事情に対応することから出発しながらも、現象としてさまざまな方向性を見せてくれるのだ。『サラジーヌ』になると、この「名前のない私」は全く異なった機能を果たすことになるだろう。

第3節

人物再出法適用の痕跡
～『サラジーヌ』の《テクスト・カードル》

I 《レシ》と《カードル》の均等性

　『サラジーヌ』は、1830年11月21日と28日の2回に分けて、『パリ評論』誌に掲載され、『あら皮』と共に、翌1831年、ゴスラン版『哲学的長編・短編集』第二版に収められた。その後1835年、ベシェ版『19世紀風俗研究』の『パリ生活情景』に分類されてからは、1844年のフュルヌ版を経て現在に至るまで、『パリ生活情景』所収の一作となっている。

　この作品は、ロラン・バルトの『S/Z』以降、作品解釈をめぐって、たびたび議論の対象となってきた。『物語の構造分析序説』の方法論を適用する材料として、バルトがこの中編小説を選んだことが発端である[1]。翌1970年には、『バルザックと世紀病』の著者ピエール・バルベリスが『S/Z』の書評を書き、1972年には主にバルザックにおける「アジア的夢想」の産物として『サラジーヌ』をとらえていたピエール・シトロンが、新たに『S/Z』を踏まえた上で自己の解釈をまとめた。その意味で、バルトの著作が与えた影響は、バルザック研究者にとって大きかったと言わなければならない[2]。

　その後も、ミッシェル・セールが、この短編を大きく取り上げたほか[3]、ロラン・バルトを綿密に継承しながら、クロード・ブレモンとトマ・パヴェルが『バ

---

(1) Roland Barthes, *S/Z*, Ed. du Seuil, 1970; *Œuvres complètes*, Tome 2, Edition du Seuil, 1994. « Introduction à l'analyse structurale des récits », pp.74-103 ; « Analyse structurale d'un texte narratif : « Sarrasine » de Balzac », pp. 521-522, « S/Z », pp.555-737; ロラン・バルト、『S/Z バルザック「サラジーヌ」の構造分析』、沢崎浩平訳、みすず書房、1973.

(2) Pierre Barbéris, *Balzac et le mal du siècle*, nrf, Gallimard,1970 ; « A propos du S/Z de Roland Barthes» in *AB* 1970; Pierre Citron, « Le rêve asiatique de Balzac », in *AB* 1968; « Interprétation de Sarrasine » in *AB* 1972.

(3) *Balzac, Sarrasine, suivi de Michel Serres, l'Hermaphrodite*, Garnier Flammarion, Paris, 1989;『両性具有　バルザック「サラジーヌ」をめぐって』、及川馥訳、叢書ウニベルシタス、法政大学出版局、1996.

ルトからバルザックへ』で詳細に論じている[4]。また、エリック・ボルダスが、『サラジーヌ』だけを対象とした「ポッシュ版」を2001年に刊行するなど、この作品は、その特異な様相のために、繰り返し論じられてきた[5]。

　バルザックのテクスト構築にはひとつの傾向がある。それは、《レシ》と同じくらい《カードル》にも重点が置かれているという点だ。これについては、すでに言及したが、とりわけ第2章で詳細に分析することになる。その意味で、『サラジーヌ』構成上の最大の特徴は、ピエール・シトロンも指摘するように、《レシ》とほぼ同じ長さの《テクスト・カードル》を備えているということである[6]。実際には、この《カードル》の問題が、『人間喜劇』との関連上で重要になってくるのだが、『サラジーヌ』に関しては、《カードル》が最終的には更に大きな《カードル》を設定する際、「語り相手」の命名によって複数の他作品と結びつく『パリ生活情景』中の短編に変わったという反面、「語り手」が名づけられないで終わったという点が興味深い。

　シトロンの着眼点でこの作品に顕著な特徴は、外枠と核となる物語の長さがほぼ同じという点だった。これをバルザック固有の問題と考える場合の争点は二つある。ひとつは、シトロンのようにバルザックにおける二種類の性のシンボルととらえ、作者の心理構造の現われと考える解釈。もうひとつは、これまで見てきたようなバルザックの《カードル》と《レシ》との相関ととらえ、物語られる外枠にも物語と同じくらいの重要性を置いているという解釈である。この点について、《カードル》と《レシ》の関係を見ておきたい[7]。

---

(4) Claude Brémond et Thomas Pavel, *De Barthes à Balzac, Fictions d'un critique, critiques d'une fiction*, Bibliothèque Albin Michel, Idées, 1998.

(5) Eric Bordas, « *Sarrasine* de Balzac,une poétique du contresens » in *Nineteenth-Century French Studies*, vol.31, no.1&2, winter 2002-03, pp.41-52; « Introduction » in *Honoré de Balzac, Sarrasine*, Présentation et notes par Eric Bordas, Le Livre de Poche, Librairie Générale Française, 2001, pp.7-18.

(6) Pierre Citron, « Interprétation de *Sarrasine* » in *AB* 1972, p.81. その後、エリック・ボルダスは、« histoire-don » (récit 2)と « histoire-cadre » (récit 1) という区分の仕方を取っている。Eric Bordas,« Introduction » in *Honoré de Balzac, Sarrasine*, p.11. また、クロード・ブレモン＆トマ・パヴェルのように、《レシ》を取り巻く直接の《テクスト・カードル》を《レシ・カードル》と呼ぶ場合がある。Claude Brémond et Thomas Pavel, *op. cit.*, p.193.

(7) 『サラジーヌ』の引用は *Pl.* VIに拠る。

II　穢れた金の起源

　作品は、パリのあるサロンで「張り出し窓のくぼみ」(p.1043) に腰をおろす「語り手」（「私」）の死と生への夢想から、高い調子で語り始められる。この物語を語るのが作者であるとするには、あまりにもロマネスクであり、その生と死の対比が巧みに織りなされて、このあとどんな話が待っているのだろうかと、読者は固唾を飲むことだろう。やがて、ランティ家の美しい兄妹フィリッポとマリアニーナが紹介され、彼らと対比的に小柄な老人が登場し、《レシ》の「語り相手」となるロッシュフィード侯爵夫人（名前は最後まで伏せられている）が、この人物に得体のしれない「怖さ」(p.1051) を感じることから、《レシ》の語りへと移行していく。

　《テクスト・カードル》が始まってすぐ、サロンにおいて最初に話題となるのは、素姓の知れないランティ家の財産がどこから来たかという点である。ランティ夫人の大伯父にあたるあの謎の老人こそが、一家の支柱であると明かされたあと、興味を示したロッシュフィード侯爵夫人は、「語り手」に懇願し、次の日、サラジーヌの物語を聴くことになる。

　「パリの穢れた金の起源」というテーマは、次節でも述べる『赤い宿屋』と関連がある。この場合、殺人と友人への裏切りがタイユフェールという銀行家の財産の源となっていた。ランティ家の場合は、どのような起源によって、穢れた財産となっているのだろうか。

　《レシ》は、唐突に時代を遡り、18 世紀半ば、サラジーヌという名の彫刻家の生い立ちの記に始まる。彼の激しい性格や、性的な異常さへの暗示を経て、ローマへ旅立つところからこの彫刻家の数奇な物語へと入っていく。2 週間ほど経て、サラジーヌはアルジェンティーナの劇場で、歌姫ザンビネッラと出会い、その美貌と美声に魅せられ、生まれて初めてこの世の完璧な美を見たと思う。自分の恋を成就しようとするサラジーヌに対して、愛を受け入れることはできないと拒むザンビネッラ。折も折、この歌姫を保護者チコニャーラ枢機卿から奪おうという計画の夜、サラジーヌは、劇場で隣に居合わせたザンビネッラの以前の保護者キジ大公の言葉から、歌姫が女ではなく、去勢歌手であることを知らされる。それでも信じられない彼は、計画を実行し、自分のアトリエでザンビネッラを問いつめる。おびえるザンビネッラに激しく罵倒の言葉を吐くサラジーヌ。そこへ、チコニャーラ枢機卿の手下が乱入し、サラジーヌは殺されてしまうのである。

　《レシ》が終わっても、ロッシュフィード夫人は、まだこの物語とランティ家と

の関係がわからない。語り手は、ザンビネッラこそ、ランティ家の支柱であるあの老人に他ならないと語る。すなわち、財産の出所は、去勢歌手ザンビネッラが受けたキジ大公やチコニャーラ枢機卿の保護にあったことが明らかにされるのである。

ここで問題になるのは、どうして、それが穢れた金の起源なのかということである。話をし終えた語り手が次のように言うと、ロッシュフィード夫人が激しくそれをさえぎる場面がある。

「でも、あのザンビネッラという男というか女の人は？」
「奥様、マリアニーナの大伯父にほかなりません。財産の出所をランティ夫人が隠さなければならない関心事であると、あなたは今やお見通しのことでしょう。それは実は……」
「もうたくさん」と、彼女は命令するような素振りで言った。（p.1075）

この「中断符号」の意味は重要である。シトロンも、この部分に次のような註をつけている。

1833年のヴァリアントは、語り手の言葉が中断されることによって謎めいたものになる。読者は《教会のある主要人物がなす罰すべき散財に由来する財産》か《その懐に生きる怪物のようなおぞましい老人の売春に由来する財産》と見抜くべきだろうか？読者は自ら他にもいくつかの仮定を考え出すことができるだろう。（*Pl.* VI, p.1075. 1554 註3）

シトロンがコメントしているヴァリアントは、1833年ゴスラン版第4版での «provient des pro…» のことである。中断符号が « prostitutions » を容易に推測させるため、バルザックはベシェ版では、1831年ゴスラン版第2版の形に戻した。その代わり、ベシェ版では « ou cette » が加筆されている[(8)]。

このような修正の経緯を見ると、保護がザンビネッラの美声に対する純粋無垢のものと解釈することはむずかしい。保護者チコニャーラ枢機卿とザンビネッラとの間に何らかの関係が暗示されていると考えるほうが自然だ。そうだとすれば、

---

(8) *Pl.* VI, p.1553; p.1075のヴァリアント参照：*e. ou cette add. B* / *f. provient… B* : provient des pro… *1833* : provient… *ant.*

枢機卿がサラジーヌを暗殺する動機が浮かび上がる。更には、バルザックは「その才能と財産はその声に劣らず、その美貌によるところが大きい」(p.1073) と記した。美貌ゆえの保護が何かは答えるべくもない。

この点について、別の角度から見ておこう。フェリックス・ダヴァンの手になる『19世紀風俗研究』序文中に、次のような言葉がある。

> 『金色の眼の娘』と（…）『サラジーヌ』で、バルザック氏は、あえて二つの奇妙な悪徳の描写に取り組もうとした。それがなければ、パリをとらえるその広い視野は完全だとは言えなかっただろう。(Pl. I, p.1169)

『金色の眼の娘』については、「奇妙な悪徳」が何を示すかは明白である。導入部で、女主人公サン・レアル夫人は、西インド諸島生まれの娘パキータと共に「植民地の荒廃した嗜好」(Pl. V, p.1058) を持ち帰ったと記されているからだ。これが「女性の同性愛」であることは、作品の展開からやがて明らかにされる。ダヴァンが、対比的に「二つの奇妙な悪徳」と言っている以上、『サラジーヌ』でも、同性愛、しかも去勢歌手と枢機卿という男性同志の同性愛が問題であると推測することは自然だ。つまり、ランティ家の財産は、同性愛的な保護に起源を持ち、そのため穢れているということになる。すでに挙げたヴァリアントによって、バルザックはそのことを十分に意識して記述したのである。

Ⅲ　問題は何か？

それでは、この作品の問題とはいったい何か。

ピエール・バルベリスは、先に挙げた『S/Z』の書評で、バルトの卓抜さを評価しながらも、その非歴史性を批判し、特に『あら皮』との比較が不可欠な点を強調している。この指摘は、実は『サラジーヌ』解釈上看過できない点だ。バルベリスは、ランティ家の財産の起源として同性愛を認めつつ、次のように述べているからである[9]。

---

[9] 『サラジーヌ』が『あら皮』と同様、性というシンボルを媒介として社会の矛盾を描いたものだとするバルベリスの見解は、『S/Z』が出る以前からのものである。Pierre Barbéris, *Balzac et le mal du siècle* II, nrf, Gallimard, 1970, pp.1345-1347.

『サラジーヌ』では、金は、あるローマ枢機卿の寵愛する人物から来ており、同様に、何がしか《不純な》売春に由来するものなのだ。(…) 最終場面における侯爵夫人の拒否と内省は、去勢のもたらす影に由来するのだろうか？　問題はとても込みいっており、議論は尽きないだろう。(…) なぜパリをカードルとしたのか、そして枠取られた物語との現実的な関係とはいったい何だろうか？[10]

　ピエール・バルベリスの提起する問題は、「去勢」や「同性愛的保護」といった直接的な主題にこの作品全体の重点があるのではなく、それらを含む《レシ》が、パリを舞台とする《カードル》とどのような関係にあるかが重要だということである。ほぼ均等に配置された二つの部分が、《カードル》の重要性を感じさせる。
　第2章で後述するように、バルザックにはしばしば、《カードル》によって《レシ》の持つ意味を大きく変えている事例が少なくない。この二つの部分の対比そのものが作品全体の重層性に関わってはいないか。
　シトロンの解釈も、最終的にはこの作品構造に着目することを前提とした。まず『サラジーヌ』の手法がバルザックに親しい伝統的な形式であると述べたあと、シトロンは、同形式をとる他作品との比較によって、次のような相違点を挙げている[11]。
　第1に、通常、量的に少ないはずの《テクスト・カードル》が《レシ》とほぼ同じ長さであること。これは単に量的な問題ではなく、質的な同等性を示している。第2に、《テクスト・カードル》とレシの年月の隔りが60年とかなり長いこと。第3に、直接的な関係を持たない人物が《テクスト・カードル》に少なからず登場すること。第4に、ロッシュフィード夫人だけは人物再出法が適用され、他作品にも出てくるが、それ以外の人物は『サラジーヌ』限りであること。第5に、これは最も重要な点として、「語り手」がどうしてサラジーヌの話を知っているかという理由が示されないこと、いやそれどころか、死んだサラジーヌ本人しか知りえない事柄も語っていることを挙げている。このような場合、バルザックに説明がないのは稀である点を挙げ、『サラジーヌ』の特異性を指摘している。
　これらの疑問を解くために、登場人物群の検証ののち、シトロンは、レシで語

---

(10) Pierre Barbéris, « A propos du *S/Z* de Roland Barthes » in *AB* 1970, p.122.
(11) Pierre Citron, « Interprétation de *Sarrasine* » in *AB* 1972, p.95. なお、第4点の人物再出法については、後述するように厳密には正しくない。

られるサラジーヌの「バイオグラフィー」に注目した。この人物は作者の伝記的事実と符合する点が多く、分身とみなしうるのではないかというのである。更には上記第5の疑問を勘案した上で「語り手＝サラジーヌ＝バルザック」という同一性を想定し、そこから次のような解釈をひき出している。

> 『サラジーヌ』の本質的な意味は、二種類の問題を対峙させ連鎖させたことだ。すなわち、ひとつは、自らに内在し対象に逡巡する開放された性愛という青年期の問題である。それは、美の発見と反抗の時代でもある。もうひとつは、成年期の問題だ。社会へ参入し青春期からは距離をおき、また創造的な明晰さと問いを備えた性愛の安定期である[12]。

この引用が端的に示すように、《レシ》は青年期の不安定な性、《カードル》は壮年期の安定した性を表現しており、その対置に上記の疑問点を解決するいとぐちを、ピエール・シトロンは求めている。同論考でも扱われているが、青年期の性はバルザックの同性愛的傾向を表わし、壮年期の性はベルニー夫人を介して正常化した（少なくとも「両生愛的」に変化した）性を示すのではないかというのがシトロンの見解である。つまり、《テクスト・カードル》と《レシ》の等価性に、二つの時期の性愛の対置を見るというわけである。『サラジーヌ』はバルザックにとって、「一種の自己分析」の役割を果たしたというのがシトロンの解釈だといっていい[13]。

先ほども指摘したように、このシトロンの見解とは別の視点から、バルベリスは、『サラジーヌ』の本質が『あら皮』との関連によって明らかになると考えている。そこで、ザンビネッラを、「パリの象徴」ともいうべき『あら皮』の女性

---

(12) Pierre Citron, *art. cit.*, p.95.
(13) *ibid.*; 1833-1834年の時期に『ファンテジー』という標題の幻想的作品集が計画されている。『サラジーヌ』も、この作品集に組みこまれることになっていた。『砂漠の情熱』や、のちに『金色の眼の娘』(1835)へと発展する『ハーレムの愛』、それに興味深いことには『セラフィータ』の名も見出すことができる。『ハーレムの愛』のような女性の同性愛を扱った物語と『セラフィータ』のような「両性具有者」の物語が、東洋的なエキゾチスムとエロチスムを2つの主要な要素とする作品集にまとめられるという構想が存在した点は重要であろう。しかし、この計画は、バルザックが同時代のフランス社会へ関心を向け始めることによって放棄された。Tetsuo Takayama, *Les œuvres romanesques avortées de Balzac (1829-1842)*, The Keio institute of cultural and linguistic studies, 1966, pp.75-77; Pierre Citron, « Le rêve asiatique de Balzac », *AB* 1968, pp.317-318.

登場人物フェドラと比較することによって、この問題を検討してみたい。

Ⅳ　フェドラ伯爵夫人とザンビネッラ

　サラジーヌが歌姫ザンビネッラに見たのは、「あらゆる男性を魅了する愛と批評家を満足させるに値する美を備えた思いもかけぬ被造物」(p.1061) であった。いわば官能と美を合わせ持った女性という主題は、バルザックに親しいもので、『娼婦盛衰記』でも、双方の統合の試みがいかに魅惑に満ちたことであるかを記している(14)。

　『あら皮』で、主人公ラファエルが社交界の女王フェドラに感じたものも、同じ理想的な存在であった。サラジーヌとラファエルは、共にこれらの女性が得られなければ死を選ぶと叫ぶことだろう。ところが、ザンビネッラもフェドラも両者の愛を受け入れることはない。ザンビネッラの場合、理由は明らかだ。作者はこの人物に次のような言葉を言わせている。

　　「フランスのお方」と彼女はふたたび話しはじめました。「束の間の狂おしさなど永久にお忘れになって。私はあなたに敬意を抱いています。でも、愛については、私には求めないでください。そんな感情は私の心の中で息たえていますから。私には心がないのです。」と、彼女は泣きながら叫びました。(p.1070)

　ロラン・バルトは、この「心」« cœur » が去勢歌手から取り去られた「もの」を指すと考えている(15)。そこまで解釈することはできないとしても、『あら皮』でフェドラは「心のない女」« La femme sans cœur » と表現されていることから、作者が「心」の欠如を愛の禁止の理由として記していると考えることができる(16)。

---

(14)　*Pl*.VI, p.459, « Quel allèchement que de mettre d'accord la beauté morale et la beauté physique! »
(15)　Roland Barthes, *S/Z*, Ed. du Seuil, 1970, pp.175-176.
(16)　『あら皮』は、1830年12月16日『ラ・カリカテュール』誌に掲載された冒頭の下書き（『クロッキー：最後のナポレオン』）と、1831年5月29日『パリ評論』誌掲載の『ある詩人の自殺』を初出とし、1831年ゴスラン・カネルから初版、再版、三版が出たあと、1834年ヴェルデ版（『哲学的研究』所収）、1838年デロワ・エ・ルクー版、1839年シャルパンティエ版、1846年フュルヌ版を経て、更にこれに修正を加えたのち現在の版となっている。「心のない女」« La femme sans cœur » という記述は、ヴェルデ版以前からのものである。

『あら皮』第2部は、有名な「饗宴」の場面の途中、ラファエル・ド・ヴァランタンが、友人たちに自分のこれまでの生活について告白するという形式を取っている。そして、サブ・タイトルを「心のない女」とし、ポーリーヌやフェドラ伯爵夫人との関わりを中心に描く。同じように「心」を持たないとされるフェドラの場合は、ザンビネッラよりも更に複雑な形を取っていた。社交界でも名打ての女たらしたちが、競って彼女をわがものにしようとするが、フェドラの心と肉体を得た者はひとりもいないと、ラスティニャックが、ラファエルに語っているからだ。

　ラファエルがラスティニャックに会ったのは、1829年12月も初旬である[17]。「フェドラを知らないだって！　8万リーヴルもの年金を持ち、結婚してもいい女なのに、誰をも求めず、彼女を求める者もいない！」「パリで最も美しく優雅な女性」(Pl. X, p.145)、こういった言葉が、ラスティニャックの口から次々に投げかけられる[18]。

　なぜフェドラは男性との恋に身を委ねられないのか。ラスティニャックは「ここだけの話だが、彼女の結婚はロシア皇帝によって認められていないようだ。なぜなら、ロシア大使は私が彼女のことを話題にしたとき笑い出したからね」(Pl. X, p.147) とラファエルに耳打ちするが、実際にはどういう理由なのか明らかにはされていない[19]。

　美と官能を体現するといわれるフェドラは、どうして男性を受け入れないのだろうか？「何もかもが女で、少しも女ではない。」(Pl. X, p.178) とされるフェドラ伯爵夫人について、ラファエルはとうとう、次のような疑問を投げかける。

　　　このとき、一条の光がこの神秘的な生活の深みを私にかいま見せてくれた。
　　　私は突然、ある詩人が最近刊行した書のことを考えた。それはポリクレトス
　　　の像に刻まれた芸術家らしい本物の着想だった。(Pl. X, pp.178-179)

---

(17) *Pl.* X, p.144, « Dans les premiers jours du mois de décembre 1829, je rencontrai Rastignac, (…).»
(18) *ibid.*, p.130.『あら皮』でバルザックは、ラファエルを « le narrateur » とただ一度だけ呼んでいる (*ibid.*, P.1277)。
(19) この部分について、プレイヤッド版の註にはヴァリアントがある。デロワ・エ・ルクー版以降は « que son mariage n'est pas reconnu par l'Empereur » : それ以前は « qu'elle n'a jamais été mariée» (*Pl.* X, p.147; p.1284)

プレイヤッド版校訂者の註には「18世紀ドイツの美術史家ヴィンケルマンがポリクレトス（紀元前2世紀のギリシャ彫刻家）作としたヘルマフロディトス（両性具有）。その複製がルーブルにある」と記されている[20]。18世紀ドイツの美術史家ヨハン・ヨアヒム・ヴィンケルマンは、新古典主義の理論的な柱であり、ゲーテやレッシングに影響を与えたことで有名だが、人体モデルをオリンピックの勝者をもとにはじめて作ったとされる古代ギリシャの彫刻家ポリクレトスが、ルーブル美術館に所蔵されるヘルマフロディトスの作者であるという意味である。また、校訂者の註にはないが、「ある詩人の書」がテオフィル・ゴーティエの『モーパン嬢』をさすことは、容易に想像できるだろう。

　シトロンが指摘するように、この引用から、ラファエルがフェドラの拒否の理由を「両性具有」ないし「女性の同性愛」だと推測していることが分かる。前者は肉体上の欠陥を意味し、後者は小間使いジュスティーヌとの関係に対する疑惑である。

　不自然なフェドラの生活には何か秘密があるに違いないとにらんだラファエルは、彼女の寝室に忍びこんで確かめることとなった。『サラジーヌ』の「語り手」（「私」）とまるで符合するかのように、「窓枠のくぼみに身を隠す」(Pl. X, p.179) ラファエル。しかし、実際には、想像していたような情欲や隠れた病気などの徴候をうかがうことができない。フェドラは再びラファエルにとって謎となったと、バルザックは書いている。ザンビネッラと異なり、生理学的な原因は曖昧なまま放置されるからだ。

　それでは、原因は精神的なものなのか。フェドラが結婚と恋愛に関して抱いている悲観的な考え方に拠るのだろうか？　彼女は、ラファエルに次のように語っている。

　　「結婚はそれによって私たちが苦しみしか与え合わない一種の儀式です。それに、子どもなんてうんざりするだけ。私の性格についてあなたにあらかじめ誠実にお伝えしなかったでしょうか？　あなたはどうして私の友情に満足しなかったのです？」(Pl. X, p.189)

　　「あなたっておばかさんね」と彼女は微笑みながら叫んだ。「あなたは激しい恋の結果を考えてみたことがおありですか？」と私は再び話しはじめた。

---

(20) Pl. X, p.1299.

「絶望した男性がしばしばその恋人を殺してきました。」「不幸になるくらいなら死んだ方がましです。」と彼女は冷ややかに答えた。「情熱的でもある男性はある日その女を捨て、その財産を食いつぶしたあと女性を貧窮に追いやるに違いありません。」この計算は私を呆然とさせた。私ははっきりとこの女と私の間にある深淵を見た。私たちは決して理解しあえないのだ。(Pl. X, p.159)

これらの言葉に、バルザック自身が抱いていた結婚制度に対する不信と恋愛観を読みとることは可能だ。もしそれが愛を受け入れない原因なら、フェドラが男性を拒けることには社会的な意味があるということができる。実際、バルザックは『あら皮』のエピローグで、フェドラについて次のように言っている。

「おー、フェドラなら、あなたは会うことができますよ。きのうはブッフォン座にいましたし、今夜はオペラ座に行くことでしょう。どこにだっていますからね。」(Pl. X, p.294)

こういったフェドラの持つ社会性はザンビネッラにはない。とはいえ、これまで見てきたフェドラの人物像と同じものが、ある程度ザンビネッラからも読みとれる。
　まず、二人は同じ「怪物」という表現で呼ばれている。しかし、その怪物性は、一方でフェドラが愛を拒絶する強い女性というアクティヴな役割を担っているのに対して、ザンビネッラの方は去勢された弱々しい男性というパッシヴな立場に置かれていることは対照的だ。このような両極にあって、フェドラが「虚栄という病毒」をラファエルに「うつしてしまった」(Pl. X, p.202) と記されているのと同様、ザンビネッラもサラジーヌに、愛の不毛という形で、自らの「去勢」を感染させてしまうことになる点が、最も読者の注意を引くに違いない。
　ここから、《レシ》によって、いわば「貫かれた」《カードル》が浮上してくる。《テクスト・カードル》の末尾で、ロッシュフィード夫人も、サラジーヌの物語に含まれる「去勢」のため、「語り手」の愛を拒むことになるからである。確かに、『あら皮』で問題となる中心点は、欲望を自ら禁じたあとのラファエルの生活そのものであり、それに比して、『サラジーヌ』の場合は、彫刻家を襲う突然の死によって、「去勢」はひとりの犠牲者を出すとどまるかにみえる。しかし、同性愛という新たな要素を加えることによって、堕落したパリのイメージを大き

くクローズアップすることにこそ、バルザックの意図があった。先に引用したフェリックス・ダヴァンも言うように、この「悪徳」がパリ生活情景をより完璧なものにしているからである。

V 《レシ》から《カードル》へ

　《レシ》は語り終えられた。だが、まだ何も終わってはいない。なぜなら、この作品の重要性は《カードル》にこそあるからだ。
　《カードル》の意味を指摘したのは、ロラン・バルトが最初だったと言っても過言ではない。『S/Z』で、彼は、『サラジーヌ』における「名前のない語り手」とその「語り相手」の位置づけを正確に読み取った。サラジーヌとザンビネッラをめぐる《レシ》だけに、この作品の執筆意図があったのではなく、バルザックがその《レシ》を取り巻く《カードル》を十分に意識し、この短編で《レシ》と《カードル》をつなぐように構成しているという点を、バルトは明確に描いてみせている。バルザックは作品構造を巧妙に利用し、《レシ》を《カードル》に浸潤させるだけではなく、ひとつの作品の備える《カードル》を、その外に広がる『人間喜劇』の世界へと通じさせているからだ。実際、この作品の構造について、ピエール・シトロンとピエール・バルベリスという二人のバルザック研究者のいずれもが、《レシ》だけではなく《カードル》に注意を向けた。これは、何よりもまず作品を正当に扱うために必須のステップであったと言える。
　しかし、『人間喜劇』において、《カードル》が重要であるという観点から言えば、『サラジーヌ』という作品が、実際には《レシ》と《カードル》の二分割という形ではなく、次元の異なる緻密な層から成立しているのではないかと考えることも可能だ。クロード・ブレモンとトマ・パヴェルの詳細な『サラジーヌ』論は、この意味で、ある重要な提案をしている。『バルトからバルザックへ』で、著者は、『サラジーヌ』に含まれる要素として、従来の《レシ》と《カードル》という二つの概念ではなく、サラジーヌの恋と「語り手」の恋という二つの系を設定し、ザンビネッラ初期からランティ家の財産に至る系で横断するシェーマを提示した[21]。
　これは従来の二分割という考え方では把握できない作品構造の重層性を見事に表している。このシェーマでは、サラジーヌと「語り手」は、同等に作品の最初

---

(21) Claude Brémond et Thomas Pavel, *op. cit.*, p.193.

から最後まで並行しており、その周りにランティ家の財産をシンボルとするパリが広がるが、この《カードル》は《レシ》に含まれる過去のザンビネッラを出発点として、二つの並行する線を横切りながらパリという《カードル》全体を横断していくのである。この視点の面白いところは、ピエール・シトロンやピエール・バルベリスのように、《カードル》を《レシ》と等価のものと考えるのではなく、《サラジーヌ》と《語り手》を同等に併置し、ランティ家の人々＝《パリ》がそれらを包含するものと解釈している点である。つまり、《カードル》の重要性はこれまでの研究者も指摘しているが、むしろ『人間喜劇』に通底するという意味では、『サラジーヌ』が《カードル》の方に重点を置いた作品だとする考え方と言える。しかし、この理解は作品構造を文字通り「立体」として考えているため、「読む」という時間軸に支配された構図ではとらえにくい。ブレモンとパヴェルは、より現実的な「読解」の形を、以下のような区分で表現している。

> 反対に、《レシ・カードル》が長いのは、この小説が、語りの水平線二本（ランティ家のシーンとサラジーヌのドラマ）の上で展開しながらも、実際には、そう区別するほうが妥当だと思われる三つの物語を、語っていることに由来している。その三つとは、語り手の物語、サラジーヌの物語、ランティ家の物語である[22]。

『サラジーヌ』という作品を、このように三つの層から成っていると考えると、この作品の「語り手」が、どのような機能を果たしたかという点を問題とするとき、理解しやすい。

実際、『サラジーヌ』に登場する人物のなかで、最も曖昧なのは「語り手」である。作品の冒頭で、窓枠のくぼみに隠れ、左手には死者たちの舞踏（雪におおわれた木々）、右手には生者の舞踏（ランティ家の舞踏会のにぎわい）を見ながら、深い夢想にふけるこの人物は、物語の主導者であり、謎の設定者と解明者を兼ね備えている。すべてが彼から始まる。『サラジーヌ』の物語は、「私」がパリという舞台に立ち、サロンの熱気と外界の冷気との中間にいながら、「物語る」という行為を通して、ひとりの夫人の寵愛を手に入れるという物語だと言える。夫人がアドニスの絵に引きつけられる場面で、「私」が感じたのは「嫉妬」だったことは見逃せない。

---

(22) *ibid.*, p.192.

「語り手」(「私」)は、この女性から「従うための権利」を得る目的で、「では、あすの夜あなたのおうちで9時に、そしてあなたにこの謎を明かしてあげましょう」(p.1056)と提案する。
　このあとの二人のやりとりは、バルザックが他の作品で単に「私」で語る場合よりも込み入っている。女性は今すぐでなくては承知しない。「私」も意地になって従わない。サロンがはねるとき、夫人が「では、あす」と言って退出しても、「私」は「行くものか」とすねる。
　そして、翌日、「私たち」« nous » は二人きりの世界にいた。この「魂にとって甘美な夜のひとつ」に、「私」はゆっくりと語りはじめるのである。

　　「話してくださいな」
　　「仰せにしたがって」(p.1057)

　この女性がロッシュフィード侯爵夫人であることは、サラジーヌの《レシ》が終わるまで明らかにはされない。『サラジーヌ』は、最終場面において初めて『人間喜劇』とつながるように仕組まれている。だが、これまで《カードル》を読み進めてきた読者は、すでに「語り手」が作者ないしはバルザックではないという確信にも似た感情を抱くことだろう。
　バルザックが「名前のない私」で語る例を、われわれはあとで『ファチノ・カーネ』や『ルイ・ランベール』にも見ることになるが、それらの場合とは異なり、『サラジーヌ』における「語り手」に『あら皮』の主人公ラファエルを感じるからだ。それは偶然だろうか。サラジーヌの物語を語る「私」とは、いったい誰なのか。1830年という執筆年代を考える場合、もうひとつ別の視点が想定できる。

VI 『サラジーヌ』の語り手は誰か？

　『あら皮』は、1830年という、『人間喜劇』中でも最も早くからまとまった形で作品化された。『哲学的研究』の冒頭を飾るにふさわしい重要な一作と言っていい。ところが、その『あら皮』の主人公ラファエル・ド・ヴァランタンは、『人間喜劇』構想後の大掛かりな修正のカテゴリーから抜け落ち、その他の作品には一切姿を現さないでいる。ラファエルについて、どうして人物再出法が適用されなかったのかという疑問に答えることは易しいことではない。
　しかし、ラファエルを再登場させようとする試みが全くなかったわけではない。

実際、ほとんど素描にすぎないにしても、『人間喜劇』からはずされた『知られざる殉教者たち』に、「ラファエル」の名を適用しようとした形跡が見られるし、このほかにも『女性研究』で「私」の実体として、ビアンションに修正される以前のヴァリアントとして「ラファエル」という記述があった。（これについては、第3章で後述する）しかし、何よりも問題となるのは、『サラジーヌ』においては、間接的な適用の痕跡が認められるという点である。
　『サラジーヌ』のテクスト生成のプロセスにおいて、「私」が終始匿名である点に変わりはない。問題なのは、話の聞き手（＝語り相手）が、1830年では「ド・F＊＊＊夫人」あるいは「ド・＊＊＊伯爵夫人」だったのに対して、1835年ベシェ版では「フェドラ伯爵夫人」「フェドラ」に、そして最終的には1844年フュルヌ版で「ロッシュフィード夫人」に変えられたという点である(23)。このヴァリアントの推移から、バルザックはまだ『あら皮』執筆が完了していない段階では、ほとんど匿名の18世紀的な名づけ方を採用し、『あら皮』を書いたあと、その登場人物フェドラ伯爵夫人に「語り相手」を変更することによって、実質上「私」という語り手を、限りなくラファエル・ド・ヴァランタンの人物像に近づけていることが分かる。しかし、この時点では、後述するように、『海辺の悲劇』が『ルイ・ランベール』に対するようなはっきりとしたものとはなっておらず、『あら皮』のエピソードとして『サラジーヌ』を想定していた時期があったかもしれないという推測の域を出ない。
　しかし、もうひとつ注目すべき修正がある。それは、今述べた『サラジーヌ』における語り相手の命名という修正行為は、実際、単独の発想ではなかったという点だ。名づけるという行為には、適用の幅があった。
　先ほどピエール・シトロンはロッシュフィード侯爵夫人以外で『サラジーヌ』の登場人物に一切人物再出法の適用がない点をあげていた。確かにふつうランティ家の人々にも人物再出法の適用はないとされているが、人物名を列挙する箇所で、実際にはランティ夫人の名前が『ペール・ゴリオ』に出てくることは言っておかなければならない。直接的な場面ではないが、ランティ夫人だけは、最終的に『ペール・ゴリオ』に再登場する形で人物再出法を適用されるのである。
　しかし、更に注目すべきは、それと同時に、招待客に関するヴァリアントの中で「フェドラ伯爵夫人」の名前があることだ。これは取りも直さずフェドラ伯爵夫人も、『ペール・ゴリオ』で人物再出法の適用を一度は試みられたことを示し

---

(23) *Pl.* VI, p.1551, p.1553.

ている。最終的には放棄されたが、これらのヴァリアントから適用の痕跡が十分に認められるからである。

『ペール・ゴリオ』冒頭で、ラスティニャックがはじめてボーセアン子爵夫人のサロンに行った夜のこと。時は1819年11月末、ボーセアン子爵夫人のサロンに集まってきた人々をラスティニャックが思い出す場面である。「豪華絢爛たる集いに幻惑された」(Pl. III, p.77) ウジェーヌは、社交界の綺羅星たちの名前を列挙する。

ヴァリアントを見ると、それまでの版にはあったフェドラ伯爵夫人の名前が、フュルヌ版では削除されていることが分かる。『パリ評論』誌からヴェルデ二版(1835.5)までは、「リストメール侯爵夫人」のあとに「説明しがたいフェドラ伯爵夫人」という表現が存在したのである[24]。

一方、先程触れたようにラファエルについても、『女性研究』において「私」に名前をつける際、1835年ベシェ版では「ラファエル」とされていたにもかかわらず、そのあとで「ビアンション」に修正されたという経緯があった。こういった生成のプロセスを見ると、一度は人物再出法の適用を試みられたことは確かで、結局放棄されたと判断できるだろう。

最終的には『あら皮』の主要人物二人がともに人物再出法の適用を受けなかったことは、考えてみれば不思議な現象である。『あら皮』は『哲学的研究』の中核をなす作品であり、『人間喜劇』の世界においても、例えばウジェーヌ・ド・ラスティニャックに匹敵するほどの主要な人物と言えるからだ。

どうして、『サラジーヌ』の語り手を匿名のまま残したのか。ひとつの解釈として、「語り相手」を「ロッシュフィード夫人」に修正することによって、『ベアトリクス』との関連性へと比重が移ったことが考えられる。その結果、『サラジーヌ』における「私」を「ラファエル」とすることができなくなり、匿名のままにせざるをえなかったと推論することが可能だ[25]。

バルザックは、サラジーヌとザンビネッラの物語を聞く「語り相手」の女性を、フェドラからロッシュフィード侯爵夫人に変更した。そして、人物再出法を用いて『ベアトリクス』など他作品に登場させていく。彼女は、『サラジーヌ』末尾で「あなたは私から人生や情熱に対する意欲を永久に喪わせてしまいました。」

---

[24] 『ペール・ゴリオ』の初出は、『パリ評論』誌1834年12月–1835年1月。ヴェルデ版の初版は1835年3月、二版は5月で、フュルヌ版は1843年である。
[25] ジェナロ・コンティを『サラジーヌ』の「語り手」とするのはむずかしい。

(p.1075) と言ったが、夫人の名前を付けられた『ベアトリクス』という長編作品で、虚栄と愛に身をさらす姿を我々の前に見せることになるだろう。

また、「異常な性」のテーマに関していえば、シトロンも指摘しているように、『サラジーヌ』におけるランティ家の兄妹、ザンビネッラの血を受け継ぐフィリッポとマリアニーナの対が不気味な発展を予感させる。この兄妹は、『金色の眼の娘』(1835)におけるアンリ・ド・マルセーとマルガリータという兄妹の対へと流れていく要素をすでに含んでいるからだ。そこでは、パリは更に逞しい地獄へと成長しており、その中で、女性の同性愛と、間接的な近親相姦ともみなしうるテーマが描かれることになる。『サラジーヌ』の《レシ》は、《テクスト・カードル》の方へと徐々にその影響力を伸ばしていきつつある。

人物再出法適用の痕跡を『サラジーヌ』に見ることは、バルザックが執筆の初期に「名前のない私」を使用し、やがてそれを特定の作中人物へと変更していく操作のプロセスをかいま見ることでもある。しかも、その作業が必ずしも容易ではなく、『サラジーヌ』の場合のように最終的に名づけられないといった結果をともなうという点を確認することでもあると言っていい。バルザックが「語り手」(「私」)から作中人物を析出していく過程は単純ではない。ラスティニャックを代表とする他の青年たちの人物再出法に関しても、バルザックは矛盾を何とか回避しようとしながらも、きれいに整合させることはできないだろう。しかし、それだからこそ、そのこと自体が、作中人物析出という現象を本稿で取り上げる意味でもあるのだ。

バルザックは、『サラジーヌ』の「語り手」を意識的に命名しなかった。実際にそう考えることのできる理由について、最後に補足しておきたい。

それは、《カードル》の年代が確定されておらず、最初から最後まで曖昧なままにされているという点だ。ピエール・シトロンは、プレイヤッド版の解説冒頭で、執筆年を根拠に《テクスト・カードル》の年代を1830年としているが、初出から《カードル》の年代は記されていないのである。

エリック・ボルダスは、「『サラジーヌ』の中でパリの物語には日付が付けられていない。われわれは王政復古下にいるのだと思わせられているが（タンクレディやマリブランへのアリュージョン等）、レシは1830年秋に刊行されており、イデオロギー的な妥協と幻滅を承認することになった7月革命からいくらも経っていない時期だ。」と言ったあと、1835年に『サラジーヌ』がそれまでの哲学的コントから『風俗研究』の『パリ生活情景』に編成替えされることを受けて、「バルザックの短いこのレシは、（性的な同一性だけでなく美という点でも）《名前の

ない》ものに関するディスクールを選ぶ。それは、"政治"に関する"寓話"を語るためである。」としている[26]。

　年代を曖昧にするという行為は、次節『赤い宿屋』にも見られる特徴だ。バルザックが、ラファエルやフェドラに人物再出法を適用しなかったのは意識的な選択だったと言える。年代をあいまいにすることで、この作品をパリという『人間喜劇』の舞台にひとつだけ咲く寓話的な物語にとどめた。そのために、読者はいつまでも、この不思議な物語を追い求める結果となるのである。

　しかし、バルザックはそこにとどまることはないだろう。先ほども記したように、『サラジーヌ』の《レシ》は、パリという《カードル》を今後十分に発展させるにたるだけの準備をしているからだ。そして、『サラジーヌ』で「語り手」である「名前のない私」を意識的に命名しなかったと同時に、彼は、もうひとつ別の「語り手」を現出する。『赤い宿屋』の「私」である。

---

(26) Eric Bordas, « Introduction » in *Honoré de Balzac, Sarrasine*, p.16, p.17.

第4節

「私」とは誰か ～『赤い宿屋』と語り手の階層化

　『赤い宿屋』は、1831年8月21日・28日『パリ評論』誌に初めて掲載され、1832年ゴスラン版『新哲学的短編集』に収められたあと、1837年ヴェルデ版『哲学的研究』〔所収の巻はデロワ・エ・ルクー〕を経て、1846年フュルヌ版に至り、その後の修正ののち現行の版となった。

　「語り手」(「私」)に関わる1830-1832年期雑誌掲載作品群の中でも、とりわけ、まだ「私」が加工されない、人物再出法発想以前の状態から始まって、長いスパンの中で修正を重ねたあと、『人間喜劇』に組み入れられた。『サラジーヌ』とともに、「語り手」(「私」)が最終的に命名されなかった作品のひとつである。

　この作品における語り手は、『サラジーヌ』のそれにもましてとらえがたく複雑であり、バルザックが最終的に「私」を命名しなかった意図を推測することは、『サラジーヌ』よりも一層むずかしいと言える。『赤い宿屋』における一人称単数の機能とは何か。これが、本節の第一の目的である。

　第二に、作品レベルでのクロノロジーの問題がある。具体的には『架空人物索引』[1]の記述と作品読解によって生じる年代の矛盾について考えるとき、一例として『赤い宿屋』を取り上げた場合、作品のクロノロジーの矛盾が解消されていないという現象を、バルザックの記憶違いとして処理するよりも、「語り」のレトリックないしトリックという形で問い直してみたい。『赤い宿屋』における時間の矛盾が、「語り」の主体・客体といった、より幅広い問題性を含んでいるという見通しに立って、バルザックが故意に矛盾した執筆年代を設定した可能性があるという仮説に、作品の内部構造を分析することで答えようするのが、もう一つの目的である。

　本節では、テクストにおいて時間の記述が矛盾しているのはなぜか、バルザックはどうして語り手「私」に人物再出法を適用しなかったのか、そして最終的に、「私」という装置は、どのような機能を作品に対して果たしたのかといった点について考えてみる。

---

(1) Index des personnages fictifs de « la Comédie humaine », Pl. XI;『赤い宿屋』の引用は Pl. XI に拠る。

I 時間設定の矛盾と両極性

　第一の問題は時間に関するものである。『赤い宿屋』における物語レベルでの年代に関して、『架空人物索引』の関係項目には不自然さと矛盾がある。ヘルマンの物語が語られる年代はテクストからは決定できず、特にフュルヌ版で加筆された執筆年代は作中人物タイユフェールの死亡年を考えるとき、根本的な矛盾を生じさせている(2)。この時間の記述についてまず検討しておきたい。

　冒頭「あれは何年のことだったか」(p.89) という書き出しで、この作品ははじまる。これから語られるテクストの時期を曖昧な形で提示するという手法は、古来物語を開始する常套手段であり、それ自体に何らかの意図を感じるのはむずかしい。バルザックに関しても、例えば『サラジーヌ』では、最後まで《カードル》の時期について言及されることはなかった。したがって、初期の短編であり、寓話的な意味を付与する要素として違和感なく受け入れることができるようにも一見思える。しかし、前節でも指摘したように、実は『サラジーヌ』そのものが、年代を問題にするとき、バルザックの意識的操作であったと考えるべき事例を内包していた。少なくとも、『赤い宿屋』に関しては、この時間の曖昧化が意図的であったと考えられる根拠が存在する。

　それは、第一に、この曖昧化は冒頭にとどまらず、テクストの最後の部分にも出てくるということ、しかも、最終的に曖昧にされたのであり、フュルヌ版以前には明確な年代設定がなされていたということ、第二に、《レシ》においては、年代は明確に記され、また《カードル》においても奇妙な形で明示された箇所があるということ、この二点である(3)。

---

(2) この問題については、以下の論考で考察した。奥田恭士, *Index des personnages fictifs* における年代決定の問題点 —*L'Auberge rouge* と *Un drame au bord de la mer*—, 姫路工業大学一般教育部研究紀要『論苑』, 第7号, 1996年, p.102, p.109の註25.

(3) 年代とは異なる要素、作中人物の命名の問題が補佐的な役割を果たす。T.V.＝リディックは先ほどあげた時間設定の不明確さに加えて、特にテクスト冒頭における不定冠詞の使用（「あるパリの銀行家」、「ある人のいい太ったドイツ人」）や《 je ne sais »の繰り返し（「どんな商売をしているのかは知らないがその商店主」）を挙げ、ここに作者の意図的な忘却を認めている。更には、ヘルマンが「小説本に現われるたいていのドイツ人と同じく、この男も名前をヘルマンといった。」という風に明確な名前ではないと指摘している。また、これに関連して、《レシ》においても、プロスペル・マニャンを除くと、あとの二人は明確な名前ではない。「もう一人の青年の名前は忘れてしまいました。(...) お許しいただけるなら、ヴィルヘムと呼ぶことにしましょう (...)。」「ここで申し上げておかなければいけないのですが、

まず、年代の曖昧さは冒頭以外に、最終部分で「われわれはいま十九世紀のただなかにいるのです。」(p.121) という形で出てくる。これはフュルヌ版からの修正で、それまでの版では《1831年》という具体的な年代がつけられていた (*Pl.* XI, p.1255)。人物再出法をこの作品に適用したのは、問題の人物をそれまでのモリシーからタイユフェールに変え、『ペール・ゴリオ』や『あら皮』との連係をつけたと思われるヴェルデ版 (1837) 以降であるから、この時点で《1831年》に連係上矛盾が生じたため故意に曖昧にしたという考え方は成り立つ。しかし、実際には、これもフュルヌ版からの加筆である執筆年代《1831年5月》(*Pl.* XI, p.1257) によって、文字通りに受け取れば、作品末尾の時期はそれ以前ということになり、この制約が加わることで、時期決定が困難となってしまうのである。
　タイユフェールは5月1日に死亡したと作品中の死亡通知に書かれていることから、この時点で、作品末尾の時期は1831年ではありえないと言わなければならない。というよりも、その前年1830年6月ないし7月でなければならず、従って、タイユフェールの死亡は早く見積もってもその年の5月1日ということになる。しかし、タイユフェールは1830年12月、『あら皮』に登場している訳で、この矛盾をどのように扱うかが問題となるだろう。
　これは、単純なミスとは考えにくい。前述した冒頭部分についても、フュルヌ版からの修正で、それまでの版では「1830年の末ごろ」(*Pl.* XI, p.1244) となっていた点が挙げられる。これらは、バルザックが何らかの意図をもってフュルヌ版から年代を曖昧にした可能性をうかがわせる[4]。
　以上のような年代の曖昧さに比べて、《レシ》の時間設定はきわめて正確である。

　　（とヘルマン氏は話を中断して言った）われわれにはこの見知らぬ人物の本当の名前もその経歴も分からなかったのです。ただ、彼が所持していた書類から、姓がヴァールヘンファー (...) ということだけが分かりました。」『パリ評論』誌初出のときと比べると、これらはいずれも変わっていない。ヴェルデ版で修正されたのは前述したようにタイユフェールとヴィクトリーヌだけであった。「私」だけではなく、名前に関してバルザックはあれほど周到だった修正を、まったくと言っていいほどおこなっていないのは不思議な現象と言える。Thuong Vuong-Riddick, *La main blanche et « L'Auberge Rouge »* : *Le processus narratif dans « L'Auberge Rouge »*, AB 1978, pp.123-135.

(4)　ヴァリアントについては以下の通り。« en plein dix-neuvième siècle. F: en 1831. ant.», *Pl.*, XI, p.1255, p.121 の variante-*g*.; « Vers la fin de l'année 1830, ant.», *Pl.*, XI, p.1244, p.89 の variante-*b*.

> 共和制の時代、第七年ヴァンデミエール（葡萄月）の末ごろというと、今の暦では1799年10月20日にあたるが、二人の青年が早朝ボンをたって、日暮れごろアンダーナッハ付近へさしかかった（…）。(p.95)

　この記述には当初から修正はない(5)。年代に関するこのような両極性をどう理解すればよいのだろうか。年代を両極化する何らかのテクスト上の理由があったのだろうか。
　時間の正確さという意味では、《カードル》の前提となる年代が曖昧にされたにもかかわらず、「私」がナポリ大使の舞踏会でヴィクトリーヌ・タイユフェールに出会ったのは「三日前」(p.115) と書かれ、更には、これは本質的に奇妙なことだが、良心の問題をはかる会議を開いたのが「一昨日」(p.118) であると記述されるなど、逆に厳密な点が注意を引く。この最後の記述は読者を混乱に陥れるだろう。冒頭、「あれは何年のことだったか」と、まるでヘルマンの物語が語られる時期をはるか遠い昔のように書き出しておきながら、一昨日会議を開いたということは、冒頭の時間的な出発点は会議の翌々日ということになるではないか。二日前に重要な会議を開いて、その発端となった夜会が記憶にないほど遠い過去の話であるかのように語りはじめるという矛盾が、ここにはある。
　「一昨日」と書くことによって、「私」はそのまま物語冒頭の「書かれた」現在時点へと戻ることはできなくなった。つまり、物語レベルで行動する「私」は、

---

(5) 『赤い宿屋』のテクスト生成については以下の通り。RP(1831年『パリ評論』誌) G (1832年ゴスラン版) W (1837年ヴェルデ版) F (1846年フュルヌ版) 顕著な異同としては、ヴェルデ版で『ペール・ゴリオ』との連係が取られ、問題の人物の名前が「モリシー」から「タイユフェール」（フレデリックというPRENOMは初出から）に、娘も「モリシー嬢」から「ヴィクトリーヌ・タイユフェール」に修正され、これに関連する細部の設定（父親が娘をなかなか認知しなかったといった細部）も修正、加筆された。人物再出法の適用の一環と考えられる。ただし、語り手、女性、銀行家については修正や命名はほどこされていない。以下、版ごとの構成を簡略な図にまとめておいた。

```
                        /M. Hermann (…)                    /Ce dîner (…)
RP   I························II·····························III
       二人の軍医補       二つの裁き              良心の問題
G    I·········II·········III·········IV·········V
       序   二人の軍医補  二つの犯罪  二つの裁き  良心の問題
W    ( )········I·········II·········III·········IV
       序   観念と事実   二つの犯罪  二つの裁き  良心の問題
F    ( )··········観念と事実··········二つの裁き··········
```

60

冒頭で語り（書き）はじめた「私」から切り離されて、宇宙に放出され時空間をさまよう宇宙飛行士のような状態に、テクスト上なってしまっているのである。このような時間設定における矛盾は、語りの主体である「私」が単一ではなく、ある程度分化していることに原因があるのではないか。以下、作品の構造と語り手の階層について、検証していきたい。

II　単純な象嵌構造からテクストの分断へ

　『赤い宿屋』を単純な構造に還元するところからはじめよう。この作品は「私」を語り手とする《テクスト・カードル》とヘルマンを語り手とする《レシ》の二つに区分される。

　「私」があるパリの銀行家の夜会に招かれた折、招待客の一人であるドイツの商人ヘルマンが銀行家の娘のうながしによって、ある物語を語りはじめた。それは、当時捕虜としてフランス軍に捕えられていたヘルマンが、同じころドイツ商人殺害の罪で投獄されたフランス人軍医補プロスペル・マニャン本人から聞いた話であった。プロスペルとその幼馴染みヴィルヘムは、大金を所持していた商人ヴァールヘンファーとたまたま同じ部屋に泊まることになる。プロスペルは大金ほしさに殺害を夢想するが、犯行直前に思い余って部屋を飛び出し、疲れ切って部屋に戻った。翌朝、友人と金品は消え、彼のそばには首を斬り落とされたヴァールヘンファーの死体が横たわっていたのである。

　この物語を聞く間、当初から不審に感じていた招待客の一人タイユフェールの挙動に、「私」はヘルマンの物語の真犯人がこの人物ではないかと疑いはじめる。そこでヘルマンの物語の終わったあと、ある致命的な一言で罠をかけ、タイユフェールを窮地に陥れることに成功した。ところが、その自らの行動によってタイユフェールを死の苦しみに追いやっただけでなく、自分が恋している女性が実はこの人物の娘であることを知り、「私」の苦しみの日々が始まる。一旦はアンダーナッハにまで赴き調査をしたが、血に汚れた財産と清らかな娘との間で結婚を迷ったあげく、とうとう友人たちを集めてどうすべきかを決めることになるといった経緯である。

　《テクスト・カードル》の中にヘルマンの物語が象嵌され、その物語のあとも《カードル》がつづくという構造をもっているということができる。しかし、これだけでは、『赤い宿屋』の構造は厳密には理解できない。

　象嵌形式を用いたバルザックのテクストには、大まかに三つの傾向がある。一

つは《カードル》が《レシ》を完全に包みこみ、《レシ》は物語が終了するまで《カードル》との関わりを一切持たず、再び《カードル》に戻る場合、もう一つは《レシ》の聞き手が口をはさむか、語り手自身が定期的に聞き手に呼びかけをおこない、《レシ》の中に《カードル》の現実が持ち込まれる場合、三つ目は《レシ》が短い断片であり、《カードル》の中に連続する《レシ》が埋め込まれているケースである。むろん、程度の差は作品によって異なるが、おおむね、このような傾向があると言うことができるだろう[6]。

その意味で、『赤い宿屋』は《レシ》がまず語り手ヘルマンによって時おり中断されることから、二番目に分類されることが分かる。例えば、「ここでひとつお断りしておきますが、と中断してヘルマン氏は言った（…）」(p.98) とか、「ところで、話がその辺りの場所のことになってきましたので、とヘルマン氏は私たちに言った（…）」(p.99) という具合である。

この手法は《レシ》の持つ物語の自立性を妨げ、《カードル》との関わりの中で《レシ》がより深い意味を生じさせる目的を持っていることを示している。つまり、《レシ》にすべての関心が集まっているわけではないと言い換えることができるだろう。実際、この中断によって、読者はたえず現実に引き戻されるが、そのたびに「私」の目を通して、タイユフェールの不審な挙動を再確認しながら、ヘルマンの物語を聞きつづけることになる。物語そのものの進展と同時に、この物語とそれが語られる場とが密接に結びつけられているのである。

ところで、この種の中断は、ヘルマンの聞き手への呼びかけという通常の仕掛けの他に、一層重要な分断要素を派生させている点は指摘しておかなければならない。第一に、《レシ》が物語られる間、主にタイユフェールが水差しの水を飲むという行為によって、テクストは「私」の目を通して意識的に分断されているからだ。

「水を飲む」という行為による中断は、まずヘルマンが《レシ》の登場人物の一人をプロスペル・マニャンと呼んだあとタイユフェールの動揺する様子が描かれる部分、次いでヴィルヘムがヴァールヘンファーの首について冗談半分の仕草をしたとヘルマンが語ったとき、三番目は殺害に用いられた外科道具について言及されたとき、四番目にプロスペル・マニャンが殺人を予見する場面で深い眠りについてしまうと語ったときに現れる。「水を飲む」という行為以外では、犯人

---

[6] 具体例としては、タイプの第一には『砂漠の情熱』、第二には『サラジーヌ』、第三には『続女性研究』などが考えられる。

が用いた外科道具にヘルマンが再び言及したときタイユフェールはせきこみ、そして、ヘルマンがヴィルヘムと仮に呼んでいた人物の名を突如思いだして「フレデリック！」と叫ぶと、タイユフェールの様子は一変するという具合に記述される。

このような分断から、「私」と連れの女性が観察者としてタイユフェールの様子とヘルマンの物語の真犯人とを重ね合わせることによって、《レシ》で語られる物語と同時進行的に、もう一つ別の現実を割り込ませていることが分かる。言い換えるならば、《レシ》がタイユフェールにもたらす影響を描くと同時に、「私」の意識にも影響を与えていることを示しているのである。

この分断をバルザックが意識的におこなったという証査として、タイユフェールが水を飲む場面でゴスラン版やヴェルデ版に「中断」« Interruption » という言葉があったこと、特にヴェルデ版では順番に1から4まで [PREMIERE INTER-RUPTION~QUATRIEME INTERRUPTION] という風に、「中断」という語が改行した上でわざわざつけられていたという点を挙げておくことができる(7)。最終的には消し去られたが、これらを一種のパラテクストと想定すれば、バルザックはある明確な小説進行上のトリックとして、この方法を用いたということができるだろう。

このようなテクストの分断はいったい何を意味するのか。この作品は単純な階層構造になってはいないのではないかという疑問が生じる。フュルヌ版以降現在の版はタイトルのない序についで、「観念と事実」および「二つの裁き」という二つの部分から成っている。これを書き出し、ヘルマンの物語、その後の展開と簡単に割り切ることはできない。まず少なくとも、テクストを構成する場としては、銀行家のサロン以外に、後日会議を「私」が開く場所、おそらくは彼の自宅が想定されるからだ(8)。

バルザックは、例えば『サラジーヌ』で、《カードル》の時間と場所を別のところに移して《レシ》を語るという形態を取ることはあった。しかし、《レシ》が終了してのち、「私」を中心とするもう一つ別の場と時を《カードル》に選び直すということはあまりない。これ自体異例とも言えることだが、ともかく《カードル》は《レシ》の内部に亀裂を生じさせているだけではなく、《レシ》が終了

---

(7) *Pl.*, XI, p.1249, p.95, *a*; p.1251, p.104, *b*; p.1252, p.105, *a*; p.110, *a*.
(8) このほか、「私」がこれから読まれるテクスト全体を「書いている」場所、つまり、明記されていないが「私」の自宅の書斎と考えられる場所が想定される。

したあとも引きつづき同一のサロンで延長され、更には時と場所を変えて、最初の前提（ある銀行家のサロンで聞いたヘルマンの話を物語るという前提）を越えた《カードル》を「伸ばしていく」という、かなり複雑な形態を取っていることが分かる。

では、《レシ》はどうなっているのか。ヘルマンの語りだけをひとつと考えるのが普通だが、実際はこの《レシ》の内部に、物語にとって重要な意味を持つ短い描写と語りが見い出される。

Ⅲ 《レシ》に内包された短い描写と語り

　ヘルマンの語りは中断によって定期的にサロンという現実に引き戻され、そのたびに観察者である「私」を通してタイユフェールの様子が描かれていた。しかし、たえず現実に介入されながらも、《レシ》は進行しつづける。そして、ヘルマンの語りの内部に、登場人物による短い語りやプロット上の伏線となる重要な描写を巧妙に挿入している点は見逃せない。まず、事件当日の描写に関して重要なものを一つ挙げておこう。二人の青年、同じボーヴェーの出身で幼な馴染みのフランス人軍医補、プロスペル・マニャンとヴィルヘムが、「赤い宿屋」の広間に入ったときの描写には、明らかに事件の伏線となるものが読み取れるからだ。

　二人は食事をしている人々がいる広間に入るが、そこはもうもうたる煙草の煙で最初はよく見えなかった。やがて、煙を通してドイツの宿屋というときっとついてまわる道具や造作が見えてくる。暖炉、柱時計、テーブル、ビール壺、ひょろながいパイプ。そして、船頭の粗野な顔に混じって、フランス士官の肩章、拍車やサーベルが床にふれあう音が聞こえてくる、と語られる (p.96)。

　フランス士官の肩章、それにサーベルの音は、事件の翌朝の場面を振り返って思い出させるし、殊に何気なく記された「柱時計」は、事件当夜、もしかしたら冤罪の危険を回避できたかもしれない瞬間に、プロスペル・マニャンの精神に作用する重要な直接原因として思い起こされることだろう。この木製の時計について、マニャンは次のように語っていた。

　　　"やけに空気がよどんでるな"と、プロスペルはつぶやきました。"湿っぽい蒸気でも吸っているような感じだ。"彼は大気のそんな感じを、部屋の温度と屋外の澄んだ空気との違いでもって、ぼんやりと説明してみました。しかし、間もなく、水道の栓からしたたり落ちる水音によく似た規則正しい物

音が聞こえました。突然の恐怖に襲われた彼は、起き上がって宿の主人を呼び、商人かヴィルヘムを起こそうしました。しかし、運の悪いことに、その時、あの木製の柱時計を思い出したのです。それで、振り子が動いているのを感じているうちに、ぼんやりとしたはっきりしない知覚の中でとうとう眠りこんでしまったのです。」(p.104)

　この木製の柱時計は、半睡状態のプロスペルにとって、その日はじめて見た広間の物品の一つにすぎなかったが、知らぬ間に記憶の底に潜在しつづけ、最終的に彼を破滅へと追いやることとなったのである(9)。
　この描写よりも一層本質的なトリックとして、《レシ》にひそかに内包された一つの短い語りがある。食事が終わり、ヴァールヘンファーがお礼の意味で提供したワインを宿の主人も含めて四人で真夜中まで飲みながら語り合うなか、プロスペル・マニャンが自分の故郷の話をする部分である。

　「母が寝る前に夕べの祈りを唱えているのが見えるようです。（と、彼は言った。）僕のことを忘れるなんて絶対にありません。"どこにいるのだろう、わたしのプロスペルは"と言っているに違いありません。でも、近所の人と（"たぶん、君のおかあさんとさ"と、ヴィルヘムの肘をつつきながら、彼はつけ加えた。）賭けで何スーか儲けたら、赤い素焼きの大きな壺へ、そのお金を入れに行くでしょう。レシュヴィルのちょっとした地所に囲まれた三十アルパンの土地を買うのに必要な金をためているのです。その三十アルパンはかれこれ六万フランはするでしょう。そりゃいい牧場でしてね。ああ、いつかその土地を手に入れるようなことがあったら、僕は一生なんの野心もなしにレシュヴィルで暮らすんだが。僕の父親にしても、あの三十アルパンと、あの牧場のなかをうねって流れているきれいな小川を、どんなにほしがったかしれません。とうとう買えずじまいで死んでしまいましたが。僕は、しょっちゅうそこで遊んだものでした。」(p.100)

　この短い語りが、実はプロスペルの精神に大きな影響を与えることになるだろう。三十アルパンの土地に関する夢想が彼を犯罪心理へと駆り立てるからだ。実際、プロスペルはヘルマンに獄中で次のように語っている。

---

(9) *Pl.*, XI, p.96, p.104. 木製の時計は、この二箇所しか出てこない。

「その夜は眠れませんでした。幼年時代のいろいろな場面を思い出したのです。そして牧場を駆け回る自分の姿を思い浮かべました。おそらくあの牧場を思い出したことが僕の破滅のもとだったのでしょう。」(p.111)

　バルザック的な語りの状況設定に「食事のあと」という形がある。《カードル》で語りに適した「消極的な幸福」(p.91) の状態、つまり食事がすんだあとの心身がけだるい状態にあるときにヘルマンの語りがはじまるのとまさしく同じ状況で、このプロスペルの物語が語られることは象徴的と言っていいだろう。精神の弛緩した食後の状態は、そのまま眠りにつきつつあるプロスペルの半睡状態へと移行したことになるからだ。

　このような短い語りは、「私」の物語に内包されるヘルマンの物語の、更にその内部に象嵌されているが、語り手が登場人物プロスペルなのは明白であり、いわばかっこで区分されていて、語りにおいてはある意味で表層的ともいえる。問題なのは、プロスペル・マニャンの故郷の話から、やがてプロスペルがヘルマンに乗り移ったかのように語られる彼の犯罪心理を語る部分に入って、深層を探るような色調を帯びることである。ときおり、「彼は私に言ったのですが」(« il m'a dit » « m'a-t-il dit ») と現実に引き戻すヘルマンの言葉に分断されながら、また行為として単純過去の部分に挟まれながら、この心理描写は基本的には半過去形を取り、自由間接話法で表わされる。

　「母親の希望をかなえ、三十アルパンの牧場を買い、財産があまりかけ離れていてかなわぬ望みだったボーヴェーのある娘と結婚するのでした。」

　「商人の死を夢見ながら、金貨とダイヤをまざまざと眼に浮かべ、その眩い光に眼がくらみ、胸は高なるのでした。」(p.102)

　このような心理描写は、後述するように、《レシ》の語り手ヘルマンの言葉を通して、出発点の語り手である「私」が介入したと考える以外、不可能な描写であるように思われる。しかし、この点で重要なのは、バルザックがヘルマンはプロスペルから詳しく話を聞いたという設定を忘れてはいないということである。

　「私たちは話をしました。そして、彼は私のいろいろな質問にもかなり正確

に答えながら、その数奇な出来事を率直に語ったのです。」(p.107)

　プロスペル・マニャンの物語は、彼の声によってだけではなく、そのまなざしを通して、確実にヘルマンに伝えられる。ヘルマンの語りの根拠がそこにあった。

　「青年は中庭を横切るとき、私のほうを見ました。さまざまな考えや予感、諦めといったものに満ち、何と言っていいか、物悲しく陰鬱な優雅さに溢れた視線を、私は決して忘れることはないでしょう。それは、声はなくともはっきりと分かる一種の遺言でした。それによって破滅した自分の人生を最後の友だちに委託しようとしたのです。」(p.109)

　こうして、プロスペルの物語はヘルマンへと継承され、『赤い宿屋』の出発点となるのである。

Ⅳ　テクスト階層の分析

　《カードル》を構成する場や時、《レシ》を構成する語りが、上記のように複雑であることから、ここで、『赤い宿屋』における「語り」の構造をあらためて再確認しておく必要があるだろう。この作品に物語の構造分析を適用したT.V.＝リディックは、ジェラール・ジュネットの用語と概念を用いて、『赤い宿屋』の語り手と《レシ》の階層を以下のように区分している[10]。

N1（テクスト全体の語り手で作者と考えられる）
N2（ある銀行家のサロンで登場人物として動く語り手。作者と同一ではない）
N3（ヘルマン）
R1（N1が語るテクスト全体）
R2（N2が語るテクスト）
R3（N3であるヘルマンが語るテクスト）
　（このあと二つの延長部分がつづく。一つはヘルマンが語りを終えたあとのサロンの部分、もう一つはこの一夜の出来事以降の部分である。）

---

(10)　Thuong Vuong-Riddick, *art. cit.*, pp.123-135.

「語り」の構造を分析する上で、N1とN2の区別は必要だ。しかし、これはこの種の分析がもつ暗黙の了解であって、テクストのどの部分でN1とN2の区別をするかという議論には通常ならない。つまり、テクストはすぐにはじまるから、この時点でただちにN2が語ることになり、N1はいわば実体のない概念と化すからである。

ところが、『赤い宿屋』においては冒頭の語り手は複雑になっている。「あれは何年のことだったか」という書き出しから、一見作者と思われる語り手がある銀行家の自宅に招かれたことが述べられ、これから語る人物が招待客の一人ヘルマンと名づけられたあとすぐに、語り手は「そんな機会を持つ喜びを味わったのですが」(p.89) という言明によって、すでにこの時点で立ち会い人であることを明らかにしている。これは物語の手法としては常套手段と言える。このあと銀行家の娘の言葉をきっかけに、ヘルマンの物語が語られるという、いわば《レシ》の開口が宣言されたのち、語り手はその場の状況を説明し、かつ観察者としてまっさきに、これから問題となる男（タイユフェール）に注目しつつ、連れの女性とこの人物について会話を交すという流れになる。これも、『サラジーヌ』などに見られる手法である。ところが、すでにヘルマン氏は語りはじめていたという説明のあと、奇妙にも語り手は以下のように言明する。

　　その物語は、しばしば彼によって中断されたり、回りくどく脱線したりしたので、同じ言葉で再現するのは、私には十分むずかしかった。そこで、私は自分の好きなようにそれを書いてみた（...）。(*Pl*. XI, p.92)

バルザックはしばしば、このような物語の再現方法について、「要約」したり「再構成」したりすると、作中人物の「語り手」に前置きさせることはあった[11]。しかし、コンテクストから言って、語り手「私」はすでに観察者、物語の参加者として自らを位置づけている以上、この「書く」人物が冒頭に戻ってまだN2になっていないN1の人物つまり作者であるとは考えにくい。物語はすでにはじまっているのだから、この「書き直す人物」« transcripteur » が、そのままN1と同一レベルにあるとすることには疑問がある。

この点については、通常ヘルマンの《レシ》の範囲と考えられ、聞き手への注

---

(11) 例えば『続女性研究』でロザリーの話を出す前に、語り手ビアンションの要約という前置きが記されている。(*Pl*. III, p.724)

意の喚起という役割の中に含めてしまっているテクスト、すなわち「観念と事実」のはじまりからプロスペル・マニャンという名前が発せられる所までの部分を再度見ることによって、明瞭な説明が可能だ。

タイトルのない序のあと、「観念と事実」と題されたテクスト全体の前半部分は、いったい誰が語っているのだろうか。プロスペル・マニャンという名前が出てくるまでの部分には「私」という記述は一度も出てこない。その代わり、一人称複数 (nous, nos, notre) が三箇所、二人称複数 (vous) が一箇所使われているだけだ。ここはヘルマンの語りのはじまりと受け取るのが普通だが、ごく自然にこの部分を読むと以下のようになるだろう(12)。

> 二人の旅行者はフランス人だった。(中略) ドイツの農民でさえ彼らを軍医と認めたことだろう。軍医は学問と功績があるということで、軍隊においてだけでなく、**わが**軍が侵攻した国々のたいていの人たちから愛されていたのである。(p.93, 強調は筆者)

> しかし彼らはまた、そこでもほかと同じように、**われらが**生を受けた祖国の歴史的建造物や美しい風景について、じつに長い間忠実に持ち続けているあの排他的な偏見の幾つかを払い落とした。(p.94, 強調は筆者)

これらの引用は語り手がドイツ人ではないことを示している。したがって、上記部分の語り手はヘルマンではなく、フランス人であるべき冒頭の語り手ということになるだろう。つまり、ヘルマンの物語を書き直したと述べる「私」だが、この人物はN2でないのは当然としても、N1という形で処理するにはあまりにも物語の内部に深く関わり過ぎている。実はこの「私」の存在こそが、『赤い宿屋』を「語り」の上で特殊なものにしているのである。

ここで、この作品の語り手をもう一度分類し直しておく必要があるようだ。

N1（概念上、作者と考えられるテクスト全体を統括的な視点から眺める人物）
N1'（一応作者と考えられるが、すでにN2がこの人物によって書かれる［＝見られる］）対象として登場したあと、これから先のテクスト全体に立ち会いそれを書いたと明言し、しかも、実際にヘルマンに代わってヘルマンの語りの

---

(12) « vous » はこの場合、文脈によって取り方が変わり、意味がないので言及しない。また、もう一箇所は一般的な « nous » の意味で使われている。

冒頭にあたる状況設定を自分の言葉で書き直した人物。また、《レシ》において、語り手ヘルマン自身はとうてい描きようもないマニャンの臨場心理を、まるで自分の心理であるかのように「半過去で語るヘルマン」に介入する。)
N2　(N1'が書いたテクストとは別の形でテクストに属し、テクスト内部で行動する人物、ヘルマンの語りの「中断」« Interruption » のたびに状況の観察者として姿を現わす。この「中断」はN1'がおこなっている。)
N3　(核心の物語を絶えず自ら分断し、現実に引き戻し、同時にN1'によってN2の観察を描くために、その物語をその語りのレベルではなくN1'の語りのレベルで分断される人物、すなわち単純過去で語るヘルマン)

　ヘルマンの物語によって行動をおこし、物語の夜以降も引きつづき行動しつづけ、良心の問題に関する会議を召集するのはN2である。また、《レシ》に登場する人物の発話・会話を提示し、状況を叙述するのはヘルマンだが、この部分は作者的万能の視点を持つ「私」にしか描けない。マニャンからの説明というアリバイだけではとうてい分かりようもない再現であるから、これはヘルマンの語りを借りたN1'の書き直したものと受け取るのが自然だろう。最後に、殺人状況においてマニャンの心理を語ることのできるヘルマン、殺人に至る心理・夢想を語るヘルマンも、アリバイとして、途中唐突に「と彼はわたしに語った」(« m'a-t-il dit »)と現実に引き戻すヘルマンとは区別されるべきだと思われる。

　《レシ》の階層はどうだろう。先ほども整理したように、T.V.＝リディックはR1、R2、R3、の三つに分けて考えている。問題なのはヘルマンの語り(R3)につづくサロンの部分と晩餐以降の長い延長部分をどのレベルに位置づけるかという点だ。今見てきたように、N1とN2との間にはN1'とでもいうべき別次元のものが存在すると思われる。したがって、われわれは以下のように分類したい。

R1　(N1が語るテクスト全体)
R1'　(N1'が語るテクスト、N2の行動を外から見ているテクスト)
　したがって、R3につづく延長部分および「この晩餐、この夜会は私の生活と感情にある種の残酷な影響を与えた」以降の長い延長部分も、この《レシ》のレベルとなる。
R2　(予めN1'によって書かれたテクストではなく、サロンという場でN2が実体験として描くテクスト)
R3　(N3であるヘルマンが語るテクスト、しばしばN1'によって分断されるが基本的には彼が語るテクスト)

以上のような階層分析によって、ヘルマンを除く「私」は二層ではなく三層構造を取っていることが分かるだろう。通常物語の構造分析において区別される、作者＝「私」と、物語レベルで行動する人物＝「私」との間に、作者バルザックとは区別されるべき「書く」という行為をテクストの中でおこなうもう一人の「私」が存在する。これが、『赤い宿屋』の問題を複雑にしている大きな要因の一つだと考えられる。

V　語りにおける契約と物語の感染

　ロラン・バルトはその著『S/Z』で、さまざまな示唆的概念を『サラジーヌ』について提示したが、その中で「契約としての物語」« récits-contrats » と「去勢の感染」« Contagion de la castration » という重要な概念をこの短編から読み取っている[13]。バルトは『物語の構造分析に関する序説』を書き、その適用例として『サラジーヌ』しか扱わなかった。しかし、バルザックの作品にはバルト的な読解方法でより鮮明にその意味を現わす作品が少なからず存在する。『赤い宿屋』も例外ではない。

　ヘルマンの物語はどのように作用するのだろうか。『サラジーヌ』では、「私」による「語り」によって聞き手であるロッシュフィード夫人は深い夢想に入る。去勢歌手ザンビネッラの物語はサラジーヌの死を介して、聞き手である夫人に影響を及ぼした。これはバルザックがロッシュフィード夫人を再登場させる作品、『ベアトリクス』や『ボエームの王』などで彼女が果たす役割を考えるとき、重要な意味を持つことになるだろう。『赤い宿屋』では、タイユフェールとともに、語り手である「私」が同様の影響を受ける。

　行動主体としては、物語によって過去を呼びさまされる受動的な感染者であるタイユフェールと、物語によって現実を観察し、感染によって行動する能動的な感染者「私」との対比が重要である。語り手ヘルマンは自らの物語の影響を受けないが、すでに彼の語るという行動にその本質的な感染を感じ取ることができるだろう。今度は「私」が、ヘルマンに変わって会議でプロスペル・マニャンの話を語ることになるからである。

　ヘルマンは、マニャンから詳しく話を聞くことによって一種の語りの契約を結

---

(13) Roland Barthes, *S/Z*, *Œuvres complètes*, t.II, Edition du Seuil, 1994, p.614; p.697.

んでいた。更には、マニャンの最後の視線によって、「遺言」の形で物語の継承を託されたと言っていい。ヘルマンはマニャンとその母親との二つの墓の間で投げられたあの惜別の言葉を埋葬することになる永遠の秘密の中に、一つの崇高で陰鬱なドラマを見ると言っているが、この惜別の言葉はこの世のいかなる生物にも知られず、あたかも「砂漠のただなかでライオンに襲われた旅人が発する叫びのよう」(p.113) であるとしている。そして、このドラマを継承する形で「もう一つのドラマ」について言及するのが「私」であった[14]。

　バルザックはヘルマンの物語の間、たえずテクストを中断することによって「私」が物語を継承する準備をしてきたと言っていい。実際、「私」はタイユフェールの正体をあばき、その「死刑執行人」(p.115) へと化すが、その際、「私」の心理について、バルザックはかなり詳細な理由づけをおこなっている。「精神現象」「観念の定義しがたい放射物」「磁石」(pp.113-114) といった言葉は、タイユフェールと「私」との間に生じる精神的なエネルギーの葛藤を表わす表現だが、それは「摂取作用」« intussusception » という生理学用語で要約される。

　　われわれの魂と感情のこのような摂取作用が、商人と私のあいだにある神秘的な戦いを開始させたのです[15]。

　ヘルマンの物語は、観念の感染による結果として、まずタイユフェールの苦痛に満ちた叫びを生じさせた。これは、銀行家の妻の説明によって叙述される。ブルッソンの治療で年に一度秋の末ごろにしか発作はおこらなくなったというが、これは《レシ》の事件当日（1799年10月20日）と符合する。時期に関しては両者ともヴァリアントはないから、バルザックがタイユフェールを真犯人と暗示していることが分かる。

---

(14) *Pl*. XI, p.113, « (...) je vis un drame de mélancolie sublime dans le secret éternel qui allait ensevelir ces adieux jetés entre deux tombes, ignorés de toute la création, comme un cri poussé au milieu du désert par le voyageur que surprend un lion. » ; « un autre drame ».

(15) *Pl*. XI, p.114, « Cette intussusception de nos âmes et de nos sentiments établissait une lutte mystérieuse entre le fournisseur et moi.»; Littré: En physiologie, acte par lequel les matières nutritives sont introduites dans l'intérieur des corps organisés, pour y être absorbées. (「生理学で、栄養分の多い物質が有機体の内部に吸収されるために摂取される行為」) この語については、以下の論考がある。中堂恒朗, バルザックと摂取吸収作用（アンテュスユセプション）について, 『テクストの生理学』, 柏木隆雄教授退職記念論文集刊行会編, 朝日出版社, 2008, pp.95-107.

しかし、この感染はそれにとどまらない。「私」が単なる観察者・語りの聞き手という立場を脱して、テクスト内で新たな意味を受け持つからである。ヘルマンの物語によって感染した「私」は、「死刑執行人」あるいは復讐の代理者の役目を負わされることになるだろう。これは単なる事件に対する好奇心以上のもの、先ほど挙げた引用が示すように一種の精神現象である。そして、その不用意な行動が更には「私」をより深刻な精神状態に置くことになる。

> この晩餐、この夜会は、私の生活と感情に対して、ある種の残酷な影響をおよぼしました。(p.118)

こうして、「私」はヘルマンの物語に感染した結果、テクストの上で行動を起こすことによって、この感染を他に伝えるという方向へ向かうだろう。「私」の不決断、宙吊りの状態は、今度は自分が同じ物語を語り直すことによってしか償えないのである。会議の場が設定される意味もそこにある。つまり、最後の場面は、単に「私」がヴィクトリーヌ・タイユフェールとの結婚に迷っているという具体的な問題だけではなく、語りを継承していくという行為へと駆り立てることになる。

ところで、会議において投票はどんな意味をもっているのだろうか。なぜ投票なのか？　しかも、本来迷いのなかにあって、タイユフェールの死亡通知が来る前は結婚には躊躇していたと「私」は語っている。それにもかかわらず、「私」が会議を召集したということは、迷いながらも結婚に傾いていることを表わしている。

これは、最終的な投票結果が出たあとも同様である。「私」を除いて、招待客は17人、従って9票で過半数となるはずだった。ところが、白（結婚反対）が9と出たあとも、「私」はまだ決定できないでいるのはなぜか？

この点で、バルザックがフュルヌ版から「結婚に対する一致した密かな賛成」のあとに「と、それに対する一致した反対」(*Pl.* XI, p.121; p.1255) という加筆をしたことには注意する必要がある。これは、決定しないという「私」の態度を表わしていないか。

このことは、『赤い宿屋』において「私」がヘルマンの語りを聞き、ある行動を起こし、語りを継承したことによって、二律背反の状態に置かれ、語りの論理そのものから逃れられなくなった「私」の矛盾、いわば「私」の語りにおける宙吊り状態そのものを描いた作品ということができるのである。実際、ジュリエ

ット・フロリッシュは冒頭の食事の場面（これは語りの場面としてはバルザックに通例であることも指摘している）をあげ、「消化不良」« indigeste » というキーワードに沿って、以下のように述べている。

> 語り手が聞き手たちをその物語で魅了しようとしても無駄だ。自分自身でいまだ見い出せないこの結末を自分に与えてくれるように躍起になっても無駄である。彼の物語は完了しないままとどまるだろう。(中略) こうして、投票は以下のような結果を与えることになる。"結婚に対する一致した密かな賛成とそれに対する一致した反対！ この困惑 (« embarras ») からどのようにして抜け出したらよいのか？" (120-121)[16]

この宙吊りの状態は、語り手であったはずの「私」が、物語レベルで行動することによって、また、テクストを「書いた」人物から分離されてしまった結果生まれたものだと想定することによって、語りにおける「時間のねじれ」をも析出することになる。最後に『赤い宿屋』に特徴的と思われるこのような語りの構造について言及しておこう。

VI 「私」という装置とバルザックの執筆原理

物語は終わった。では、「私」は結局どうなったのか？ヴィクトリーヌ・タイユフェールと結婚したのか？それとも諦めたのか？ N2である「私」は完全に宙吊りの状態に陥ってしまった。

バルザックは、はじめ「私」が作者と同一であるかのように物語をはじめた。しかし、それは物語レベルで行動する人物であった。「語り」を聞き、行動した結果、この人物はバルザックからは完全に切り離される。なぜなら、彼は再びはじめに物語を「書く」と言った「私」には戻ることができなくなったからだ。前述したように、この会議の二日後の「私」に戻ることはもはやこの人物にはできないのである。

この時点で、実は、バルザックのテクスト構築に特徴的な人物析出の現象が生じていると言うことができる。なぜなら、バルザックは、「私」で語ることによ

---

(16) Juliette Frølish, *Au Parloir du roman de Balzac et de Flaubert*, Paris, Société Nouvelle Didier-Erudition; Oslo Solum Forlag A/S, 1991, pp.83-84.

って、小説における作中人物を一人作りあげようとしていることになるからだ。実際、この種の執筆プロセスを取りながら、最終的には作中人物の名前を与えられた「私」が、『人間喜劇』の作品の中には少なからず存在する。バルザックが作品を制作する傾向の一つとして、このようなケースが十分想定しうるだろう。『赤い宿屋』の語りの特徴がすべて、そこに集約されていると言っていい。しかし、『赤い宿屋』の場合、バルザックはその現象に気づきながらもコントロールできなかった。

　物語レベルでのN2は、すでに述べたように、いつの間にか、作中人物へと変化し、冒頭の作者的な「私」を離れて、自らの語った物語の内部に深く入りこみ身動きの取れない状態に陥ってしまった。いわば、鏡を前に語るうちにその中の自分と同化し、鏡の内部へと入り込んで出られない状態であると言い換えることができる。この人物に名前を与えるには、作品の枠から出る必要がある。ヘルマンの語りのあとに続く場面は、その試みの証左であったと言える。しかし、バルザックは、この人物について後日譚をつくることができなかった。人物再出法をバルザックが適用しなかったのは、このためである。

　バルザックは、執筆当初、作者的人物として物語を書きはじめるが、物語る行為そのものによって、結果として、本来あった「私」自身を変質させた。書くという行為、語りを聞くという行為によって生じる予測できない結果、本当の意味での偶発的な結果を招いた。バルザックは「私」を使って、彼には常套手段だが、立ち会い目撃したという設定で、一つの物語を読者に提示しようとするところから叙述を始める。しかし、「私」は実際に物語レベルで行動するだけでなく、書いている作者が、この人物や他の登場人物にも介入することになるため、物語レベルでの「私」は物語の進展にしたがって、ある種の変質をこうむらざるを得ないのである。

　『赤い宿屋』は、限りなく作者に近い「私」が、最終的には作中人物の一人、つまり、バルザックがその後命名した人物となってもおかしくない存在に変わろうとする途中の状態を見事に表わしている。創作の現象として、バルザックは作者＝「私」から出発し、やがてそれを「物語を聞く・話す」という行為によって変質させ、作中人物として自己から分離し、彼の創造世界に放出するというプロセスを取ろうとしたのではないか。

　それでは、作者バルザックはどこにいったのか。ここで、何よりも、作品冒頭でこれから物語を「書く」といった人物について考えておかなければならない。この人物は作者と同一だろうか。N2は、いわば、ねじれてしまった時間的空間

をさまよいつづけ、この物語の書き手に戻ることはできない。しかし、この書き手はこの物語に再び《カードル》を伸ばしていくことによって存在しつづけることができるだろう。バルザックは、今度はこの人物を物語レベルで行動させることになる。バルザック自身でさえ、この作品初出の段階では完全には把握しきれていなかったある種の創作現象が起こったのである。しかし、このような思考の傾向によって、バルザックの世界は、このあと、多面的な広がりをもって形成されていくことになるだろう。

　人物再出法は、単純な構造的方法などではなく、一つの認識論的な発見であったと言っていい。バルザックは『赤い宿屋』という作品自体を増幅させることはできなかった。タイユフェールに人物再出法を適用するにとどめ、他の人物、特に「私」に名前を与えなかったのもそのためであり、時間的な曖昧さを必要とした点についても、これまでの構造上の問題から結論づけられると考える。この意味で、バルザックがフュルヌ版から一見矛盾した執筆年代をつけたのは、意識的な行為だったと言わざるを得ない。初期短編『赤い宿屋』は、バルザックが「私」を使用することによって、やがて『人間喜劇』の世界、それも最後まで完成することなく、増幅しつづける途上、開け放たれたまま、筆を置かれた世界に向かう、一つの始まりであったと言うことができるのである。

第2章

『コント・ブラン』と 1832年-1845年の試み
~《レシ》と《カードル》のパッチワーク

CONTES BRUNS.

PAR UNE

PARIS.
URBAIN CANEL, ADOLPHE GUYOT,
RUE DU BAC, N° 104.   PLACE DU LOUVRE, N° 18.

M. DCCCXXXII.

バルザックは、周知のようにテクストを脹らませたり縮めたり、あるいは切り取ったり貼り付けたり、創作メモにはじまって、校正刷に至っても幾度となく手を加えていくことが多かった。更には、本章でも扱うことになるが、いったん特定の一つの「場」を《レシ》に与えたとしても、次の工程ではその環境を変えたり、本来別々の「場」にあった複数の《レシ》を同一の「場」に集めて、それ以前の「場」とは異なった《テクスト・カードル》の中に《レシ》を位置づけることもしばしばである。それは、作品生成の過程における創作の方法論と密接に関係するものであったことは言うまでもない。

　この現象は、言い換えるならば、バルザックのテクストが、現在われわれが目のあたりにするテクストであると同時に、制作過程の中で絶えず流動化し変更をほどこされるテクストでもあったという点を示唆している。この視点に立って、バルザックの書いた挿話を見ていくと、おそらくはテクストにおける「語り」の問題に関して、これまでとは異なった論点を提出しうるのではないかと考える。

　ニコール・モゼは、その著書『多元的なバルザック』第5章第3節「バルザック的テクスト」において、「再利用の手法」(technique du réemploi) の例として、『金色の眼の娘』を挙げ、次いで『田舎ミューズ』の複雑なテクスト再利用について、かなりのページを割いている [1]。モゼの立脚点は、バルザックのテクストに内在する「多義性」である。モゼは、『人間喜劇』を様々な意味を引き出すことのできる「流動的なテクスト」[2] と見なしているからだ。出来上がったテクストだけが重要なのではない。修正という模索段階に目を向けることで、われわれは絶えず触発され、発見する。

　再利用の問題は、この立脚点から当然対象となる課題であり、ニコール・モゼが切り込んだ論点を一層掘り下げていく必要があるだろう。われわれは、第2章でこの問題を取り上げるが、「再利用の手法」のプロセスを、「グランド・ブルテーシュ」という挿話の周辺に特定し、これに関連するいくつかの作品を対象とするつもりである。

---

(1) Nicole Mozet, *op. cit.*, pp.251-264.
(2) *ibid.*, p.303, « un texte mouvant ».

第1節

『スペイン大公』～《レシ》の置き換え

　バルザックは、1832年1月末、『コント・ブラン』という共作短編集を刊行した。その中に、短編『スペイン大公』がある。この作品は、中核となる物語にはほとんど変更が見られないにもかかわらず、それを取り巻く《テクスト・カードル》が変化することによって、質的な変貌を遂げている。はじめは独立した短編だったものが、三つの挿話のひとつとして別の作品に包含された。この時はまだ本体において大きな位置を占める。それが、のちに後続のテクストが肥大化し、中編小説『田舎ミューズ』となると、作品冒頭の一場面を構成する三挿話のひとつに過ぎなくなった。当初は独立した一短編として書かれたものが、徐々に中編小説のひとつの挿話へとその位置づけを変えていったのである[1]。

　「再利用の手法」という観点から、本節では、初出が1832年のテクストである『スペイン大公』という短編が、《テクスト・カードル》の設定および修正によって、どのような変容を見せているかを検討し、この挿話を契機とした創作原理の一端に触れてみたい[2]。

---

(1) ロラン・ショレは、『スペイン大公』の源泉が、1830年2月10日の*Trilby*誌、*Le Temps*誌、*Le Pirate*誌の中のエピソードであると指摘している。Roland Chollet, *op. cit.*, p.286. 註23.
(2) 本文中で言及する作品の版は次の通り。『コント・ブラン』: *Les Contes bruns*, Max Milner, Laffitte reprints, Marseille, 1979. 『ル・コンセイユ』: *Le Conseil*, Mame et Delaunay-Vallée, *Scènes de la vie privée*, t.III, 1832; Honoré de Balzac, *La Grenadière et autres récits tourangeaux de 1832*, Christian Pirot, 1999. 『グランド・ブルテーシュあるいは三つの復讐』: *La Grande Bretèche ou les Trois Vengeances*, Werdet, *Etudes de mœurs au XIXe siècle*, *Scènes de la vie de province*, t.III, 1837; *La Grande Bretèche ou les Trois Vengeances*, Charpentier, *Scènes de la vie de province*, t.II, 1839. 『ル・メサジェ』誌のテクストについてはブリュッセル版に拠る: *Dinah Piédefer*, Bruxelles, Ed. Alph. Lebègue et Sacré Fils, 1843. 『田舎ミューズ』: *La Muse du département*, Furne, *La Comédie humaine*, *Etudes de mœurs*, *Scènes de la vie de province*, t.II, 1843; *La Muse du département*, Souverain, *Les Mystères de province*, t.I-IV, 1843; *La Comédie humaine* IV, Gallimard, Bibliothèque de la Pléiade.

I テクスト再利用の経緯と挿話の区分

(1)『11時と真夜中の間の会話』と『コント・ブラン』

　バルザックは、1831年12月25日の『アルティスト』誌に、『11時と真夜中の間の会話』と題する作品を掲載した。これは、挿話に先立つ「序」の部分を含む「ビアンキ隊長の話」と、「ボーヴォワール騎士の話」という二つの挿話から成っている。

　一方、バルザックは、1832年1月末、フィラレート・シャールとシャルル・ラブーとの共作短編集『コント・ブラン』を、ユルバン・カネル&アドルフ・ギュヨから刊行した。内容は、バルザックの『11時と真夜中の間の会話』を皮切りに、フィラレート・シャールの『瞼のない片目』、シャルル・ラブーの『踊り子サラ』、以下シャールとラブーの短編が6編つづき、最後にバルザックの『スペイン大公』で終わっている[3]。

　これらの短編は、タイトル『コント・ブラン』(褐色のコント)の「色彩」が示す通り、1830年以降のいわゆる「幻滅派」の特徴を持つもので、バルザックに関しては、『あら皮』や『不老長寿の霊薬』と同じ色調をなす幻想小説の要素を多く含んでいた。

　バルザックが執筆したのは、冒頭の『11時と真夜中の間の会話』および末尾の『スペイン大公』の二編である。『11時と真夜中の間の会話』は、先に『アルティスト』誌に掲載した二つの挿話を増補した十二個の挿話から構成され、「結び」の部分で締めくくられている。

　バルザックは、その後、他の作品を書くにあたって、『コント・ブラン』中の二作品を再利用した。『スペイン大公』については、『田舎ミューズ』のプレ・テクストである1837年ヴェルデ版『グランド・ブルテーシュあるいは三つの復讐』に組み入れられる。また、『11時と真夜中の間の会話』については、冒頭の「序」が一部『続女性研究』冒頭に再利用され、第一挿話「ビアンキ隊長の話」と第二挿話「ボーヴォワール騎士の話」をつなぐ「ナポレオンに関する長せりふ」は、『続女性研究』中カナリスの科白として、また、第二挿話「ボーヴォワール騎士の話」は、『スペイン大公』とともにヴェルデ版『グランド・ブルテーシュある

---

(3) この他の『コント・ブラン』所収作品：『ひとつの幸運』(*Une bonne fortune*)、『トビアス・ガルネリウス』(*Tobias Guarnerius*)、『守銭奴の墓穴』(*La Fosse de l'avare*)、『三姉妹』(*Les trois sœurs*)、『後悔』(*Les regrets*)、『検察官』(*Le Ministère public*)。

いは三つの復讐』に、第四挿話「わが大佐の愛人」は『続女性研究』中の「ロジーナの死」に、また第十挿話「あるドイツ人医師の妻の死」は、これも『続女性研究』中の「公爵夫人の死」に、それぞれ修正ののち組み入れられている。

バルザックは、1837年のヴェルデ版を書くにあたって、『コント・ブラン』中の二作品、ひとつは『スペイン大公』、もうひとつは『11時と真夜中の間の会話』中の挿話「ボーヴォワール騎士の話」を再利用したが、一方、この二つの挿話に加えて、1832年刊行の『ル・コンセイユ』に含まれる『ことづて』と『グランド・ブルテーシュ』のうち後者だけを取り出して、合計三つの挿話をサロンで連続して語られる設定に変更した。

(2)『スペイン大公』(1832年版)の基本的な構成区分

短編集『コント・ブラン』末尾の作品『スペイン大公』(以下、「32年版」と略す)について、その後の再利用を分析する上で、いくつかの区分をしておきたい。

①短編集だけに現れる冒頭部分

この作品は、現在の『田舎ミューズ』に収められている挿話本体以外に、その前提とも言うべき状況説明を冒頭に持っていた。それは、作品の冒頭から、挿話本体が始まる直前(32年版, p.378)までに相当する。これを便宜的に「32年版―序」とし、挿話本体から区別する。この部分は最終的に削除された。

②挿話本体の部分

冒頭の状況説明以降の部分から短編末尾まで(32年版, pp.378-398)が、この挿話の本体である。これを「32年版―中」とする。

③状況設定が大きく変化する末尾部分。『田舎ミューズ』でも再利用される。

ここで留意しておかなければならないのは、挿話のクライマックスで一旦聞き手の一言によって「語り」が中断される箇所だ。ここから作品末尾までの部分は、ほとんどそのままのテクストが『田舎ミューズ』においても再利用されているが、後述するように実際には状況の設定が大きく変わってしまった。このため、この部分だけを「32年版―結」とし、挿話の中心的部分から区別しておく。

④「語り手」と中核の物語

修正の経緯とは別に、「語り」の観点から再度挿話全体を見ると、もう一つ指摘しておくべき点が生じる。32年版『スペイン大公』において、「私」として語る「語り手」は、三人存在する。まず、《テクスト・カードル》全体を統括する「名前のない私」、次に「32年版」本体を語る「ある男」(un monsieur)。これは、最初の「語り手」である「私」がトゥールの舞踏会で出会った人物で、名前はな

い。最後に、本体の物語の内部で、この人物がスペインの野営地で問題となる話を聞いた軍医である。「語り手」は、この三人であり、入れ子細工の三重構造を取っている。従って、軍医が語る物語の中核部分を特に「32年版－核」とし、区別しておく。このように、『コント・ブラン』における『スペイン大公』は、四つの区分を持っていた。

(3) ヴェルデ版『グランド・ブルテーシュあるいは三つの復讐』(1837年)

バルザックは、1837年、『グランド・ブルテーシュあるいは三つの復讐』と題する作品を、ヴェルデから『風俗研究』第7巻中の一編として刊行した。「32年版」との混同を避けるため、本節ではこれを「37年版」あるいは「ヴェルデ版」と呼ぶことにする。この版の構成上、重要なのは以下の二点である。

① 「37年版」の状況設定（冒頭）

『コント・ブラン』とは異なる《テクスト・カードル》、つまり冒頭の状況設定が最初に来る。この作品は、ラ・ボードレー夫人のサロンという《テクスト・カードル》を備え、「夫の復讐」というテーマに沿って、「ボーヴォワール騎士の話」「スペイン大公」「グランド・ブルテーシュ」の三挿話から構成されている。

このうち、二番目の復讐の挿話として収められる「スペイン大公」については、『コント・ブラン』で存在した《カードル》部分（「32年版－序」）が、かなり加筆・修正されたのち、再録された。ただし、『コント・ブラン』では叙述的だったこの部分は、「37年版」では会話体の一部として読まれるように、ラ・ボードレー夫人の言葉が挿入されている。

② 「語り手」の設定

『コント・ブラン』では名前をもつ明確な「語り手」は存在しなかったが、「37年版」では、「語り手」がエミール・ルストーあるいはジュール・ルストー（この段階ではエチエンヌではない）に特定されている点は留意する必要がある。『田舎ミューズ』では、「スペイン大公」の「語り手」がグラヴィエに変更されるからだ。この点については後述する。

(4) 『田舎ミューズ』に関する三つの版（1843年）

この「37年版」が、1843年3月20日－4月29日の『ル・メサジェ』誌を経て、別の生成過程において準備されたいくつかのテクストと合流することによって、「スペイン大公」の《テクスト・カードル》そのものにも変更が加えられながら、1843年スヴラン版の『田舎ミューズ』へと流れ、最終的に同年のフュルヌ版では

「グランド・ブルテーシュ」の挿話本体を削除し、作中人物ビアンションが語ったという状況説明にとどめる形になった点を確認しておく必要がある。スヴラン版ではこの挿話がまるごと残されていたと同時に、フュルヌ版では削除されたという併用状態が、この同じ刊行年で重なっている。「グランド・ブルテーシュ」は、1845年のフュルヌ版で、『続女性研究』の続編として別個に上梓された。

最も重要な点は、「37年版」ではまだ存在した「32年版－序」が、最終的には完全に抜け落ち、挿話本体（「32年版－結」を含む）だけが、『田舎ミューズ』に残されて、その代わりに、挿話のあとの部分が、別に加筆されるという経緯である。

以上のように、『スペイン大公』は、『コント・ブラン』から『グランド・ブルテーシュあるいは三つの復讐』を経て、現在の『田舎ミューズ』へと流れていくことになる。

II 『スペイン大公』（1832年版）における挿話の構造

まず1832年に刊行された『コント・ブラン』において、『スペイン大公』という短編がどのような形で提示されているかを見ておこう。

(1) 1832年版『スペイン大公』とはどんな物語か？

この作品は、トゥールのある貴婦人宅で催された舞踏会で、名前を持たない「私」が、1823-24年のある日、これも名前のない「ある男」から聞いた話を、自分の言葉で読者に提示するという設定で語りはじめられる（32年版, pp.375-376）。更に、この人物が、これも匿名のある一人の軍医と、スペインの野営地で出会い、その軍医が語る話を仲間の兵士たちとともに聞くという形を取っていく。

軍医が語る中核部分は、軍医本人が、ある晩仮面をつけた謎の人物ふたりによって誘拐され、高いびきで寝ているスペイン人の夫の寝室を、目隠しをされたまま通り抜けたあと、その夫人が姦通の結果みごもった子供を処置するという話である。

この中核となる話を聞いたあとの状況は、以下のように続く。自らの体験したこの話を、スペイン人の夫が自分に復讐するのではないかという強迫観念に駆られている軍医は、スペイン人が周りにいないことを入念に確認したあと、仲間の兵士たちに物語るのだが、話が済んでから、質問にうながされてつい問題の夫人の片腕に特徴的なあざが見えたことを漏らしてしまう。その途端、それまで気配さえなかった二つの眼が叢に光り、ある人物がその場から「空気の精」のように消え去った。その翌々日の夜半、用心していたにもかかわらず、兵士たちは薬で

眠らされ、恐怖におののく軍医に向かって、くだんの人物が自ら切断した妻の片腕を示し、即座にこの軍医の心臓を短刀で一突きする。ここで、軍医にまつわる物語は終わり、「私」を含めてサロンで「語り手」（ある男）の話を聞いていた一人が「語り」を中断させることになる。

(2) 幻想的コントと語り

　このような物語の展開は、軍医を誘拐した人物の一人である夫人のお付きの女性が、「毒殺」されるといった趣向も含めて、当時流行していた「幻想的コント」の要素に満ちている[4]。この点に関して、挿話が語りはじめられる際、名前を持たない最初の「私」が、これから語る物語の性格づけを、次のような言葉で行なっている点は注意を引く。冒頭の状況設定を締めくくる形で、「私」が述べる箇所である。（この部分は「37年版」では修正された）

　　　脱線の退屈さからあなたがたを救うために、私が*彼の話をコント作家の文体*に言い換え、レシに必要な*教訓的なこの方法*を適用することを、お許し願いたい。こうすれば、くだけた会話から印刷された状態になることだろう。
　　　(強調は筆者：32年版, p.378)

引用では「コント作家」と訳したが、バルザックが « conteur » という表現を取る場合、大まかに二つのことが考えられる。つまり、登場人物が「語りの場」において単純な意味で「語り手」になることを示すか、あるいは、この「語り手」の域を脱して「物語作者」になることを示すかのいずれかである[5]。この場合、「彼

---

(4) クラシック・ガルニエ版の校訂者ベルナール・ギュイヨンは、このお付きの女性が死ぬ際の記述を挙げ、1837年版でこれを削除した理由を、あまりにロマン・ノワール的なディテールだったからだろうと推測している。*L'Illustre Gaudissart & La Muse du département*, Ed. Garnier Frères, 1970, p.379の註.

(5) 例えば、バルザックは、« le ravissant conteur » (*Pl.* IV, p.818) « la voix d'un conteur semble toujours délicieuse » (*Pl.* XI, p.91) のように、単純な意味でサロンにおける「語り手」に関してこの表現を使っている。また『田舎ミューズ』において、« (...) Bianchon avait sa petite réputation de conteur. » (*Pl.* IV, p.688) といった表現が取られているが、これも同様の意味である。一方、例えば、『人間喜劇』の「序」にある « le conteur des drames de la vie intime » (*Pl.* I, p.11) といった表現をはじめとし、複数形だが « les grands conteurs » (*Pl.* XII, p.107) « les conteurs allemands » (*Pl.* X, p.470) という風に、「物語作者」そのものを示す際にも、この語が用いられている点は指摘しておく必要があろう。以上の検索には、次の註(7)と同様、霧生和夫氏作成のコンコルダンスを使わせていただいた点を明記しておきたい。

の話をコント作家の文体に言い換える」とは、ある無秩序な「語り」を一つの「コント」として「語り直す」という行為を表わしている。単純な意味の「語り手」以上だが、具体的な「物語作家」を指しているわけではない。

実際、このような「語り」に際しての前提は、例えば、後述する『続女性研究』末尾の挿話（「グランド・ブルテーシュ」）でも、ビアンションが、ロザリーの「語り」について、「しかし、ロザリーの混乱したおしゃべりを忠実に再現しなければならないとすれば、本が一巻でもまだ十分ではないでしょう。(...) ですから、概要だけをまとめましょう。」(*Pl.* III, p.724) としているように、作品内部で語る第一の「語り手」によって挿話が「提示し直される」ことを示す場合に見られる。

しかし、上記引用部分にもう一つゴシックで示したように、「語り手」という規定に「教訓的」要素が付随していることから、この部分が「物語作者」の意味により近いことが理解される。バルザックは、これから語られる物語が、単純な「語り」というよりは「幻想的コント」に近いと示唆していると推測できる。その意味で物語は、のちに「語り手」と《レシ》の相関を規定していく以前の混淆状態にあると言えるし、物語の性格が「語り」と「コント」という二重性をまだこの段階では兼ね備えていたと考えることができる。実際、中心部分で語られる物語に付与されたこのような性格づけは、冒頭部分の最初で、聞き手の一人によって次のような言葉で指摘されており、作者自身がはっきりと1830年ごろの「幻想的コント」を意識した上での表現であることが分かるからである。

　「このコントはおそろしく*幻想的*（＝ブラン）ですね」と聞き手の一人が言った。「というよりも、*真実らしくない*と言ったほうがいい。というのも、あなたにそれを語ったのは誰なのか、死人なのかスペイン人なのか、私に説明してくださらないとね。」(強調は筆者：32年版, p.396)

この「幻想的」« brun » という言葉は、『コント・ブラン』の校訂者マックス・ミルネによれば、1830年ごろのいわゆる「幻滅派」の「ファンタスティックな作品」に共通の特徴であった。これを、ミルネは「土、乾いた血、スペイン女性の髪、秋の枯れ葉、僧侶の服を表わす色」と記している[6]。バルザック自身、他の二人の共作者とともに短編集を『コント・ブラン』と命名していることが、この

---

(6) Max Milner, Préface aux *Contes bruns*.

点を明確に示していると言える。中心部分の物語に関して、これが多分に「ブラン」であるとバルザックが規定していることに不自然さはない。

(3) 真実らしさと語り
　問題なのは、この「ブラン」という規定に基づいて、聞き手から「真実らしくない」« invraisemblable » という言葉が発せられる点である。バルザックが『人間喜劇』の中でこの形容詞を使うことは稀だったと言えるし、その中でも「コント」ないし「語り」に関して使っているのは、ほんの数例しかない[7]。このような点を考慮すると、この「真実らしくない」という言葉には、バルザックが意識的に特別な意味を与えたと考える方が自然だ。つまり、この表現を用いることで、中心部分における「語り」の「真実性」に関して、作者自身が予め一種の留保の態度を読者に対して示していると考えることができる。「語り」において、「真実らしくない」という規定が事前に必要だったのである。
　この「語り」の不自然さ（刺殺された軍医か、刺殺したスペイン人のいずれが「語り手」にこの状況を話したのかという疑念を生じさせる不自然さ）を、バルザックはまず読者に喚起した上でこのあと巧妙に収拾していくことになる。バルザックの与えた「語り」の整合性は次のようなものであった。

>　「あのですね」と、この意見にかっとなって、**語り手**は答えた。「なぜって、私が受けたひと突きはとても幸運なことに左に行かずに右へ逸れたんです。**お許しいただきたいのですが、これは私自身の話だったのですよ…**　誓って、まだ一夜ならずあの忌まわしい二つの眼を夢に見るほどです…」
>　そのとき、**元軍医長**は突然言葉を失い、蒼白となって、口を開けたまま、まさしく**硬直**状態に陥った。
>　私たちはサロンの方を振り向いて見た。**戸口**にいたのは、なんとスペイン大公だったのだ…
>　（強調は筆者：32年版, pp.396-397）

---

(7) 例えば « Calembour à part, jamais les romanciers n'ont inventé de conte plus invraisemblable que celui-là; (…). » (*Pl.* V, p.591) および « Assez souvent certaines actions de la vie humaine paraissent, littérairement parlant, invraisemblable, quoique vraies. » (*Pl.* III, p.1102) 以外は、名詞の形で « découvrir l'invraisemblance de la fiction » (*Pl.* VI, p.275) が確認されるにとどまる。なお、後述するテクストでは « brun » も « invraisemblable » も、削除された。

「32年版」の結末部分は、現在の『田舎ミューズ』に再利用された箇所とほとんど同じテキストである。ところが、同じテキストであるはずにもかかわらず、以下の部分で行なわれるスペイン大公の描写、特に眼の描写は、その迫真性において、『田舎ミューズ』におけるよりもはるかにまさっていると感じられる根拠がある。それは、中心部分の「語り手」(ある男)が「自分が立ち会った」という前提で、一つの挿話を語ったあと、聞き手の一人に「真実性」を疑われて、思わず、それが自分の話であったことを吐露してしまうことになるからだ。このやり取りの直後、夜会に遅れてやってきたある人物が戸口に立っているのを見て、この「語り手」は恐怖に硬直してしまう。この人物こそ、「スペイン大公」であったことは言うまでもない。バルザックはこの眼前に立つ「スペイン大公」の描写を明確に意識しながら描いている。そして、軍医の物語を語る「語り手」が、実は中核となる《レシ》の「語り手」であった軍医その人に他ならず、聞き手によって抱かれた物語の不自然さ、すなわち心臓をひと突きされた当の軍医あるいは刺したスペイン大公のいずれかしか知りえないはずの状況を知っているという不自然さは、話された《レシ》が実際には命を取りとめた軍医その人の「語り」であったという予想外の結末によって、一挙に解消されてしまうことになるのである。現行の版では以下のような最終部分が削除されていることが、その点を明確に示している。

　　　真珠で飾られた彼の美しくも蒼白な額は、墓石をなす大理石のようだった。彼の心の中には、一人の埋葬された死者がいた。輝かしさの中にあったのはスペイン人の苦悩だった。
　　　軍医がすでに姿を消していたことは言うまでもない。(32年版, p.398)

　このように見てくると、「32年版」の結末部分は、大半がその後『田舎ミューズ』で再利用されるとはいえ、「37年版」のテキストとは、状況設定が根本的に異なっていることが理解されるだろう。「32年版」においては、「語り」の「真実性」がテキストそのものによって裏づけられ、作品の手法上、周到に準備され保証されていることは異論の余地がない。幻想的(ブラン)な要素に満ちた軍医の物語は、一旦作者によって矛盾が設定されたのち、テキスト冒頭で予め用意されていた《カードル》へと戻ることによって、巧妙に解決の緒を見出だす。こうして、『コント・ブラン』における『スペイン大公』の物語は、片腕を失ったのは

「独立戦争のときです」(32年版, p.398)という夫人の言葉によって、名前のない「私」がおこなった「語り」全体を、自ら締めくくることになるのである。

「32年版」において、トゥールの舞踏会という一種の「アリバイ」が、挿話の流れを保証している点には、重要な意味がある。というのも、「32年版」では存在した設定自体が、『田舎ミューズ』とは決定的に異なるわけで、それと密接に関連する冒頭の設定(「32年版-序」)は、『田舎ミューズ』では完全に脱落するからである。『コント・ブラン』における冒頭部分は、この短編の流れの中で中心部分のもつ不自然さを解消するために必要不可欠の前提として存在した。バルザックは、「32年版」のテクストを、このように自立したエピソードとそれを支える基本的な《カードル》の設定という形で意識的におこなったと言うことができる。エピソードは適材適所に按配されていたのだ。これが、「37年版」のテクストで新たに設定される《カードル》では、どのような関係に変わるのか。次の段階であるヴェルデ版(1837年)を検討することにしよう。

Ⅲ　ヴェルデ版『グランド・ブルテーシュ』(1837年)の問題

「32年版」では、『スペイン大公』という挿話に基本的な《カードル》が存在することを指摘した。ここでは、1837年に『風俗研究』の一冊として刊行され、のちに『田舎ミューズ』へと展開していくプレ・オリジナルの一つ、『グランド・ブルテーシュあるいは三つの復讐』について、その《テクスト・カードル》を検討したい。

(1)《テクスト・カードル》の変更

「32年版」には、トゥールの夜会という《カードル》が存在した。それに対して、「37年版」では、それよりも更に大きな《カードル》が設定されている。「ボーヴォワール騎士の話」「スペイン大公」「グランド・ブルテーシュ」の三挿話を軸に、のちの『田舎ミューズ』におけるものと基本的には同様の《カードル》、すなわち、サンセールという田舎町とラ・ボードレー夫人のサロンである。

この《カードル》の設定によって生じてくる問題の一つは、まず、挿話の語られる動機が《カードル》の中で明確であり、加えてこの動機を了解しているのが、グラヴィエ、ルストー、ビアンションの三者だということである。むろん、1843年刊行の版や現在の『田舎ミューズ』においても、挿話の語られる動機づけは一貫して存在するが、「37年版」での特徴として、共犯者のなかにグラヴィエを含

んでいたという点が重要だ。
　第二に、このような三者の共犯性がもたらす現象として、三挿話が一定のテーマにおいて一定の配列を形成しているため、「37年版」で設定された《カードル》を拘束する結果になっているという点が挙げられる。
　第三として、《カードル》が拘束される結果、「田舎の才媛とパリのジャーナリストの恋」という、のちの発展的な設定を内包したまま、結末が『田舎ミューズ』のいわば「素描」に終わらざるを得なかったという点を指摘しておかなければならない。

(2) 三挿話の配列〜グラヴィエの役割

　上記第一点について、三者の共犯性に至る《カードル》の設定方法を見ておこう。バルザックは、まず、ラ・ボードレー夫人と初審検事クラニーが親密な仲なのではないかという疑いを明らかにするため、ルストーの口を借りて、一種の「罠」を設定する[8]。「語り」を上記の目的のために提案するのは、『田舎ミューズ』ではルストーなのに対して、ここではグラヴィエであるという点には注意しておきたい。グラヴィエは、ルストーとビアンションに向かって、『田舎ミューズ』でルストーが提案したのと同じ言葉を用い、「自分」が率先して上記の「罠」を、挿話という形でおこなおうと、提案している[9]。この「罠」の首尾について議論が続き、その後、取り決めとして、グラヴィエも含めた形で、三人がこの挿話の「語り」をおこなうことを提案するのはルストーである[10]。こうして、グラヴィエを含めた三者の共犯関係が成立することになる。ここで、『田舎ミューズ』におけるのと同様、グラヴィエがルストーに対して、妻に裏切られた夫のエネルギーとドラマティックな側面を指摘することになるが、この箇所は、『田舎ミューズ』では、ルストーに対するグラヴィエの明確な敵意に基づく言辞であるのに

---

(8) *Pl.* IV, p.1368, « un piège à loups ».
(9) *ibid.* グラヴィエの人物像については、« (...), j'ai vu d'étranges choses dans ma vie, (...). » (*Pl.* IV, p.1368)という彼特有の口癖をすでに使っていることからも分かるように、『田舎ミューズ』におけるのと同様、この時点ですでに、道化的な人物として描かれているが、『田舎ミューズ』におけるのとは違って、この副次的人物は、《カードル》のより縮小された形である「37年版」では、全体として重要な役割を果たしていると考えられる。これに対して、『田舎ミューズ』ではクラニーの人物像が終始前面に出てくるため、グラヴィエはクラニーに比べて影が薄くなっている。
(10) *Pl.* IV, p.1370.

対して、「37年版」では、《カードル》の前提としてグラヴィエを共犯者の一人に含んでいる訳だから、明確にこのルストーとのやり取りの中には共犯性が存在することになるだろう⁽¹¹⁾。バルザックは、「三人だけが笑い出した（…）」という記述によって、三人の共犯関係をはっきりと表わしている。(この部分は、「43年版」にはない)

こうして、「グラヴィエさん、あなたのお話をそろそろして下さいな（…）」(*Pl.* IV, p.1373) というルストーの共犯的な言葉にうながされて、「ボーヴォワール騎士の話」をはじめるのはグラヴィエとなる。『田舎ミューズ』におけるルストーと同様なせりふの前置きのあと、「37年版」では、ルストーではなくグラヴィエが第一の挿話「ボーヴォワール騎士の話」を切りだす。こうして第一の挿話が語られるが、この挿話に対して、ラ・ボードレー夫人とクラニーが、ともに「全くの無関心」を示すにとどまったことについて、三者は戸惑いを隠しきれない。ここで、ルストーがある認識を示している点には注意する必要があるだろう。ここから第二の問題点が生じてくる。

> 「おや、私がお話した方がいいようですね。」と、**グラヴィエの*物語*が*十分*に*目的*を*達成*していないと*理解*して、ジュール・ルストーは言った。**
> (*Pl.* IV, p. 1373) (強調は筆者：強調部分は「43年版」にはない)

上の強調部分は、グラヴィエとの共犯関係を前提とした判断であり、グラヴィエの話が「語り」の目的を果たしておらず、従って効果が薄かったという認識を表わしていることは明らかだ。つまり、ラ・ボードレー夫人とクラニーが本音を漏らすには、夫の「残酷さ」においてこの話の効果があまりなかったという判断が働いたことになる。その結果、次の挿話は当然のことながら残酷さの程度が強まることが予想されるだろう。つまり、一種のテーマの「漸増効果」が働くことになると言い換えることができる。これは、「37年版」において、《カードル》で設定した挿話の動機、すなわちラ・ボードレー夫人とクラニーの親密性を明らか

---

(11) *ibid.*, pp.1372-1373, « Moi qui ai vu beaucoup de choses et d'étranges choses, je sais que dans le nombre des maris trompés il s'en trouve dont l'attitude ne manque point d'énergie, et qui, dans la crise, sont très dramatiques, pour employer un de vos mots, Monsieur, **dit-il en regardant Jules. Je connais une histoire où l'époux outragé n'était pas bête.** » （強調は筆者：強調部分は43年版『田舎ミューズ』にはない）

にするために、「夫の復讐」をテーマとする挿話を、グラヴィエを皮切りに三人の共犯者が順次提出していくという設定によって、「語り」の展開が拘束されていることを表わしていると言えよう。この拘束の中で、「スペイン大公」の物語はどのように語られるのか。

(3) 幻想的コントから真実の物語へ

　このあとただちに、ルストーが、「32年版」における「序」と同一の部分を語りはじめる。トゥールのサロンという状況設定の枠はルストーによっておこなわれ、一旦ラ・ボードレー夫人の介入によって「語り手」であるルストーの存在を再確認すると同時に、本質的な挿話の序としての設定になっているということができる。テクストは「32年版」とほぼ同一であり、特定できない「語り手」がルストーという具体的な名前を持つ人物に取って代わられたこと以外は、これから語られる挿話の性格そのものには何ら関係がないように見える。しかし、ここで、「32年版」とほぼ同一の箇所（「32年版-序」の最後のパラグラフ）で、「32年版-中」を性格づけていた「コント作家の文体」という表現が、次のような言葉で規定し直されている点は留意する必要があるだろう。ここにはバルザックの同一テクストに対する解釈の変化が見られるからである。ルストーは、次のように言って、「スペイン大公」中核部（「32年版-中」）を話しはじめる。

　　「*彼の物語に雑誌記事の形態を与えることを*お許し願いたい。そうすると、効果があるので。話をはじめましょう。」とルストーは言った。
　　（強調は筆者：*Pl.* IV, p.1375）

　この修正は、「37年版」の《カードル》で、作者が《レシ》（「32年版-中」）の色彩を意識的に変えたと考えないかぎり不必要なものだと言っていい。バルザックは、これから語られる《レシ》、すなわち「32年版-中」が、「37年版」で膨らませた《カードル》において「コント」« conte » というよりもむしろ雑誌の「記事」« article » の性格を備えていると、《レシ》に先立って留保しているからだ。「32年版」では、《レシ》の「語り手」はトゥールで出会った一人の人物であり、「コント」として「語り直す」という設定になっていた。「37年版」では、ルストーという特定の人物がこの名前のない「私」に変わり、トゥールで出会った人物の語った話を「記事」という形で「語り直す」という設定に変更されている。つまり、「語り手」がルストーという『人間喜劇』の登場人物に具体化した段階で、

ジャーナリストらしい表現に変わったということができる。これは、「語り手」がルストーになった時点で、同じ《レシ》であるにもかかわらず、その位置づけが変わったということをはっきりと表わしている。

　しかし、このような言い換えにも拘わらず、「37年版」でも「32年版」と同じテクストが語られることになるのは、なぜだろうか。第三の問題である「37年版」における結末を考察することによって、この点を考えてみよう。

(4) テクストの終熄

　「32年版」では「32年版－結」で、短編の最後が締めくくられた。それに対して、「37年版」ではこのルストーの話のあと、「グランド・ブルテーシュ」が続くために、次のような展開になっている。

　　「スペインって奇妙な国ですね」とラ・ボードレー夫人は言った。「何という話なのかしら！フランスではとてもありそうに思えませんわ。」
　　「フランスにだって、不幸にも、犯罪がないというわけにはいきません。」と、検事が言った。
　　「今度は私がお話する番ですね」と医師ビアンションが言った。「**そこでも、問題なのはやはりスペイン人です。**」(強調は筆者：*Pl.* IV, p.1375)

　「スペイン」という色彩が「32年版」におけるのと同様強調されるが、ここでは「スペイン大公」のような物語が、スペインだけではなくフランスでもおこりうるという方向に一旦変わり、しかも、更に、ここで語られる物語にもスペイン人が関わっていると述べられていることから、一種の「テーマの循環」が見られると言えよう。

　このような状況が設定されたあと、今度はビアンションが「グランド・ブルテーシュ」を語りはじめることになる。上記の繋ぎの部分は、最終的に「グランド・ブルテーシュ」が削除されたことから、当然のことながら『田舎ミューズ』のそれに相応する箇所とも異なってくることは言うまでもない。「32年版」では、スペインが一種の異国趣味の舞台となっていた。それが「37年版」で一旦フランスに置き換えられようとして、最終的には異国趣味の要素が消えないまま残っていることになる。「グランド・ブルテーシュ」がその延長線上で語られる根拠と言っていい。つまり、冒頭の《カードル》がテーマ的に「夫の復讐」の残酷さという点で、「グランド・ブルテーシュ」の「語り」を加えることによって、その

「漸増効果」を見事に発揮しているだけでなく、「32年版」に特徴的なスペインという舞台設定自体が後続の挿話「グランド・ブルテーシュ」の中でも継続することになり、この意味でも依然として、《レシ》の配列が《カードル》を拘束し、《カードル》そのものの発展を妨げていると言うことができるのである。

こうして、「37年版」ではくだんの「罠」が失敗に終わり、ラ・ボードレー夫人の無邪気な反応に、共犯の人物たちはみな驚くことになる[12]。

> 「でも、ねえ」と彼女は言った。「恋愛って、結婚よりどこが面白いんでしょう？」
> 素朴に発せられたこの質問に、四人の共犯者たちはお互いを見つめ合って、驚きを隠せなかった。(強調は筆者：*Pl.* IV, p.1375)

この「驚き」を頂点にして、「37年版」における三挿話は、「罠」としての目的を達成することなく、完結してしまう。このあとは、女性の貞節と姦通に関する議論が続き、『田舎ミューズ』におけるように「封印」(*Pl.* IV, p.1377) という展開を取ることになるだろう。(グラヴィエに目的を話す部分は当然のことながら付加されない)

問題なのは、最終的な結末の部分である。《カードル》はここから急速に終結へと向かい、夫人のその後を簡単に素描することで終わっている。すなわち、ラ・ボードレー夫人が諦めの結婚生活を送ること、クラニーとは友情にとどまること、年をとり、色あせ、1836年にビアンションが彼女を見たときには彼女とはわからないくらいになっていること。そして、最後のパラグラフが次のように《カードル》を締めくくる。

> 多くの場合がそうであるように、この結末は、ほとんどドラマティックとは言えない。その単調さによって、田舎に埋もれたある優れた女性たちは、

---

[12] 「37年版」で、バルザックは、ガシアンを含めた四人を「共犯者」としている。狩りの場面で三人の計画をガシアンは聞いているからだ。この引用箇所のあとに、四人の驚きの反応がそれぞれ記されており、その中にはガシアンも含まれていた。ただし、ガシアンはラ・ボードレー夫人を敬愛しているため、終始三人の計画には賛同しておらず、従って状況を知っているだけで共犯関係にはない (*Pl.* IV, p.1375)。「43年版」の狩りの場面には、グラヴィエははじめから登場せず、ルストーとビアンションの計画を知らないという設定に変わる。

こう言うかもしれない… 死ぬほど退屈だ、と。ラ・ボードレー夫人はおそらく退屈だっただろうが、それでも彼女は何も言わなかった。それは、多くの家庭の暴君たちに勝る稀な美点のように思われる。(*Pl.* IV, p.1378)

　このように、最初に述べた「共犯」による挿話の「連鎖」という流れが、一連の表象作用を終え、本来重要なテーマであるべきはずだった「田舎の才媛とパリのジャーナリストとの恋」という展開を妨げているのは、前述した裏切られた夫の残酷さを表わすという明確な目的を軸に、三挿話が漸増的に配置されているからであり、加えて、最終的には「37年版」のテクスト全体が、「スペイン大公」から「グランド・ブルテーシュ」に続く「スペイン」のテーマを軸にした1830年的なコントの特徴を、依然として持っていたからにほかならないことが理解されるだろう。バルザックには三挿話の配列されたテーマの漸増性を崩し、三挿話に共通のテーマの一貫性を軽減する必要があった。そして、これを行なうには三挿話の中のいずれかに上記の均衡を破る契機を見出だす必要があったのではないかと思われる。このような状況の中で、『スペイン大公』という挿話が、何らかの形で関与していた可能性がありはしないだろうか。この点について、『田舎ミューズ』の《カードル》を検討することによって明らかにしてみたい。

Ⅳ　1843年『田舎ミューズ』における《テクスト・カードル》

　「37年版」において、挿話をとりまく《カードル》が発展しえなかった理由として、どの程度「スペイン大公」の内部構造が関わっていると言えるだろうか。「37年版」では、より大きな《カードル》が備えられたにもかかわらず、「32年版-序」「32年版-結」という《カードル》には根本的な変更が加えられていない点を指摘した。それは、「32年版-序」「32年版-結」という《カードル》を変えることによって、「32年版-中」の持つ挿話としての「真実性」が崩されてしまうからに他ならない。しかし、一方で、この中心となる挿話「32年版-中」の成立基盤を、それを取り巻く「32年版-序」「32年版-結」という《カードル》の変更によって壊すことでしか、1843年版『田舎ミューズ』での作品展開はありえなかったのではないかという点について詳述したい。

(1)《テクスト・カードル》のモデル
　この問題を考えるに際し、説明の前提として、《カードル》のレベルに関して

整理しておきたい。まず、構造上の挿話の最小単位は、「32年版」においては「32年版-中」であり、これが一連の考察における基本的な《レシ》である。この部分は最初から最後までほとんど変更がない。ただし、この中には、更にもう一つ「32年版-核」という《レシ》が内包されている。
　次に、「32年版」において「32年版-中」をはさむ形で形成される「32年版-序」「32年版-結」が、第一の基本的な《カードル》を形成している。これは、《レシ》の持つ「語り」の「真実性」を保証するために必要不可欠な《カードル》で、これによって「32年版」というテクストが成立し、1832年の短編を構成している。
　第三に、「32年版」のテクスト全体を一つの《レシ》と考えるならば、「37年版」では、これを包む更に広い《カードル》が存在する。具体的には「32年版」全体を挿話の一つとし、他の二つの挿話をも包む《カードル》である。
　第四に、1843年版『田舎ミューズ』でこれから問題になるが、三挿話を包む流れを作品の部分的な《カードル》とし、これを媒介として作品のより大きな本質的展開を含めた、より大きな《カードル》が存在する。これは、『田舎ミューズ』という作品が、「37年版」のように素描的結末で終わることなく、ラ・ボードレー夫人とルストーの関連する物語へ発展していくことそれ自体をさす。中編小説『田舎ミューズ』の展開そのものと言っていい[13]。
　このような概念をもとに、具体的に、『田舎ミューズ』のテクストを検討してみよう。

(2) 語り手の変更と「グランド・ブルテーシュ」の削除

　『田舎ミューズ』のテクストでは、ルストーは明確に「エチエンヌ・ルストー」と名づけられる[14]。「名前」が付与されるというこの現象は、『人間喜劇』を考える上で重要な意味をもつ。なぜなら、「人物再出法」によって、他の『人間喜劇』中の諸作品との関連が必ず生起し、その人物の性格づけに始まって、『人間喜劇』全体を知っている最終的な読者は、ここからテクスト以外の意味を様々な形で読み取るからである。
　その点で、問題の軍医が『田舎ミューズ』において初めて「ベガ」« Béga »と名

---

[13] バルザックにおいては、これらに加えて、更に大きなカードルすなわち『人間喜劇』全体が考慮される必要があるが、この点については後述する。
[14] 「37年版」では、「語り手」がエミール・ルストーあるいはジュール・ルストーという形で混在し、まだエチエンヌではない点についてはすでに指摘した。

づけられるのにも重要な意味があると思われる。この人物はルストーと違って二度と他の作品には出てこない。再出しない人物名をわざわざ付加することは、物語の「真実性」を確保する目的以外には考えられないだろう。一種の「アリバイ」を構成していると言える。

さて、『田舎ミューズ』における最初の設定は、「37年版」と同様、ルストーがビアンションに「罠」を提案するところからはじまる。違っているのは、「37年版」における共犯者であったグラヴィエがこの場には存在しないことである。ルストーは二人だけの「罠」として、挿話の「語り」をビアンションに提案する[15]。ここには、「37年版」で副次的ながら重要な共犯者として登場したグラヴィエの存在がない。三者の共犯性が消えていることに注目したい。グラヴィエは挿話の目的からはずれ、遠景として、その目的を理解しない状態で、「語り手」の一人となるからである。その点で、グラヴィエのルストーに対する次のような言葉は、「37年版」とほぼ同じであるにもかかわらず、その意味する作用が全く異なる点には注意が必要だ。

　「ものを、それも奇妙なものをたくさん見てきましたから、私は、騙された夫たちの数にそれが入るだろうと分かっています。彼らの態度にはエネルギーのかけらもなく、あなたの使った言葉を使わせていただくなら、破局においてきわめてドラマティックな方々ですよ。」とエチエンヌを見ながら、彼は言った。(*Pl.* IV, p.682)

「37年版」では、三人の共犯が「パリと地方の対立」というよりも夫人の貞節をめぐる謎解きの方向へ向かい、グラヴィエを中心とする共犯性に特徴があったわけだが、『田舎ミューズ』では、共犯性がないどころか、ルストーに対して敵意さえ抱いている人物へと変わってしまっている。このため、「パリと地方の対立」が明確となり、ルストー、ビアンションに対抗して、本来クラニーだけであったものがグラヴィエを加えることで、その対立は強まってくる。そして、グラヴィエはあくまで挿話の流れにおいては遠景に退き、書き割り的存在になってしまうのである。

こういう状況の中で、今度はルストーが「ボーヴォワール騎士の話」を切り出

---

(15) *Pl.* IV, p.677.

すことになるだろう。ここで、本来「37年版」ではグラヴィエの「語り」であったこの挿話が、『田舎ミューズ』ではルストーの「語り」に変更されていること、また、シャルル・ノディエから聞いた話という前置きを備えている点には留意する必要がある。なぜなら、「語り手」が副次的人物から主要人物へと移行しただけでなく、挿話のもつ「真実性」の根拠がノディエという「アリバイ」を介して表わされているからである。「37年版」におけるグラヴィエの「語り」に比べて、ここでは《レシ》の「真実性」がまず作品の自立および独立性を前面に押し出す。「37年版」で「ボーヴォワール騎士の話」がグラヴィエという道化的な人物を通して語られることによって生じる「語り」の「真実性」に対する読者の疑念を、ここでは生じさせないように設定し直されていると言えるだろう。

それと同時に、後続するグラヴィエの「語り」(「37年版」ではルストーの「語り」) が保証するはずだった「真実性」を予め剥奪しているということができる。この意味で、ルストーの「語り」に際する前置きに、「37年版」のグラヴィエの前置きには存在しなかった次のような言葉が加わる点は注意をひく。

「もしも検事殿が、夫婦憲章が犯されていると、物語の持つ背徳性を公然と非難なさらないとしたら、私はあなたがたに**夫の復讐**について物語るところですが。」 (強調は筆者：*Pl.* IV, p.682)

上の強調部分は、本来「37年版」の挿話を牽引する中心的テーマだったものを明確な言葉で表わしている。それがこの段階になって初めて現われるのは、逆説的だが、「夫の復讐」が、『田舎ミューズ』ではすでに中心的な問題ではなくなったことを示唆している。明言することによって、逆にテーマが退行していると言えよう。「37年版」のテクストは、「罠」であるがゆえに、逆にこの言葉を明言しえなかったからだ。テーマが挿話において形骸化していく兆候を見せていると言い換えることができる。

更には、ルストーが、自ら「ボーヴォワール騎士の話」を語ることによって、「37年版」で「スペイン大公」を語っていたルストー本人を否定してしまうという現象が生じる。つまり、「語り手」として、グラヴィエとルストーが交代したことによって、予め「37年版」で「スペイン大公」を語っていたルストー自身を自ら罰してしまう結果になるのである。

このような「語り」における一種の「自己懲罰」は、後述する『田舎ミューズ』のテクストに特徴的な「感染」« contagion » とも密接な関係をもつことになるだろ

う(16)。

　こういう状況のなかで、ルストーが「語り手」になったにも拘わらず、「ボーヴォワール騎士の話」は、「37年版」におけると同様、「罠」としては効力を持たなかった。

　これを受けて、ビアンションが「おや、私がお話する方がよさそうですね」(*Pl. IV*, p.687) と、「37年版」ではルストーの科白だった言葉を発し、「グランド・ブルテーシュ」を語るという設定が登場する。「37年版」では第三挿話として、自立しテーマの漸増効果を決定的に締めくくる挿話という役割を果たしていたこの「語り」は、ここでは実体を持たない状況説明に終始するだろう。話の内容は述べられず、基本的には削除されるわけである。言い換えるならば、設定としては《カードル》中の聞き手には影響を及ぼすが、このテクストだけを読んでいる読者には遠景の役割しか果たさない。むろん、『人間喜劇』を知る最終的な読者には少なからずテクスト以外の効果を及ぼすことは確かである。また、バルザックが、スヴラン版でなお継続的にこの挿話を残していたことから、このテクストが《カードル》の流れの上でどの程度必要だとバルザックが判断していたかという問題は残る(17)。しかし、最終的に削除されたというテクスト上の事実によって、作者の意図とは無関係に、もうひとつ別の《カードル》の発展をうながすのは、結果として必然的だと言えるだろう。この明確な削除は、上記のような「37年版」におけるテーマ（＝夫の復讐）を弱めていくという執筆状況と一致するし、その結果として、「グランド・ブルテーシュ」はテーマ的に重すぎるという判断が働いたものと考えたほうが妥当である。

(3) 『スペイン大公』と物語の真実性

　このあと、今度はグラヴィエが「スペイン大公」を語ることになる。この点で重要なのは、グラヴィエがこの物語を「自分が立ち会った話」であると規定している点である。「32年版」と同様、「37年版」でも、物語への直接的関与は「語り手」において示唆されていない。また、「ブラン」« brun » 的である点も変わっ

---

(16) Roland Barthes, *S/Z*, Ed. du Seuil, 1976, p.216.「語り」によって「語り手」自身が罰せられるという点について、ロラン・バルトは「去勢」に限定し、次のように記している。« on ne raconte pas impunément une histoire de castration. » (pp.218-219)

(17) 理由の一つは、『続女性研究』へこのテクストを移すと二重になるため、それを避けたという点が挙げられるが、問題はそれほど単純ではない。これについては後述する。

ていない。それが、「物語的現実性」を帯びる点には留意する必要があるだろう。グラヴィエという人物が「スペイン大公」を語る際には、この現実性がなければ、挿話の持つ「真実性」は確保されないからである。これは、「32年版」で「32年版－中」の「語り手」が軍医その人に他ならないという設定とは別の形で、挿話の「真実性」を保証する重要な変更である。

　　「これまでの人生で、私は確かに奇妙なものをいろいろ見てきました。ですから、スペインで、この種の出来事のひとつを、**実際この目で見たと言ってかまわないのです。**」(強調は筆者：*Pl.* IV, p.688)

　更には、『田舎ミューズ』の段階で、「32年版－序」が完全に抜け落ちる点は決定的である。状況設定として、トゥールの舞踏会は挿話の中心部（「32年版－中」）の「語り手」が実は語られる当人すなわち軍医であるための伏線的な前提条件であった。これが、「32年版－序」を喪失することで、軍医は背景に消え、「32年版－結」そのものにも大きな変更が生じる原因となっている点は見逃すことができない。「32年版－結」の冒頭で、ルストーが話の真憑性について疑問を投げかけるが、これに対してグラヴィエは、ベガを介抱したのは「私」だと釈明し、ベガが五日後に死んだことを伝える。

　　「(…) *私がこの哀れなベガの手当をしたのです。彼は恐ろしい苦しみの中で、五日後に死にました。*」(強調は筆者：*Pl.* IV, pp.695-696)

　問題の軍医に対するこのような「立ち会い」の言明は、「32年版」では実際に「存在」した軍医を、このテクストでは語りの内部だけに押しとどめ、いわば「架空」のものとしてしまうという効果を持っている。中核の語りをおこなっていたこの人物は、「43年版」では結局のところ登場することができないからだ。そのため、「32年版」では、自分の話だとして回避することができていたにもかかわらず、「43年版」ではグラヴィエしか語りを保証する人物はいなくなり、この語りが本来「32年版」のテクストでは持っていた「真実らしくないところ」を回避するための保証を与えることができないのである。
　バルザックが、どうしてこのような《レシ》の「真実性」に関する重要な変更をあえておこなったのかということが問題となる。この点については、何よりもまず、『コント・ブラン』でおこなった展開がきわめて1830年的、「ブラン」« brun »

的なものだという判断が、バルザック自身にあったことが考えられる。バルザックは、「32年版」という短編全体の「真実性」には成功していた。しかし、「32年版」の《カードル》では維持することのできた「真実性」が、「37年版」では、反対に作品を終熄させ、より大きな《カードル》への発展を妨げる原因となったことに、どの時点でか気づいたと考えられる。作品を展開するには新たな《カードル》の組み替えが必要であり、そのためには「スペイン大公」という短編がもともと持っていた基本的な《カードル》を変更しなければならない。

　「語り」の構造から言って、このような基本的な《カードル》の変更がそれを取り巻く更に大きな《テクスト・カードル》の枠組みを変えていくのは、当然の結果と言えるだろう。すなわち、この「語り」の「真実性」の問題そのものが、『田舎ミューズ』では、サロンでの話題として展開していくことになるからだ。つまり、その展開の部分で、逆説的だが、物語が本質的に担うべき現実性が裏付けられていくのである。『ガゼット』誌からという前提つきのクラニーの短い逸話が登場する点は極めて重要である。これは、《レシ》が自らを必要とする《カードル》を「伸ばしていく」という現象を如実に例証している。その間の状況を説明しておこう。

(4) クラニーの物語が果たす役割

　グラヴィエの話のあと、ラ・ボードレー夫人が貞節に関する無垢さを示すことについては、「37年版」と同様である。ところが、そのあと、ルストーの反応として、次のような部分が新たに付加されている点は注目に値する[18]。

---

(18) ロジェ・ピエロは、『スペイン大公』の源泉に関する論考で、この記述が1832年2月9日の『フィガロ』誌に掲載された書評に対するバルザックの弁明によるものと受け取っている。Roger Pierrot, « Une Source du *Grand d'Espagne* », *AB* 1964, pp.341-343. この書評は、『スペイン大公』で語られた物語が「あまりに知られ過ぎている」としていた。ピエロは、この点を考慮して、1830年2月10日づけ『トリルビー』誌に掲載のコラム記事を、『スペイン大公』の源泉の「一つ」であると言うにとどめている。これに対して、ブルース・トレーは、当時のいわゆる三文新聞を調査した結果、同様の話をみつけられなかったことを理由に、この種の話が1832年当時『フィガロ』誌の書評が言うようには周知のものであったとは考えにくいとし、ピエロが見つけた源泉を有力なものと判断している。Bruce Tolley, « Balzac et Le Sylphe : *Le Grand d'Espagne* et la veillée funèbre de Coralie », *AB* 1976, pp.99-106. 一方、当時の新聞・雑誌に関する総合的な研究で、ロラン・ショレは、これ以外にも源泉と成りえたと思われる記事に言及している。例えば、上記の記事の前日に『ル・タン』誌に掲載された「パリ便り」と題するコラムで上記の逸話よりも詳細な記事が出ていることを指摘した。また、同様にバルザックは『ル・ピラト』誌にもこの逸話を見ることができたとして、その記事の所在を明記している。Roland Chollet, *op. cit.*, p.286 et n.23.

「おお！（…）腕を切り落とすというこの奇癖はかなり古くからのもので、新聞の領域で私たちが"デマ"と呼んでいるものと同様、時代を越えて定期的に現われます。というのも、このテーマはスペインの劇場で、すでに芝居になっていましたから、1570年以降…」(*Pl*. IV, p.696)

　これに対して、グラヴィエは「それじゃあ、私が話を作ったかもしれないとお考えなのですか？」と反論する。ここからグラヴィエの称する「実話」と「架空の話」が共有する「真実性」についての論を展開することで、グラヴィエの語った挿話は、《カードル》に対して、「37年版」でルストーが語った同一の挿話とは全く異なる結果をもたらすことになるだろう。「32年版」において使われた「真実らしくない」という言葉は、『田舎ミューズ』において、「コンテクスト」であるよりもむしろ「プレテクスト」の役割を果たすのである。
　ここで、一つの短いエピソードが語られることは重要である[(19)]。これは、上記の状況を踏まえ、クラニーが『ガゼット』誌からの実話として語るものだが、この夫殺しの逸話において、殺人者である妻とその夫との夫婦としての裏にひそむ悲劇に関するコメントによって、「加害者」« le bourreau »と「被害者」« la victime »(*Pl*. VI, p.698)の関係が逆転する方向へと向かう点は見逃すことができない。なぜなら、「世間が決してめくり上げることのない夫婦の幕の裏で繰り広げられる悲劇を、ことごとく知る者などいるでしょうか…」というビアンションの言葉に対して、ラ・ボードレー夫人が次のように答えることで、《カードル》は大きな展開点に立たされることになるからである。

　　「よくあることですが、被害者の方が加害者である期間があまり長いと」と、ラ・ボードレー夫人は無邪気に答えた。「犯罪って、被告人があらいざらい白状してしまったら、時には無理もないように見えるものですね。」
　　ビアンションが誘発したこの返事と、検事が語った物語は、ディナの置かれた状況について、二人のパリジャンをかなり当惑させた。(*Pl*. IV, p.698)

　ここには、先ほども述べたように、「加害者」と「被害者」の逆転の構図があ

---

(19) *Pl*. IV, pp.697-698, « Dans le faubourg Saint-Pierre-des-Corps à Tours, (...) Elle a été condamnée et exécutée à Tours.»

る。ルストーとビアンションは面白半分に軽い動機から「罠」を仕掛けたが、挿話の流れによって生じたこの展開によって、逆に自ら縛られ拘束されることになるのである。『サラジーヌ』に見られるのとは異なったタイプの一種のバルザック的「感染」が、ここに見い出しうるのは偶然ではない。更には、『サラジーヌ』よりも一層複雑な形で「契約としての物語」が存在すると言ってもいいだろう[20]。つまり、三挿話の「語り」によって「37年版」で展開された《テクスト・カードル》が、三挿話の一つである「スペイン大公」というテクストが本来持っていた《カードル》の変更によって変化せざるをえなくなる。その結果、元の《テクスト・カードル》自体が伸長し、この伸長した部分が登場人物の関係を大きく変えていくきっかけとなった。そして、今度は規模の点でこれまでとは比較できないほど大きな《カードル》を新たに生み出していき、現在の『田舎ミューズ』へと発展したというプロセスが生じている。

　この時点で、「語り手」であったビアンションとルストー、特に問題の「罠」をしかけた当人であるルストーが、自らが語った物語の「罠」にかかり、この後の物語の展開へと押しやられていく結果となるのである。

　上の引用部分のあと、ラ・ボードレー夫人のサロンは散会となり、ルストーはグラヴィエに《レシ》の目的を話す。挿話の「語り」における共犯関係がグラヴィエには存在しないことが、ここで明確に確認され、一連の挿話における「語り」は、一見「37年版」と同様に結末へと向かうかに見える。確かに、「封印」(Pl. IV, p.699)というこれまでと同様の展開へとつながるわけだが、すでに《レシ》の「真実らしくない」という要素から生じたクラニーの短い物語（これは「挿話」・「語り」という形を取ることができないのは、これ自体が「現実」として提示されるからである点は言うまでもない）と「罠」をかけたはずのパリの二人は、ラ・ボードレー夫人の返事を展開点とし、このあと一つの行動に出ざるをえなくなるだろう。「37年版」では、結末に簡単に述べられたビアンションを観察者とする素描に過ぎなかった部分は、次のようなビアンションのラ・ボードレー夫人に対する提言という発展的バネに変わるのである。

　　「今、あなたにとって、愛することが必要になっています」

---

[20] Roland Barthes, *op. cit.*, p.95-96. レシにおける「契約性」の問題は、『サラジーヌ』に特徴的な「去勢」(castration)に限定せず、この概念を『人間喜劇』全体において一般化することによって、一層重要な概念となるだろう。

「必要ですって?」と、ディナは好奇なまなざしで医者を見て叫んだ。「それじゃあ、医者の処方によって愛さなければいけないということでしょうか?」
「あなたがもしも今と同じような生活を続けたら、三年後にはひどく醜くなるでしょう」と、ビアンションは尊大な調子で答えた。
「先生?…」と、ラ・ボードレー夫人は怯えたようになって言った。
(*Pl.* IV, p.724)

「37年版」では「結末」として描かれていたラ・ボードレー夫人の未来が、ここでは「予言」として挿入される。これによって、登場人物たちの今後の動きは、「37年版」とは全く別の方向へと展開していく。ラ・ボードレー夫人は、ルストーとの関係を通過することによって、この勧めを確実に実行することになるだろう。そして、より高い地位にのぼり、しかも、より魅力的となり、ルストーに対して、バルザック的な概念である「母」となるだろう[21]。ルストーの借金の申し入れの場面で彼女は崇高な女性として描かれる。「37年版」での結末としての素描は、ここで新たな《カードル》へと変貌し、『田舎ミューズ』のテーマそのものがこのあと大きく展開していくことになるのである。

＊　＊　＊

以上、1832年の短編『スペイン大公』をめぐって、《レシ》と《テクスト・カードル》との関連について、考察を進めてきた。本節では、ひとつのタイプとして、基本的には同じであるはずの《レシ》が《カードル》に影響を及ぼし、その結果新たなテクストを形成していくという現象の一端について検討を試みた。すなわち、単純にひとつの完結した物語であったものが、それが語られる最初の「場」が変更され、次の段階として、三つの挿話の連続性の中で、テーマがクレッシェンドしていく構造のひとつに組み入れられたあと、その《レシ》を取り巻く《カードル》に第二の変更がほどこされることによって、最終的な段階では、より一層大きな《カードル》へと発展するきっかけをつくるという、《レシ》がバルザックの語りの領域で担うことになった機能のひとつを明らかにした。バル

---

(21) 夫のラ・ボードレーが、その手腕を発揮して伯爵となり、財産を増やすことに向かうのは、子供の誕生が動機である。また、クラニーも昇格し、しもべとしての有能さを倍加する。ラ・ボードレー夫人は、結果的には、ルストーとのパリでの共同生活以前よりも絶対的な地位が上昇したことになる。また、ラ・ボードレー夫人はルストーに対する自分の立場を決意する際、次のような表現を取っているが、これはバルザック的な概念の現われと言うことができる。« Je serai sa mère! » (*Pl.* IV, p.774)

ザックがまだ自らの全体像を把握しないごく初期の、本来独立した形で提示された『スペイン大公』という短編が、のちにひとつの小さな挿話として『人間喜劇』中の一作品に入り込んでいく過程を見たことになる。

　バルザックにおける挿話の問題は、完成された諸作品を対象として論じられる場合が少なくない。しかし、本節で考察したように、バルザックのテクスト形成ははっきりとした可塑性を根底に持っており、再利用というプロセスを検証することによって、『人間喜劇』へと至る彼の思考の変化をとらえることができるのである。

第2節

『フランス閑談見本』〜《レシ》の構成

　バルザックは、1845年に、『人間喜劇』全体に亘る「情景」の区分と作品の配置に関するプログラム、いわゆる『カタログ』を編成した。この中に挙げられた作品には、その時点ではまだ書かれていないものを少なからず含んでいたが、最終的に断片のまま未完に終わったり、作品それ自体がタイトルにとどまって全く書かれなかったため、『人間喜劇』から消えてしまった作品群は数多い。また、入れるべき情景そのものが変更された例も少なからず存在する。現在、『草稿作品』ないし『雑作品』として、『人間喜劇』外の作品の形で収録されているこれらの未完作品は、断片に終始してその役割が理解し難いものと、ある程度まとまった形でそのテーマも比較的明瞭なものなど、様々である。

　ここで取り上げる『フランス閑談見本』[1]は、その中でも初めからまとまった形を取り、当然『人間喜劇』に収録されても不思議ではない作品だった。実際、1832年から1845年まで、バルザックはこの作品を何らかの形で『人間喜劇』へ編入しようと努力しているが、最終的には除外する。バルザックが雑誌掲載の形でさまざまな挿話を書きはじめた1830年に始まり、1832年という『人間喜劇』初期の段階から、人物再出法を見出したのちフュルヌ版刊行に至る長期に渡り、バルザックはひとつの作品にまとめる計画を諦めなかった。フュルヌ版最後期の1845年まで、ひとつの完結した作品として、バルザックの脳裡に焼きついて残りつづけたのは、会話体の持つ「語り」の法則が、彼の創造思考にとって有効だったからである。

---

(1) 『フランス閑談見本』に関して、現在見ることのできる版としては、後述するポテール版を再録したカルマン・レヴィ版、ポテール版と「ロヴァンジュールA 64」(ポテール版にバルザックが修正を加えたもの) を考慮に入れた上で、バルザックが自らは付けなかった挿話のタイトルを残したコナール版、クラブ・ド・ロネットム版、クラブ・フランセ・デュ・リーヴル版、タイトルをつけず一つの作品として再録したビブリオフィル・ド・ロリジナル版、プレイヤッド版、それに全体としてはプレイヤッド版などと同じだが、若干字句の異なるアンテグラル版がある。本稿では、便宜上挿話のタイトルの付いたクラブ・ド・ロネットム版に準拠して、考察を進めていく。『フランス閑談見本』からの引用は、煩雑さを避けるため、本文引用箇所の末尾にそのページ数のみを付記した。Echantillon de causerie française, Œuvres complètes de Balzac, Club de l'Honnête Homme, t.XXVII (Œuvres diverses, t.III), 1958.

バルザックにおける「語り」と『人間喜劇』構築に寄与した挿話の可塑性について考察を進めるに当たって、この「未完」作品を取り上げることには象徴的な意味がある。挿話の置かれる場、挿話と挿話をつなぐ「発言」の断片など、《テクスト・カードル》の可塑性の中で、挿話は再利用されていった。『フランス閑談見本』の詳細な分析を通して、バルザックがどのような挿話群の再構成を試みているか、また、挿話間のつながりを意識しているかについて、そこにうかがわれるバルザックの思考傾向の一端をかいま見ることが本節の目的である。これは、第1節と関連するだけではなく、後続する『続女性研究』とも密接に絡み合っており、『人間喜劇』構築にあたって重要な要素のひとつとなった「ビアンションの登場」への橋渡しともなるだろう。

I 『人間喜劇』から除外された作品

　『フランス閑談見本』については、これまで、いくつかの挿話や挿話の断片[2]が、『人間喜劇』外の資料として言及されることはあった。しかし、この作品をひとつの統一体としてとらえ、各挿話間の繋がりや、挿話を追って展開していくテーマの問題を扱った論考は意外と少ない。例えば、『人間喜劇』の幾つかの版についている序論や解題にしても、これを一つのまとまった「作品」[3]として論じる視点がほとんど存在しないのである。後述するように、プレイヤッド版の校訂者ロジェ・ピエロ[4]とアンテグラル版の校訂者ピエール・シトロン[5]に総括的な論考があるにとどまっている。これは、初出作品『11時と真夜中の間の会話』を構成する十二個の挿話が、その後さまざまな形で再利用されたためである。つまり、

---

(2) 原文中、[　]で示されたタイトルは、実際には一つの [　] の半分かごく一部がタイトルの示す挿話である場合が多い。本稿では、これを便宜的なタイトルとして使用するが、同時にテクスト本来のテーマや内容にも立ち入ることにした。その際、[　]ごとのまとまりを「挿話」とし、その中に含まれる最小単位の話を「エピソード」という表現で表わすことにしたい。

(3) この点については、更に、『コント・ブラン』に初出の『11時と真夜中の間の会話』に関して、再利用されたと思われる部分をそれに該当する『人間喜劇』中の諸作品と対照し、その上で十二挿話全体を、総括的に一つの「作品」として扱う必要がある。しかし、本稿では、再利用後の九つの挿話でバルザックが何を表わそうとしていたかという問題に焦点を絞りたい。

(4) Roger Pierrot, Introduction à *Echantillon de causerie française*, Pl. XII, p.469.

(5) Pierre Citron, Introduction à *Echantillon de causerie française*, *La Comédie humaine*, t.5, Ed. du Seuil, « L'Intégrale », 1966, p.387.

移植という行為の中に一種の草刈り場を想定しているからだ。しかし、バルザックが既存のテクストを再利用するとき、そこにはやはり一定の概念が存在する。バルザックにおける「再利用の手法」について考察を進めるにあたって、われわれは、十二個の挿話のうち九個が、『フランス閑談見本』というタイトルのもとに選び出された必然性に目を向けたい。この九つの挿話だけでバルザックが一貫して表わしたいと考えていたテーマは何か。どのような構造を形成しているのか。この視点に立って、できうる限り詳細に『フランス閑談見本』を見ていく。そして、この作品の「語り」が形成している構造について論じるつもりである。

　第2章の冒頭で、1831年12月25日『アルティスト』誌に掲載された『11時と真夜中の間の会話』[6]と、1832年1月末に刊行されたフィラレート・シャールとシャルル・ラブーとの共作短編集『コント・ブラン』[7]の二作品について、概略を述べた[8]。テクスト再利用という経緯の中で、バルザックは、1844年8月に、ポテール版『娼婦盛衰記』第三巻（副題『エステル』）の末尾に、補遺として、『フランス閑談見本』というタイトルで、第二挿話「ボーヴォワール騎兵の話」第四挿話「わが大佐の愛人」第十挿話「公爵夫人の死」の三挿話を除く九挿話から構成される作品を付けたのである[9]。

　このポテール版に関する契約で、バルザックが次のように明記している点は留意しなければならない。

　　ポテール氏は、バルザック氏が『エステル』第3巻をロカン氏の費用で補完するために考慮された『フランス閑談見本』と題する断片が、『コント・ブラン』から来ており、バルザック氏の同意なしに重版したことがないことを認める。また、この重版によってくだんの『エステル』の版とともにそれを販売することのできる権利を除いては、いかなる独占権もポテール氏には

---

(6) *L'Artiste*, pp.217-222.
(7) *Contes bruns*, Laffitte reprints, Marseille, 1979.
(8) この間の経緯については、プレイヤッド版の校訂者ロジェ・ピエロ、およびプレイヤッド版『続女性研究』の校訂者ニコール・モゼに拠る。*Pl.* XII, p.1017; *Pl.* III, pp.657-671. また、以下を参照した。Marcel Bouteron, Préface et notes aux *Contes bruns*, Paris, A. Delpech, 1927, pp.7-17; Marcel Bouteron, « Les tribulations des *Contes bruns* », dans *Etudes balzaciennes*, Paris, Jouve, 1954, pp.71-74.
(9) Stéphane Vachon, *Les travaux et les jours d'Honoré de Balzac*, Presses du CNRS, Paris, 1992, p.107, p.118, p.119, p.127, p.128.

ないことを認める。(10)

　これは、バルザックが、この作品に関して、将来一冊のまとまった作品として、出版しうる余地を残したいと考えていたことを暗示している。その時点で、バルザックは、この作品の中に、完結しうる可能性を持つ一貫したテーマ、ないしは小説技法上の方法を見出しつつあったのかもしれない。このような問題を踏まえて、まず最初に、『フランス閑談見本』における各挿話を、その展開に沿って考察することとしよう。

II　挿話のテーマとその展開

(1)「ビアンキ隊長の話」

　作品全体を統括する名前のない「語り手」である「私」が、昨年の冬に足繁く通ったある屋敷は、社交界のサロンとは異なり、政略や愚かしさから免れていた。ここに集まる人物たちは、老いも若きも、芸術や政治、学問などあらゆる分野ですぐれた人々だった。

　11時と真夜中の間に、会話は最も輝きを帯びる。そんな中、12人の人々が優雅なサロンで、暖炉のまわりに腰をおろし、来たるべき挿話が語られるのを待っている。そんな状況設定ののち、屋敷の賭けの部屋から戻ったある将軍に対して、女主人が問いかけるところから、話は始まる。両耳を賭けた男がいるんだって!?　将軍はおもむろに話しはじめる。

　「序」は、この作品全体の予備的設定を担っている。一つには、これから始まる「語り」に端緒を与えるという役割を持つだろう。第一挿話の語り手である将軍の登場がそのことを示している。しかし、「序」の役割は、これだけではない。バルザックは、次のような言葉によって、第一挿話の重要性を表わそうとしているからだ。

　　　　「われわれは、会話の向かう舵取りをひとりの老軍人に負っていた」(p.130)

　これは、話の糸口を与えるという意味以外に、将軍の話がこの作品全体を牽引する役目を果たすだろうと、バルザック自身が予測していることを示している。

---

(10) *Correspondance* t.IV, Garnier Frères, Paris, 1966, p.711.

第一挿話は後述するように、テーマのみならず「語り」の構造においても、重要な出発点と言うことができるからである。

＊　　＊　　＊

　ビアンキに関する一つのエピソードそのもの、つまり、後で述べる野営地での一つの余談は、挿話全体の半分にも満たない分量である。とはいえ、バルザックがこの挿話の中に、ナポレオンと第六連隊の話を入れ、それと不可分の関係の中でビアンキのエピソードを描こうとしていたことは、彼の創作ノートを見ると明らかであろう[11]。

　このノートは、他の作品のノートと比べて詳細を極めており、ほぼ完全な原型と言える。後述する二つの短いエピソードを除く要素が、万遍なく言い尽くされているからだ。

　ビアンキのエピソードは、序の最後で橋渡しの役割を果たす部分、つまり賭けの問題から「両耳を賭けたことのある男」の話が出され、一同の好奇心をそそる形で始められる通り、タラゴンヌ攻囲戦で最終的に戦死するビアンキをめぐって、語り手である将軍がそれ以前にスペインの野営の折、実際に体験した話となっている。ビアンキは、ある理由で、どうしても千エキュ必要なため、貴重な夕食ができるのを兵士たちが待っている間、もう一人の部隊長とダイスで賭けをしはじめた。ビアンキは賭けに負けつづけ、絶望の末、スペインの歩哨を殺し、その心臓を持って来て、それを食べるという条件で相手の千エキュを賭けさせようとする。できなかった場合の代償は、切り取られた自分の両耳ということになった。

　両耳の賭けの話が持ちあがる直前、ビアンキが立ち上がりざまにひっくり返してしまった鍋にもあきらめをつけた兵士たちが見守る中で、エピソードは淡々と運ぶ。最終的にはビアンキは言葉通りやってのけ、首尾よく相手から千エキュを手にすることになるのである。

　野営地での夕食の場面、その詳しい細部にわたる描写、肉のはいった鍋を火にかけ、朝から食事をしていない空腹の兵士たちがそれを舌舐めずりしながら待っている状況の中で、このエピソードが語られることは、一種の「カニバリスム」が、バルザックの意識の中にあったことを伺わせる。むろん、そこに最終的なテーマがある訳ではないとしても、このようなエピソードはバルザックには極めて稀であることは確かで、先ほど言及したエピソードのノートに、この点を描出す

---

(11) *Pensées, Sujets, Fragmens*, Edition originale avec une préface et des notes du Jacques Crépet, A. Blaizot, 1910, pp.77-78.

るようにというメモがある点は注意を引く[12]。

　軍隊生活情景におけるこの一種非人道的でグロテスクなエピソードは、このあと語りの場がサロンに戻ってからも、話題の中心となる。サロンの聞き手である婦人が、このエピソードをビアンキの従軍商人の娘に対する恋心から来るものと解釈したのに対して、将軍はこのエピソードがナポレオンと「第六連隊」(p.132)との関連から理解されるべきものとの判断を与えるため、ナポレオンが「イタリアの極悪な臣下たち」を集結して、いわゆる「イタリア軍団」を作った経過について説明する。バルザックの意図もそこにあったことは、先に述べたメモから明らかであるし、この軍団の指揮官ウジェーヌへの言及がそのことを示している。

　ビアンキのエピソードに加えて、バルザックはこの軍団に関するごく短い二つのエピソードを将軍に話させるが、これは本文中にもあるように、この軍団の兵士たちが異常ともいえるエネルギーの持ち主であり、それはビアンキのエピソードのように否定的な意味を持つだけではなく、献身と美徳においてもそうであることを示したかったことを表わしている。つまり、サロンの聞き手の一人が言っているように、内乱という非常事態がこのような稀有のエネルギーを産むのであって、ナポレオンは放っておけば略奪と自滅に明け暮れるはずの負の異常なエネルギーを一軍団に集結し、相応の指揮官を与えることによって、正のエネルギーに転化しえたということが問題となっている。「ナポレオンは十分哲学的な思想をお持ちでしたのね！」(p.133) という婦人の言葉がそのことを端的に表わしている。

　ビアンキのエピソードを、この観点から取り上げる研究者たちが幾人かいる。たとえば、ベルナール・ギュイヨンは、これがバルザックの政治思想の中心テーマの一つであるエネルギー思想の現われと解釈するし[13]、ピエール・バルベリスは、そこに大自然、ヒーロー、野蛮人、追われる者たちのテーマを見て、バルザックの絶対王政主義の現われを見ようとする[14]。モーリス・バルデーシュは、前述したバルザックの創作ノートを根拠に、「力と情熱」を中心に置き、エネルギーの過剰を問題にしている[15]。

---

(12) *ibid.*; « Bianchi au désespoir, car il avait besoin de 2.400 francs ou de périr (ceci est à établir), parie qu'il ira poignarder la sentinelle espagnole et qu'il en rapportera le cœur, et le mangera (**détail de bivac... marmite, feux**). » （強調は筆者）
(13) Bernard Guyon, *La Pensé politique et sociale de Balzac*, Armand Colin, 1969, p.499.
(14) Pierre Barbéris, *Balzac et le mal du siècle*, t.II, Gallimard, 1970, p.1690.
(15) Maurice Bardèche, *Balzac, romancier*, Slatkine reprints, Genève, 1967, p.384.

一方、「ビアンキ隊長の話」の後半三分の一で、文明と未開の対立を前提に、文明社会にはこのようなエネルギーは存在せず、動乱の異常時だけだとするある聞き手の意見に対抗する形で、医師ビアンションは、動乱時と同じように平和な時代にも全く同様のドラマがあると主張する。ここから、第二挿話へと移行するが、「ビアンキ隊長の話」は、単にカニバリスム的なエピソードにとどまらず、ビアンキを含む第六連隊全体の問題、ひいては文明と未開におけるエネルギーの問題を提起することで終わる。より適切に言い換えると、そこから、バルザックは『フランス閑談見本』のテーマを始めたと言うことができるだろう。

(2)「妊娠中絶」

　『人間喜劇』中の主要人物である医師ビアンションが語る第二挿話は、不義の子供を宿した女性の妊娠中絶がテーマとなっている。医師は第一挿話の末尾で、文明社会においてもビアンキのエピソードに劣らぬ例が存在することを暗示したが、この挿話はあくまでその範囲で語られるように設定されている。というのも、第一挿話のように、テーマを掘り下げていくべき解釈的議論が、第二挿話には存在しないからである。第一挿話とほぼ同じ長さの第二挿話は、自立したものに近いと言うことができ、そのほとんど全部がビアンションの語る匿名の婦人の話になっている。

　この挿話は、ある晩、ビアンションの診察室を訪ねる若い婦人の描写から始まる。まだ医者になって間もないビアンション[16]は、この婦人が、ある騎兵中隊長と三ヵ月前に結婚したこと、六ヵ月前から妊娠していることを知る。

　この婦人の言葉にはむろん矛盾がある。そこで、以前アドルフという許嫁の従兄弟がいたが、父親の損得勘定で現在の夫と結婚させられたこと、結婚前に、両親とその件でパリへ行く途中、夜半の眠りの中突然現われたアドルフを愛してしまったこと、夫は明日帰ってくること、夫の帰宅前に子供を堕したいことが、婦人の言葉を借りて述べられる。

　当時の法律から言って妊娠中絶が犯罪であること、それを施術する医師も同じ罪に問われることなど、ビアンションは様々な言葉を尽くして説明するが、婦人の懇願は並大抵ではない。結局、医者は承諾せず、婦人は絶望の末、診察室を後にする。一日中、この婦人の絶望的な最後の視線に苛まれたビアンションは、次

---

(16) 『コント・ブラン』では、まだ「ビアンション」という名はなく、単に「ある医者」« un médecin » となっていた。Contes bruns, p.28; Pl. XII, pp.1018-1019. (p.475の註2)

の日の晩、婦人から、あるいかがわしい宿で「不手際な外科医」(p.137) の手にかかって瀕死の状態にあること、すぐに来てほしいという内容の手紙を受け取る。しかし、ビアンションは直ちに手紙を火に投じて寝てしまう。なかなか寝つかれない夜を過ごした翌日、どうしても気になって、記憶を頼りにくだんの宿を訪ねたが、門番からその婦人がすでに死んだことを知らされる。

　第一挿話の対抗的例として、あえて法を犯し、いかがわしい医者の手にかかって命を落とした女性の、従兄弟への愛情の強さと夫への嫌悪の深さ、ひいては父親を含めた社会全体に対する抵抗のエネルギーの強さを、この挿話は示していると言えよう。

　比較的長く、途中一度だけ、婦人の名を言えないとしてサロンの聞き手たちに同意を求める以外、語りの場を越えて語られるこのエピソードは、聞き手たちの深い沈黙を誘う。医師の話しぶりについて以外、エピソードに関するコメントは一切ない。動乱と文明という対局する場におけるエネルギーの消費という同一テーマが、この沈黙によって方向性を失うかに見える。ここで、サロンの女主人がある別の人物に対して、「何か可笑しな話」(p.138) をして、気分を変えてほしいと水をむけることで、この挿話はこれまでとは一見全く異なる展開を見せながら、第三挿話へと移ることになるだろう。

(3)「エッケ・ホモ」[17]

　第三挿話は、初めの二つに比べて少し短く、挿話の約半分が中心的なエピソードをなし、ほぼ同量の前置きとこのエピソードをめぐる聞き手たちの論議とで挟まれた形になっている。

　スタンダールだと思われる語り手[18]がまだ13才の少年だった頃、サロンでとても印象的なある女性と出会った。三十才くらいのこの元海軍大臣夫人は、革命で蒙った様々な不幸にもかかわらず、その美貌は未だ失われてはいない。語り手は、この夫人の描写をひとしきりすませ、彼女がつい最近結婚したばかりであること、それまでは修道院で教育されていたことを聞き手たちに知らせる。

　エピソードは、彼女がまだ修道院にいたころの話。結婚を前にして、女友達と

---

(17) *Pl.* XII, pp.1019-1020 (p.482, n-1).「エッケ・ホモ」という言葉は、『知られざる殉教者』の序文でも校訂者が指摘しているように、『ルイ・ランベール』との関係が深いタイトルだが、ここでは特に関連性がない。

(18) *ibid.*, pp.1019 (p.480, n-1).

ともに、それが何であるかを無邪気にも熱心に話し合うことから始まる。友達の一人が、たまたま通りかかったある修道女に結婚の問題を問いかけた。この修道女は、「頃合よく、その歩きぶりの堂々としたさま、その全存在の発達の力強さによって、結婚についての与えうる限り最も輝かしい定義を成していた（略）一匹の呪われた動物」(p.140) が偶然庭にいるのに、ふと目をとめた。そこに女性たちが集まり、ひそひそと話しだす。そのなかで、語り手の夫人に聞こえたのは、「エッケ・ホモ！」（この人を見よ！）という二語だけだった。それ以来夫人は、無邪気にも自分が普通の女性とは異なった形につくられていると思い込んで、悩む。母親にも言えずじまいで、不安に苛まれながら婚礼の夜を待つことになった。

このエピソードのオチは、婦人が邪気のない微笑みを浮かべながら、ラ・フォンテーヌの「カボチャとドングリ」という寓話に出て来る人物ガロを引き合いに出して、「神は本当にあるべきものをすべてよく作られたのだということが分かりました」と話すところである[19]。婉曲な表現を取っているため、このエロティックなエピソードは、聞き手の若い女性には理解できなかった。彼女は、「あなたの可笑しなお話というのが、そんな風に始まったのは分かりますが、どんな風に終わるのでしょうか？」と尋ねることになるからだ。夫人は、話者の少年が眠り込んでいると分かるまで話しはじめるのをためらっていたという前提も、このエピソードが一種不謹慎な内容であることを示唆している。

第二挿話の末尾で、語り手の男性に対して、「何か可笑しな話」をしてくれるよう頼んだ屋敷の女主人は、先ほどの若い女性をたしなめながら、そのエピソードの不適切さを指摘する。語り手は、文明化される以前の本性的な語りによる笑いが、いかに真実であるかを力説せざるを得ない。そして、最後に、「私たちが言語に貞淑さを与えた時にはすでに、風俗が自らの貞淑さを失ってしまっていたのです。」(p.141) という言葉で、自分の意図を表わそうとする。

これは、バルザックが『コント・ドロラティック』で示した姿勢を端的に物語っている[20]。実際、第三挿話は、ゴーロワ的コントの伝統に基づく、バルザックらしい一つの表現になっているのである。

このあと、ある老人が、「人道主義がコントをだめにしたのさ」「コントがすぐれたものであるためには不幸を笑いとばすことが絶対に必要だ」と述べる。そして、語りはじめるのが第四挿話である。

---

(19) *ibid.*, p.1020. (p.482-n.2)
(20) *ibid.*, p.1020. (p.480-n.3) (p.483-n.1)

(4)「死者の痙攣」

　ある老人が語る第四挿話は、第六・第七挿話と並んで、挿話中最も短いもののひとつである。その四分の三ほどがエピソードで、末尾にこのエピソードの意味合いの解釈と第五挿話への橋渡しの部分が付いているに過ぎない。

　エピソード自体は単純で、かつて裕福な人々は教会に埋葬され、墓所が空くまで仮安置所に安置されるのがパリの教会の習わしになっていたという設定で始まる。そこで、田舎出身の新米司祭がこの仮安置所の守をする役目をおおせつかり、その初日の夜、詩篇の一節を読もうとしたところ、どこかで扉を叩くような「コツ、コツ、コツ」(p.141)という幽かな音が三度聞こえた。古参司祭のいたずらだと思った司祭は、詩篇の一節を読むたびにこの音がするのを意に介せず朝となった。交代のためやってきた老司祭が、この音を聞き付けたとき、新米司祭は「何でもありませんよ。死人がヒクヒク動いているだけですよ…」(p.142)と答えた。こんなエピソードである。

　このあと、サロンの話題は田舎に住む農民の精神についてとなる。ゴールドスミスの作品名が引用され、田園・農村生活を説明しうる歴史家が必要だという話に変わっていく。

　人間の本性に忠実な感受性が、田舎の人々の素朴な心の中に、まだ息づいていないか。第四挿話は、こういった感受性が死者に対する司祭の感じ方の表現の中にあることを示している。いわば無知ゆえの真実である。

　司祭の言葉に真実性を感じたある歴史教師が、その点を次のように表現している。

> 「田舎の人というのは、驚嘆すべき個性の持ち主です。愚かという点では動物と肩を並べますが、美点を持っているという点では、魅力的ですよ。不幸にも、誰もそれには気づいていませんが。(中略)このように、田舎の農民生活というのは、ひとりの歴史家を待っているのです。」(p.142)

　この言葉が次の挿話の橋渡しとなる。第三挿話を語ったスタンダールとおぼしき人物は、歴史教師の言葉を受けて、ラ・フォンテーヌの寓話中、捨て身でローマ人を批判する「ダニューブ川の農民」のような「筋金入りの男」について、話しはじめる。第四挿話は、無知ゆえの強さを示す農民のエピソードが語られる。第三挿話のテーマはここで一旦姿を消し、更にまた別のものへと展開していくことになる。

(5)「反抗者の父」

　第五挿話は、第一・第二挿話の約半分、第四挿話の二倍ほどの長さである。この挿話にも、バルザックの創作ノートが残っている[21]。そこに端的に表されているように、テーマは、徴兵を逃れて行方を眩ませた息子の父親である農夫が、実際にはその居所を知らないにも拘わらず、知っていながら隠しているという嫌疑を総督にかけられたため、見張りの憲兵をつけられ、その饗応に貧しい財産を使い果たした末、或る日、森へ薪を求めに行って、計らずも餓死している息子を見つけ、遺体を担いで、総督の許へ運んでいくという話である。

　実際の挿話には、もう少し、細部の要素が加わる。例えば、息子は、徴兵から単に逃れるのではなく、出発を拒否して姿をくらますとなっている点は、一旦徴募されてから脱走したことを明確に述べていることになる。更に、総督が息子の居場所を父親に問いただす場面が冒頭に描かれるが、この父親の否認の姿勢には、虐げられた末に習い性となった農民の姿勢そのものが示されている点は、メモには具体化されていない要素である。また、総督の「生きていても死んでいても連れてこい」(p.143)という言葉を加えることで、最終場面での父親の行動に明確な動機づけが施されることになる。監視の憲兵を饗応するため、貧しい財産を使い果たし、果てに息子の居場所をめぐって夫婦喧嘩となる場面は、単に憲兵の同情を誘う役目を担っているだけではなく、その細部描写は例えば『人間喜劇』の一作品『海辺の悲劇』を彷彿とさせるだろう。『海辺の悲劇』で描かれるブルターニュの自然、人々の貧しさと無知、そこで織りなされる子殺しのドラマは、第五挿話のテーマと無関係ではありえない[22]。

　首を括って死のうというところまで切羽詰まった或る日、森で息子を見つける訳だが、総督が舞踏会に行って不在と知ったあとも、夜中の二時まで門のところで総督の帰りを待ち続ける描写は、この人物の頑なまでの正直さ・律儀さを表すだけではなく、暗に反抗の強烈な表現とも解釈しうるほど激しいものに映る。

　ところで、サロンでの議論はどこに焦点があるのか。第四挿話の末尾で語り手の老人が言ったように、「ダニューブ川の農民」のように「筋金入りの男」がテーマの発端であるかぎり、ビアンションがそこに自然に従順な農民の単純な崇高さ・美しさを指摘することは当然のことように思われる。彼らの抜けめなさも人間本性の発展にほかならないと彼は言う。ここで第一挿話の最後で述べられた文

---

(21) *Pensées, Sujets, Fragmens*, pp.86-87.
(22) 『海辺の悲劇』については、第4章で扱う。

明論が浮上しかかるが、議論はこの作品全体の語り手である「私」の次のような言葉によって、ビアンションの論に対する反証が挙げられることになるのである。

> 「しかし、ドクター」と私は言いました。「私は、田舎の人たちがあなたの所見を裏切るようなトゥーレーヌの小さな地方を知っていると断言しますよ。シノンの方、私たちの地方の住民たちは、短くて激しい狂気に取り憑かれていて、それが彼らにエネルギーを与え、情念に身を任せるようにうながすのです。」(p.144)

このように、田舎の無知な人々にも、情熱に身を任せ、そのエネルギーを投入する例があると前置きして、「私」が語るのが次の挿話である。

(6) 「赤チョッキ」

第六挿話は、前述したように最も短い挿話の一つであり、その大部分がエピソードの内容になっている。

「私」がアゼーからトゥールまでシノンの馬車に乗ったときの話。二人の憲兵に挟まれて22才くらいの若者と同乗した。この若者は、昨日、彼の雇い主の背骨を鉄の棒で叩き割って死なせてしまったと言う。やさしそうな若者なのにと疑問に思った「私」は、その原因を尋ねる。事の次第は、小作農の主人が、下働きの女の子にはエプロン、この若者には「赤チョッキ」を、トゥールの町に出たとき買ってきてやると約束したことに端を発している。帰ってきた主人は、彼に何か仕事のうえで不満があったらしく、女の子だけにエプロンを渡し、若者の赤チョッキは渡さないまま隠してしまう。そのあと、疲れて眠りこんでいるところを、若者に襲われるという経緯である。若者は、この主人を殺害したあと、赤チョッキを見つけて大事そうに持ったまま、既に隠れていたところを発見された。金は一切盗んでいなかった。

「私」が若者に「どうして、チョッキのことなんかで、人殺しができたんだい？」と尋ねると、若者は「だって、ダンスへ行くのに当てにしてたんだもの」(p.145)と、全く悪びれた様子もなく答えた。このあと、馬車の轅（かなえ）が折れるというアクシデントが起こる。憲兵は若者から目を離さないようにして、ともかく外に避難した。逃げるかもしれないと思っていたら、それどころか、若者は、無邪気にも御者の手伝いをして、轅を直してしまう。再び馬車に乗った若者は、トゥールで処刑された。そこでエピソードは終わる。

一般的には取るに足りないが、当人にとっては赦しがたい理由によって、この無邪気な若者が犯す一種の衝動殺人は、動機の非現実さゆえに、さりげない語りの中で恐怖を醸す。このため、重要だったはずの前挿話の前提（田舎人にも異常なエネルギーを発揮する例があるということ）が、犯罪者の「冷血さ」(p.146)へとその重心を移す。
　「私」の語りの途中で賭けから戻ったため、「私」の前提を聞いていなかったとされるある青年が、犯罪者の死に際のエピソードは無限にあると口をはさむのも、「語り」の展開を考慮すれば、決して偶然とは言えない。割り込んだ若者という設定で、前の挿話の前提が消えてしまい、人間、特に犯罪者の死に際の冷血さという点に問題が移ってしまうのである。

(7)「監督官ヴィニュロン」

　第七挿話も短いもののうちのひとつである。そして、エピソードは、この作品中最も短く、この挿話の半分に過ぎない。ブレストの裁判所監督官たちは一般にヴィーニュ（葡萄）と呼ばれ、通称「監督官ヴィニュロン」(p.146) だった。理由は明記されないが、彼らは死刑を宣告される。断頭台を前にして冗談が飛ばせるほどの人物たちである。たまたまギヨチンの二本の支柱がはずれ、死刑執行ができなくなった。執行人の「あんたらは助かったよ」という言葉に、刑を待っていた監督官ヴィニュロンの一人は、自らギヨチンを修理して処刑されてしまう。
　この挿話に関する議論は展開されない。エピソードが語られたあと、ある婦人が、たくさんの死を見てきたはずだから、「このような奇妙な平静さ」の例にしばしば会われたことでしょうねと、ビアンションに水を向けることで、犯罪者から患者の死に際の態度の方へとテーマが移行していくからである。
　ここで、ビアンションは、犯罪者が本来強靱な体質の持ち主であること、長い苦悩に衰弱しきった病人よりもりっぱなことが言える機会があること、犯罪者は生きながらにして殺されるのに対して、病人は殺されたまま死んでいくことなど、犯罪者と患者のエネルギーに関する対比的論証をおこなう。ここで、前挿話の犯罪者の死およびその際の冷血さというテーマに対して、医者から見た、美しく、しかし苦悩のままに死んでいくという例が語られる方向へと展開するのである。犯罪者というよりも地方人の素朴さゆえの力強い死とは対照的な、パリの爛熟し堕落した美しい死と言ってもよいだろう。

(8)「パンチのジョッキ」

　第八挿話は、第一挿話などの約半分強、最も短い挿話の約二倍の長さである。これも、大部分がビアンションの語るエピソードとなっていて、サロンの議論は末尾に少しあるだけにとどまる。

　バルザックは、「ロヴァンジュール　A 64」で、このエピソードにだけ主に修正を加えている[23]。再利用の意図があったためか、それとも戦役という背景を強調するためであったかは判然としない。いずれにしても、このエピソードは、一つの小品になりうるほど、悲しく美しく、衝撃的で、かつナポレオン戦役という時代的背景への展開を含んでいる。

　語り手は、偶然にも出会ったナポレオン軍で転戦したある男の人物像の描写に多くを費やす。一言でいえば、この人物は第九挿話でも問題になる戦争時代の習癖、煙草とパンチ（酒）に溺れる半給身分の退役軍人である。この男がクラリスという娘に出会ったことから語りは急速な転回を見せる。

　花屋で働く美しいクラリスは、すっかり中佐に惚れこんでしまい、献身的な愛を示す。しかし、無理が祟ったのか、病魔に犯された。

　そこで中佐は顔なじみのビアンションに助けを求めに来る。ビアンションはクラリスが死の危険に瀕していること、今夜が山だということを伝え、医学上の具体的な看病の仕方を、細かく彼に指示する。彼は、自分が寝ずの番をして、ビアンションの処方を実行すると約束した。

　翌朝8時、ビアンションはクラリスがひどく心配で、戻ってきた。すると、部屋の扉が開いたままで、中は、タバコの煙が濛々とたちこめている。二本の蠟燭のひかりの中で、パンチの大きなジョッキを飲み干し、タバコを吸っている中佐を見たとき、ビアンションは生涯忘れがたい衝撃を受けた。彼のそばで、クラリスはあえぎ、のたうちまわっている。男はそんな彼女を静かに見つめているだけだ。彼は確かに心から、医者の指示した処方をすべて忠実に実行したようだった。しかし、同時にまた、この惨めな男は、寝ずの番をしながら、苦しみにひどく美しくなったクラリスを見て、おそらくは彼女に「さようなら」を言いたくなったのだろう[24]。少なくとも、ベッドの乱れが、その夜の出来事をビアンションに理解させた。ビアンションは恐怖に捕われて、その場を逃げ出す。「クラリス

---

(23) *Pl.* XII, p.1019. (pp.489-492, variantes)
(24) フェルナン・ロットは、この部分を、[Mourante, elle reçoit de lui un dernier « hommage »] (*Pl.* XII, p.1240) と記している。

は息絶えようとしていました」(p.149) という言葉で、語りは終わる。
　このエピソードのあと、サロンの議論は、戦役のもたらす不幸へと移り、男の習癖の悲惨な原因としての戦役が問題にされる。そこで、ある士官が最後の挿話を述べることになるのである。

(9)「ルスカ将軍」
　ルスカの挿話はこの作品中最も長く、第一挿話の約1倍半弱ほどである。語り手の士官は、同僚の忠告を聞いていたにもかかわらず、配下についた将軍ルスカの不興をその潔癖さと有能さゆえに買ってしまうという話である。戦役中の細部描写がつづく。ルスカの酒・煙草の習癖は前挿話との関連から、軍隊の習癖として必然的な要素であり、彼の残虐さも戦争の刻印として理解されるが、ルスカは語り手の士官にとっても軍人の極端な例として映る。
　ルスカに薬を盛られて、寝過ごしてしまった士官は、持ち前の有能さからルスカよりも前に戦場に到着し、将軍の反感を更に買うことになった。そんな中で、最後のエピソードが語られる。ルスカには、敵地の住民の左手を見て、その人物を処刑するかどうか決めるという習癖があった。これは、現地の猟師が、猟銃に火薬を詰めるとき、必ずその火薬を片手でさわる習慣を持っていることから、ルスカにとっては十分根拠のある敵の見分け方なのである。挿話の中心もそこにあったことは、バルザックの次のような創作ノートから明らかであろう。

　　　「主題：ルスカ将軍、彼は、片手で火薬にさわるという習性を持つチロルの
　　　人たちを、容赦なく銃殺する。」[25]

　これは、一見するとルスカの迷信的・本能的な残虐さの証しのように映る行為が、軍人としての根拠を持つことを示している。
　道端で出会った老人に、この「決定的な印」(p.154) を見つけたルスカは、砲架にこの老人を縛りつけ引きずり回して虐待する。血の涙を流す老人に、最初は笑っていた砲兵隊員も同情するほどだった。その挙げ句、ルスカはこの老人を殺そうとするが、語り手の士官が何とか死だけはとどめさせた。これによって、ルスカの決定的な反感を買うというところでエピソードは終わる。
　時は12時半。ルスカのエピソードは、まだ始まったばかりである。そんな中、

---

(25) *Pensées, Sujets, Fragmens*, p.81.

この作品の総合的な語り手である「私」は、ルスカのエピソードがどうなるかを想像しながら、帰路につく(26)。

*　　*　　*

　最後は、作者である「私」の次のような内容の総合的な見解で終わっている。
　この会話断片は真摯かつ真実であること。どれも一廉の人物たちによって語られたものばかりであること。忠実に再現された自然がそれだけで美しいかどうかを知ることは、芸術そのものにとって、解決すべき興味深い一つの問題ではないかということ。私たちは、美術館で画家の美しい装飾を鑑賞することはあっても、美術館へ赴く途次、パリの通りにうごめく人々には注意を払うことはないが、そこにも全く異なった形で詩的で美しいものが存在するということ。今日、私たちは、事実・人間・事件に関して、その理想化と文学的表現のはざまで揺れ動いているということ、などである。
　『コント・ブラン』では、このあとに、「そこには、芸術が自然らしさを演じようとする危険な冒険があるのです」(27)という一文が付いていた。
　こうして、バルザックは、ロジェ・ピエロの言葉を借りるならば、「芸術におけるレアリスムとナチュラリスムとの問題」(28)を読者に提起する形で、すべての挿話を語り終えるのである。

Ⅲ　「語り」の円環構造と連鎖構造

(1)「語り」の円環構造

　これまで各挿話の流れに沿って、その内容とテーマに即しながら、出来うるかぎり詳細に見てきたが、ここで全体を通して再度俯瞰しておこう。
　第一挿話では、ナポレオン戦役における異常なエネルギーというテーマが提出され、第二挿話では、これに対比する形で文明社会においても、一種の異常なエネルギーが存在することが、妊娠中絶をテーマに語られた。ここで、エネルギーに関するテーマは一旦姿を消し、対比的な二つの挿話とは性格の異なる第三挿話

---

(26) プレイヤッド版では削除されているが、『コント・ブラン』には、この間の部分に「ルスカ」という名前が想起させる不吉さと同時に、人の名前の持つ意味について記述がある。クラブ・ド・ロネットム版にもこの部分はあるが、ここでは扱わない。*Contes bruns*, p.95.
(27) *Pl.* XII, pp.1023. (p.498, variante-c); *Contes bruns*, p.96.
(28) Roger Pierrot, Introduction à *Echantillon de causerie française*, *Pl.* XII, p.469.

へと移行する。

　『11時と真夜中の間の会話』では、のちに『グランド・ブルテーシュあるいは三つの復讐』（ヴェルデ版1837年）に再利用されたため除外された『ボーヴォワール騎士の話』が、この第一挿話と第二挿話の間に入っていた。テーマの流れとしては、当然のことながら戦役での後続テクストとして、また異常なエネルギーに関するもうひとつの例示として、つながっていたと言える。しかし、一方で夫の復讐という、それとは異なる更にもうひとつのテーマが本質をなしていることも確かであり、その意味で第二挿話「妊娠中絶」へと移行する必然性を持っていた。

　他方、『11時と真夜中の間の会話』では、第二挿話「妊娠中絶」のあとに「大佐の恋人」の挿話が置かれていたことにも言及しておく必要がある。これは、『続女性研究』の挿話として再利用されたため、『フランス閑談見本』の段階では除外された。テーマ的には戦役における異常なエネルギーを示す例示と言えるが、同時に夫の復讐のテーマも継続させている。つまり、『11時と真夜中の間の会話』は、これから述べていく『フランス閑談見本』に特徴的なテクスト構造とは異なる構成を取っており、とりわけ最初の四つの挿話では、のちにビアンションとなる名前のない語り手＝「医者」の存在は希薄であることが分かる。「ボーヴォワール騎士の話」と「大佐の恋人」をテクストから抜くことで、分岐点にあったテーマを絞り込み、一連の「語り手」たちの中でビアンションをクローズアップさせていく結果となったという点が重要だ。

　第三挿話では、ゴーロワ的なコントを模した、言葉による比較的慎ましいエロティックな笑いが語られている。前二挿話が死というキーワードを持っていたのに対して、第三挿話には直接的な形では死は登場しない。ここでは、人間の本性ないしは本能的なものに忠実なエロスの笑いが、文明社会においては死滅していること、言葉において漸く生き延びていることが示されている。

　人間の本性に忠実な感受性が、田舎の人々の素朴な心の中にまだ息づいていないか。第四挿話は、こういった感受性が、死者に対する司祭の感じ方の表現の中にあることを暗示している。いわば無知ゆえの真実である。

　そして、田舎の人々の素朴さから、その従順さへ、更には従順さの裏返しとしての頑なさゆえの権力に対する強烈な抵抗の表現として、第五挿話が語られる。第四挿話で伏線的に再浮上した死が、ここには付随してくる。

　第六挿話では、前挿話の、田舎の人々の素朴な無知さゆえの過剰なエネルギーが、犯罪へと向かい、それだけではなく、殺人という行為よりも無知ゆえに、自らの罪を悔いることも自らの死を恐れることもない一青年の冷血さへと重心が移る。

ここで、これまでの文明に対する本来的な感受性のテーマが、犯罪者の恐れなき死というテーマを共通項にして、更に人間そのものの死に際の姿へと移っていく。第七挿話がそのことを示している。
　そして、死を中心にして、地方とパリの対比、犯罪者と患者の対比が加わった形で、第八挿話に移り、第一・第二挿話で語られた未開／文明における異常なエネルギーの消費というテーマが再び浮上することになる。
　『11時と真夜中の間の会話』では、第七挿話と第八挿話の間に「あるドイツ人医師の妻の死」が存在した。語り手は第八挿話と同じ「医者」であり、後述する『続女性研究』においてアンリ・ド・マルセーの初恋に対する後日譚として再利用された。この挿話が除外されることには、大きな意味がある。『続女性研究』の節でも述べるが、挿話の組み替えによるバルザックの執筆思考の特徴がうかがえるからだ。簡略にまとめておくと、異常なエネルギーのテーマとは異なる「美しい死」のテーマへと展開させていく契機となるエピソードであり、『続女性研究』に「グランド・ブルテーシュ」が接続される経緯と関係があると言うことができる。『フランス閑談見本』で、この挿話が除外されることによって、ここでも、冒頭の挿話群から二つの主要な挿話が除外されたのと同じように、テーマがエネルギーの異常という方向に絞り込まれたのである。
　『フランス閑談見本』では、最終的に、第八挿話の持つ戦役の不幸という要素が、第九挿話の中心テーマとなり、動乱期における異常なエネルギーの消費を描くことで、挿話が終わるという構成に変わっている。
　上記のように、人間のエネルギーの消費を中心に、第一挿話「ビアンキ隊長の話」から始まったテーマが最終挿話「ルスカ将軍」へと戻って来るという一種の円環をなしていることが理解されるだろう。これは、テーマ以外の要素、例えば「語られる場所」についても同様で、「戦場／パリ／地方／（パリの中の）地方／地方／パリ／戦場」というぐあいに、場所が円環をなして戻って来るということとも符合する。文明をキーワードにすると、「文明の通用しない否定された場所／文明社会／文明以前の社会／文明から遠ざかった場所（田舎）／文明社会／文明の通用しない否定された場所」という風に円環していると、言い換えることができる。このように、『フランス閑談見本』においては、テーマが円環をなし、一種の「語りの円環構造」を形成していると言っていい。

(2)「語り」の連鎖構造

　しかし、このテーマの円環は単純なものではない。「語り」は、次の「語り」へ

移るとき、この作品においては定型的な「対比」だけでなく、一種の「逸脱・ズレ」という形で進行するからである。

例えば、一つのパターンとして、第一・第二・第三挿話を例に取ると、テーマの対比として第一挿話／第二挿話(a/b)が想定され、第三挿話(c)はこの挿話の対から逸脱ないしズレを生じながら展開する。

この逸脱やズレを助長する要素に、語りの連鎖がある。例えば、第三・第四挿話を例に取ると、ラ・フォンテーヌの寓話をめぐって、「語り」の中に一種の意識的連想が働いているということができる。つまり、テーマとは別の次元で、「語り」はラ・フォンテーヌの寓話という意識的連想を介在として、次の挿話を自ら産みだすのである。一方、このような連想は、使われる単語ないし言葉という形でも介在する。これは、ラ・フォンテーヌの寓話のように具体的な意味を担う以前の、人間が本来もつ無意識的連想ということができる。

例えば、第一挿話で兵士たちが夕食を準備するために、鍋を三本の« perche »（細長い棒・竿）を束ねて火に掛けるという場面を思い出してみよう。ビアンキはこの« perche »の一本を跳ねて鍋をひっくり返してしまう。この何でもないような« perche »という単語が、第六挿話では、馬車の轅が折れた時、轅を替えるのに若者が« perche »を紐で結ぶという形で出て来る。そして、あたかもこの単語に導かれるかのように、次の第七挿話が語られる際、語り手の若者の口を借りて、「それは、轅に**一本の棒**« perche »を通すのとは訳が違う。それに冷血そのものだ」(p.146; 強調は筆者)という文脈で出てくるのである。

更には、最終挿話でも、名詞ではないが、これと同種の単語« perché »（高みに止まって）が、最後のエピソードの冒頭で老人の位置を表現する形で使用されている。これは、フランス語に日常的な単語という処理の仕方よりも、『人間喜劇』で使用された頻度とその文脈へと考察を進めていかなければ立証できない。しかし、少なくとも、この短い作品の中で、「語りの連鎖構造」をもたらす一つの要素になっているのではないかという仮説を提起することができるのではないだろうか[29]。

---

(29) もう一つ指摘しておきたいのは、« planche »という単語である。第七挿話で、監督官ヴィニュロンが処刑されるギヨチンに関して、« parce que tes **planches** ont joué, (...) il coucha sur la **planche**, et fut exécuté. »(p.146; 強調は筆者)という表現が取られているが、このあとビアンションの言葉を借りて、« Je ne puis pas vous mettre en scène deux frères nageant en pleine mer et se disputant une **planche**... Je ne puis être que vrai. »(p.146; 強調は筆者)という形で出て来るのは、シャルル・ノディエをめぐる何らかの連想が働いている可能性がある。

一方、ひとつの挿話が次の挿話を生む場合、テーマの対比／逸脱に見られる「語りの円環構造」という概念以外に、語りによってテーマがニュアンスを変える（変質する・重心を移す）契機として、上で述べたような「語りの連鎖構造」が働いているのではないかと考えられる。

　これは、例えば、第六・第七・第八・第九挿話の展開に関して、「無知の殺人者（冷血な死）→冷血な死（死に際の態度）→死に際の態度（戦役の不幸がこの死を助長する）→戦役の不幸」という、テーマそのものの逸脱・ズレが生じていることとも関連があるようだ。つまり、「語り」は、ひとつのテーマについて出発するわけだが、そのうちいくつかの付随する要素を自ら生みだす。その生みだされた要素が次の語りを誘う。こういった連鎖構造が、この作品にも見られないかということである。

　このような「語りの連鎖構造」は、会話、言い換えれば「語り」と「聞き」という関係について、日常レベルでも当てはまる構造である。バルザックは、それを「語り」の引き継ぎ・連続という形態で、実際に試みているように思われる。テーマは、この「語りの連鎖構造」によって一見定型を逸脱し、どんどん変わり脱皮していくように見えるが、実際には、語りの場が閉じている（12人のサークル／円）のと同様に、最終的には、再び戻ってくる（語りの円環構造）のである。

　バルザックは、この「語りの構造」の二重性を、この作品で、意識した上で組織的に用いたと言うことはできないだろうが、その構造を直感的に把握し、作品を書く時に使っているように思われる。

(3)『フランス閑談見本』と『人間喜劇』との関連

　これまで『フランス閑談見本』という『人間喜劇』から除外された「断片」を対象とし、そこにバルザックに特徴的な「語りの構造」がないか検討してきた。あえて、この「断片」を統一一体と仮定し、原初的な「語り」の萌芽を見ようとしたことになる。その根拠のひとつは、この作品が絶えず再利用を求められた可塑的で流動的なテクストだったという事実である。バルザックは、どのような形で、これらの挿話を『人間喜劇』という、より大きな世界（語りの場）において「生かそう」としたのだろうか。この点について、述べておきたい。

　バルザックが『人間喜劇』と関連づけようとした形跡をはっきりと示しているのは、第一挿話である。

　『人間喜劇』の情景設定という観点から言うと、第一挿話「ビアンキ隊長の話」全体が、『軍隊生活情景』に直結する挿話であること、文明との対立として話が

展開する点では、『パリ生活情景』にも入りえたこと、『政治生活情景』という側面からも、バルザックは『人間喜劇』に含みうる作品だと考えていたであろうと推察しうる[30]。

　最終的には『哲学的研究』に収められた『マラナ一族』との関連は、とりわけ深い。「ビアンキ隊長の話」で述べられるエピソードは、そのまま『マラナ一族』の冒頭に見ることができるからである。「ビアンキ隊長の話」を再利用したとする研究者はいないが、それは人物再出法によって「ビアンキ隊長の話」ないしは『フランス閑談見本』そのものが『人間喜劇』中の「他作品」として、バルザックによって明記されているからであろう。事実、バルザックは、『マラナ一族』の冒頭でタラゴンヌ攻囲戦の前提として、第六連隊とビアンキに言及し、次のように書いている。

　　　タラゴンヌ攻囲戦のとき、イタリア軍団はあの有名な指揮官ビアンキを失った。戦闘のさなか、スペイン人の歩哨の心臓を食べるという賭けをした当人であり、彼は実際に食ったのである。この野営地での座興は別の場所（『パリ生活情景』）で語られているし、そこに第六連隊に関して、ここで話されることすべてに納得がいくいくつかのディテールが描かれている。[31]

　プレイヤッド版の註にもあるように、バルザックは、少なくともこのエピソードを含む作品を、『パリ生活情景』に入れる意図があったようだが、最終的には放棄する。それにもかかわらず、上記引用部分の記述は削除されていない。
　加えて、人物再出法の適用という点で、『マラナ一族』で、はっきりとビアンキの賭けの相手に名を与え、この人物を『マラナ一族』の主要な登場人物としていることは、明記しておく必要がある。

　　　モンフィオールは、ビアンキがスペイン人の心臓を賭けた相手だった。[32]

　『マラナ一族』では、主人公のジュアナを誘惑する相手であり、ディアールから賭けで身ぐるみを剥ぎ、逆にディアールから殺害されるという結末を持つ男モン

---

(30)　Roger Pierrot, *op. cit.*, p.469; Pierre Citron, *op. cit.*, p.387.
(31)　*Pl.* X, p.1038.
(32)　*ibid.*, p.1041.

第2章　『コント・ブラン』と1832年-1845年の試み　*125*

トフィオールである。『マラナ一族』を読むと、「ビアンキ隊長の話」に一層の立体感が出て来るのは、『人間喜劇』の他の例に洩れない。

更には、「ビアンキ隊長の話」で第六連隊の指揮官としてその名を挙げられたウジェーヌも、『マラナ一族』冒頭で同じように出て来る[33]。ウジェーヌはこれ以外にも『続女性研究』で言及されることも忘れてはならないだろう[34]。しかも、これが、フュルヌ版からの加筆ではないことには注意を要する[35]。この挿話は、初出が1831年の『アルティスト』誌と、随分早い時期からのものである点も、最終的には『人間喜劇』に入らなかったが、重要な挿話であったことを示唆していると言えよう。

(4) 挿話を取り巻く《テクスト・カードル》の問題

人間喜劇における「人物再出」の現象は、単に作品世界の重層性や多面性を表すだけではなく、バルザックの「語り」における連鎖構造や円環構造と密接な関係がありはしないだろうか。

この意味で重要なのは、バルザックが『人間喜劇』をはじめから固定したものとして着想したわけではないという認識である。バルザックは、絶えず、『人間喜劇』の構造を変更しつづけている。例えば、情景の設定についても、このことは当てはまる。『フランス閑談見本』に関しても、設定する情景が変更されつづけた末に、放棄された。この点について、プレイヤッド版の校訂者ロジェ・ピエロは、次の二つを指摘している[36]。

一つは、この作品が、1835年4月27日づけのフェリックス・ダヴァンによる『風俗研究』序文[37]では、『政治生活情景』の冒頭を飾る作品として完成されたとしていること、1835年8月30日づけの『パリ生活情景』序文[38]では、『政治生活情景』にこれから現われるだろうとされていること、ところが1845年のカタログでは『パリ生活情景』に分類されていること、要するに、挿話の色彩が田舎・地方、とりわけ軍隊であるにしろ、「語り」の場であるサロンは、まさしくパリで

---

(33) *ibid.*, p.1037, « un certain colonel Eugène ».
(34) *Autre étude de femme*, *Pl.* III, p.704.; p.1507 (p704, variante).
(35) *ibid.*, p.1507, p704, n-2.
(36) Roger Pierrot, *op. cit.*, *Pl.* XII, pp.468-469.
(37) *Pl.* I, p.1149, Félix Davin, *Introduction* par Félix Davin, *Etudes de mœurs au XIXe siècle*.
(38) *Pl.* V, pp.1410-1411 (Préface aux *Scènes de la vie parisienne*).

あることを挙げて、その変更過程を正当なものとしている。

もう一つは、この作品のメリットとして、1832年のコント作家としてのバルザックを、語りの技法、哲学的だったりドロラティックだったり、テーマの多様さと巧妙さにおいて楽しむことに置いている点が挙げられる。先に引用した作品末尾で作者自身が述べる言葉を引き、芸術におけるレアリスムとナチュラリスムの問題を中心テーマだとしているのである。

アンテグラル版の校訂者ピエール・シトロンは、バルザックが1832年頃には『軍隊生活情景』の線で考えていたのが、1834年には『パリ生活情景』へ、1835-36年には『軍隊生活情景』に変更したこと。そして、その後最終的にはまた『パリ生活情景』に編入したという経緯を説明したあと、この最終的な変更を、テーマは多様であるが、パリを語った挿話は別にして、ともかくすべてパリが、《カードル》として使われているからだと判断している(39)。

ピエロもシトロンも同様の見解に達しているわけだが、この変更過程は、この作品のテーマの多様さだけにあるのではなく、バルザックが情景の性格づけを考え続けていく上で、この作品が一つの試金石となったためではないかという仮説も考えられる。実際、情景設定の変更と情景の概念の形成という意味で、『フランス閑談見本』が果たした役割は想像以上に大きいのである(40)。

* * *

以上、本章でテクスト再利用に関する考察を進めるに当たり、『フランス閑談見本』という複数の挿話から構成された未完作品を対象として扱った。『人間喜劇』が構築されていくプロセスの中に、1832年から1845年というかなり長い期間に渡ってバルザックの脳裡に生き続けてきた『フランス閑談見本』をめぐる構想は、『人間喜劇』における「語り」の構造を考える場合、多くの示唆に富んでいる。バルザックは、ロラン・ショレが指摘するように、かなり早い時期から、小説形態の一つとして、「会話体小説」を掘り下げていった(41)。この作品が、『人間喜劇』初期の1832年からフュルヌ版最後期の1845年まで、ひとつの完結しうる作品として、バルザックの意識から消えずに残りつづけたのは、会話体の持つ「語り」の法則が、彼の創造思考にとって有効だったからである。ピエール・バ

---

(39) Pierre Citron, *op. cit.*, p.387.
(40) *Pl.* IV, p.271. (*La Rabouilleuse* の献辞); *Pl.* VI, p.534, p.702 (*Splendeurs et mises des courtisanes*); *Pl.* IX, p.61 (*Les Paysans*, [hommes de fer] の原註).
(41) Roland Chollet, *Balzac journaliste*, Klincksieck, 1983, p.270 (註126).

ルベリスも指摘するように、バルザックには様々な「文体」が存在する[42]。そして、この多様な「文体」は、本節で考察したバルザックに固有の「語り」と不可分の関係にあったと言える。

　挿話を支える枠、それに挿話と挿話をつなぐ議論と会話。このような《テクスト・カードル》の柔軟な変更の中で、挿話は再利用されていった。バルザックが初期短編群から『人間喜劇』という大伽藍を構築していった方法の一端を見たことによって、彼の執筆原理と思考の問題にひとつの光を当てることができたと考える。

---

(42) Pierre Barbéris, *Le Monde de Balzac*, Arthaud, 1973, pp.40-41.

第3節

『続女性研究』 〜語り手たちの饗宴

　本節で扱うのは、挿話再利用に関するもう一つの大きな支脈、すなわち、『続女性研究』である。この作品は1845年フュルヌ版において漸く現在の形となった。これまでにも言及したように、『グランド・ブルテーシュあるいは三つの復讐』（ヴェルデ版1837年）で三番目の挿話として重要な位置を占めた「グランド・ブルテーシュ」が、別系列の『続女性研究』の続編として接続されたからである。このような経緯から、本節では、「グランド・ブルテーシュ」を含む現行の『続女性研究』を対象とし、全体的な分析をおこなう[1]。なお、『続女性研究』については、一人称の「語り手」を三人称化する試みのひとつとして、第3章でビアンションを取り上げる際、再び言及するつもりである。

I 『続女性研究』とは？

　『続女性研究』は、「グランド・ブルテーシュ」だけが1832年刊行の『ル・コンセイユ』を初出とし、『グランド・ブルテーシュあるいは三つの復讐』（以下、第1節と同様「37年版」と略す）を経て、『続女性研究』に合流するという別の系譜をたどる。それ以外の部分は、『11時と真夜中の間の会話』の「序」が一部『続女性研究』冒頭に再利用され、第一挿話「ビアンキ隊長の話」と第二挿話「ボーヴォワール騎士の話」をつなぐ「ナポレオンに関する長せりふ」がカナリスのせりふとして、第四挿話「わが大佐の愛人」が「ロジーナの死」に、第十挿話「あるドイツ人医師の妻の死」が「公爵夫人の死」に、それぞれ修正ののち組み入れられているという点はすでに述べた。

---

(1) 『続女性研究』からの引用に関しては、加筆・修正の区分を明確にする目的で、必要に応じてページ以外に行を記し、その代わり、巻 (*Pl.* III) を省略した。関連する『人間喜劇』中の作品および作品に関する注釈や資料については、これまでと同様、プレイヤッド版からの引用の場合のみ、*Pl.* と略記した上で、その巻と頁を併記した。その他の版を用いた場合はその旨明記する。『コント・ブラン』所収の『11時と真夜中の間の会話』については以下に拠り、*Co.* と略記した上でページ数を付記した。Max Milner, *Contes bruns*, Laffitte reprints, Marseille, 1979.

1842年刊行のフュルヌ版『続女性研究』には、まだ「グランド・ブルテーシュ」は含まれていない。1843年に『田舎ミューズ』の版が相前後して三つ刊行されるが、このうちスヴラン版（1843年10月）だけに「グランド・ブルテーシュ」のテクストが従来の形で残された。『ル・メサジェ』誌（1843年3月20日－4月29日）とフュルヌ版（1843年4月）では「グランド・ブルテーシュ」本体は削除され、挿話をビアンシオンが語ったという状況設定にとどめられる。1845年12月に刊行されたフュルヌ版で、「グランド・ブルテーシュ」だけが「『続女性研究』の結末」と但し書きされ、『続女性研究』の続編として『ベアトリクス』と『モデスト・ミニョン』の間に単独で配置されるという経緯である。

(1)《レシ》のアマルガム
　この作品は「パリでは、常に舞踏会か"大夜会"の二種類の夜会が開かれる」(p.673)という言葉ではじまる。語り手が誰かはまだわからないが、パリ社交界の説明のあと、そんな夜会の中でも、デスパール侯爵夫人と並んで、とりわけ有名なデ・トゥーシュ嬢のサロンにスポットライトが当たる。時は午前2時。半年前に総理大臣となったアンリ・ド・マルセーを囲んで『人間喜劇』に登場する人物たちが、めいめい発言しはじめた。
　『人間喜劇』において、シニックでおよそ個人的なことなど話しそうにないアンリ・ド・マルセーが、17歳のとき体験した初恋について自ら語るのが、第一挿話である。これだけでも意表を突かれるが、「この言葉を聞いて、私はある疑惑に襲われ、自分のハンカチを取り出して、彼に言いました。」とか「この最後の一条の光に打たれる前なら、私はなにかを信じ、一人の女の言葉に注意を払いもしたでしょう。」(p.684)といった調子の語りには、『金色の眼の娘』で見せるこの人物像に似つかわしくないほど真剣なものが感じられる。愛する女性が自ら髪の毛を縫いつけてくれたはずだったハンカチに、彼女の裏切りの具体的な印を発見したときの言葉である。
　しかし、こういったマルセーの語りの最中も、参会者たちは、その語りを遮って遠慮もなく意見を差し挟み、しばしば、語りを妨げていく。このエピソードを通じて、17歳の初恋がマルセーに女性とは何かを悟らせ、彼を政治の世界に導き入れるきっかけとなったと明かされるのである。
　こうして、のちに侯爵夫人となるシャルロットの物語がわれわれの脳裡に焼きつくころ、エピソードというにはあまりに解説的なエミール・ブロンデの第二挿話が来るだろう。しかし、読者はいつこの挿話がはじまり、どこでクライマック

スなのか、そしていつ終わったのかも分からぬまま、人々の発言の渦の中で、中心点を失わない、呆然とすることになる。「あるうるわしい日の昼に、あなたはパリの中をぶらぶら散歩している。(…) そんなとき、一人の女性があなたの方へやってくるのが目に入る。」(p.692) といった描写的な語りは、マルセーの語りとは違って、何ら具体的な深まりも見せず、エピソードからはほど遠いものになっているからだ。

カナリスの長い科白が終わってもまだ発言は続くが、ここで少しぞっとするような話をモンリヴォーがしはじめる。1812年のナポレオン戦役での《逸話》である。登場する中隊長は、戦場で自分を助けてくれた連隊長が自分の妻ロジーナといい仲になっているのを黙認していた。ある夜更けのこと、独特の《r》の発音でそれと分かる「ロジーナ?」と呼ぶ声に「私の仲間はみんな押し黙っていました。」(p.708) と、状況が説明されたあと、「語り手」(「私」) であるモンリヴォーは失笑するという失敗をしでかす。中隊長の「可笑しいか」という言葉に彼は言い訳をするが、これがある事態を誘発したのだ。翌朝未明、兵士たちが次々と出立するなか、背後で火の手があがり、男女の阿鼻叫喚が聞こえる。「私」のそばを通り過ぎるとき、中隊長が「俺だ」という合図をした。まだぐっすりと眠っているロジーナと連隊長を閉じ込めたまま、火を放ち、家ごと焼き払ったのである。

この第三挿話のあと、マルセーが「語り手」(「私」) に第一挿話の夫人の話をさせる。

> 「ビアンション氏がそれを私たちに話してくれますよ。」と、ド・マルセーが私に話しかけながら、答えた。「というのも、彼は彼女の臨終に立ち会ったのです。」(p.709)

後述するが、モンリヴォーの語りの時点で、「語り手」(「私」) はビアンションであることが読者にはすでに明かされていた。そして、侯爵夫人の死に関する短い《レシ》のあと、いよいよビアンションを有名にしたあの話、つまり第四挿話「グランド・ブルテーシュ」が、一度も中断されることなく一気に語られる。

愛人を衣装部屋にかくまう妻、その扉を煉瓦と漆喰で塗り込めさせ、蒼ざめた妻を二十日間も監視する夫、女性の名誉のために餓死するしかない愛人、赦しをまなざしに込める妻に対して「あなたはそこに誰もいないと十字架にかけて誓ったではないか」と言う夫のとどめのひと言。妻の裏切りへの残酷な復讐に、この

挿話の面白さはある。

> この物語が終わると、女性たちはみんなテーブルから立ち上がった。それまでビアンションが彼女たちをとらえていた魅惑は、この動きによって消えてしまった。しかしながら、そのうちの何人かは、あの最後の言葉を聞いて、ほとんど寒気とも言えるものを感じたのだった。(p.729)

『続女性研究』はここで終わる。現行の版では以上のように読めるが、それは「グランド・ブルテーシュ」が最後にきてやっとひとつの作品だったと感じるほど、この小説はビアンションの物語にすべてを依存しているように見える。実際、1842年のフュルヌ版『続女性研究』では、「公爵夫人の死」という短い《レシ》でいったん作品は閉じていた。それを後続の配本(1845年)で、続編として単独に「グランド・ブルテーシュ」として上梓したという経過がある。

『続女性研究』をひとつのテクストとして考えるとき、そこに一種の異質性があることをほとんどの研究者が感じている。しかし、この作品は、元々の『続女性研究』本体と「グランド・ブルテーシュ」を合体させたアマルガムであるという視点から、両者間に存在する異質性ととらえるのが、作品のプロセス上自然と見なされてきた。しかし、異質性はそこだけにあるのだろうか。むしろ、もともと『続女性研究』本体内部に異質性が共存していたのではないか。そこに「グランド・ブルテーシュ」を加えることで、バルザックは元々存在した異質性を解消しようと試みたと考えられないだろうか。実際、このテクストは、《レシ》の実体という点から考えると、不揃いな《レシ》のアマルガムから構成されているのである。

(2) 構成の不思議

『続女性研究』には、どんな《レシ》が含まれているのだろうか。プレイヤッド版で、校訂者のニコール・モゼが、この作品を構成する「断片」として挙げているのは、以下の6つである[2]。

Ⅰ．アンリ・ド・マルセーの初恋
Ⅱ．貞淑な女

---

(2) Nicole Mozet, *Histoire du texte*, *Pl.* III, pp.1485-1489.

Ⅲ．カナリスのナポレオン
　Ⅳ．われらが大佐の愛人（ロジーナの死）
　Ⅴ．伯爵夫人の死
　Ⅵ．グランド・ブルテーシュ

　Ⅰの「アンリ・ド・マルセーの初恋」は、先ほども説明したように、『人間喜劇』中の大型人物の過去を知る上で読者には興味の尽きない内容であり、従って、それなりに《レシ》としての実体を持っていると言えるが、その語りはたびたび中断され、ひとつの逸話をじっくりと語るという点では「グランド・ブルテーシュ」からはほど遠い。Ⅱの「貞淑な女」は、ひとつの物語としては自立しておらず、具体的な描写よりも概念的な状況説明に終始する傾向がある。これは、マルセーの挿話が、本来1841年3月21日・28日の二回に渡って『アルティスト』誌に分載された『閨房の一場面』に端を発しているのに対して、ブロンデの挿話が、1839年5月に刊行された『フランス人によって描かれたフランス人』第一巻所収の『貞淑な女』を再利用したテクストだったことに理由がある。つまり、前者は、閨房での会話をベースとした語りであり、後者は、貞淑な女性とは何かという問題に考察を加えた一種の記事にその中心があったという、もともと発生したスタイルの違いに原因があるからだ。
　Ⅲの「カナリスのナポレオン」は、ひとつの発言であって、とうてい挿話とは言いがたい。《レシ》や会話をつなぐ断片として再利用されたと考えるほうが自然だ。Ⅳの「われらが大佐の愛人」（ロジーナの死）は、第2節で挿話間のつながりに言及した際にも触れたが、本来『11時と真夜中の間の会話』という複数挿話の連関の中でとらえられるべきエピソードである。従って、マルセーやブロンデの挿話とは性格を異にし、サロンという《カードル》において語られる物語としては十分実体を持っていた。Ⅴの「伯爵夫人の死」は《レシ》とするにはあまりにも短いが、これもモンリヴォーの挿話と同様、『11時と真夜中の間の会話』中のものだったことから、後述するようにもうひとつの《レシ》と連続して総体をなす可能性があったという点で重要だ。もともとの目的は、Ⅰの「アンリ・ド・マルセーの初恋」を補足し、『続女性研究』がマルセーの《レシ》で始まり、マルセーの《レシ》で終わるという形にすることだったと推測される。しかし、最終的に「グランド・ブルテーシュ」が接続される経緯を考えると、『続女性研究』においても、『11時と真夜中の間の会話』と同じ挿話のつながりに沿って、ビアンションがその前にこの短い《レシ》をつけるということには意味がある。つま

り、実体はあまりないが、バルザックの思考にとっては必要な挿話だった可能性が高い。

このように見てくると、『続女性研究』が、本来雑多で異質なテクストの断片から出来た不思議な作品であることが分かる。この意味で、『人間喜劇』の熱心な読者のひとりであったマルセル・プルーストが、『サント＝ブーヴに反論して』のなかで、この作品について、次のように言っているのは慧眼と言うべきだ。

> 『続女性研究』というタイトルのとても有名な小説がある。これは二つのレシから構成され、大物端役が要求されているわけでもないのに、バルザックの作中人物のほとんど全部が、語り手たちの周りに居並び、まるでコメディー・フランセーズが記念祭や百年祭でおこなう"即興劇"か"典礼劇"といった具合だ。[3]

プルーストの指摘に関して興味深い点は、第一に、《レシ》は二つと言っていること、第二に、ほとんど不自然なほど作中人物を登場させ、各自に語らせていると言っていること、この二点である。今見てきたように、研究者は通常、アンリ・ド・マルセーに始まって、エミール・ブロンデ、モンリヴォー、ビアンションという四人の「語り手」を中心に、少なくとも四つないし五つの《レシ》があると考えている。はっきりと名前は挙げていないが、おそらくプルーストは、モンリヴォーの語るⅣの「われらが大佐の愛人」と、ビアンションの語るⅥの「グランド・ブルテーシュ」の二つしか、《レシ》だとは考えていないと推測される。それ以外のテクストは、この二つの《レシ》を準備する《カードル》の中に含まれていると感じているようだ。プルーストのコメントは、『続女性研究』を考える上で一つの重要な手がかりを暗示している。たくさんの作中人物の「語り」そのもの、いわばそれが構成する《カードル》自体が、この作品の大きな特徴になっていると思われるからである。

《レシ》の実体に関する感じ方の違いは、今挙げたプルーストだけではなく、『サラジーヌ』の節でも言及したクロード・ブレモン＆トマ・パヴェルにも存在

---

(3) Marcel Proust, *op. cit.*, pp.285-286. プルーストの指摘は、« Narration » の問題を中心にバルザックの作品を解読するピーター・ブルックスの『続女性研究』に関するコメントと相通ずるものがあることは興味深い。Peter Brooks, *Psychoanalysis and Storytelling*, The Storyteller, Blackwell, 1994, pp. 79-80.

する。本節の最後でも再度言及するが、『サラジーヌ』論の中で二人は、プルーストが《レシ》と感じた二つにIのアンリ・ド・マルセーの初恋を加えて三つとしているからだ。しかも、「グランド・ブルテーシュ」を除く二つの《レシ》には自立した語りの実体がないと言っている[4]。

　このような見解の相違は、『続女性研究』が映し出す姿と内包する問題とを実によく表わしており、本稿の考察対象である《レシ》と《カードル》の関係が決して確定した了解事項などではないことを、改めてわれわれに伝えてくれるだろう。

　実際、『続女性研究』は、テクストの異質性が共存する不思議な作品である。しかし、バルザックは、もともとテクストに内在したこの異質性を、修正によって、更に顕著なものにしている。《レシ》ないしは《レシ》の断片は、どのような意図によって、現在の形にされたのか。そこで用いられるテクスト修正の方法について、詳しく分析してみよう。

II　対照的な修正方法

　現行の『続女性研究』は、プルーストのコメントが明瞭に表わしているように、前半部の《カードル》的な特徴、つまり会話ないし議論の展開に重点を持つ部分と、後半部の物語性の保持という特徴、つまりモンリヴォーおよびビアンションの《レシ》そのものに重心を持つ部分の二つに分かれている。どうして、このような特徴を持つのかを知るには、バルザックが1842年のフュルヌ版に加えたテクスト修正に関連し、それぞれの《レシ》ないし《レシ》の断片に対して取られた修正方法の違いに着目しなければならない。そこには、大きく分けて二つの特徴がある。ひとつは、語りを中断したり、テクストを分断し、その切れ目に短いテクストを挿入することによって、《レシ》の相対性や非独立性を強めようとする方法であり、アンリ・ド・マルセーやブロンデの挿話にこの修正が取られた。もう一つは、中断やわき道を排除することによって、物語が本来持っている緊密性をより強固なものにし、《レシ》の絶対性や独立性を維持しようとする方法であり、モンリヴォーやビアンションの挿話にこの修正が見られる。バルザックは修正においてこの異なった二つの方法を、『続女性研究』に関して用いている点は見逃せない。

---

(4)　Claude Brémond et Thomas Pavel, *op. cit.*, p.190.

(1) アンリ・ド・マルセーの《レシ》の分断

　マルセーが語り手となる第一の《レシ》は、初出『アルティスト』誌のテクストからすでに、比較的自立性が弱く、どちらかと言うと相対化の傾向を見せていた。これは閨房での会話を基調とする形式に由来している。1842年のフュルヌ版における修正は、元々そうであった語りを更に中断し、登場人物の発言を頻繁に挿入する点に特徴がある。この挿入という方法によって、テクストは一層分断される傾向を強めた。《レシ》が《カードル》によっていわば「浸蝕される」形になっていると言い換えることができる。《レシ》自体の内容よりも《カードル》に重点が置かれるように修正がほどこされているのである(5)。

　マルセーの《レシ》に関する分断と挿入は、例えば、「ド・セリジー夫人」や「ド・カン夫人」といった具体的な発言者名とその短い発言を、元のテクストに割り込ませる形でおこなわれており、状況説明や発言による中断の加筆は合計7カ所見られる(6)。

　このような加筆・挿入は、マルセーの《レシ》を『アルティスト』誌以上に分断していることが分かる。バルザックは《レシ》の緊密性を分散する目的で、元のテクストに随時発言や発言者名および状況説明を加えていったと考えられる。その意味で、テクスト再利用に際してバルザックがおこなった修正について、一つの明白な特徴をなしていると言えるだろう。

---

(5) この修正については、『アルティスト』誌のテクスト、1842年フュルヌ版のテクスト、その後も修正された現行のテクストの三者を丁寧に比較する作業が必要だ。フュルヌ版でおこなわれた分断と挿入に、バルザックは更に人物名を中心とした細かい修正を加えたからである。しかし、特徴をなす傾向はフュルヌ版からすでに明確な形を取っており、その煩雑なテクスト比較は、大阪大学に提出した博士学位論文末尾に【資料】(1842年『続女性研究』に関する修正表) という体裁で掲載した。ここでは、最終的な修正を終えた現行の版をもとに、プレイヤッド版による例を二つだけ挙げ、その他の例示は註記にとどめる。このあとの《レシ》についても同様である。

(6) アンリ・ド・マルセーのレシに関する加筆は、*Pl.* III, p.678, 2 カ所; p.680, 1 カ所; p.681, 1 カ所; p.682, 2 カ所; p.687, 1 カ所の計7カ所。最初の例だけを厳密に説明すると、『アルティスト』誌 (*Artiste*, p.202) では « mais, il est parti. » に過ぎなかった箇所を、バルザックは1842年のフュルヌ版『続女性研究』(*BO*, II, p.428) では、« mais, il est parti, dit le ministre en regardant autour de lui./– Il n'a pas voulu souper, dit madame d'Espard. » と加筆し、更にフュルヌ修正版として、« madame d'Espard » を消し、« madame de Sérisy » に修正した。

(2) ブロンデの《レシ》と顕著な分断
　このテクストの分断化という特徴は、次のエミール・ブロンデの《レシ》に至っては、更に顕著な傾向を見せている。
　ブロンデが語る第二の《レシ》は、テクストの大部分が1839年に刊行された『フランス人によって描かれたフランス人』第一巻所収の『貞淑な女』からの再利用である[7]。これが、本来「貞淑な女とは何か」という論旨を持つ分析的なテクストであったことはすでに触れた。
　この部分は二つに分かれる。最初は『貞淑な女』後半の結論部分からの再利用である。次に『貞淑な女』前半のやや例示的《レシ》を再利用し、ブロンデの《レシ》として位置づけている部分が来る。実際には後者だけが、かろうじて《レシ》らしいものと言える。

〈1〉『貞淑な女』(1839) 結論部分の再利用
　バルザックは『貞淑な女』後半の結論部分をまず再利用しているが、そのテクストを更に細かく分断して各登場人物の発言に変えた。例えば、ダッドレー夫人の発言を受けてマルセーが発言する部分に挿入が行なわれ、男爵の爵位と彼女の夫に関する事柄に触れたり、一方では、ブロンデという発言者名が挿入され、その状況が現在分詞で説明されるなど、発言者名や短いコメントの挿入は、実に17例を数える[8]。頻繁に加筆することによって、いわば、議論形式の展開という形に変えたと言えるだろう。第1章で触れた『ラ・シルエット』誌掲載の『手袋に関する風俗研究』と同じ形式である。『貞淑な女』は、本来作者バルザックが論評するという体裁のテクストだったため、その素材部分は生かしながら、これを会話の形に組み入れるように修正されたと考えることができる。全体的な傾向として、先ほど検討したマルセーの《レシ》よりも、一層組織的に分断が行なわれている。しかも、挿入のほとんどが元のテクストの分断だけを目的としたものだ。

〈2〉『貞淑な女』(1839) 前半のエピソードの再利用
　ブロンデによる《レシ》の後続部分について、バルザックは『貞淑な女』の前

---

[7] « Depuis cinquante ans » (p.689, l.5) から « comme il n'en faut pas, » (p.700, l.31) までに相当する。
[8] ブロンデのレシ前半に関する加筆は、*Pl.* III, p.689, 4カ所 ; p.690, 2カ所 ; p.691, 6カ所 ; p.692, 5カ所の計17カ所。

半にあったひとつのエピソードを再利用し、独立したブロンデの《レシ》に移し替えた。これは、本来一つの《レシ》となりうるくらいには独立したエピソードであり、ブロンデの語る《レシ》として置かれるのは不自然ではない。ところが、ここでも、『貞淑な女』後半の分断ほど頻繁ではないが、適宜分断し、各登場人物に発言させており、マルセーの《レシ》およびブロンデの《レシ》の前半部と同じように、《レシ》の持つ自立性を意識的に相対化している。《レシ・テクスト》を分断し、発言者を割り当てるだけでなく、積極的に《レシ・テクスト》に発言テクストそのものを挿入するという方法を取っているのである。

例えば、『貞淑な女』前半からひとつのまとまったテクスト部分を抜き出したあと、はじめの部分を分断して三人の発言者名を挿入し、最後の文にも発言者名を追加挿入していくという方法を取った。ブロンデという発言者名の挿入による分断を加えると、この部分に関しては、12例ほどの加筆・挿入が認められる[9]。

これらの例は、『貞淑な女』後半のテクスト再利用の場合と同じくらい顕著な挿入であり、いわば《レシ》を「粉砕する」という明白な意図に基づいていると言えよう。加えて、テクスト分断の要素はもちろんのこと、更に積極的な発言テクストの加筆という傾向が強い。

以上のように、現行の『続女性研究』前半部に相当するマルセー、ブロンデの二つの《レシ》に関しては、同様な傾向の修正、すなわち元のテクストを分断化し《レシ》の自立性を弱める方法が取られていることが確認できた。ところが、モンリヴォーの《レシ》になると、これとは正反対の修正方法が取られている。この点を見ておきたい。

(3) モンリヴォーの《レシ》に見られる中断・わき道の排除

モンリヴォーの《レシ》は、『11時と真夜中の間の会話』の「われらが大佐の

---

(9) 一例として、元テクストと加筆部分（強調箇所）を比べると、以下のようになる。« Pour être femme comme il faut, il n'est pas nécessaire d'avoir de l'esprit, mais il est impossible de l'être sans avoir beaucoup de goût. (…) par un manège inimitable. L'Esprit de cette femme (…) tout plastique. » (*CHH*. t.28, p22) → « – Pour être femme comme il faut, n'est-il pas nécessaire d'avoir de l'esprit, **demanda le comte polonais.** /– Il est impossible de l'être sans avoir beaucoup de goût, **répondit Mme d'Espard.**/– Et en France, avoir du goût, **c'est avoir plus que de l'esprit, dit le Russe.** /L'Esprit de cette femme (…), **reprit Blondet.** » (p.696, 強調は筆者) ブロンデのレシ後半に関する加筆は、上の4カ所; *Pl*. III, p.697, 2カ所; p.698, 2カ所; p.699, 2カ所; p.700, 2カ所の計12カ所。

愛人」と同一の内容を基本的には維持している(10)。表現の変更が随所に見られるものの、ほとんど同じテクストだと言っていい。この《レシ》は『11時と真夜中の間の会話』が持っていた挿話の特徴、つまり、ひとまとまりの挿話が語られてから《カードル》に戻るという傾向に準じて、もともと、ひとつの独立したテクストの体裁をなしていたため、第一、第二の《レシ》で再利用された元のテクストと異なり、ほぼ分断が最初から認められない点がまず特徴と言える。バルザックは、この《レシ》には、先に述べた積極的な分断の措置をいっさい取っておらず、反対に、本来あったひとつの中断箇所に手を加えている。『11時と真夜中の間の会話』では9行ほどに当たる部分がすべて削除され(11)、「陽光に照らされると、それはとくに素晴らしい。」という短い一文に削ぎ落とされているからだ。削除部分には他の発言者による中断が含まれていた。これが除かれていることから、モンリヴォーの《レシ》を分断していた唯一の箇所から、語りを中断させる発言を削除することによって、本来独立性の高かったテクストをいっそう緊密にしようとする明白な意図が感じられる。

　ただし、ここで注意しなければならないのは、語りを中断する発言は削除されたが、語り手自身による語りの中断、すなわち「脱線」「わき道」は依然として除かれていないという点だ。この削除は1842年だが、その前は1832年『11時と真夜中の間の会話』である。従って、同じような《カードル》の流れの中で、語り手と聞き手のやりとりが出てくる。当該部分は、この削除の前後に、サロンの聞き手に対して物語に対する関心を高める目的で、イタリアの自然に関する「語り手」の「あなたがた」« vous » という呼びかけが存在した。物語はまだ語りはじめられたばかりであり、《カードル》の影響が「語り手」の意識にはっきりと反映していると言えるが、「語り手」自身によるこの意識的中断は、現行の版でもまだ存在し、従って、テクストの緊密化が徹底していない。

　「**ところで**、南国で美しい人間を見るたびに思うんですが、これはいつも崇高なくらい美しいものです。**あなたがた**、イタリア人が色白の場合、その独特な色の白さに**気づかれたかどうかは知りませんが…**」(p.704, ll.30-33: 強調は筆者)

---

(10) Lorsque nous arrivâmes à la Bérézina, » (p.703, l.29) から « une seule observation.» (p.709, l.2) までに相当する。
(11) *Co.*, pp.42-43.

このあとの「陽光に照らされると、それはとくに素晴らしい。」という部分は、先ほど指摘した削除によって縮められた箇所である。後続の部分は、「シャルル・ノディエが、ウーデ大佐について描いた型破りな人物像を読みましたが、彼の優雅な文章の一つ一つに、自分自身の感動が蘇りましたよ。」となり、最後に「(…) これ以上話すのはやめておきます。もっとも、あとでおわかりになるでしょうが。」（p.705）という箇所まで、「語り手」の意識はサロンの聞き手に向かっている。

　この脱線は長い。《レシ》本来のあり方から言えば、当然緊密化がはかられてもよかったはずだが、このような状況説明を残したのには、バルザックが《カードル》から自然に《レシ》へ移行させたいという意図があったという理由が推測される。とはいえ、分断をできるだけ避けようとする方法が取られたことに違いはない。

(4) ビアンションの語る短い《レシ》

　モンリヴォーの《レシ》のあとは、いよいよビアンションの番だ。最初に語られる短い《レシ》「公爵夫人の死」は、『11時と真夜中の間の会話』で匿名の医者が語る「あるドイツ人医師の妻の死」と、ほとんど内容は変わっていない[12]。

　そこで語られるのは、第2節でも述べた「美しい死」のテーマであり、この短い挿話の重要性については、第3章であらためて取りあげることになるだろう。

　フュルヌ版『続女性研究』では、この《レシ》によって、作品冒頭にあったマルセーの第一挿話との関連がつけられ、「先生がお話しになる物語は、とても深い印象を与えますね」というヴァンドネス伯爵の発言を受けて、「"お静かに"、と体を起こしながらデスパール夫人が言った」という一文を最後に、作品を閉じる[13]。

　実際、1842年版『続女性研究』はここで終わっており、1845年フュルヌ版刊行まで、「グランド・ブルテーシュ」は、まだ『田舎ミューズ』冒頭の挿話のままである。

---

(12) *Pl.* III, pp.1508-1509; Co., pp.72-74.
(13) *BO.*, II, p.457; フュルヌ版はその後訂正され、ヴァンドネス伯爵はレトレ公爵に、デスパール夫人はデ・トゥーシュ嬢に変更された。

Ⅲ 「グランド・ブルテーシュ」の自立性とその修正

　以上のような修正がおこなわれたのは、「グランド・ブルテーシュ」が接続される前の『続女性研究』に関してであった。この点を踏まえて、今度は、「グランド・ブルテーシュ」そのものについて、考察の目を向けてみたい。

(1) テクストの自立性

　「グランド・ブルテーシュ」は、初出の1832年から本質的な修正のない自立した作品であり、題材のもつ暗黒小説風な奇抜さ、ミステリー仕立てのプロットの巧みさ、語りの構成の緊密さといった点で、バルザックが書いた短編の中でもとりわけ完成度の高い作品であった。大きな枠として、常に「語り手」が設定されてきた経緯が不思議なぐらい、洗練され独立した一つの短編と言っていい。しかし、この《レシ》においても、《カードル》との関係は密接で、それに応じて特徴的な修正が見られる。『スペイン大公』に関連して、本章第1節でもすでに述べたが、「グランド・ブルテーシュ」側から見た再利用の経緯を簡単に振り返りながら、問題となる修正点を取り上げたい。

　「グランド・ブルテーシュ」の初版は、1832年に刊行された『ル・コンセイユ』である。タイトルは「忠告」を意味し、パリのあるサロンに集った人物たちの前で、オーギュスト・ド・ヴィレーヌなる若者が、妻の不倫と恋人の死をテーマとする二つの物語（『ことづて』と「グランド・ブルテーシュ」）を語るという形式を取っている。ビアンションはまだ登場しない。語り手は『人間喜劇』の主要人物たりえない無名の青年オーギュストであり、社交界の寵児ともいうべき同年代の青年エルネスト・ド・ラ・プレーヌが、自らも心憎からず思っていたエステル伯爵夫人の気持ちを動かしつつあるのを感じ、以前エルネストから受けた侮辱への意趣返しと夫人への警告を込めて物語るのである。そして、伯爵夫人はエルネストに対する自分の感情を危険なものと認識し、これを気づかせてくれたオーギュストに感謝するという形で終わっている。

　タイトルが示すように夫人への「忠告」そのものが語りの目的と言えるだろう。「グランド・ブルテーシュ」が後半の位置をとるのは、この目的を達成する上で効果的なグラデーションないしクレッシェンドの役をうまく果たすように配慮された結果だ。バルザックは、物語の内容よりも、むしろそれを取りまく枠を考慮して意識的にこのタイトルをつけた。しかし、ここでは、二つの物語が一つの場に集められることによって、恋愛の犠牲となる若い男性という構図が成り立っ

ているだけで、「グランド・ブルテーシュ」の内包する「夫の復讐」という語りの意味は、背景に霞み、明確な形で伝わってくることはない。

『ことづて』は、独立した短編として1832年2月15日に『両世界評論』誌へ上梓されていたが、『ル・コンセイユ』では一つのエピソードとして提示され、その後ふたたび語りの場を消失して、『人間喜劇』においては一短編という形に落ち着くことになるだろう。ところが、「グランド・ブルテーシュ」の方は、あらたな枠を引き受ける。

バルザックは、『コント・ブラン』から『スペイン大公』（姦通の子を処置した医者を殺害し妻の片腕を切り取った夫の報復譚）と『ボーヴォワール騎士の話』（姦夫を城の断崖から落下させようとした夫の失敗譚）という二つのエピソードを抽出し、これに「グランド・ブルテーシュ」を加える形で、『ル・コンセイユ』とは全く異なる作品に着手した。1837年、ヴェルデから『風俗研究』第七巻中の一編として出版された『グランド・ブルテーシュあるいは三つの復讐』と題する作品がそれである。ここでようやくビアンションが登場し、嫉妬と復讐をめぐる夫の心理に重心が移った。『ル・コンセイユ』では恋人の死に向き合う夫人の心理に重点が置かれていた。また、エステル伯爵夫人を守る目的で間接的な忠告がおこなわれるにとどまったが、ヴェルデ版ではラ・ボードレー夫人の不倫をあばく目的で物語の残酷さが段階的に増すように配列されていることは、第1節で述べたとおりである。ハンスカ夫人宛ての手紙からも分かるように、バルザックはこの時点で、『ル・コンセイユ』よりもヴェルデ版の方が「グランド・ブルテーシュ」を生かしえたと自負していたようだ[14]。しかし、この作品はテクストの展開を見ることなく終熄へと向かい、田園生活の退屈さを強調する形で終わっている。

「グランド・ブルテーシュ」は、1843年になって、異なった三つの版に現われる。一つは『ル・メサジェ』誌（1843年3月20日－4月29日）に『ディナ・ピエドゥフェール』というタイトルで連載された。この時、「グランド・ブルテーシュ」は二番目に配置されたが、物語そのものは削除され、要約という形にとどまる。『ル・メサジェ』誌連載と相前後する4月に、今度は『田舎ミューズ』というタイトルで、フュルヌ版『人間喜劇』第6巻に収められた。ここでも「グランド・ブルテーシュ」はテクストを持たず、二番目に配置される。一方、同じ年の

---

(14)　*LH*., t.1, pp.482-483.

10月と12月、これも『田舎ミューズ』というタイトルでスヴラン版『田園の神秘』第1巻と第2巻の二分冊および作品の結末だけが第3巻という形でまたがって収められた際、第1巻末尾に「グランド・ブルテーシュ」は全文テクストの形で、しかも他の二つの版と同様に二番目に配置された。
　バルザックがハンスカ夫人に宛てた手紙には、『ル・メサジェ』誌連載に当たってヴェルデ版の改編に苦しんでいる様子が、1843年3月初めから読み取れる[15]。連載はたびたび中断され、特に最後は29日になってようやく出るといった具合だった。この間フュルヌ版を同時に進行させ、スヴラン版にも取りかかっている。改編は三つの版の間で錯綜しながらおこなわれたというのが現状のようだ。しかし、書き直していくどの時点かで、ヴェルデ版を中編小説『田舎ミューズ』へと発展させるきっかけを見つけ、その結果として「グランド・ブルテーシュ」の全文テクストは省くという決断がなされたものと思われる。
　スヴラン版に全文テクストを出さざるを得なかった理由は、二巻本（結果的には三巻）にするには要約では分量が足りないというスヴラン側の意向によると考えていい。章の差し替えを作家本人がはっきりと指示しているからである[16]。結局二番目で要約というのが、バルザックの固めた最終的な考えだったと推察することができる。その全文は、「グランド・ブルテーシュ」というタイトルで1845年12月刊フュルヌ版『人間喜劇』第四巻に改めて収められるが、この時1842年既刊のフュルヌ版『続女性研究』の続編であることが明記された。

(2) 重要な修正点
　先ほども指摘したが、「グランド・ブルテーシュ」には語りの連続性という点で、『続女性研究』のこれまでの《レシ》とは異なり、本来、中断箇所は一つもない。この意味で完璧に《レシ》の独立性が維持されている。しかし、初出から「37年版」で一度加筆し、フュルヌ版（1845年）で修正した箇所がひとつある。加筆部分は、館の荒廃した様子が語られる最初のところで、「37年版」では以下のようになっていた。

　　「そこを貫いたのはいかなる落雷だったのでしょうか。この邸に塩を撒くよう命じたのはいかなる裁判所だったのでしょうか。」**検事は頭を上げて、失**

---

[15] *ibid.*, t.2, p.172; p.176.
[16] *Corr.*, t.4, p.871.

効した法律に抗議するため否認の身振りをした。オラースは続けて言った。「蛇はあなたがたに答えることなく、そこを這っているばかりです。」(強調は筆者)(17)

　上記強調部分は、フュルヌ版「グランド・ブルテーシュ」（1845年12月）では最終的に削除された。「グランド・ブルテーシュ」の挿話の中で、「語り」を中断する唯一の加筆であり、クラニーがビアンションの話に否定的な反応をする記述と、語りを自ら中断するビアンションを、三人称で「オラース」と記述している点が特徴的である。

　この加筆は、「37年版」では、《カードル》との関連から存在理由があった。「検事」とは、『田舎ミューズ』の登場人物クラニーのことである。従って、『田舎ミューズ』から「グランド・ブルテーシュ」を切り離し、『続女性研究』に接続するに伴い、クラニーの名前は不自然となって、削除されたものと思われる。

　また、『続女性研究』では「語り手」（「私」）であるはずのビアンションが三人称で書かれているのは不自然なため、これを「私」の語りのうちに含めるように削除されたと考えることもできるが、この点にはまだ矛盾があり、第3章で再び取り上げることとしたい。

　この事例は、一度テクストを中断し《カードル》を割り込ませるという修正をしたこと、《カードル》の変更に応じて、再びこの中断箇所が削除されたという経緯を物語っている。本来緊密な構成化を試みられていると考えられる「グランド・ブルテーシュ」にさえ、このような修正方法が取られていることは面白い。

　二つ目は、1832年版『ル・コンセイユ』にあったグランド・ブルテーシュ以外の廃屋に関する記述で、これはヴェルデ版「グランド・ブルテーシュ」からすでに削除され、当然のことながらフュルヌ版には存在しない。ルニョーの語りが終わった段階で「私は、間もなくこのヴァンドームの慎重な公証人に口を開かせることができ、（…）」(p.718)という場面で、ルニョーがメレ夫人の意志で館は修復されずにいること、そのような家屋が他にも存在すると話すやや冗長な箇所となっている(18)。

　これについては、A. W. レッツも、「グランド・ブルテーシュ」という屋敷の持つ例外的な意味と特殊性の効果を減じる要素であり、作品展開上不都合を感じた

---

(17) *Pl*. III, p.1511, p.711 の variante-*g*.
(18) *Pl*. III, pp.1514-1515, p.718 の variante-*e*.

ため作者は削除したと指摘した(19)。ヴェルデ版からすでに削除されていることから考えても、「グランド・ブルテーシュ」の位置づけを変えるような本質的な修正ではない。

　最も重要な修正は、1845年フュルヌ版「グランド・ブルテーシュ」を待たず、1843年段階で削除された「サン＝ピエール＝デ＝コール」(*Pl*. IV, pp.697-698.) の部分である。これは、『田舎ミューズ』の三つの《レシ》の語りののち、修正を加えられて再利用された。語り手はクラニーで、第1節において、『田舎ミューズ』の展開に重要な役割を果たしたとして、指摘したものにほかならない(20)。

　バルザックは、ヴェルデ版テクストが再録された1839年11月刊行のシャルパンティエ版までは存在したこのまとまった箇所を、1843年スヴラン版の全文テクストから削除している(21)。この削除は、公証人ルニョーが退席したあと登場する宿屋の女主人ルパが、グランド・ブルテーシュという邸にまつわる謎について一層興味深い情報を与える際に、前置きとして使われている部分である。

　ルパは謎に関わると思われるもう一人の人物、スペイン人の青年フェレディアの失踪に関連し、自分が帰って来なかった場合失踪届を官憲に出してもらう見返りに、金とダイヤを宿屋の女主人に進呈する旨、この人物が書き置きしていたことを伝える。これについて、もらってよいものかどうか迷いつづけており、良心の問題をビアンションに尋ねる場面である。ルパによると、司祭にさえ告白したことがない内容らしい。そこで余談として引き合いに出されるのが最近トゥールで起こった、サン＝ピエール＝デ＝コール郊外に住むある一人の寡婦の話だった。ルパの話を簡略化すると次のようになる。

　この寡婦は夫を殺したことを告解した。寡婦は夫の死体を豚のように細切れにし、塩づけにして地下室に保存したあと、毎朝死体を一切れずつ河へ投げ込んでいた。最後に頭部が残った。司祭は初審検事に通報し、寡婦は処刑されるが、初審検事がどうして頭部だけ河に捨てることができなかったのかと訊問した時、寡婦は重すぎて運べなかったのだと答えたという。

　この告白の問題に関するルパの前置きは、彼女の語りの本質とはかけ離れていることは歴然としている。しかし、この前置き自体にすでにルパの語りの不明晰さ、順不同の叙述が読み取れるように、バルザックはあえて、この人物の語りの

---

(19) A.W. Raitt, *Notes sur la genèse de La Grande Bretèche*, *AB* 1964, pp.188.
(20) *La Muse du département*, Classiques Garnier, p.409.
(21) *Werdet*, pp.71-72; *Souverain*, t.I, p.254 を参照。

独自性を表現するために残しておいたとも推測しうる。「グランド・ブルテーシュ」は、謎の周りをぐるぐる回るようなルニョーの語りと混濁したルパの語りをまず二つ設置し、そのあとに今度はロザリーのこれもやはり混乱した語りそのものであったものをビアンションが「語り直す」という形で締めくくる構造を取っているからだ。語りに関する作者の意識的な操作が感じられることから、ルパの語りに上記の話が必要だったという理由を容易に想定しうるだろう。

　この本筋とは乖離した話をバルザックは1843年になってようやく削除した。その削除の理由として、まず最初に考えられるのは、ニコール・モゼやA.W.レッツが指摘するように(22)、作品の緊密性を一層高めるためであった。これと同時に、第二の理由としては、この挿話が夫婦の不和と殺人を暗示することから、結果として「グランド・ブルテーシュ」の結末を読者に予見させてしまうという配慮が働いたと考えることもできるだろう。

　この部分の『田舎ミューズ』への再利用については、ニコール・モゼも A. W. レッツもすでに指摘していることがらだが、これをバルザックが再利用した理由や経過については特に述べていない。しかし、第1節で指摘したように、この一見何でもないような挿話は、ヴェルデ版『田舎ミューズ』の展開に苦しんでいたバルザックにとって、再利用の最たる効用をなしたと言える。この部分は紛れもなく『田舎ミューズ』の重要な展開点、すなわちクラニーの語る実話へと書き直されるからである。

IV 「グランド・ブルテーシュ」接続の理由

　ここまで、『続女性研究』全体にわたって、それぞれの《レシ》が本来持っていた性格とその後の修正について見てきた。この作品から感じられる異質性は、それぞれの《レシ》あるいは《レシ》の断片が、再利用された元のテクストが持っていた性格に影響された結果生じたものだという一面は否定できない。しかも、バルザックは、《レシ》が持つバランスの悪さを解消するために、相対性の強いものには分断・挿入という方法で、一層その相対性を強め、反対に、自立性の強いものには夾雑物の排除という方法で、テクストの緊密化をはかっていることが、以上の分析から分かる。本節の冒頭でも引用したプルーストの見解は、このよう

---

(22) Nicole Mozet, *Pl*. III, p.667; A.W. Raitt, Notes sur la genèse de *La Grande Bretèche*, *AB* 1964, pp.188-189.

な修正によってもたらされたものだったのである。実際、《レシ》がこれほど《カードル》に依存している作品を、『人間喜劇』の中に求めることはむずかしい。その意味では、バルザックがテクストをどのように操作していったかを見るには、最もふさわしい作品と言える。

　クロード・ブレモン＆トマ・パヴェルが、「貞淑な女」を《レシ》に数えていないことは、すでに指摘した。『バルトからバルザックへ』に、次のような見解がある。

> 　《レシ・カードル》が本当の《レシ》の序として、単なる口実にすぎないことが、時折起こる。純然たる飾りとしての《カードル》には、しばしば、それ自体自立した逸話の対象となるにはあまりにも貧弱で、読者に直接提示するにはあまりにもこなれていない逸話を目立たなくし、それに真実味をもたせるという機能がある。『続女性研究』に象嵌されたいくつかの物語は、これらのタイプを具現化している。つまり、マルセーとモンリヴォーが語る逸話は、デ・トゥーシュ嬢の邸で開かれた親密な夜会が提供する《カードル》を必要としているのだ。なぜなら、それらは、小説を自立したものにしうるだけの十分な語りの実体を持っていないからだ。反対に、ビアンションが話す「グランド・ブルテーシュ」の物語に関しては、《レシ・カードル》の持つ俗っぽい社交界の特徴が、コントラストをなして、距離を置きながら、語られる出来事の残酷で常軌を逸した特徴を際立たせるという効果を持っている。[23]

　この指摘は、『続女性研究』における《カードル》の重要性をわれわれに示すとともに、その《カードル》に依存するか、というよりもむしろ、《カードル》を引き立てる目的で配置された《レシ》が存在するという現象をうまく説明している。しかし、ここでより重要なのは、バルザックにおいて、《レシ》と《カードル》の関係が固定したものではなかったという点だ。これまでに述べてきた修正が、1842年『続女性研究』と1837-1843年期『田舎ミューズ』という、それぞれ別のテクスト生成の中で考えられ、結果として1845年「グランド・ブルテーシュ」の単独上梓に至ったという経緯に注目する必要がある。おそらくは、第2節

---

(23) Claude Brémond et Thomas Pavel, *op. cit.*, p.190.

で取り上げた1844年『フランス閑談見本』も大きく影響しているに違いない。

　このように、テクストの再利用とパッチワークの作業の中で、『田舎ミューズ』から「グランド・ブルテーシュ」を切り離し、『続女性研究』に接続するという決定がなされたものと考えられる。そして、この決定には、第3章で扱う「語り手」ビアンションの登場が連動しているのである。

　『続女性研究』は、本来アンリ・ド・マルセーを中心とする《会話体形式》の作品として発想された。これは、『11時と真夜中の間の会話』を基本とし、初期から存在した《会話体形式》による作品化構想の結果である。しかし、もう一方で、初期から継続して、同じく『11時と真夜中の間の会話』を基盤とする『フランス閑談見本』が模索され続けていたというプロセスにも配慮しなければならない。これらはすべて、テクストの再利用という方法と関連しながら進行するが、『フランス閑談見本』がはっきりとした構造をなしていたため、『続女性研究』に集めた《レシ》だけでは、バルザックはそれを十分に一作品とすることができなかったのではないか。最終的には、「グランド・ブルテーシュ」を接続することで、『続女性研究』の持つ問題を解消したわけだが、重要なのは、まだ『田舎ミューズ』中の挿話であった「グランド・ブルテーシュ」をどうするか迷っていたとき、同時に『11時と真夜中の間の会話』から『フランス閑談見本』に再利用した《レシ》を、『続女性研究』でも活用できないか模索した可能性があるという点だ。A.-R. ピュッフは、『政治生活情景』という観点から、『続女性研究』において、現状とは異なるもうひとつ別の展開の可能性がありえたと言っている[24]。この点について、ビアンションという『人間喜劇』を支える軸の一つを発見するプロセスと関連して、考察を進めていくのが、第3章の目的である。『人間喜劇』構想成立の一端として三人称化の試みを取り上げ、ビアンションとデルヴィルを軸とした「語り手」について考えてみたい。

---

(24) A.-R. ピュッフは、アンリ・ド・マルセーの挿話が本来持っていた政治生活の要素が展開される可能性があったとし、《 La Comédienne de Salon 》の存在を指摘している。(Anthony R. Pugh, Du *Cabinet des Antiques à Autre étude de femme*, AB 1965, p.250)

第3章

命名された語り手
～三人称化への試み

第2章では、1832年－1845年の試みのひとつとして、テクスト再利用という観点に立ち、『コント・ブラン』から『フランス閑談見本』に至る挿話の変遷を中心として、一連のまとまった問題について論じた。第3章では、やはり1832年－1845年のもうひとつの試みとして、「語り手」（「私」）の三人称化の問題を、ビアンションとデルヴィルという二つの観点から取り上げる。

　前章でも触れたが、ビアンションをめぐる命名のプロセスは、一方では『グランド・ブルテーシュあるいは三つの復讐』（ヴェルデ版1837年）から『田舎ミューズ』に至る系列、もう一方では『11時と真夜中の間の会話』から『続女性研究』および『フランス閑談見本』に至る系列に分かれる。そして、「グランド・ブルテーシュ」が『田舎ミューズ』から《レシ》の実質を消し、『続女性研究』に接続されることによって、この二つの系列はビアンションを軸としてリンクすることになった。

　同時に、他の作品群においても、ビアンションがクローズアップされていき、名前のない人物やすでに他の名前を持っていた人物がビアンションとして、『人間喜劇』の世界に姿を現わし始める。『人間喜劇』において語りの名手であり、かつ「観察者」、バルザックの「代理人」といった大きな役割を担うこの人物には、それだけでひとつの体系をなす論考が必要だ。その意味で『禁治産』『無神論者のミサ』の作品分析はもちろん、『ペール・ゴリオ』や『従妹ベット』、それに『あら皮』などにも本来言及する必要がある。

　ビアンションの問題を論じるとき、『人間喜劇』においてバルザックが一種の複眼的視点の代理人としたと思われる「医師ビアンション」に焦点を当てたアプローチが、まず第一に考えられる。アンヌ＝マリ・ルフェーヴル[1]や松村博史のアプローチ[2]がそれに当たり、構造体としての『人間喜劇』を説明する上で有効なものとなっている。

---

(1) Anne-Marie Lefebvre, « Bianchon, cet inconnu », *AB* 1987, pp.79-98; « Visages de Bianchon », *AB* 1988, pp.125-140; « Bianchon, un astre du cosmos balzacien », *AB* 1995, pp.311-330; « Balzac et les médecins du XVIIIe siècle », *AB* 1997, pp.193-219.

(2) 松村博史，医師ビアンションの目―『人間喜劇』における医学の視点(1)―，近畿大学語学教育部紀要第3巻第1号，2003.；病気と死に向き合う医師ビアンション―『人間喜劇』における医学の視点(2)―，近畿大学語学教育部紀要第3巻第2号，2004.

また、ビアンションに関しては、最近の柏木隆雄の論考に見られるように[3]、バルザックと「知」の問題という視座からの研究が、ビアンションの役割を浮き彫りにするだろう。『無神論者のミサ』のビアンション、『シャベール大佐』のデルヴィル、『ゴリオ爺さん』のラスティニャック、それぞれの役割を「知」の探索者として位置づけ、バルザックがそこに意識的で巧妙な糸を紡いでいると柏木は指摘し[4]、個々の作品に仕掛けられたバルザックの精緻なテクスト操作への目配り以上に、バルザックの本質的な小説技法を読み解こうとしているからだ。その意味からも、本稿での考察はあくまで「語り手」ビアンション形成の一端を照射するにすぎない。

　本章の初めの二節では、三人称化の試みのひとつという観点から、名づけられる「語り手」(「私」)と《テクスト・カードル》との関係に絞り、人称と時間の問題に関連して、第2章でも取り上げた『続女性研究』と、「語り手」(「私」)が三人称化されていくプロセスをコンパクトに集約した作品『女性研究』の二つを対象とし、名前のなかった「私」がビアンションと命名され、三人称化されることによって生じた矛盾を考察する。

---

(3) 柏木隆雄,『ゴリオ爺さん』における「知ること」, 大阪大学大学院文学研究科紀要第42巻, 2002, pp.1-30; バルザック『シャベール大佐』における〈まなざし〉, 関西フランス語フランス文学　第9号, 2003, pp.15-25.（ラスティニャックとゴリオとの関係と同じものを、デルヴィルとシャベールの関係に見ている。）
(4) 柏木隆雄, バルザック『無神論者のミサ』の「謎」の構造,『シュンポシオン　高岡幸一教授退職記念論文集』, 朝日出版社, 2006, pp.175-184.

第1節

語り手の確立 〜ビアンションの形成

I 『続女性研究』とビアンション

　ニコール・モゼは、プレイヤッド版の解説で、バルザックが『続女性研究』に「グランド・ブルテーシュ」を接続することによって生じた印象を、次のように述べた。

　　しかし、1842年の場面の持つ少々霧におおわれたような雰囲気から来るある種の無味乾燥さにもかかわらず、"グランド・ブルテーシュ"は、『続女性研究』中のコントのなかで断然群を抜いて辛辣であり、また、他のレシとのギャップ、モンリヴォーのレシとさえ生じているギャップが極めて顕著なまとまとなっている。[1]

　ここで、モゼは、「グランド・ブルテーシュ」が、『田舎ミューズ』から切り離され、『続女性研究』に結合したことによって、『続女性研究』の構成に不均衡を生じさせているのでないかと、一種の戸惑いを隠していない。
　この点について、その後、『多元的なバルザック』で、ニコール・モゼは、プレイヤッド版の解説では語りの有効性に視点があったことを注記し、むしろ「語り手」の位置に重要な点があると、その見解を修正している。

　　この提案は、私がプレイヤッド版第3巻の『続女性研究』序文で主張したものとは、明らかに違っている。その頃、私は特に**語りの効果**に関心があった。(…) バルザックのテクストのより全体的な問題を拠り所として、私は今では**語り手の位置**により大きな重要性を見ている。（強調は筆者）[2]

---

(1) Nicole Mozet, *Pl.* III, p.667.
(2) Nicole Mozet, « Deux exemples de la technique du réemploi: *La Fille aux yeux d'or et La Muse du département* », in *Balzac au pluriel*, Ed. PUF, 1990, p.259.

この時点でニコール・モゼは、『続女性研究』全体が、ビアンションという「語り手」を中核として見事に構造的な機能を果たしていると、意見を変えている。「語り」の効果から「語り手」の位置へと視点を移し、ビアンションの役割を重視する見方に変わったと言うことができる。

　この視点の推移は、『続女性研究』におけるビアンションの位置づけを考える場合、示唆に富んでいる。ただし、ニコール・モゼは、『続女性研究』において「グランド・ブルテーシュ」が他の《レシ》と明らかにズレを生じていること、ひとつだけ飛び抜けているという印象を変えておらず、『続女性研究』に「グランド・ブルテーシュ」を接続するという選択がもたらした意味については考察を深めていない。

　「語り手」の問題を論じるとき、ビアンションを軸として考えるとすれば、『続女性研究』において、人称や時間の矛盾が生じている点に目を向ける必要があるだろう。バルザックが『続女性研究』を執筆した本当の意味が、それによって明らかとなるからだ。再度、『続女性研究』の持つ問題点を考えてみたい。

II　第一の矛盾（人称）

　『続女性研究』のテクスト[3]には、大きく分けて二つの矛盾が認められる。一つは作品の基本的な構造に関わる人称の問題であり、もう一つは作品の記述についての矛盾である。まず、第一の矛盾について検討しておこう。

(1)　人称の矛盾

　書きだしの「序」の部分で、一人称の「語り手」（「私」）が登場し、はじめは匿名のままで最初の《レシ》が始まる。モンリヴォーの《レシ》までこの「私」が誰かは明らかにされない。アンリ・ド・マルセーとエミール・ブロンデの二つの挿話が終わり、モンリヴォーがこれから語り始めようとするとき、その《レシ》に先立つモンリヴォーの言葉によって、ようやく、「語り手」（「私」）はビアンションであることが判明するからだ。更に、この《レシ》のあと、今度はアンリ・

---

(3)　『続女性研究』からの引用に関しては、第2章第3節と同様、加筆・修正の区分を明確にする目的で、ページ以外に行を記し、その代わり、巻（*Pl.* III）を省略した。また、適宜、『アルティスト』誌（*L'Artiste* と略記）、『コント・ブラン』（*Co.* と略記）、ビブリオフィル・ド・ロリジナル版（*BO.* と略記）を引用する。

ド・マルセーによって、再度「私」がビアンションであると特定される。フュルヌ版『続女性研究』(1842年) を読む限り、「語り手」に関して不自然さはない。ところが、後続のフュルヌ版 (1845年) の「グランド・ブルテーシュ」は、次のような書き出しで始まり、それまで「語り手」(「私」) であったはずのビアンションが、突如三人称の形で現われている。

　　「ああ！　奥様」と医者は答えた。「私は自分のレパートリーに、いくつか恐ろしい話を持っています (…)。」
　　「話してください、ビアンションさん！…」と、あちこちからお願いの声が聞こえた。
　　満足げな医者の身振りを合図に、沈黙が広がった。
　(*BO*. t. VI, p.95; *Pl*. III, p.710)

　語りの最初でも、« dit-il » が念を押すように出てくるが、メレ夫人の物語が語り終えられたあとも、「語り手」(「私」) であったはずのビアンションは三人称のまま、物語は閉じられる。これが人称に関わる第一の矛盾である[4]。
　この矛盾は、実はかなり早い時期からテクスト校訂者たちによって指摘されてきた。例えば、コナール版にはじまって、クラブ・ド・ロネットム版、プレイヤッド版などの校訂者がそれに当たり、この矛盾を、『続女性研究』本体と「グランド・ブルテーシュ」が別々の生成過程を経たのち一種のアマルガムの状態に落ちついた結果として捉えている点が特徴と言える[5]。
　確かに、フュルヌ版を別々に見たかぎりでは、バルザックが「続編」としたとは言っても、二つの異なるテクストのアマルガムだとすることに不自然さはない。現在われわれがプレイヤッド版で、通してひとつの作品として読む場合にはじめ

---

(4) 『続女性研究』冒頭から一人称の形で設定された「語り手」(「私」) が、実際は『人間喜劇』の作中人物の一人、ビアンションであると判明する記述が、二箇所出てくる。*Pl*. III, p.703; p.709. 一方、フュルヌ版 (1845) では、「グランド・ブルテーシュ」が語られる直前に、それまで「語り手」(「私」) だった人称主体が消え、「ビアンション」「医者」という三人称の設定に突然変わる (*Pl*. III, p.710; p.729)。

(5) *Notes et éclaircissements* par Marcel Bouteron et Henri Longnon, *Œuvres complètes d'Honoré de Balzac, La Comédie Humaine*, éditions Louis Conard, 1947, p.446; Sur *Autre étude de femme*, *Œuvres complètes d'Honoré de Balzac*, Club de L'Honnête Homme, tome IV, p.589; *Pl*. III, p.1506 (p.703 の註2)。

て違和感があるのであって、バルザックはアマルガムとなったテクストを直接目にすることはなかったことを考えると、何ら問題はないように思える。しかし、実際には、このアマルガムに至るまでに、バルザックが、1842年のフュルヌ版『続女性研究』本体に加えた加筆修正、および1845年のフュルヌ版「グランド・ブルテーシュ」に加えた削除修正は、それぞれ、かなりテクスト構築性が高かったという点については、第2章で確認した。実は、ここに『続女性研究』が「語り手」(「私」) の問題に関わる深い意味がある。

　簡潔にまとめると、まず出発点として、1841年の『アルティスト』誌に掲載された『閨房の一場面』の段階では実は三人称であり、それが、フュルヌ版『続女性研究』(1842) に至って、はじめて新たに一人称に設定し直されたということ、しかも、この設定変更は『アルティスト』誌のテクストのある特定部分 (「序」の部分) に限定され、モンリヴォーの《レシ》まで「私」は一切姿を消していること、更にはフュルヌ版『続女性研究』の時点で、「私」の導入と同時に、この名前のなかった「私」がビアンションに特定し直されたということ、最後に、「グランド・ブルテーシュ」に関する人称上の記述に関して、本来三人称であったものを一層強固な形態に構築し直すための加筆が認められるという点が重要だと考えられる。バルザックは『続女性研究』の「語り手」をビアンションに特定する目的で、『アルティスト』誌のテクストに「私」を埋め込む形を取ったと言っていい。これは、『女性研究』や『海辺の悲劇』などと類似した「語り」の構造に、この作品を仕立て直したことを示しており、そこには明らかに執筆上の意図が感じられるのである。

　そこで、このようなテクストの構築性に関して、『続女性研究』本体の側と「グランド・ブルテーシュ」の側の双方から検討してみることにしよう。

(2) 『続女性研究』本体の検討

　「序」とマルセーの《レシ》の部分は、1841年3月21日および3月28日の二回に渡って『アルティスト』誌に掲載された『閨房の一場面』のテクストが、ほぼ全文再利用されている。この中で、「序」の一部分に関する修正が重要である。修正は、フュルヌ版『続女性研究』(1842) からの加筆部分、『11時と真夜中の間の会話』の「序」からの再利用部分、『11時と真夜中の間の会話』の「序」からの再利用とフュルヌ版『続女性研究』の加筆修正の混合部分という三つから成っているので、それぞれのポイントを見ておきたい。

　第一に、フュルヌ版『続女性研究』からの加筆部分は、『アルティスト』誌に

はないテクストで、デ・トゥーシュ嬢の名前が加わり、《カードル》が設定変更されている[6]。

　第二に、『11時と真夜中の間の会話』の「序」からの再利用部分[7]は、『アルティスト』誌では2行ほどだった部分[8]が削除され、その代わりに『11時と真夜中の間の会話』の「序」のテクストが再利用されて1ページ半ほど割り込む形になった。

　更に、この再利用の部分の内部に、一箇所だけフュルヌ版『続女性研究』からの加筆挿入を行なっている点が認められることには留意する必要がある[9]。この加筆には、『11時と真夜中の間の会話』の「序」にはなかった要素、例えば、マルセーの名前、マルセーと女性の心のテーマ、マルセーの《レシ》の重要性の強調、七月革命後という社会的条件などが加えられている点が重要だ[10]。

　第三に、『11時と真夜中の間の会話』の「序」からの再利用とフュルヌ版『続女性研究』からの加筆修正という混合部分[11]だが、これは詳細には、①『11時と真夜中の間の会話』の「序」からの再利用　②フュルヌ版『続女性研究』からの加筆　③ épr. I［フュルヌ版『続女性研究』(1842) 以前］および PAL (1845)［Furne corrigé より後］における加筆ないし修正から成っており、この部分に関しては特段の特徴は認められない。

　このように見てくると、序章に関する修正の目的は次の三つの点に絞られてくる。

〈1〉《カードル》の設定
　『11時と真夜中の間の会話』の「序」では、まだ名前がなく、『アルティスト』誌ではデスパール夫人であったものから、「語り」の場であるサロンを、フェリシテ・デ・トゥーシュのサロンへと具体化したことがまず指摘できる。これは

---

(6) « On ne retrouve donc (p.674, l.16) から « Le salon de Mlle des Touches, célèbre, d'ailleurs à Paris, (...). » (p.674, l.26) までに相当する。

(7) « (...) est le dernier asile (p.674, l.26) から mille folies, (p.675, l.41) までに相当する。

(8) « Donc, dans une de ces maisons envers lesquelles il faut user de discrétion (peut-être s'y défierait-on de quelque innocent!), vers deux heures (...). » (L'Artiste, p.201)

(9) « (...) d'un sujet intéressant. » と « Pendant la soirée (...) » (Co., p.4) の間に、挿入される形で加筆された部分である。

(10) Pl. III, p.675, ll. 36-43.

(11) « (...) qui rendent (p.675, l.41) から « ses prétentions. » (p.676, l.5) までに相当する。

《カードル》が変わったために生じた加筆修正で、ごく自然な現象と言えるだろう。

〈2〉アンリ・ド・マルセーの強調
『閨房の一場面』(『アルティスト』誌) のテクストよりも、更にマルセーと彼が語る《レシ》のテーマや重要性を喚起するための加筆修正がおこなわれている。『アルティスト』誌のテクストは、マルセーの《レシ》だけで成立していた。これを展開する上で、本来あったマルセーの要素を強調することには意味がある。つまり、フュルヌ版『続女性研究』の中心は、やはりここでもマルセーであることをバルザックが十分に意識している点が確認されるからだ。

〈3〉「私」の導入
最も重要なのは、『閨房の一場面』(『アルティスト』誌) では存在しなかった「私」という「語り手」が登場することである。「私」の導入によって、「語り」の基本構造が三人称から一人称に変わった。これは『11時と真夜中の間の会話』の「序」にすでにあった要素だが、そこでは名前のない「語り手」に終始し、『人間喜劇』の登場人物としては特定されていない。一方ここでは、フュルヌ版『続女性研究』(1842)［「グランド・ブルテーシュ」はまだない］の後半で、全体の「語り手」である「私」が、ビアンションに他ならないことが示唆される。「私」の導入は「語り手」をビアンションに特定することと密接に結びついており、この点で重要な意味を持っていると言うことができる。

(3)「グランド・ブルテーシュ」の検討
次に「グランド・ブルテーシュ」の側から人称の問題を見ておこう。
この部分はおおまかに三つの部分から成っている。一つは1845年のフュルヌ版「グランド・ブルテーシュ」からの加筆部分[12]、二つ目はもともと「グランド・ブルテーシュ」として独立した《レシ》部分[13]、最後に、作品の締めである「グランド・ブルテーシュ」45 (Furne) からの加筆部分[14]である。

---

(12) « Ah! madame » (p.710, l.11) から « le silence régna. » (p.710, l.21) までに相当する。
(13) « A une centaine de pas environ de Vendôme » (p.710, l.22) から « "Vous avez juré sur la croix qu'il n'y avait là personne." » (p.729, l.15) までに相当する。
(14) « Après ce récit » (p.729, l.16) から « le dernier mot. » (p.729, l.20. fin)] までに相当する。

「グランド・ブルテーシュ」本体の「語り手」がビアンションであることは、1837年版と同じだが、《カードル》が設定し直されている点が注意を引く。以下の三つの記述は、『続女性研究』本体の人称を考慮しなかったかのように、三人称であることを一層強固なものにしていることが分かる。（強調は筆者）

① 「ああ！　奥様」と*医者*は答えた。「私は自分のレパートリーに、いくつか恐ろしい話を持っています。」（…）満足げな*医者*の身振りを合図に、沈黙が広がった。(p.710, ll. 11-21)

この部分にビアンションという固有名詞はないが、想定されていることは明らかである。

② 「ロワール河のほとり沿い、ヴァンドームから百歩も行かないところに」と*彼は言った*。「ひとつの古びた褐色の家がありました。（…）」
(p.710. ll. 22-24)

クラシック・ガルニエ版の『田舎ミューズ』に拠れば、上の強調部分は「37年版」では《 ***dit Horace*** 》となっていた。従って、三人称である点は「37年版」から変わっておらず、しかも、この語り手はビアンションであることが分かる。

③ 「この物語が終わると、女性たちはみんなテーブルから立ち上がった。それまで*ビアンション*が彼女たちをとらえていた魅惑は、この動きによって消えてしまった。しかしながら、そのうちの何人かは、あの最後の言葉を聞いて、ほとんど寒気とも言えるものを感じたのだった。」(p.729, ll. 16-20. fin.)

作品の最後であり同時にビアンションの《レシ》の最後でもあるこの部分は、1845年のフュルヌ版「グランド・ブルテーシュ」からの加筆に他ならない。「ビアンション」と三人称で明記されている。

これら三例は、『続女性研究』の「語り手」が、「私」＝「ビアンション」であるという大きな枠設定と矛盾する。フュルヌ版『続女性研究』（1842）で新たに導入された「私」という要素と、この「私」がビアンションであるという修正は、「グランド・ブルテーシュ」を含まない状態の『続女性研究』において、新たに設定された基本的な枠組みであった。ところが、「グランド・ブルテーシュ」は

第3章　命名された語り手〜三人称化への試み　　*159*

当初から三人称の設定を崩しておらず、それどころか1845年フュルヌ版「グランド・ブルテーシュ」という形で、単独にこの挿話だけが上梓された際に加えられた加筆修正は、三人称の設定を一層強める形になっていると言うことができる。

バルザックは、『続女性研究』本体と「グランド・ブルテーシュ」双方にかなり構築性の高い修正をおこなっている。ここで指摘した人称上の矛盾は、単なるアマルガムによる結果とすることはできない。これが『続女性研究』に関する第一の問題である。

III 第二の矛盾（記述）

(1) 時制の矛盾

『続女性研究』のテクストにおいて生じているもう一つの矛盾は、マルセーの初恋の相手である後の公爵夫人シャルロットに関する記述である。『続女性研究』冒頭の《レシ》で、マルセーはシャルロットがまだ生きていると言っているのに対して、『続女性研究』本体の最後では、ビアンションによって彼女の臨終の様子が語られる。

まず、マルセーの《レシ》の記述を見ておこう。

> 「その頃完璧だった彼女は、今でもパリで最も美しい女性の一人として通っています」 (p.679, ll. 13-15)

この記述に拠れば、マルセーの初恋の相手は今でも生きていることになる。この部分は、1841年の『閨房の一場面』（『アルティスト』誌）からすでに存在しており、のちの加筆ではない。

一方、ここで、マルセーの《レシ》に登場する公爵とおそらく結婚し、その後公爵夫人となったシャルロットは、1842年のフュルヌ版『続女性研究』の最後の短い《レシ》では、ビアンションに見取られながら死ぬことになっている。その挿話の直前にある記述を見ておこう。

> 「ビアンション氏がそれを私たちに話してくれますよ。」と、ド・マルセーが私に話しかけながら、答えた。「というのも、*彼は彼女の臨終に立ち会ったのです。*」
> 「そうです」と、私は言った。「それに*彼女の死*は、私が知っているかぎり

最も美しいもののひとつです。」（強調は筆者）(p.709, ll. 12-15)

　この部分は、フュルヌ版からの加筆で、この加筆に際して、バルザックはマルセーの《レシ》にあった先ほどの部分を修正していない。
　このような矛盾について、プレイヤッド版の校訂者であるニコール・モゼは、次のように指摘している。

　　この文は《レシ》の初めの部分と矛盾している。そこでは、伯爵夫人がまだ生きていると二度読めるからだ。《美しい死》というこの物語は、『11時と真夜中の間の会話』から来ており、アンリ・ド・マルセーの恋とは、もともと何の関係もなかったのである。[15]

　ここでニコール・モゼは、ビアンションによるこの短い《レシ》が、もともとマルセーの初恋とは無関係であったこと、この《レシ》が『11時と真夜中の間の会話』中の「あるドイツ人医師の妻の死」に由来するものであることを明らかにしている。つまり、『11時と真夜中の間の会話』ではつながりのあった前後の《レシ》の中から、コンテクストに関係なく、これだけを切り離して再利用していると言うことである。
　しかし、この矛盾には、もっと複雑なテクスト生成上の問題が絡んでいるように思われる。モゼが指摘するように、確かにここで死にゆく女性をマルセーの愛人とする必然性は特に認められないし、その初恋と『11時と真夜中の間の会話』にある「あるドイツ人医師の妻の死」との結合は弱く、ここで関連づける必然性は薄いと言える。しかし、それにもかかわらず、バルザックは、フュルヌ版の段階で、『続女性研究』をマルセーの《レシ》に関連する短い《レシ》で締めくくり、統一性を持たせようとした。そのため、上記のような矛盾が生じた訳だ。
　この矛盾は、先ほど考察したような、テクストの構築性を基本とするバルザックの意図とは、別次元の現象である。それは、バルザックにおける《カードル》と《レシ》の関係を考える際に興味深い現象と言えよう。つまり、ここで、バルザックは『続女性研究』へ『11時と真夜中の間の会話』のもう一つの《レシ》、具体的には第2章第2節で扱った「パンチのジョッキ」の導入も併せて考えてい

---

(15) Nicole Mozet, *Pl*. II, p.1508, p.709 の註 1.

たかもしれないという可能性、更には「あるドイツ人医師の妻の死」を再利用するに際して、該当する《レシ》の前後に流れる『11時と真夜中の間の会話』の《カードル》自体に影響されたかもしれないということである。それが「美しい死」のテーマであることが重要な意味を持つ。

　更に、この短い《レシ》を語る人物が、『11時と真夜中の間の会話』では「名前のない」医者、『続女性研究』ではビアンションであった点が問題となる。(『フランス閑談見本』でも、ビアンションとなっていた。)

　『11時と真夜中の間の会話』では、同様の《カードル》の流れの中で、公爵夫人ではなくドイツ人の医者の妻の臨終が名前のない医者によって語られ、更にそのあと、その後『フランス閑談見本』にも残ったクラリス臨終の《レシ》、すなわち「パンチのジョッキ」が、同じくこの医者を「語り手」として続くからである。『11時と真夜中の間の会話』では「あるドイツ人医師の妻の死」と「パンチのジョッキ」の「語り手」は同一人物、つまり名前のないの医者であった。『フランス閑談見本』では、「パンチのジョッキ」はビアンションに「語り手」が特定される。この意味で「語り手」がビアンションであると記述されることによって、フュルヌ版は、元あった《カードル》、すなわち『11時と真夜中の間の会話』の《カードル》からの影響をかなり受けざるをえなかったのではないか。その結果、『続女性研究』本体のテーマは最終的にマルセーを中心とした物語で終わることができず、初恋の相手である公爵夫人の生から死への移行を展開点として、その後の発展の可能性を残しながら、フュルヌ版『続女性研究』では、結果として「公爵夫人の死」の《レシ》でとりあえず終結したのだと推測される。

　いずれにしても、ここで述べた矛盾は、バルザックが現在の『続女性研究』という作品全体を獲得する段階で解消されるべき矛盾だったはずだが、最後まで解消されなかった。この矛盾が残されたことで我々はさまざまな問題を考えざるを得なくなる。

(2) ビアンションの登場

　どんな問題かという一例として、ここで、ビアンションに関して、付随する事柄を二つ指摘しておきたい。まず、フュルヌ版の時点ではまだ『続女性研究』とは分離していたと思われる「グランド・ブルテーシュ」の側で、すでに『グランド・ブルテーシュあるいは三つの復讐』(1837)から、「語り手」がビアンションに変わっていたという点は重要である。

「まあ！（…）オラースさん！（…）」(p.723, ll. 38-39)[16]

　この部分に関するヴァリアントは、ニコール・モゼがプレイヤッド版の註で指摘しているように[17]、「37年版」の語り手がビアンションに変更されたことを示している。
　もう一つは、次節でも取り上げるが、『女性研究』の「語り手」が、1835年のベシェ版『侯爵夫人の横顔』（『女性研究』の一時的なタイトル）から、1842年6月刊行のフュルヌ版『女性研究』になる段階で、ビアンションに変わったという点があげられる。

　　「私がウジェーヌ宅へ入ったのはこの時でした。彼はびくっとして、私に言いました。"ああ！　来てたのか、オラース。いつからそこにいるんだい？"」(Pl. II, p.174.)[18]

　この点について、『女性研究』のプレイヤッド版校訂者ジャンニーヌ・ギシャルデは、次のように言っている。

　　これは明らかに、『人間喜劇』の有名な医者であり素晴らしい語り手オラース・ビアンションである。（とりわけ以下を参照：『無神論者のミサ』『続女性研究』『フランス閑談見本』）1842年の修正（p.174のヴァリアントdを参照）によって、彼はバルザック自身に取って代わり、証人＝語り手という、その機能を引き受ける。[19]

　このようなビアンションの登場は、同じ1842年段階でバルザックが『続女性研究』にビアンションを導入したことと無関係とは思われない。ビアンションを軸に、『11時と真夜中の間の会話』の《カードル》の基調であった美しい死のテーマが浮上してきたことは、この時点ですでに、『続女性研究』本体の後に「グラ

---

(16)　「f. オラース！　ヴェルデ版1837：オーギュスト！『ル・コンセイユ』1832」(p.1517, p.723 の variante-f)
(17)　Pl. III, p.1517, p.723 の variante-f の註1.
(18)　「ウジェーヌ　ベシェ版：エルネスト　それまでの版」「親愛なるオラース　フュルヌ版：ラファエル　ベシェ版：…, それまでの版」(Pl. II, p.1278)
(19)　Jeannine Guichardet, Pl. II, pp.1278-1279, p.174 の註2.

第3章　命名された語り手〜三人称化への試み　　*163*

ンド・ブルテーシュ」が結合される可能性があったことを示唆している。あるいは、『11時と真夜中の間の会話』で「あるドイツ人医師の妻の死」の後につづく《レシ》「パンチのジョッキ」も、同時に結合の可能性があったのではないかという推測が成り立つ。それにもかかわらず、バルザックが『続女性研究』をフュルヌ版段階では「公爵夫人の死」でとどめたのはなぜだろうか？

　これには二つの事情が想定しうる。一つは、『11時と真夜中の間の会話』を再利用すると同時に、再利用されていない《レシ》群を積極的にまとめていきたいという意図がバルザックにはあったということである。1832年以来、バルザックは再三『11時と真夜中の間の会話』自体を、何らかの形で出したいと考えていたらしいことが、書簡などから分かる[20]。本稿第2章第2節でも扱ったが、これは結局、1844年8月、『フランス閑談見本』という形で、再利用後残った部分を一つにまとめて刊行し、『人間喜劇』のカタログにも載せたことで一応の決着を見るが、この作品が最終的には『人間喜劇』に編入されなかったことを考えると、新たな再利用の可能性の余地がまだ残っていたとも推測できる。

　もう一つは、「グランド・ブルテーシュ」がスヴラン版『田舎ミューズ』において、まだ削除されていないことに関連し、1843年の段階でもまだこの《レシ》を『続女性研究』に接続する決断がついていなかったことが考えられる。つまり、これは、「グランド・ブルテーシュ」が、あくまで『田舎ミューズ』の中の一つの《レシ》として生成プロセス中にあったことを示している。

　このようなテクスト改変の途中段階にあったことを考慮すると、最終的に『田舎ミューズ』から「グランド・ブルテーシュ」をはずすことにした理由は、二つ考えられる。『田舎ミューズ』については、すでに前章でも触れたが、「グランド・ブルテーシュ」中の削除部分（サン＝ピエール＝デ＝コールのエピソード）を『田舎ミューズ』の展開のために再利用するという着想によって、「グランド・ブルテーシュ」をひとつの挿話として位置づける枠からはみ出し、その結果、『田舎ミューズ』から独立して取り出さざるを得なかったのではないかという可能性が考えられる。また、『続女性研究』本体の問題としては、バルザックが、マルセーを中心とする《レシ》だけでは一作品としての完結度が弱いと判断したと考えることができるだろう。この点については、すでに第2章で述べた。

　問題なのは、このような経緯の中で、「グランド・ブルテーシュ」をどうするかがまだ未決定の期間において、テクストはまさに流動的であったのであり、現

---

(20) *Correspondance* t. IV, Garnier Frères, Paris, 1966, p.711.

在われわれが見ているテクストとは異なる展開も、バルザックは考えていた可能性があるということだ。

A.-R. ピュッフは、執筆の初期段階で、現在の『続女性研究』とは異なるもうひとつ別の展開がありえたかもしれないという可能性について、次のように述べている。

> 『閨房の一場面』」は《政治生活情景》の一場面を予告しえたかもしれなかったが、続き（『サロンの喜劇役者』）は、むしろもうひとつの女性研究を約束しているように思われる。そして、それは、極めて文学的な流儀ではあるが、起こってしまったことなのだ…
> バルザックは、『サロンの喜劇役者』を続けて書かなかった---『アルティスト』誌のテクストは、そう欲しなかったのか、あるいはインスピレーションが、『ペルディタ』に対するのと同様、欠けていたのだろうか？ 1842年に、『人間喜劇』第2巻への原稿が不足して、彼は、悲しいかな一度ならずおこなってきたような行動を取った、つまり、これまでに書いた記事やちょっとしたレシ、逸話のたぐいを使って、どうにかこうにかひとつの小説をでっちあげたのだ。こうして、『閨房の一場面』が取り上げられ、かなり異なる続編をともなうことになる。(21)

プレイヤッド版第12巻で、校訂者のアンヌ=マリ・メナンジェが、『サロンの喜劇役者』について書いているように、この未完断片は、レトレ公爵とアンリ・ド・マルセーを結ぶ『政治生活情景』の一場面へと発展する萌芽を持っていた。まさしく「当代随一の巧者な喜劇役者」 (*Pl.* XII, p.349) という表現が公爵夫人に与えられるにふさわしかったと予測できるが、バルザックはこの方向で続きを書くことができず、結局、『貞淑な女』（1839）の再利用という舵取りへと向かう。

同様の選択が、1842年の『続女性研究』末尾で、ビアンションの語る短い《レシ》で終わらせた時点でも、存在した可能性は否定できない。これまで、いくつかの作品を対象として、バルザックのテクストにおける《レシ》と《カードル》の関係を考察してきた。バルザックが《レシ》を位置づけるにあたって、《カードル》の展開についても、複数の可能性を考え、その中から選ぼうとしただろうと推測することはむずかしくない。この意味で、第二の矛盾で提示したように、

---

(21) Anthony R. Pugh, Du *Cabinet des Antiques à Autre étude de femme*, *AB* 1965, p.250.

モンリヴォーの《レシ》が終わった後の部分から、『11時と真夜中の間の会話』の《カードル》へと展開させていくという方向性も十分にありえたのである。

確かに、1842年フュルヌ版『続女性研究』の時点では、「夫の復讐」のテーマと『11時と真夜中の間の会話』の「美しい死」のテーマとの比重は半々であったかもしれない。それは、フュルヌ版本体の最後で、ビアンションによる短い《レシ》「公爵夫人の死」に対して、これに鋭く反応する人物が、ヴァンドネス伯爵だったことからもうかがわれる。しかし、バルザックは、そのフュルヌ版を前に、ヴァンドネス伯爵の名前を消し、はっきりと「レトレ公爵」と修正した。この人物は、『サロンの喜劇役者』が書かれていれば、おそらくはマルセーの敵対者として位置づけられる可能性があった。その展開によっては、『続女性研究』は現行のものとは全く異なる作品になったかもしれないのである。レトレ公爵への名前の変更は、バルザックが複数の《カードル》を模索していたのではないかと考える根拠のひとつと言える。

　　「博士が語る物語は」とレトレ公爵は言った。「とても深い印象を与えますね」(p.710, ll. 8-9)

『続女性研究』が、本来マルセーの物語にはじまり、実は、マルセーの物語で終わるはずだったという考え方の根拠として、『サロンの喜劇役者』で展開される可能性のあったレトレ侯爵の名前が、現行の版で唐突に出てくる意味を気づかせてくれるだろう[22]。

この修正と同時に、1842年フュルヌ版『続女性研究』でヴァンドネス伯爵をたしなめる役目を担っていた「デスパール侯爵夫人」の名前が、デ・トゥーシュ嬢に修正されたことは、『ベアトリクス』を考える場合、示唆的だ[23]。

---

(22) レトレ公爵がリュシアンに王党派になるようアドバイスする場面は、この人物の性格をよく表わしている。*Illusions perdues, Pl.* V, p.464. また、『幻滅』では、フュルヌ版から「レトレ公爵」と加筆している箇所が相当数ある。

(23) Anthony R. Pugh は、Marsay のレシがもう一つ別の展開の可能性を持っていたとする仮説を立てている。その際、タイトルのつけ方に関する疑問を提起し、『続女性研究』において« Marsay »がキーワードではないかとする判断を示唆している。Anthony R. Pugh, *art. cit.*, p.251.

「お静かに」と、デスパール夫人は体を起こしながら、言った。
(*BO*. t. 2, p.457.)[24]

　ビアンションをめぐる人称の矛盾と公爵夫人シャルロットの生死に関する記述上の矛盾は、《カードル》が複数の展開をまだ可能にしうる段階では、バルザックにとって、テクスト操作上の矛盾ではなかったのではないか。これは、バルザックにおける「語り」が、単なる内容の伝達ではなく、執筆プロセスを背景とした可塑的な構造体そのものであったことを示唆している。バルザックのテクスト構築という観点から言えば、『続女性研究』で指摘した人称と時間の矛盾は、バルザック固有の執筆原理から生じる必然的なひとつの現象であり、従って、バルザックのテクスト構築の過程に見出すことのできる顕著な特徴のひとつと言えるのではなかろうか。

---

(24)「デスパール夫人」は、「デ・トゥーシュ嬢」に名前が変更された。« Mais douces, reprit Mlle des Touches. *FC* » (*Pl*. III, p.1509, p.710 の variante-*c*)

第2節

『女性研究』の「語り手」ビアンション

　ビアンションを軸とする作品は少なからず『人間喜劇』に存在する。その中で、とりわけ明瞭に、初出では名前のない「語り手」(「私」) だったものが三人称化された例として、『女性研究』を挙げることができる。この小さいテクストの中には、バルザックの創作原理の一端がコンパクトに凝縮されているだけではなく、彼が抱えなければならなかった矛盾も同時に内包している。その点について、検討していきたい。

I　自立したエピソード

　社交界に野心はあるものの、浮き名を流すにはまだ恥じらいを残すおよそ25歳の青年ラスティニャック。ある夜パリのサロンで、彼は、36歳をほどなく迎えようとしているひとりの貞淑な婦人 (リストメール侯爵夫人) のダンスのお相手を偶然にもつとめ、それと意識もなく「彼女を狼狽させるようなやり方で一度ならず見つめ」(p.173) ながら熱っぽく語る。翌日、意中の人への手紙を書き終えて、なお昨夜の女性の姿がちらつく物思いのなか、「語り手」ビアンションの突然の来訪を受けたため、誤ってニュシンゲン男爵夫人宛だった熱烈なラブレターの宛名をリストメールと記し、使用人のジョゼフに届けさせてしまった。

　いかにも若者らしい失態をモチーフとしたバルザックの短編『女性研究』[1]は、時代や場所を選ばず、誰にでも経験のありそうなエピソードを取り扱っている。ひとつの過ちを端緒として、女性特有の微妙な心理をいまだ「知らない」この青年が、ひとつ、またふたつと、「過ち」を重ねてしまう展開、更には、その「無知」ゆえに、病に至らしめるほどの強烈なダメージをそのご婦人に与えるという結末は、今日でも十分に通用する普遍的なひとつの「出来事」と言えるだろう。この小品は、語り手・登場人物・時代設定などを考えずとも、何よりもまず、語るに巧みであったバルザックの本領を十分に感じさせるに足る作品となってい

---

[1] 本文中『女性研究』からの引用については、Pl. II に拠った。「若者の失態」は、『人間喜劇』におけるひとつの大きなテーマとして、その後『人生の門出』などに現れる。

る(2)。

　バルザックがこの短編をはじめて書いたのは、1830年3月『ラ・モード』誌上であった。後述するように、『人間喜劇』との関連から構造的な変化が見られる点は重要だが、その後いくたの版を重ねるなか、エピソードの基本に関わる修正はほとんど最小限でしかない。そこでの叙述は、当初から、バルザックが、メリメやモーパッサンに匹敵する一流の語り手であることを示している。ほとんど脱線もなく、対比を用いた緊密な文体を維持しており、演劇的な場面転換の効果と軽妙な語り口によって、例えば、『グランド・ブルテーシュ』や『赤い宿屋』、あるいは『無神論者のミサ』ほど、謎めいたところや解き明かしの見事さはないにしても、バルザックの手になる巧緻な短編群のひとつに数えられる、すぐれた小品と言っていい。

　ところで、エピソードのもつこのような自立した構築性は、『人間喜劇』を形成する最初の作品、『結婚の生理学』からすでに見られる傾向であり、その点では、校正刷に修正を重ねて作品の本質を新たに作り上げていくといったバルザックに特有の手法とは異なる側面を表している。実際のところ、本来エピソードが保持していた構成バランスの良さ、構図の分かりやすさについては、意外と注目されていない。バルザックは、ある種完成しているとも言えるエピソードを、その後さまざまな《テクスト・カードル》に埋め込み直しながら、作品全体の増幅をはかるといった手法を取ってきた点は、認識しておく必要があろう。

　この傾向は、その後原型から大きく脱皮していく初期の雑誌掲載作品群においても、少なからず認められる特徴である。例えば、『ゴプセック』の生成プロセスにおいて、その原型である『高利貸』では、ファニー・マルヴォーと匿名の夫人との対比が語りの均衡を保っている。この時点では、ファニーの位置づけはごく自然であり、人物像の必然性が明らかなのに対して、最終的なテクストでは、肥大した《テクスト・カードル》の影響を受けて、「語り手」であるデルヴィルの妻という位置を修正によって与えられるものの、作品に本人が登場することはなく、また『人間喜劇』中でも「言及される」だけの人物にとどまるため、『ゴプセック』において一種の不自然さを残している。この点については、本章第4節で詳述したい。

　『女性研究』は、『ラ・シルエット』誌掲載の『手袋による風俗研究』をその素

---

(2) バルザックの文体に関する評価については、近年見直しがなされている。澤田肇, バルザックの文体：批評小史, 上智大学仏語・仏文学論集, 第25号, 1991, pp.57-78.

描として、そこからの発展的な手法だと考えるのが一般的だが[3]、よく見ると、そこで使用される会話体を中心とした手法は、むしろ、「もうひとつ」の女性研究である『続女性研究』において顕著であり、『女性研究』はむしろ、元々《レシ》構成の均衡が緊密に保たれており、完成度が高かったにもかかわらず、その後の改変によって、この原型が、自立したエピソードから、それを取り巻く環境、すなわち《テクスト・カードル》の変更というプロセスにおいて徐々にその位置づけを変えていった例のひとつと考える方が自然であるように思われる。

原型において一流の語り手であったバルザックは、元々完成度の高かった短編を素材とし、いわばその構成バランスを撓め、エピソードが元々持っていた均衡を犠牲にしてまでも、《テクスト・カードル》を展開し、そのエピソードにそれまでとは異なった独自性を出していこうとする。

その雛形が、この短編には見られる。『女性研究』における「語り手」の問題を取り上げ、この作品が、どのような経緯で『人間喜劇』と関連づけられていったかについて、以下に述べたい[4]。

Ⅱ 作品枠の設定

冒頭は、王政復古期の雰囲気に育てられた貞淑な女性像の一般的な記述から始まる。「教会」と「社交界」を両立させ、「聖と俗」を合わせ持ち、ダンスのとき手を握るような男性がいたら「軽蔑の眼差し」によって若者に芽生える希望をことごとく摘み取ってしまう30台半ばの侯爵夫人。その二面性・両極性と貞淑に

---

(3) Maurice Bardèche, CHH, t.2, p.522; 道宗照夫，バルザック『人間喜劇』研究（一），風間書房，2001, p.404.
(4) この小品については、語りという視点から取り上げられることの多い『続女性研究』『赤い宿屋』『ファチノ・カーネ』などに比べると、論評がほとんど浮かび上がってこない。また全集各版の解題では、道宗照夫も言っているように、クラブ・フランセ・デュ・リーヴル版のマニーに考察すべき点が多いし、プレイヤッド版のギシャルデも比較的丁寧に解説しているが、一般的には他の作品に比べて論及が深まっていない。むしろ、これらの点を踏まえて書かれた道宗照夫の論考「『女性研究』小論」およびこれに加筆して発展させた「バルザック『人間喜劇』研究（一）」中の『女性研究』に関する節が、現在のところ最も丁寧に詳しく論じたものということができる。また、これを更に踏まえて松村博史がビアンションの視点から論じたものがある。松村博史，医師ビアンションの目―『人間喜劇』における医学の視点(1)―，近畿大学語学教育部紀要第3巻第1号，2003.; 病気と死に向き合う医師ビアンション―『人間喜劇』における医学の視点(2)―，近畿大学語学教育部紀要第3巻第2号，2004.

対する潔癖さが浮かび上がる。読者は、特に「語り手」を意識することもなく、そのような女性に関する簡潔な描写を通して、物語を読み進めていく。しかし、『人間喜劇』を知る者ならば、「リストメール侯爵夫人」という名前から、何よりもまず『谷間の百合』の主人公フェリックス・ド・ヴァンドネスの姉としての映像を呼び起こし、『幻滅』や『イヴの娘』など、諸処に登場する夫人のイメージを思い浮かべることだろう。この作品を読むことで、彼女に「下心」を認めることは彼女を「中傷」するに等しいとされるほど、リストメール侯爵夫人特有のプライドの高さに、あらためてうなずくことになるのである。

　語り手が具体的な「私」であると明記されるのは「私は、この侯爵夫人の鏡とも言うべき人とお目にかかる光栄を得ました」（p.172）という箇所になってからである。しかし、この時点でも読者は、語り手が作中人物であるという認識はなく、「一ヶ月前」侯爵夫人と社交界のサロンで出会い、その翌朝、2通の手紙を書く青年ラスティニャックの叙述へと移る。読者は『あら皮』でラファエル・ド・ヴァランタンに軽口を叩く後年のラスティニャック、あるいは『ペール・ゴリオ』において、パリの苦渋と深淵を垣間見た果てに、ペール＝ラシェーズ墓地に立ってパリと対峙する、『人間喜劇』中最も魅力に溢れた人物へと思いをいたすことだろう。

　ところが、やがて、読者は、この叙述の最後で、突如「私がウジェーヌの部屋へ入ったのはこのときでした」（p.174）という言葉によって不意打ちを食らうことになる。なぜなら、「私」という名の「語り手」本人が、場面上に登場したからである。これはどう考えても作者ではありえない。しかし、その驚きはこのあとに続く「あ〜、来てたのか、親愛なるオラース。いつからそこにいるんだい？」というラスティニャックの発言によって、一層大きなものとなるだろう。これまでリストメール侯爵夫人とラスティニャックについて語っていたのは、これも『人間喜劇』中の重要人物である医師ビアンションだったことが判明するからだ。そして、読者は、『グランド・ブルテーシュ』をはじめとして、『無神論者のミサ』や『禁治産』など数々の作品で、冷静な観察者として登場する語りの名手に導かれて、このあとの経緯を読み進めることになるのである。

　このように、『女性研究』という短編は、若者の失態という普遍的なモチーフを扱った巧緻な作品から、一挙に『人間喜劇』の世界を遊歩する人物群が織りなす人間関係へと読者を導く。

　ところが、この作品の初出『ラ・モード』誌（1830）のテクストにおいては、状況が異なっていた。初出で冒頭に登場する女性は単に「ド・＊＊＊伯爵夫人」で

あり、ラスティニャックは「エルネスト・ド・M***」にすぎなかったからだ。夫人の命名はこの時点ではほぼ匿名に近い。また「エルネスト・ド・M***」という名前も、バルザックの初出作品によく見られ、これもほとんど匿名と言っていい。それがリストメール侯爵夫人と命名され、ラスティニャックと名づけられたのは、ベシェ版『侯爵夫人の横顔』（1835年5月）になってからである。

　名前の変更という修正行為は、《レシ》の位置づけを変える。これは、『ペール・ゴリオ』の執筆と同調しつつ、人物再出法を発見したバルザックが、これまでに書いた作品に整合性をつけていくという修正プロセスの結果生じてくる現象であり、それらの作業は、とりわけフュルヌ版において組織的におこなわれた。『女性研究』に加えられた名前やそれに付随する修正は、どのようなものであったのか。

Ⅲ　人物像と時間に関する矛盾

　『女性研究』は、人物の命名と構造上の要諦となる加筆および修正以外は、初出から、その基本的なテクストに大きな変更は見られない。それだけに、若者らしい失態のテーマ、女性心理の妙は、人物に名前がつけられる以前から十分に描かれており、夫人の人物像にしても、初めから王政復古期との関連がはっきりと出されていた。ところが、このように当初から自立していたはずの一つのエピソードが、その後、人物の命名およびその修正、『人間喜劇』との関連性を強調するための加筆、それに、主として年代を暗示する加筆・修正によって、いくつかの記述上の矛盾を生じさせることとなった。この短編においては、とりわけラスティニャックの人物像と時間の整合性に関して、その矛盾は大きい。

　従来、1829～1831年に設定された『あら皮』でのラスティニャックと、1819～1820年に設定された『ペール・ゴリオ』でのラスティニャックに関して、その人物像にはっきりとした断絶があると見られてきた。道宗照夫も指摘するように[5]、バルザック自身が『あら皮』と『ペール・ゴリオ』との間に、ラスティニャックの人物像に関して断絶があることを認めているが、この短編の年代を考えると、『女性研究』のラスティニャックについて、その異質感は殊に顕著である。

　バルザックが、フュルヌ版を中心とした修正プロセスにおいて、さまざまな年

---

(5) 道宗照夫, バルザック『人間喜劇』研究（一）, 風間書房, 2001, p.413.;『女性研究』小論, バルザック生誕200年記念論文集, 駿河台出版社, 1999, p.238.

代設定の矛盾を生じさせていることは、よく知られている。そこには、単純な記憶違いやコントロールを断念した形跡を認めうる事例が数多く存在することは否定できない。しかし、一方で、大矢タカヤスの着眼にも見られるように、意識的な時間感覚がバルザックのうちに存在したという点も見逃してはならないだろう[6]。『人間喜劇』においては、時間は意識的なものと統御できないまま放置されたものとが混在しているというのが実状だと言っていい。『女性研究』においては、どんな矛盾が見られるのか。

　一般には、例えば、描かれている年代の順に作品を配列したクラブ・フランセ・デュ・リーヴル版では、作品年代は1828年に置かれている。これは『「人間喜劇」架空人物索引』[7]をはじめ、いくつかの版に添えられた『女性研究』の解題でも同じである。しかし、その根拠は、実際には十分ではない。

　第一に、1828年とする根拠は、ラスティニャックがビアンションの突然の来訪を受けて手紙の宛名を書き間違えた直後の場面で、「モレ遠征」(p.174) のことが話題になる記述である。作品では、ビアンションが1828年メゾン将軍率いるモレ遠征に従軍したかったという点に触れられているからだ。これは、ベシェ版で1829年の「アルジェ遠征」[8]とあったものをフュルヌ版で「モレ遠征」に修正していることからも、バルザックが『女性研究』の年代をはっきりと意識していたことを表している。また、リストメール侯爵夫人が王政復古期の影響の中で育ったというのが当初から本編の基本的な構図であるから、この設定はごく自然であると研究者は受け止めてきた。

　しかし、先ほども触れたように、ラスティニャックに関する人物像の断層ともいうべき、1819～1820年期と1829～1831年期との間のズレは、『女性研究』でのラスティニャックを考える場合、いわばアリアドネの糸となる。この二つの人物像の間に配置された『女性研究』でのラスティニャックは、モチーフから言っても、まだ未熟さが残り、デルフィーヌ・ド・ニュシンゲンとの関係もはじまったばかりと想像されるため、『ペール・ゴリオ』直後、1820年代の初めの時代設定と考えるのが、まず第一に自然と言える。更には、ラスティニャックの生年は

---

(6) 大矢タカヤス，バルザックにおける時間の感覚，『バルザック生誕200年記念論文集』，駿河台出版社，1999, pp.3-14.

(7) *Index des personnages fictifs de* « LA COMEDIE HUMAINE », "Listomère (marquise de)", *pl.* XII, 1980, pp.1404-1405.

(8) *Pl.* II, p.1278; p.174, variante-f: « l'expédition de Morée *F*: l'expédition d'Alger *ant.* »

通例1797年ないしは1799年とするのが普通であるから、この作品で25歳という記述があることを考えれば、『女性研究』の年代を1822年ないしは1824年と仮定して不都合はない。むしろ、このくらい年代を引き上げなければ、『ペール・ゴリオ』のラスティニャック像と不整合が出てくる。

　ところが、他方で、バルザックはリストメール侯爵夫人の人物像を膨らませるという意図から、ベシェ版にはなかった記述をフュルヌ版に加筆することによって、結果的にこの年代を一層引き上げてしまうのである、それは、ラスティニャックと侯爵夫人がやりとりする場面で、蚊帳の外に置かれた「曇り日」(p.172)と渾名されるリストメール侯爵が、何気なく発したモルソーフ夫人の死に関する新聞報道へのコメントという形を取るだろう。

　　　「リストメール侯爵は静かにまた新聞を読みはじめると言いました。"ああ！　モルソーフ夫人が亡くなったよ。君の可哀想な弟はきっとクロッシュグールドに行っているな。"」(9)

　この記述は、夫人の弟であるフェリックス・ド・ヴァンドネスが『谷間の百合』で読者に与えたイメージを付随させるが、モルソーフ夫人の死は1820年であることから、この場面の年代は、抜き差しならぬ制約を受けることとなった。

　他方、バルザックは、フュルヌ版で「モレ遠征」と修正する前に「アルジェ遠征」としていたことと関連して、手紙の事件前夜、ラスティニャックに、ロッシーニのオペラ「ウィルヘルム・テル」について語らせており、年代が1829年8月以降であることを補足していた。この点については、プレイヤッド版の註で、ジャンニーヌ・ギシャルデも触れているところだが(10)、結果的に1820年代前半と後半という微妙な位置で、本来存在しなかった矛盾が、『人間喜劇』との関連づけによって、次々と生じているのである。

　人物の生年から見ると、フェリックス・ド・ヴァンドネスが1894年生まれであることから、姉であるリストメール侯爵夫人は、少なくともそれ以前に生まれているはずである。従って、王政復古の始まる1814年では、21歳を超えていることになり、1828年では35歳以上、つまり36歳手前とする『女性研究』の設定に整合する。この点で、バルザックはやはり1820年代後半と設定しているのではな

---

(9) *Pl.* II, p.178; p.1280, 註1.
(10) Jeannine Guichardet, *Pl.* II, p.1280 (p.178; p.1280, 註1).

いかと考えたくなるが、もうひとつ困った問題が生じている。

　リストメール侯爵夫人は、ラスティニャックの手紙をすぐに燃やしてしまおうと考えたが、思い直して便箋4枚にびっしり書き込まれた熱烈な愛の告白を最後まで読み通し、まるで「疲れた人」のようになってしまった。この無作法な若者をどうしたものか。夫人は、最初は手紙を取っておくつもりだったが、熟慮の末焼き捨て、ラスティニャックを懲らしめる目的でボーセアン侯爵夫人のサロンへ赴く。夫人はラスティニャックの後ろ盾であったから、必ず現われると踏んだからだ。彼女は夜中の2時まで待ち続けた。そして、待っている間にスタンダールが恋愛感情について使った言葉「結晶作用」を彼女の心に生じさせてしまったと書かれている (p.176)。

　この短編にとって重要な役割を果たすこのボーセアン夫人のサロンだが、これが1822~24年、あるいは1828~1829年に開かれたとするのは、かなりむずかしい。『ペール・ゴリオ』で、彼女はパリ社交界から一旦身を引き、ノルマンディーへと隠遁する。『女性研究』で描かれるボーセアン夫人のサロンは、1822年までは少なくともクールセルにいた夫人には開くことはできない。1822年から1825年までは、ジュネーブでガストン・ド・ヌエーユとともに過ごした。『アルベール・サヴァリュス』で、彼女は1824年にジュネーブで目撃されている。1825年にフランスに帰国したあとは、パリに戻らずヌイーユの別荘暮らしとされており、ガストンの結婚後もヴィルロワ在住であるという経緯から、パリで再びサロンを開き、しかもまだラスティニャックが縁故を頼るほど社交界に力があったとは到底思えない。バルザックは、これらの矛盾をどの程度意識しながら、それでもなおフュルヌ版で修正を加えたのか。

　初めに言ったように、この作品は本来十分に自立したエピソードであった。それが、その後の加筆・修正によって、もともと王政復古期に育った貞淑な女性像を浮き彫りにしていたにもかかわらず、その時代設定そのものに矛盾や齟齬を生じさせており、一見すると、かえって原型を損なっているかのようだ。バルザックの意図はどこにあったのだろうか。

Ⅳ　「語り手」の問題

　修正は最小限にとどめられていると先ほど述べた。しかし、それが及ぼす制約は大きいと言わなければならない。作品の構造に関わる「語り手」の問題が、そこから出てくる。『女性研究』における「語り手」とは何か。

第一に、語り手が当初から、二つのレベルで機能していることには着目する必要がある。ひとつは、作品全体を統括し、エピソードを文字通り「語る」という役割であり、もうひとつは、自らが語る《レシ》の内部で動き、語りの対象となった人物たちに大きな影響を与える登場人物としての役割である。『ラ・モード』誌のテクストから、このような「語り手」(「私」)の機能はすでに存在していた。「彼女は成功することを望まないでそれを手にいれていたのです」とか「人は探していないものを常に見いだすものなのです」(p.172)といった言辞にも現われているように、「語り手」(「私」)は、何よりもまず観察者であり、語る前提として「私は付け加えてもいないし、削除もしていない」(p.172)と明言し、「語り手」としての立場を前面に押し出していた。この機能は、語り手が匿名の「私」からビアンションに変更されたあとも、基本的な構図は変わらず、テクスト全体との関係は一定であり、例えば『グランド・ブルテーシュ』において、ビアンションが保持している機能と同じものであると言える。

　しかし、二つ目のレベルについては状況が異なる。まず、「語り手」(「私」)は、「語り手」であると同時に、とりわけ「ド・***伯爵夫人」に対しては「聞き手」としての位置づけを与えられていた。「私」と夫人との関係について「彼女はよく話してくれ、私は聞くすべを心得ていました。彼女が気にいってくれたので、私は彼女が開く夜会に行くようになったのです。私の野心の目的は、そのようなものでした」(p.172)と、バルザックは『ラ・モード』誌からすでに書いている。ここでは、観察者であると同時に、登場人物の心象に分け入る機会を持ち得た「聞き手」という役割が最初から示唆されている点は重要だ。

　これは、もうひとりの人物「エルネスト・ド・M***」との関係についても同様である。何よりも、問題の発端である宛名の書き間違いは、物思いに耽る青年の前に「私」が現われることから誘発されている点は特筆に値する。更には、その「過ち」を目撃したと証言し、「だからね、僕は君の心がサン=ラザール通りからフォーブール・サン=トノレ通りへとくるりと向きを変えたんだと思ったよ」[11]と、エルネストの微妙な心理を突き、物思いの最中につぶやいた独り言で「頭の中をねずみのように駆け回」った「あのご婦人」が「ド・***伯爵夫人」であったと読者が推測できるように、青年に「手のひらで額を叩」かせ、思わず「微笑みはじめ」させるのも、作中を動く「私」なのである。

---

(11) ベシェ版以降は「サン=ラザール通りからサン=ドミニク通りへ」と修正された。*Pl.* II, p.1279.

このように、『ラ・モード』誌のテクストから、「語り手」(「私」)は、《レシ》の展開に大きく介入していた。その時点ですでに、「語り手」が名前のない「私」から作中人物へと移行する内的必然性があったと言える。同じような現象が『ボエームの王』という作品で生じている点は、第4章で詳述したい。ここでも、バルザックは「語り手」であった「私」を作品の途中から登場させているが、この「私」には、最終的に名前が与えられていない。このように、《レシ》の中で「動く」語り手「私」は、テクストに内在する動因となって、バルザックに作中人物を析出させていく。『女性研究』において、「私」をビアンションと命名する必然性も、そこにあったと言える。
　「語り手」に関する第二の問題は、このようなバルザックに固有の人物析出という現象を考える際、修正の意味が二重であるという点だ。一方で「語り手」(「私」)が本来持っていた内的原因・潜在的なテクスト状況があり、他方で人物再出法の発想を背景とした意識的な修正プロセスというシステム上の要請があったと思われる。作家がテクストを前にして置かれるこのような状況において、人物名が変更され、それに付随する修正によって、新たな人物像が顕在化すると、この作品にも見られたような、さまざまな矛盾が発生するだろう。しかし、ここで重要なのは、バルザックの修正が、一方で、システム化を条件とした意識的な統御、人物像と時間に関するコントロールの意志、それに伴う困難との直面を前提としているのと同時に、他方では、もうひとつ別の形で、バルザックに固有の時間感覚が底流に存在するという点である。これは、バルザックがコントロールできなかった矛盾を、文字通り「矛盾」であると見なすことができないほど、『人間喜劇』の読者を圧倒的な魅力をもって「読む」行為へと駆り立てる。
　その一例として、ラスティニャックとリストメール侯爵夫人が対峙する場面を見ておこう。ラスティニャックが手紙は侯爵夫人に宛てたものではないと、いくら説明しても彼女は納得しない。バルザックはその女性心理を「侯爵夫人は微笑まないではいられなかった」のあとに「彼女は侮辱されていたかったのだ」(p.178; p.1280)とフュルヌ版で加筆することによって微細に描き出している。しかし、ニュシンゲン夫人の名前が出されたことで、いかにも25歳の若者らしく、分別を失ったラスティニャックは、「どうしていけないのでしょう」という決定的な「告白」の言葉[12]を発し、侯爵夫人に「激しい動揺を引き起こして」(p.179)しまうの

---

(12) *Pl.* II, p.1281.: « Pourquoi pas, madame? » は、ベシェ版までは « Oh! non, madame » となっていた。

である。

　ひとつの矛盾が生じているのは、このあとの場面だ。動揺したリストメール侯爵夫人の「唇だけが蒼くなっていた」という記述に対して、ラスティニャックはそれに気づかなかったとしているからである。バルザックは、「ウジェーヌにはまだ女性の顔色をすばやく横目で眺めながら分析することができなかった」(p.179)と書いている。これは、作中人物であるビアンションには確認できないレベルの状況であると言っていい[13]。この現象は、バルザックには時折見られる。例えば、『サラジーヌ』において、枢機卿の手下によってザンビネッラの目の前でサラジーヌが殺害される場面を、「語り手」(「私」) が知っているのは不自然であった。また、後述する『ゴプセック』で、レストー伯爵が瀕死の状態で鬼気迫るやりとりを夫人とおこなう場面を、語り手であるデルヴィルは実際に知る由もない。そこには、「語り手」をひとつの枠に閉じ込め、巧妙にコントロールすることへの拒否がある。バルザックは、それほど人物と一体化してしまっているのである。

　「語り手」に関する最後の問題は、《レシ》の結末に関わっている。フュルヌ版まで、作品末尾は「数日後、侯爵夫人はウジェーヌの言葉の真実性について疑いえないいくつかの証拠を手に入れ」「16日前からもはや社交界に行っていない」(p.179) と書かれたあと、その理由として、「家内は胃炎なんだよ」(p.180) というリストメール侯爵の凡庸な言葉で終わっていた。そこに、バルザックは、次のような「語り手」ビアンションの言葉を加筆し、それで《レシ》を締めくくる。

　　「彼女の世話をし、その秘密を知っている私は、彼女が軽い神経発作に罹っているに過ぎず、それをいいことに家に閉じこもっているのだと、分かっているのです。」(p.180)

　これは、まさしくビアンションの言葉以外の何ものでもない。『田舎ミューズ』の原型『グランド・ブルテーシュあるいは三つの復讐』(1837) の結末がその後削除され、中編小説へと大きく展開する契機となった場面で、ボードレー夫人に対して同じ立場から「忠告」を与える人物こそ、ビアンションであった。『女性研究』の最後に付されたビアンションの言葉は、この《レシ》が、実際にはここで終わるのではなく、新たな《カードル》が広がりつつあることを読者に想像させるだ

---

(13) 松村博史もこの点に言及している。松村博史, 医師ビアンションの目—『人間喜劇』における医学の視点 (1) —, 近畿大学語学教育部紀要第3巻第1号, 2003, p.76.

ろう。

V　名前の力

『女性研究』という短編は、作品集『ファンテジー』とともに計画を断念された複数形の『女性研究集』の出発点として位置づけられる[14]。作品集を編むとき、そのタイトルは重複を避けるために『迂闊さ』(Distraction)[15]と変更されるはずだった。この計画は断念され、バルザックは『結婚の生理学』からの展開として、女性心理の研究へ進むのをやめ、「風俗研究」へと向かうとするのが研究者の一般的な見方である。ボーセアン夫人をはじめ、カディニャン夫人など、さまざまな女性群像が、ラスティニャック、アンリ・ド・マルセー、やがてはリュシアンへと、彼女たちが関わる青年像に目を移しながら、パリという《テクスト・カードル》の中で描かれることになるだろう。

ラファエル・ド・ヴァランタンを出発点とする、いわゆる「鏡の幻たち」が造型されていくプロセスにおいて、彼らの性格を冷徹に観察する人物として、ビアンションが浮上してきた。しかし、注目すべきなのは、1842年のフュルヌ版『女性研究』に至って、ようやく「オラース」とのみ命名されたということである。前節でも述べたが、「複眼的なバルザック」とも形容しうるこの人物は、『女性研究』の初出（1830年）では匿名の「私」であった。それが、1835年のベシェ版に至って、過渡的にでも『あら皮』の主人公を想起させる「ラファエル」と修正されている[16]。それだけではない。それよりももっとわれわれを驚かせる記述がある。現行の版ではモレ遠征が話題になる箇所で、1842年のフュルヌ版では、以下のような記述になっている。

> 「私たちは、**モレ**遠征について話しはじめました。その遠征で僕は**医者**という資格で働かせてもらいたいんだと、私は言いました。**ウジェーヌは、パリを離れると君が失うものは大きいよ**、と言いました。それから、私たちは、

---

(14) 1833年－1834年の時期に、『ファンテジー』という標題の幻想的作品集が計画されており、バルザックが同時代のフランス社会へ関心を向け始めることによってこの計画は放棄されたという点については、第1章第3節の註13) ですでに記した。

(15) Histoire du texte, Pl. II, p.1275.

(16) ibid., p.1278; p.174 の variante-d.

取り立てて何ということもない事柄について、おしゃべりしました。私たちが話したことを省略しても、皆さんがお気を悪くなさることはないと思います。」(強調は筆者：p.175)

ところが、ベシェ版までは、語り手について、次のような表現が使われていた。

「私たちは、アルジェ遠征について話しはじめました。その遠征で*僕は史料編纂官と軍事ニュースの記者*という資格で働かせてもらいたいんだと、私は言いました。エルネストは、*君の作家という肩書きが軍事物語に不評を投げかけるだろう*、と言いました。それから、私たちは、取り立てて何ということもない事柄について、おしゃべりしました。私たちが話したことを省略しても、皆さんがお気を悪くなさることはないと思います。」(強調は筆者：p.1279)(17)

この記述を読むかぎり、バルザックは、ベシェ版で、「語り手」(「私」)を『あら皮』の主人公ラファエルに近づけただけではなく、同時に「作家としての肩書き」という表現を使うことによって、作者である自分のことも同時に考えていた可能性がある。「語り手」に関して、ベシェ版段階でも、バルザックがまだ自己と作中人物との間を揺れ動いていた痕跡と受け取ることができるだろう。

『田舎ミューズ』へと発展する『グランド・ブルテーシュあるいは三つの復讐』(1837年)で、『グランド・ブルテーシュ』の語り手は、『ル・コンセイユ』のオーギュスト・ド・ヴィレーヌからビアンションに変更されていた。こういった経緯を考慮すると、ちょうどこの頃に、バルザックはいくつかの作品の「語り手」を、ビアンションにするという方針を固めたのだろうと考えることができる。同時に、『続女性研究』の末尾に『グランド・ブルテーシュ』を結合しようとする意図が生まれつつあったと言えるかもしれない。だが、上記のような表現から、それが確定するまでの期間、少なくとも『人間喜劇』構想が形をなしつつある時期には、「語り手」(「私」)は、むしろ、どのような形にでも変化しうる状態にあった。バルザックが、雑誌掲載という執筆の制約から、当面匿名の形を取った初期の「語り手」(「私」)は、物語る行為の中で可変的・可塑的に機能する装置であり、『人間喜劇』との連携をはかるという以上の意味を持っていた。言い換え

---

(17) *ibid.*, p.1278; p.174 の variante-*f*.

るならば、『女性研究』における「語り手」の命名は、作品構造に関わる要諦だったのである。

一方、リストメール侯爵夫人に関しては、その名前が喚起する力によって、とうてい、ひとつの小品の枠に収まるものではない。初出の「ド・***伯爵夫人」に名前が与えられるや、すでに述べたような幾多の矛盾を生じさせてはいるものの、『人間喜劇』の世界へと通底していくからだ。しかも、それは、実体を以てというよりも「名前」によってであることが、彼女の役割を見事に表わしている。その「名前」の喚起力は、『パリ生活情景』に欠かせないものとなるだろう。『人間喜劇』の諸処に、社交界を代表する女性たちのひとりとして、デスパール侯爵夫人などと並んで必ずその名を現わすリストメール侯爵夫人である。彼女の最後の言葉は、飽くまでもラスティニャックの言を信じようとしないプライドの高さを示すと同時に、まるで彼女が『人間喜劇』において果たす役割を象徴するかのようだ。

「どんな偶然から私の名前があなたのペンの下に潜むことができたのかを、あなたは私に説明するのはむずかしいことでしょう」(p.179)

『女性研究』は、『人間喜劇』において「名前」が実体を想像させる人物の代表であるリストメール侯爵夫人に関して、明確なひとつのエピソードを提供し、『人間喜劇』中を揺れ動くこの社交界の華に潜むその本質的な性格を鮮やかなイメージをもって描き出す。これこそ、人物再出法の持つ最大の効果であり、バルザックを読み解く醍醐味だと言えるだろう。

『女性研究』は、自己から出発して作中人物を析出するという行為を、コンパクトに凝縮して感じさせてくれる作品である。この物語の「語り手」は最終的にビアンションとなった。それならば、読者のほかにも、この物語の聞き手が、そのそばにはいるはずだ。この作品の読み手は、ビアンションの物語を、例えば『続女性研究』が置かれる語りの場、すなわちパリ社交界のサロンで披露されたエピソードのひとつではないかと感じる。この《レシ》は、ここで終わるのではなく、より広い《テクスト・カードル》の存在を読者に確信させるだろう。物語は、その前と後に、もうひとつ別の世界を、閉じることなく常に開かれている世界を、控えさせている。

第3節

「語り手」(「私」)の変容 〜『シャベール大佐』

　『人間喜劇』における三人称化の問題を扱うとき、ビアンションを軸とするものには、これまでにも多くの研究が存在する。従って、本稿の独自性として、とりわけ詳細に論じたいのは、「語り手」(「私」)が三人称化される例としてはこれまであまり言及されてこなかったデルヴィルを軸とする二作品である。

　本章の初めで述べたように、「知」の探索者という観点から、デルヴィルが果たす役割の重要性については、すでに柏木隆雄が指摘している[1]。また、村田京子は、『シャベール大佐』に関する論考で、デルヴィルがビアンションと同様に、観察家としての役割を与えられていると記している[2]。デルヴィルが『人間喜劇』の中で果たしている役割は、ビアンション以上に大きい。とりわけ、「語り手」を中心に考察を進めるとき、装置としての「私」が、デルヴィルという人物を介して、テクストの変貌に寄与したのではないか。最終的には三人称形式を取る『シャベール大佐』と『ゴプセック』を対象として、執筆の初期段階では一人称であったことに着目し、それがどのようなプロセスで作中人物へと変貌したかを検証したい。『シャベール大佐』については、「語り手」(「私」)の異相化という側面からの読解が可能であること、これと『ゴプセック』を補完的に論じることで、現行の版では三人称であり、「語り手」の問題とは一見無縁であるように思われる、これら二作品が、実は「私」という語り手の問題を深く内部に抱えているという点を明らかにする。

---

(1) 柏木隆雄,『ゴリオ爺さん』における「知ること」, 大阪大学大学院文学研究科紀要第42巻, 2002, pp.1-30.; バルザック『シャベール大佐』における〈まなざし〉, 関西フランス語フランス文学　第9号, 2003, pp.15-25.; バルザック『無神論者のミサ』の「謎」の構造,『シュンポシオン　高岡幸一教授退職記念論文集』, 朝日出版社, 2006, pp.175-184.

(2) 村田京子,『シャベール大佐』におけるフェロー夫人の娼婦性, バルザックと周辺領域における文化史的背景の研究, 平成12年度〜平成13年度科学研究費補助金　基盤研究(B)(1)研究成果報告書, p.45. 註23)「デルヴィルは、『ゴプセック』で「語り手」の役目を果たしているように、医者のビアンションと同様に、作家と同じ観察家としての役割を与えられている。」

『シャベール大佐』は、1832年2月19日、26日と3月4日、11日、『アルティスト』誌に『示談』というタイトルで掲載後、1835年ベシェ版『19世紀風俗研究』に『二人の夫を持つ伯爵夫人』と改題して上梓され、1844年、現行の『シャベール大佐』という名前になって、フュルヌから刊行された(3)。

　この作品は、何よりもまず、シャベールを中心とするアイデンティティの物語であり、更には、デルヴィルの人物像を通して、バルザックが「見る」という行為の意味を深く掻いさぐったテクストである(4)。シャベールとデルヴィル、シャベールとフェロー伯爵夫人に関して、バルザックがいかに意識的な記述をおこなっているか、語るべき点は多い。しかし、本章の課題である三人称化に焦点をしぼると、デルヴィルを軸とするもうひとつ別の面が見えてくる。バルザックのテクストにおいて、デルヴィルは、どのような機能を果たしたのだろうか。

　『シャベール大佐』は全体として三人称形式の作品であり、一見すると「語り手」(「私」)の問題とは何ら関係がないように見えるが、実際には「語り」という観点からさまざまな問題を含んでおり、近年この方面からの研究が少なくない。ピーター・ブルックスもそのひとりである。とりわけ、作品内に埋め込まれたシャベールの語り(「語り相手」デルヴィル)についての分析には検討すべき点が多く見られる。本節では、ブルックスの次のような視点をきっかけとし、「私」に関する新たなひとつの問題点を指摘しておきたい。

---

(3) 本文中『シャベール大佐』からの引用は *Pl.* III に拠る。なお、『シャベール大佐』について参照した主な版は以下の通り。*Le Colonel Chabert, édition critique avec une introduction, des variantes et des notes* par Pierre Citron, Paris, Librairie Marcel Didier, 1961; *Le Colonel Chabert*, Le Livre de Poche *Classique*, Introduction, Notes, Commentaires et Dossier de Stéphane Vachon, 1994; *Le Colonel Chabert*, folio classique, Préface de Pierre Barbéris, Edition de Patrick Berthier, Gallimard, 1999; *Le Colonel Chabert*, GF-Flammarion, Edition établie par Nadine Satiat, 1992. 作品の翻訳として、以下を参照した。『シャベール大佐』、川口篤・石井晴一訳、東京創元社、1995;『シャベール大佐』、大矢タカヤス訳、河出書房新社、1995.『アルティスト』誌初出について、プレイヤッド版の « Histoire du texte » では2回目が3月5日、12日となっているが、ヴァションに拠って3月4日、11日とした。Stéphane Vachon, *Les travaux et les jours d'Honoré de Balzac, Chronologie de la création balzacienne*, Presses du CNRS, Paris, 1992; Livre de Poche, *op. cit.*, p.165.

(4) 柏木隆雄、バルザック『シャベール大佐』における〈まなざし〉、関西フランス語フランス文学　第9号、2003, pp.15-25.

I　ブルックスの視点

　ピーター・ブルックスは、著書『プロットの読み方』において、『シャベール大佐』を分析するにあたり、以下のような困惑を述べている。

> "*これまでの物語*" という表現は、人を混乱させる。デルヴィルは、その登場以前の部分も含めて語り全体の語り手になったと理解すべきだろうか？　彼は、絵からフレームに移動して、**名前のない最初の語り手**の地位を奪ったというのか？　それとも、最初の語り手の話を何らかの方法でもうひとつ別の語りの内部に移した結果、シャベールの語りが二重に枠取りされているというのか？　象嵌された発話のヒエラルキーとステイタスは、物語の中の物語に関する示談の失敗によって疑わしいものに見える。（強調は筆者）[5]

　ブルックスは、デルヴィルがゴデシャルに対しておこなうとされる「これまでの物語」« L'histoire qui précède » (p.372) という表現に、それまで読者が読んできたテクストの《すべて》を見ており、そうであれば、作中人物デルヴィルが作品全体の語り手と同一化したか、語りの枠組みを移動したのだろうか、と反問している。言い換えるならば、デルヴィルが作中に登場する人物である以上、冒頭彼の登場する以前の場面も含めて、《これまでの物語》すべてを語ることはできないはずだが、テクストはそうなっていないのではないか、ということである。語りの主体における「異相」ないし「ずれ」を感じていると言い直すことができるだろう。

　ここで、基本的な問いかけが可能だ。つまり、デルヴィルはこの作品で語られた物語を「すべて」知っていると言えるのだろうか、という問いである。例えば、彼が登場する以前の作品冒頭の情景は、ブルックスの言う「名前のない最初の語り手」に帰属すべきものであることは明らかだ。この部分の「語り手」は通常作者と考えるのが自然だろう。また、作品の後半でフェロー伯爵夫人がシャベールを何とか籠絡しようとする場面は、実際、デルヴィルの知りようもない話である。物語の中の人物であるデルヴィルは知る機会を部分的に奪われており、登場人物

---

(5) Peter Brooks, *Reading for the plot*, Harvard University Press, 1984, P.232; なお、以下の訳出を参照した：ピーター・ブルックス,「語りの相互作用と転移」, 土田知則訳,『ユリイカ』第26巻第12号, 青土社, 1994.

が知り得る内容には制限がある。

このように考えると、ブルックスの困惑は通常のテクストにおいて一見的外れであるように感じられるだろう。実際、フラマリオン版の校訂者は、注釈でコメントをつけ、《これまでの物語》という表現に不自然さを認めていない(6)。では、テクストは本当に不自然さの痕跡を残していないと言っていいのだろうか。

バルザックにおいて語り手の問題が単純でないことは、これまで。第1章、第2章で論じてきた。その際、語り手のレベルに「分岐」という現象が生じ、作者の統御の範囲を越えてテクストがさまざまな矛盾を抱えていることを具体的に指摘したが、ブルックスの困惑もバルザック的テクストのもつ矛盾を感知している可能性がある。多くの場合、それは「私」という「名前のない語り手」から出発し、そこに異相化の現象が見られたのだが、『シャベール大佐』においては、それらとは異なった変種を生み出しているのではないかと筆者は考えている。この点について、ブルックスの提出する上記の視点を課題とし、検討を進めていきたい。

II　ゴデシャルの問題

何よりもまず問題なのは、『シャベール大佐』の末尾でデルヴィルの《これまでの物語》を聞く相手が、ゴデシャルになっているという矛盾だ。ゴデシャルは冒頭から登場する人物であり、デルヴィルがシャベールとフェロー伯爵夫人の経緯をことさらに説明する必然性はない。そうであるばかりか、むしろ、作品冒頭の場面は、ゴデシャルしか知り得ない事柄であるとさえ言える。この点について、ピエール・バルベリスはプレイヤッド版の注釈で、以下のように、その矛盾を指摘した。

> ゴデシャルはそのことをよく知っている、だから、デルヴィルは彼に物語る必要などないのだ！　しかし、テクストの最初の段階では、ビセートル訪問の時デルヴィルの連れだったのは、名前のない若い代訴人だった。フュルヌ版でこの人物にゴデシャルという名前を当てた際、バルザックはこの指示がもたらすことになる不統一さに気づかなかったのだ。(7)

---

(6) Nadine Satiat, *op. cit.*, p.122, n.93.
(7) Pierre Barbéris, *Pl.* III, p.1368, n.1.

ゴデシャルは事の経緯を知っているはずであるのに、このような不自然さが残存した理由として、バルベリスは、フュルヌ版までは「ゴデシャル」の代わりに「ある名前のない若い代訴人」が聞き手であったことを挙げている。つまり、バルザックがフュルヌ版を修正する際、デルヴィルが《これまでの物語》を話す相手を「ゴデシャル」と名づけ、人物再出法の適用をおこなったときに、つじつまが合わないことに軽率にも気づかなかったと述べていることになる。しかし、一方で、この点については、先に挙げたように、フラマリオン版の校訂者ナディーヌ・サスィアは、次のように、不自然さを認めていないということにも触れておく必要がある。

　　　だが、ゴデシャルはその話全体をとてもよく知っているではないか！　と、ピエール・バルベリスは叫ぶ。彼は、フュルヌ版でビセートル訪問の際デルヴィルに同伴した人物に、それまでは名前がなかったのをゴデシャルという名前を付けることに決めたとき、バルザックの注意からすり抜けたのだろうと、一種の不統一さを見ている。しかし、デルヴィルが1818年に、彼のダイニング・ルームで夜陰に乗じて秘密裡に語られたことをすべて、その第三書記見習に細部に至るまで語ったということは、全くもって確かなことではないのだ。[8]

　この点をどう考えるべきだろうか。ゴデシャルはもちろんだが、デルヴィルでさえ、テクストの《すべて》を知ってはいない。もともと、デルヴィルはゴデシャルに、物語の《すべて》を話すことはできないし、反対に、冒頭の部分などデルヴィルが不在の際に起こったことを、ゴデシャルの方が、作品のレベルで知っているというのが適切な見方だろう。しかし、テクストにはなお不自然な部分がある。
　重要な場面として、フェロー伯爵夫人とシャベール大佐の対決を一大事件として書記たちが話題にし、好奇心旺盛な様子を見せている場面がまず挙げられる。「"おいおい！"と、ゴデシャルが言った。"ということは、フェロー伯爵夫人は、二人の…"」(p.355)というゴデシャル自身が発するフェロー伯爵夫人の立場に関する発言は、フェロー伯爵夫人をめぐる重婚が、書記たちの卑俗な好奇心を刺激

---

(8) Nadine Satiat, *op. cit*., p.122, n.93.

していることを表わしている。このゴデシャルの発言を代表とし、その前後にわたるテクストは、書記仲間たちがどれほどシャベールとフェロー伯爵夫人の示談に関心を抱いているかを如実に表わすものであり、ゴデシャルも含めた書記たちの際どい会話から、ゴデシャルがシャベール大佐とフェロー伯爵夫人の経緯を知らなかったということは、とうていありえない。

現行の版では、この場面で果たすゴデシャルの役割から考えて、テクストには明らかに矛盾があると言っていい。しかし、作品の生成プロセスを振り返ってみると、ことがらは単純ではないことが分かる。

今見てきた場面は、実はベシェ版からの大幅な加筆である[9]。言い換えるならば、シャベール大佐とフェロー伯爵夫人の問題に「書記たち」がことさら注意を払うように、バルザックが意識的に具体的な会話を加筆したということである。ここで、あえて「書記たち」と言った意味は、ベシェ版におけるゴデシャルという人物の持つ位置が、現行の版とは異なっているからだ。ゴデシャルという名前は、実際作品冒頭の部分においては、位置づけが微妙だと言える。ゴデシャルの名前がベシェ版に認められるのは確かだが、ピエール・シトロンの校訂版を参照すると、書記たち相互の異同がかなり複雑であることが分かる[10]。

例えば、作品冒頭での書記たちの会話部分を見ると、最終的にゴデシャルであるはずの人物はほとんど「第三書記」となっているに過ぎず、ゴデシャルという名前は与えられていない。上記の場面において先ほど引用したゴデシャルの発言も、ベシェ版では名前のない「第三書記」のものにほかならない。つまり、作品末尾でゴデシャルとなってはじめて矛盾は意味を持つのであって、ベシェ版ではその矛盾は大部分存在しなかったと言い換えることができるだろう。

しかし、問題は更に複雑である。というのは、ベシェ版にゴデシャルの名前が全くないかというと、そうではないからだ。実際、校訂版を仔細に検討すると、最終的にデロッシュとユレという二人の別の人物にベシェ版ではゴデシャルという名前が当てられていることが分かる。つまり、作品の前半部分において、ゴデシャルの名前はデロッシュやユレに修正される以前「ゴデシャル」としてベシェ版で登場し、本来ゴデシャルであるべき発言者には「第三書記」という表現が用いられており、その後他の書記仲間も具体的に命名されると同時に、書記の中でもゴデシャルという名前が頻繁に出るようなテクストに変更されて、この人物の

---

(9) Pierre Citron, *op. cit.*, p.102.
(10) *ibid.*, p.11, p.22, p.23.

位置づけが大きくなっている。ゴデシャル自身ほかの作品との関連から、その人物像に変化が加えられるという相互作用の中で、『シャベール大佐』のテクストも修正された可能性が高いのである。それに対して、作品末尾では、フュルヌ版に至ってもまだゴデシャルの名前は出てこない。フュルヌ版を修正する段階で、「名前のない若い代訴人」が具体的な『人間喜劇』中の人物ゴデシャルになったという複雑な経緯をたどっていく。

III 「名前のない最初の語り手」の位置

　ここで、ブルックスの視点に含まれていた「名前のない最初の語り手」について見ておこう。デルヴィルはその語り手としての位置を奪ったのだろうか、とブルックスが反問しているこの語り手は、実際どのような形でテクストに出てくるのか。テクストへの介在に関するいくつかの箇所を検討してみたい。
　まず、デルヴィルがフェロー伯爵夫人の分析を終えたあと、締めくくりとして出てくる次のような記述には、冒頭から介在する「名前のない最初の語り手」と同じレベルの客観的な視点が維持されていると考えることができる。

　　　　伯爵夫人は、自らの行動の秘密を心の底深くにしまい込んでいた。彼女にとって死活の秘密とはそれであり、この物語の核心は、まさしくそこにあった。(p.349)

　「この物語の核心は、まさしくそこにあった」という記述は、ベシェ版以前の『アルティスト』誌から存在しており、字句の微細な修正は認められるものの、ほとんど変わっていない[11]。したがって、この記述が執筆当初すでに存在することから、「名前のない最初の語り手」の位置づけは明確な形で作者によってとらえられていたと言うことができる。このような例は他に数カ所認められ、ベシェ版以前からテクストの統括的視点は維持されていることが分かる。
　先ほど触れたゴデシャルをはじめとする書記たちの際どい会話の部分の前に認められる次のような記述は、これとは異なったタイプに属する。作品冒頭の語り手が状況を客観的に俯瞰しようとしている記述に変わりはないが、生成プロセスにおいて異同が認められるからだ。

---

(11) *ibid.*, p.87.

依頼人二人が若返ったのに対して、事務所はもとのままだった。そして、
　　この物語がはじまったときの描写と同じ情景を見せていた。(p.355.)

「この物語がはじまったときの描写と同じ情景」という表現は、これに続くゴデ
シャルも含めた書記たちの際どい会話の部分とともに、ベシェ版からの大幅な加
筆の中に含まれている。つまり、シャベールとフェロー伯爵夫人の関係に作中人
物たちが関心を寄せていることを強調すると同時に、最初の語り手が顔を出すと
いう現象になっていると言いかえることができる。
　しかし、一方で、草稿および『アルティスト』誌のヴァリアントを見ると、こ
の段階から書記たちの関心を記述するという基本的な概念があったこと、ベシェ
版でこの概念をバルザックが意図的に敷衍したことが確認できる。草稿では、伯
爵夫人が馬車から降りてくる場面から、すぐにデルヴィルがフェロー伯爵夫人に
大佐の要求と条件を伝える場面へとつづく。フュルヌ版ではフェロー伯爵夫人の
描写がかなり書き変えられたあと、先に引用した「この物語がはじまったときの
描写と同じ情景」という記述があり、書記たちの会話の場面へとつづいている。
注目したいのは、草稿には書記たちの会話がない代わりに、以下のような記述が
あったということだ。

　　　書記見習たちは"まずは"大佐が通るのを見た。次は、フェロー伯爵夫人
　　の番だ。そして、この二人の人物の登場をきっかけに、際限のないおしゃべ
　　りがはじまった。[12]

ベシェ版に先立つ草稿の中に、上記のような記述が存在することによって、書
記たちの関心が、草稿段階から大佐と伯爵夫人に注がれていることは容易に読み
取れる[13]。ベシェ版からの大幅な加筆はこの線上にあり、それを詳細に敷衍した
にすぎない。

---

(12) ヴァションは、フェロー伯爵夫人が馬車から降りる部分の前後にあたる草稿箇所をボッシ
　　ュ版で採録している。(Stéphane Vachon, *op. cit.*, p.176.) ピエール・シトロンの校訂版では、
　　草稿と『アルティスト』誌のヴァリアントが併記されている。Pierre Citron, *op. cit.*, pp.101-
　　102の註。
(13) Pierre Citron, *op. cit.*, pp.101-102の註。『アルティスト』誌では、« discussions » のあとに «
　　des paris surtout » が付いていた。

これら二つの例とも異なるタイプの記述が他の場所に認められる。「名前のない最初の語り手」が最終的には客観的な視点に統御されているように見えて、実際には統御がうまくいっていないと思われる次のような一文である。

　　この情景は、のちに青春時代に思いをめぐらしながら"いい時代だったなあ！"と人に言わせるような数々の喜びのひとつをあらわしている。(p.320)

　「いい時代だったなあ！」という詠嘆の表現は、客観的というよりも多分に「語り手」を主体とする情緒ないし意志の表明と受け取れる。このような語り手の介入には理由を見い出すことができるだろう。それは、この部分が『アルティスト』誌とベシェ版の双方ともに「この場面は幾千の喜びのひとつを表わしているが、それはのちに**我ら**が青春期に思いをいたしながら、**われわれ**に、"いい時代だったなあ！"と言わせるのだ。」となっており、一人称複数の « nous » が残存していたためである(14)。どうしてベシェ版まで一人称複数であり、フュルヌ版でこれを削除したのか。「名前のない最初の語り手」の位置づけを概観したことで、新たな問題が生じてきた。語り手の変更である。

Ⅳ　知り得ない物語〜バルザック的テクスト

　バルベリスは、フュルヌ版までのデルヴィルの「語り相手」が三人称の「名前のない若い代訴人」であったことを、現行テクストのもつ不自然さの原因として指摘したことはすでに述べた。ベシェ版からフュルヌ版に至るまで、デルヴィルの「語り相手」が「名前のない若い代訴人」となっていたことは確かだ。バルザックはフュルヌ版に手を入れる際、この三人称の人物をゴデシャルに変更している。テクストがそのままである一方、《これまでの物語》を聞く人物を三人称の「若い代訴人」からゴデシャルへと変更したために生じる矛盾をバルザックは意識していなかったのだろうか。
　ここで、「名前のない最初の語り手」の位置づけが再度問題となるだろう。な

---

(14) Pierre Citron, *op. cit.*, p.27. この引用の強調は筆者。村田京子は、デルヴィルとシャベールの対話、シャベールとフェロー伯爵夫人との対話において、« nous » « je » « vous » の使用が意識的である点を指摘している。村田京子, 前掲論考, pp.38-52; p.43（デルヴィルとシャベールの対話）; p.47（シャベールとフェロー伯爵夫人との対話）

ぜなら、ベシェ版よりも前、『アルティスト』誌と草稿を見ると、物語全体は三人称で語られながら、現行の最終場面が、実際には「結び」(Conclusion) と題して、それまでの部分とは独立し、区別された上で、「1830年7月の半ば、私はひとりの先輩の代訴人を連れてリスへ赴いていた。」という書き出しによって、突然名前のない「語り手」(「私」) が登場し、それまで三人称で語られていた作品をしめくくるように、デルヴィルからシャベールの話を聞くという設定になっていたからだ(15)。

『シャベール大佐』の生成プロセスは、デルヴィルの事務所でのフェロー伯爵夫人とシャベール大佐の邂逅の場面から始まる部分的な草稿、それをもとに『アルティスト』誌に『示談』(1832) というタイトルで分載されたテクスト、『二人の夫をもつ伯爵夫人』(1835) とタイトルが変更され、大幅な加筆修正を加えられた初版のベシェ版、最終場面がまだゴデシャルに変更されない前のフュルヌ版 (1844)、更には、この版にも加筆・修正がほどこされて、最終的にゴデシャルに変更されたあと、ようやく現行の版にたどりつく。

草稿から『アルティスト』誌までは、微細なヴァリアントはあるが、基本的には、《これまでの物語》を語っていた人物が実は客観的な作者ではなく、一人称の「語り手」(「私」) だということになっていた。同時に「結び」というサブタイトルが、『アルティスト』誌でも草稿と同じように使われている。

重要な変更点について、二つの段階での違いを見ておこう。

まず、《これまでの物語》をデルヴィルが語る問題の場面は、フュルヌ版修正以降の現行版では「こう切り出すことで、ゴデシャルの好奇心をそそったため、デルヴィルはこれまでの物語を彼に話して聞かせた。」(pp.371-372) とあるのに対して、草稿では、「ちょっと驚いたようすを見せたので、デルヴィルはこれまでの物語をわたしに話してくれた」という記述のあとに、「それは溢れんばかりのディテールに満ちていて、余人の真似できない語りの才能を持って語られたので、これを書くのにわたしも大いに助けられているのである。」という部分がつづいていた(16)。もともとあったこの表現は、ここで登場する「私」が、《これまでの物語》の語り手であったことを明確に表わしている。作者が統括する三人称の物語だと思われていたそれまでの語りは、この場面に突如登場する「名前のない語

---

(15) Stéphane Vachon, *op. cit.*, pp.184-185.
(16) Stéphane Vachon, *op. cit.*, p.185; Pierre Citron, *op. cit.*, p.142.『アルティスト』誌では « ayant témoigné quelque étonnement » のあと « à ce début » が付いていた。

り手」(「私」)によるものであり、デルヴィルから聞いた話を、この『シャベール大佐』の物語として読者に提示していたことが判明するのである。《これまでの物語》の語り手が、最終場面において作中人物のひとりとして登場していると言うことができる。

　このような設定に従うと、「私」は《これまでの物語》をすべて聞いたと考えても不自然さはない。聞いた話を「私」がそれまで読者に提示されてきたテクストの形で「語り直した」のだと、読者は了解するからである。この設定は、記述にヴァリアントが存在するものの、『アルティスト』誌のテクストについてもほぼ同様である[17]。

　一方、ベシェ版では「こう切り出すことで、デルヴィルが自分の職を継がせた若者の好奇心をそそったため、この古参の代訴人はこれまでの物語を彼に話して聞かせた。」(Pl. III, p.1367) と書き換えられた[18]。

　人物自体が「名前のない若い代訴人」である点は変わらないが、一人称から三人称への変更は、それまでのテクストに大きく影響してくる。この人物がテクスト上《これまでの物語》を聞いたという意味にとどまり、従って、聞いた内容がそれまでのテクストのすべてであったかどうかがあいまいになるからだ。つまり、この場合、《これまでの物語》という記述が指示するものは、「結び」以前のテクストそのものでなくともいいことになる。「語り手」(「私」)は、ここで統括的な語り手にその場所を譲り、それまでの版では、登場人物としての位置づけによって、「語り手」(「私」)自らが保証していた「語りの真実性」の責任を引き受ける必要がなくなった。言い換えるならば、草稿および『アルティスト』誌において存在した「語り直し」についてのアリバイは、ベシェ版では消失しているということができる[19]。

　最終的な形として、フュルヌ版の修正がおこなわれたとき、《これまでの物語》の意味は更に大きく展開することになるだろう。この「名前のない若い代訴人」が、具体的な『人間喜劇』の作中人物ゴデシャルに変わることによって、《これまでの物語》がテクストのすべてではなくなり、本節の最初にも述べたように大きな制限が加わってくる。最終場面よりも前の部分が、結果的にほぼ同一のテクストであるにもかかわらず、最終場面における語り手の位置の変化によって、《こ

---

(17) Pierre Citron, *op. cit.*, p.142.
(18) *ibid.*, p.142.
(19) *ibid.*

れまでの物語》が示す意味と内容にどのような変化が生じざるを得なかったのだろうか。

V　語り手の変更 〜「私」からデルヴィルへ

　これまでに検討した修正のプロセスは、最終場面のテクストの意味を考える場合、重要な鍵となってくる。《これまでの物語》を聞く人物の変更によって、何が変わったのか。留意すべき点を二つ挙げておきたい。
　第一に、最終場面において、草稿および『アルティスト』誌では、「私」の立場が主導的であった点だ。例えば、草稿では「次の日、帰途についた私は、ビセートルに目をやると、シャベール大佐に会いに行こうと、デルヴィルに提案した。」[20]となっており、シャベールを発見したことによって、彼に対する「私」の関心が深いことを前面に押し出している。シャベールに会いに行くことを提案するのは、「語り手」(「私」)に他ならない。
　一方、ベシェ版からは、「二日後、月曜日の朝、パリに帰ろうとする二人の友人は、ビセートルに目をやった。すると、デルヴィルがシャベール大佐に会いに行こうと提案した。」(p.372) という表現に書き換えられた。その際、聞き手が三人称に変更されるにともなって、若者とデルヴィルの位置づけが、「二人の友人」という記述によって一旦対等の関係に変えられたあと、「デルヴィルがシャベール大佐に会いに行こうと提案した。」と修正されたため、更に重心はデルヴィルへと移されていることが読み取れる。言い換えるならば、草稿では「語り手」(「私」) が最終場面の中心だったのに対して、ベシェ版に至って、デルヴィルへと中心が移動したということである。フュルヌ版でも同様、シャベールに会うことを提案するのはデルヴィルに他ならない。
　第二に、最終場面の大幅な加筆が、主としてデルヴィルの社会的な見解におよんでいることが挙げられる。草稿段階では、「何という運命！」と嘆くのは「語り手」(「私」) であり、シャベールについての述懐も「私」がごく手短かに語るにとどまっている。このとき、テクストの中にデルヴィルはほとんど存在していないと言っていい。それに対して、『シャベール大佐』の末尾を締めくくる重要な役目が、ベシェ版では、名前のない若い代訴人から明確にデルヴィルへと変更

---

[20] Stéphane Vachon, *op. cit.*, p.185; Pierre Citron, *op. cit.*, p.142.『アルティスト』誌では « je jetai » が « en jetant » になっている。

された。「何という運命！」と嘆くのは、今度は「私」ではなくデルヴィル自身となる。

　ベシェ版の加筆がデルヴィルを中心にふくらんでいることは、ピエール・シトロンの校訂版を見ると明らかである[21]。例えば、代訴人を含む三種類の階層を説明する部分が6行ほど加筆されており、またデルヴィル自身がこれまでに見てきた数々の社会的不幸についても、16行ほどの加筆によって敷衍されている。バルザックは、この最後の場面の密度を高くするために、フュルヌ版では更に、9行分の加筆によって、三つの階層の中で代訴人が最も不幸な存在であることを詳述した。これらの加筆は、これまでのテクスト全体を締めくくる人物こそ、デルヴィルであり、それ以外ではありえないということをはっきりと示している。ベシェ版およびフュルヌ版における相当量の加筆の中で表明される社会観は、『人間喜劇』に登場するデルヴィルの人物像を考えると、後年のペシミスティックな感情に由来するものとして、ごく自然に受け取ることができるからだ。これらの内容を引き取るべき人物として、「若い代訴人」以上に、デルヴィルがふさわしいことは言うまでもない。

　しかし、テクストはこの段階にとどまることはできなかった。三番目に重要な点として、上に挙げたベシェ版からの加筆の中に、テクストの重心を最終的に大きく転回させる記述が読み取れる[22]。最終場面が、「私」の優位から「私」とデルヴィルとの対等な関係へと移行し、更には対等な関係からデルヴィルの優位へとその重心を移すにともなって、シャベール大佐をめぐる《これまでの物語》を「若い代訴人」に語り、自らの社会観を述べたあと、ことさら次のような言葉を発するのもまたデルヴィルに他ならないからである。

　　　「私が見たものすべてを、君に話すことはできない（…）。」(p.373)

　デルヴィルの口を通して発せられるこの言葉は、語りそのものが完全に伝達されることは難しいこと、語りきることの不可能性を明確に表わしている。それは、デルヴィルの語りという行為そのものの持つ意味、最終版ではゴデシャルに語ったはずの《これまでの物語》の意味を解く重要な鍵と言える。テクストそのものの中で《これまでの物語》を語ったはずのデルヴィルが、実はシャベール大佐の

---

(21) Pierre Citron, *op. cit*. p.145.
(22) *ibid*., p.147.

物語のすべてを語ることはできないと表明していることになるからだ。このような記述は、物語を聞き、その物語を「語り直す」ことのむずかしさを読者に伝えている。この作品の眼目は、まさしくここにある。

　この記述は、フュルヌ版を訂正する際、この作品における「語り手」について、バルザックがどのように考えていたかを推測するに足る材料である。作品の最終行に見い出されるフュルヌ版への加筆が新たな意味を持ってくるからだ。デルヴィルの述懐を受けて、次のように発言するのは、まぎれもなくゴデシャルでなければならない。

　　「そんなことなら、私は、デロッシュのところで、もう十分すぎるくらい見てきましたよ」と、ゴデシャルが答えた。(p.373)

　これは、ゴデシャルが、デルヴィルの語った《これまでの物語》に含まれる要素の一部、または大部分をすでに知っていたということの意志表示に他ならない。バルザックは、《これまでの物語》をデルヴィルから聞く人物として、「若い代訴人」からゴデシャルに変更する際、上記の記述をことさらに加筆した[23]。この加筆は、取りもなおさず、人の運命を嘆く《これまでの物語》の「語り手」デルヴィル自身の、その「語り」そのものへの疑念を、作者自身が意識的に表明している結果だと考えることができるだろう。つまり、バルザックは、「語り手」の二重の変更というプロセスを通じて、草稿からもともと存在した《これまでの物語》の持つテクストの意味を、フュルヌ版修正の段階で結果的に大きく変えてしまったことになるのである[24]。

　フュルヌ版の最終場面に見られるもうひとつの修正は、この点を一層明らかにするものと言える。それは、シャベール大佐を哀れと思い、自ら煙草を差し出す人物がフュルヌ版まではデルヴィルだったのに対して、フュルヌ訂正版では「ゴデシャル」になっていることである[25]。この修正は、作品における「語り」の位置づけが「私」という「名前のない語り手」から三人称の「若い代訴人」へ、更

---

(23) *ibid*., p.143.
(24) 柏木隆雄は、「知」の問題への基本的な視点として、『シャベール大佐』がまさに「見ること」を中心として描かれていると書いている。加筆されたデルヴィルとゴデシャルの言葉は、その見解に傍証を与えるものと言っていい。柏木隆雄，バルザック『シャベール大佐』における〈まなざし〉，関西フランス語フランス文学　第9号，2003, pp.15-25.
(25) *Pl*. III, p.373; Pierre Citron, *op. cit*., p.143.

にはデルヴィルへと重心を移していった最終段階として、「語り相手」ゴデシャルへと視点が到達したことを表わしていると言っていい。
　ここまで論を進めてきて、草稿および『アルティスト』誌では、「名前のない最初の語り手」が実際には登場人物のひとりである「私」として提示され、その意味で《これまでの物語》のすべてを聞く「語り相手」となっていたのに対して、ベシェ版ではこれを三人称に修正することによって、当初の語り手であったはずの語り手とデルヴィルとを対等な関係に変えながら十分にデルヴィルへと重心を移す準備をし、フュルヌ版に至って、本来テクスト上重要な登場人物であったはずのデルヴィルへと完全に重心を移動させていくというプロセスが確認できる。更には、すでに見たフュルヌ版の修正によって、ゴデシャルという人物が浮上し、それによって、この作品における「語り手」の位置が見事に相対化されていることが分かるだろう。このような執筆のプロセスそのものに、語り手の異相がテクストの現象として生じざるを得なかった必然性を見い出すことができるのである。その意味では、デルヴィルはテクストの枠を越えて「名前のない最初の語り手」の位置へと移動したことになるだろう。本節の最初に引用したブルックスの視点、テクストに対して感じた困惑には十分な根拠があったと言える。

＊　　＊　　＊

　バルザック的な語りにおいては、一見不自然に感じられるものの中に注意深く見ていく必要のある要素が存在する。例えば、すでに指摘したが、『サラジーヌ』において、物語内物語の最終場面は、すでに死亡しているサラジーヌしか知り得ないはずだ。サラジーヌの物語を語る「私」には名前が与えられず、最終的に人物再出法の適用も受けていないが、第1章でも述べたように、この人物が『あら皮』の主人公ラファエル・ド・ヴァランタンであるとする視点から書かれた可能性は否定できないし、ランティ家の事情に通じ、なお「語り相手」をフェドラ伯爵夫人からロッシュフィード侯爵夫人へと変更したこととも関連して、客観的な語り手ではなく作中人物として位置づけられていることは明らかである。どうしてこの場面を語りえたのかという問いは、バルザック的なテクストにおいて、「私」がさまざまな異相を作者の統御の意図に反して移動していくという現象を考慮しなければ説明できない。この意味から、「語り手」（「私」）は、人物を析出するにあたって、バルザックが意識的に使った装置の役割を果たしていると言うことができるだろう。『シャベール大佐』もまた例外ではなかった。
　現行の版では三人称以外の何ものでもない『シャベール大佐』という作品にも、草稿段階では匿名の「私」が使われており、ベシェ版で匿名の三人称に変えられ

たあと、最後にゴデシャルに修正されることによって生じた「語り手」の異相というこの一連の経緯は、「語り手」(「私」)の問題を考える場合、これまで筆者が第1章、第2章で考察してきた「私」をめぐる事例と、根本的につながる新たな現象のひとつと言えるだろう。『シャベール大佐』もまた、「私」から始まり、語り手と作中人物の語りレベルでの「ずれ」に関わっていたということは驚きである。

　シャベールの語りは、ブルックスの言葉を借りれば、デルヴィルにとって一種の「自己転移」の対象と言うことができる。また、『人間喜劇』にさまざまな形で登場し、そのひとつひとつの場面で私的・公的生活の苦渋をなめる人物として、デルヴィルにとっては「自己治癒」の対象でもあっただろう。つまり、作品修正のプロセスにおいて、これまでに見てきたような現象を生じさせることで、結果的に「名前のない最初の語り手」の位置を奪い、枠組みを移動してしまったのだ。シャベールの物語は、そのままデルヴィルの物語となり、自らそれを語ることの不可能性を吐露することによって、文字通りの「示談」« transaction » の失敗から、ゴデシャルの存在によって相対化された結果、語りにおいては、一種の「和解」« transaction » の成立を可能にしていると考えることができる[26]。

　こうして、バルザックのテクストは、「語り手」(「私」)から出発し、デルヴィルという人物像を契機に、三人称化のひとつのステップへと入っていった。

　同じようにデルヴィルが《レシ》の聞き手であり、同時に語り手ともなる『ゴプセック』こそ、語りの異相という視点から次に論じられるべき作品であり、『シャベール大佐』と対をなす分析対象となるだろう。本節で指摘した問題は、この作品と同じように最終的には三人称でありながら実は「語り手」が「私」から始まってその質を変えていく『ゴプセック』という作品を論じる際に不可欠なものとなるのである。

---

(26) Peter Brooks, *op. cit.*, p.235.

第4節

デルヴィル像の成長 〜『ゴプセック』

　前節で、語りの異相という視点から、『シャベール大佐』を分析対象としたが、その際、この作品と同じようにデルヴィルが《レシ》の聞き手となるもうひとつの作品、すなわち『ゴプセック』[1]が、次に論じられるべき対象であると述べた。この作品においても、最終的には三人称でありながら、実は「語り手」が「私」から始まってその質を変えていくプロセスが見られるからである。『シャベール大佐』以上に完成度が高いと見なされる『ゴプセック』に内在する語りの問題点とは何か。前節で見出した語り手デルヴィルの位置づけという視点から、新たな作品解釈を試みたい。

---

(1) 『ゴプセック』からの引用は *Pl.* II に拠る。他に参照した版は以下の通り。*Balzac, Gobseck, Une double famille*, GF-Flammarion, Edition établie par Philippe Berthier, 1984. テクスト生成およびテクスト研究に関する文献として、以下を参照した。Bernard Lalande, *Les Etats successifs d'une nouvelle de Balzac:* « Gobseck », *Revue d'histoire littéraire de la France*, 1939, pp.180-200; *Les Etats successifs d'une nouvelle de Balzac:* « Gobseck » (*Fin*), *Revue d'histoire littéraire de la France*, 1947, pp.67-89; Stéphane Vachon, *Les travaux et les jours d'Honoré de Balzac, Chronologie de la création balzacienne*, Presses du CNRS, Paris, 1992; *La Comédie humaine*, t.II, Bibliophiles de l'originale,1967; Notice sur *Gobseck* dans *L'Œuvre de Balzac*, Club de l'Honnête Homme, t.III, pp.453-464, 1957; Albert Béguin, *L'Œuvre de Balzac*, Club français du Livre, t.VI, 1966, « Préface », pp.1311-1321; Roland Chollet, *Balzac journaliste*, Klincksieck, 1983, p.262; pp.221-277; Pierre Barbéris: *Balzac et le mal du siècle*, t.II, pp.1495-1506: pp.1112-1127, Gallimard, 1971; *Le Monde de Balzac*, Arthaud,1973, pp.82-86; pp.152-154; pp.362-365; Maurice Bardèche, *Balzac, Romancier*, Slatkine Reprints, 1967, pp.286- 290; pp.271-320; Léo Mazet, « Récit(s) dans le récit: L'Echange du récit chez Balzac », *AB* 1976, pp.129-161. (pp.141-142; pp.147-151.); Claudine Vercollier, « Le lieu du récit dans les nouvelles encadrées de Balzac », *AB* 1981, pp.225-234; 作品の翻訳および和文論考として、以下を参照した。『ゴプセック』，水野亮訳，東京創元社，1995;『ゴプセック』，吉田典子訳，藤原書店，1999; 佐野栄一，『ゴプセック』論：バルザックにおけるブルジョワ的なものの変質，青山学院大学文学部紀要第27号，1985, p.25-p.44 (p.36); 森野由美子，バルザックの『ゴプセック』におけるテキストの発展，武蔵大学人文学会雑誌第22巻第1・2号，1991, pp.39-72.

I 『ゴプセック』の構成と主題

　『ゴプセック』の初出は、1830年3月6日、『ラ・モード』誌に掲載された『高利貸』と、かなり時期が早い。生成までの経緯は後述するが、比較的長いスパンをかけて修正がほどこされている。その意味で、『ゴプセック』は、バルザックが『人間喜劇』を構築するプロセスにおいて、他作品以上に生成進化の顕著な作品であり、小説技法の面だけではなく、主題の発展という面についても注目すべき点が多い。

　作品構成は、全体としては三人称形式、グランリュー家のサロンという状況設定の中で、『シャベール大佐』でも存在感の大きかった代訴人デルヴィルを登場させ、彼の語りを主要な部分として展開する。これまでにも言及したが、バルザックには、ひとつないし複数の語りによって構成された作品が少なくない。その場合、修正段階でこの語りの要所要所に切れ目を入れ、「分断」による休止を取りながら、語られる世界と「語り手」のいる場所とを絶えず読者に意識させるという手法を取っている。その意味では、『ゴプセック』は、この形式のジャンルにおいて、きわめて意識的に語りの異相や文脈上の齟齬を排除し、『人間喜劇』の世界と同調させるべく、その整合性に十全の注意を払って加筆・修正された作品と言っていい。このため、三人称形式を取り、かつデルヴィルの語りを主体とする技法には、主題を提示する上で他作品以上の統一感が感じられると言っていいだろう。

　構成技法の上で更に言っておかなければならないのは、デルヴィルの語りの内部にゴプセックの語りが象嵌されているということである。全体としては三人称だが、デルヴィルの語りにおいては「私」が用いられ、そのデルヴィルの語りの中でゴプセック自らがデルヴィルを「語り相手」として「私」で語る物語が嵌め込まれている。ただし、これは、生成プロセスを参照する際にも触れるが、『ゴプセック』という作品の冒頭部分だけに埋め込まれているにすぎない。つまり、あとの大部分を占めるデルヴィルの語りにおいては、ゴプセックの人物像はデルヴィルの目と耳を通して表現されると言い換えることができる。

　バルザックの作品において、「レシの中のレシ」、あるいは「象嵌されたレシ」と呼ばれる二重構造を取る作品が少なくないことは、すでに述べてきたとおりである。例えば、『砂漠の情熱』『サラジーヌ』『赤い宿屋』『続女性研究』、後述する『海辺の悲劇』『ボエームの王』などがそれに当たる。しかし、語られる《レシ》と状況設定との関連は、一括して論じることができないほど微妙に異なって

おり、とりわけ全体の「語り手」が「私」である場合は、これまでにも考察を進めてきたように、語りの異相をともない、執筆プロセスにおけるバルザックの意識を探る上で有効な分析対象となりうるだけの要素があった。ところが、前節で扱った『シャベール大佐』や、今回対象とする『ゴプセック』については、最終的な作品構造から見ると、「語り手」が「私」である場合と異なり、矛盾や齟齬が一見しただけでは認められない。その意味ではバルザックがきわめてクリアに修正した印象を与える作品と言えよう。

これは作品の主題についてもあてはまる。冒頭グランリュー家のサロンという設定の中で、『人間喜劇』の世界に通じる関連づけが巧妙にすべりこみ、デルヴィルという人物の性格づけの点でも他の作品との整合性が見事に表されている。また、ゴプセックの人物像にしても、単なる高利貸からバルザック的な「絶対の探究者」のカテゴリーに含めうるだけの表現が精細に書き込まれ、一種の哲学的な人物として表出していると言っていい。更には、レストー伯爵夫人の物語としても、『人間喜劇』の世界を『ペール・ゴリオ』とともに「見い出す」ことになった時期と軌を一にして関連づけられ、伯爵夫人の人物像が見事に描かれていると言えるだろう。

このように、「語り手」や「語り」という観点からこれまで筆者が論じてきた作品群と比べると、「語り」そのもののもつ性格という点を除いては考察の対象に含めることができないようにも見える。「語り」そのものについては、すでに、レオ・マゼやクロディーヌ・ヴェルコリエ、ジュリエット・フロリッシュなど、ロラン・バルトを出発点とした考察が注目される[2]。しかし、前節で扱ったように、例えばピーター・ブルックスが「語り」について論じる中で抱く疑問に発し、「私」という「語り手」が牽引するいくつかの問題点を指摘することができたことを考えると、『ゴプセック』においても、何らかの「語り」の異相が存在する可能性がある。この点について、考察を進めていくことにしよう。

---

(2) Léo Mazet, « Récit(s) dans le récit: L'Echange du récit chez Balzac », *AB* 1976, pp.129-161: Claudine Vercollier, « Le lieu du récit dans les nouvelles encadrées de Balzac », *AB* 1981, pp.225-234; Juliette Frɸlish, *Au Parloir du roman de Balzac et de Flaubert*, Paris, Société Nouvelle Didier-Erudition; Oslo Solum Forlag A/S, 1991.; Roland Barthes, *S/Z, Œuvres complètes*, t.II, Edition du Seuil, 1994; Peter Brooks, *Reading for the plot*, Harvard University Press, 1984.

Ⅱ 『ゴプセック』に関するいくつかの疑問

(1) バルザック的テクスト〜「語り手」の知り得ない物語とその保証

　前節では、『シャベール大佐』において、「語り手」と語り手の知り得ない物語に触れ、この作品でも『サラジーヌ』と同じような現象が生じていることはすでに指摘した。『ゴプセック』では、この点はどのように処理されているのだろうか。デルヴィルの「語り」は、先ほども述べたように、要所要所に「分断」を入れ、物語る主体が誰であり、誰の目を通して見られた物語であるかを絶えず確認しながら進む。この意味ではバルザックはきわめて周到な配慮をおこなっていると言える。しかし、物語が最も重要な場面に入り、「分断」を入れることができなくなる段階で、読者は語り手がデルヴィルではなく、作者本人ではないかと錯覚するテクストに逢着する。場面は、レストー伯爵の窮地を察したデルヴィルとゴプセックが、伯爵邸へ駆けつける直前である。死を目前に感じた伯爵は、財産遺送工作に欠かせない反対証書を、息子のエルネストに託してデルヴィルのもとへ届けさせようとする。だが、自らに不利な証書であると思い込んだ伯爵夫人が、今まさに妨害しようとするのを見て、レストー伯爵が忽然と姿を現わす場面である。

>　「"ああ！　ああ！"と、伯爵は叫びました。扉が開けられており、ほとんど裸同然で忽然と姿を現わしたのです。骸骨のようにもはや乾ききって肉がそぎ落ちていました。この鈍い呻き声は、伯爵夫人に恐ろしい効果をもたらしました。彼女は、微動だにせず、あっけにとられているかのようでした。夫があまりにも弱々しく蒼白だったため、墓場から出てきたと思われたのです。"お前は私の人生を苦しみでいっぱいにした。私の死を掻き乱し、息子の理性を曇らせ、彼を間違った人間にするつもりだ。"と、彼はしゃがれた声で言いました。伯爵夫人は、命の見せる最後の昂りがぞっとするような外見に変えた、この瀕死の人の足元に奔り寄って身を投げ、あふれんばかりの涙を注いだのです。"お慈悲を！　お慈悲を！"と、彼女は叫びました。」
> (pp.1005-1006)

　レストー伯爵の臨終間際の絶望的な狂気と伯爵夫人の哀訴が繰り広げられるこの部分は、「朝の光景が彼に残っていた力を吸い尽くした。」までつづき、その直後に、語り手であるデルヴィルがゴプセックをともなって伯爵邸へ到着すること

を示す「私はゴプセックじいさんとともに真夜中に到着しました。」(p.1006) という表現が、これにつづく。

　読者は、この場面の表出する臨場感のあまり、この部分の語り手がデルヴィルであることを忘れてしまうに違いない。しかし、冷静な読者ならば、この場面が到着前のデルヴィルには知ることができないディテールを多く含むことに気づくだろう。科白の再構成をはじめ、具体的に夫婦間でやりとりされるニュアンスは、実際、作者にしか描くことはできないからである。とはいえ、バルザック的なテクストにおいて、このような現象が少なからず見られる点は、これまでにも指摘してきた。その場合、バルザックがほどこす「語り」の前提、いわば「語り」の真実性を保証するアリバイが挿入されるのが通例である。

　語り手としてのデルヴィルの位置づけを確かなものとし、作品の山場におけるこのような描写のもつ不自然さを回避する目的で、バルザックが場面に先立つ数ページ前に、次のような前置きを書き入れていることは驚くに当たらない。

　　　「これから、私は、この出来事が終わるまでの諸場面を、あなたがたにお話することになりますが、その際、時間を置いて私に分かった状況とか、ゴプセックの慧眼あるいは私自身の目によって見抜くことができたディテールを織り交ぜることにいたします。」(p.999)

　バルザックは、これから述べる場面が、後日知り得たことやゴプセックの慧眼によって教えられたこと、あるいは自分自身が見抜いたことなどに基づいているとし、この前提をテクスト中に入れることによって、伯爵と夫人とのやりとりをデルヴィルが語ることから生じる不自然さを、巧妙に回避していると言うことができるだろう。この手法はこれまでにもたびたび指摘してきたように、「グランド・ブルテーシュ」など、語りによって構成される物語において、バルザックが用いる前提でもあるからだ。

(2) 状況設定の不自然さと現在時制

　バルザックは、上記のように、場面の臨場感と引き換えに生じる可能性のあった「語り」の不自然さを、一種のアリバイを通して、うまく回避していることが分かる。しかし、これほどの周到さとは裏腹に、もっと単純なところで完成度の高い作品にしては不自然な箇所を残しているという点も、同時に指摘しておかなければならない。それは、先ほどの場面より前、レストー伯爵夫人と対峙する箇

所において、デルヴィルが、サロンの聞き手に対してコメントする部分に現れる。夫人への賛嘆と憐憫の情を禁じ得ないと発言するデルヴィルだが、このとき以下のように、語ってしまうのである。

　　「私は、このご婦人に対して、讃嘆の念と同情を禁じえないと申し上げましょう。そのことで、ゴプセックは*今でもまだ私をからかう*のです。」（強調は筆者; p.1000）

　この「ゴプセックは今でもまだ私をからかうのです」という現在時制が奇妙であることは明白だ。作品の最終場面はゴプセックの死によって締めくくられるはずであり、「語り」の時間はゴプセックの死んだあとでなければならない。「ゴプセックは今でもまだわたしをからかうのです」という言辞は、これに矛盾する。
　実際、ガルニエ・フラマリオン版の校訂者フィリップ・ベルティエは、この箇所について、以下のように指摘している。

　　この現在時制には驚かざるをえない。というのも、ゴプセックは死んでいるのだから… 少なくとも1835年版からは。不注意から、バルザックは1830年の元テクストを修正するのをなおざりにしたのだ。(3)

　当該箇所の註でフィリップ・ベルティエが言っているのは、現行の版に最も近い1835年版（ベシェ版）において、ゴプセックが死んでいるはずにもかかわらず、上記のような現在時制が存在するのは、1830年版（マーム＝ドゥローネ版）にあった現在時制を、バルザックが不注意にも修正するのを見落としたということである。
　先ほども述べたように、『ゴプセック』は、現行の版では三人称形式であり、その中にデルヴィルの「語り」、更にその中にゴプセックの「語り」を二重に象嵌する作品として読まれている。一方で、他の『人間喜劇』の諸作品と同様、複数の段階を経て加筆・修正された作品でもある。そのため、原型ないし二次的なヴァージョンにおける記述が残存してしまうことは、さほど珍しいことではない。しかし、筆者はこの現在時制の「残存」には意味があるのではないかと考えてい

---

(3) Balzac, *Gobseck, Une double famille*, GF-Flammarion, Edition établie par Philippe Berthier, 1984, p.208, n.65.

る。作品生成のプロセスを検討しながら、ここで指摘した問題点が、バルザック的テクストにおいて、どのようなことを明らかにするのかを見ていくことにしよう。

Ⅲ 『ゴプセック』生成のプロセスと問題点

　フィリップ・ベルティエが指摘した現在時制の残存という問題は、実際には1830年にはじめて登場する原型に端を発している。この点について、作品校訂の詳しいベルナール・ラランドの論考から考察を進めるが(4)、その前に、この作品の生成プロセスをおおまかに見ておきたい。

(1) 『ゴプセック』生成の概略

　『ゴプセック』の初出は、1830年3月6日号『ラ・モード』誌で、このときのタイトルは『高利貸』であった。これは、同じタイトルで同年8月10日号の『ル・ヴォルール』誌にもそのまま再録される。出版物としては、初版が1830年4月のマーム＝ドゥローネ版で、大幅な改訂・増補ののち、タイトルも『不身持ちの危険』と変更されて、『私生活情景』の第1巻所収の作品として刊行された。第2版は、1832年、同じくマーム＝ドゥローネから、修正なく同じタイトルで再版。第3版は、1835年11月21日に、局部的に相当量の加筆・修正、全体としても広範囲にわたる細かい修正がほどこされたのち、ベシェから、『風俗研究』第9巻『パリ生活情景』第1巻所収の作品として刊行される。このときのタイトルは、作品の中心点を明確化した結果、『パパ・ゴプセック』に変更。第4版は、シャルパンティエから、1839年12月7日『パリ生活情景』所収として、修正なく再録。第5版は、1842年9月3日に、フュルヌから、『人間喜劇』第2巻所収の作品として刊行され、現行のタイトル『ゴプセック』に変更された。その後、他の『人間喜劇』の作品群と同様、このフュルヌ版に修正がほどこされたが、他の作品に比べるとかなり修正を加えており、それも含めて、現行の『ゴプセック』のテクストが成立している。

---

(4) Bernard Lalande, *Les Etats successifs d'une nouvelle de Balzac*: « Gobseck », *Revue d'histoire littéraire de la France*, 1939, pp.180-200; *Les Etats successifs d'une nouvelle de Balzac*: « Gobseck » (Fin), *Revue d'histoire littéraire de la France*, 1947, pp.67-89; *Pl. II*, pp.1557-1558.

(2) ベルナール・ラランドのスタンス

　ベルナール・ラランドは、今簡略にまとめた作品生成のプロセスにおける初出テクストの重要性に注目し、「のちには全体の中のひとつのエピソードにすぎなくなるものの周りで、すべてが組織化されていく。」と言明している[5]。ラランドの基本的なスタンスは、初出の『高利貸』が単独にまず書かれ、これを再利用する形で30年版の大幅な増補、更には35年版における本質的な加筆・修正というぐあいに、そののち版を重ねるごとにテクストが進化していったという点にある。

　このような作品の「進化」という観点から、ラランドは、原型をなす『ラ・モード』誌 (1830) のテクストを、バルザックがそっくりそのまま30年マーム＝ドゥローネ版の第1章に再利用したと考え、その結果、不都合な現象が起きたとして、以下の二点を挙げている。

> 　高利貸の描写が、『ラ・モード』誌では、"要するに、スターンなら宿命と呼ぶかもしれない偶然によって、この男はゴプセック氏と名づけられる。"までは、現在時制になっている。（中略）例えば、ファニー・マルヴォーという人物は、『ゴプセック』の中で明らかに厄介な代物だ。[6]

　ラランドが指摘するのは、ひとつは、『ラ・モード』誌 (1830) において、堕落と無垢というシンメトリックなテーマの対比をおこなうにふさわしかったファニー・マルヴォーの人物像の問題、もうひとつは『ラ・モード』誌における現在時制の使用が30年マーム＝ドゥローネ版へと移行する際に残存してしまったという問題である。

　この二つの問題について、検討してみよう。

---

(5) Bernard Lalande, 1947, p.70.
(6) Bernard Lalande, 1939, p.184; p.186. ベシェ版からは以下。強調は筆者。*Pl.* II, p.966, « Enfin, par **une singularité** que Sterne appellerait prédestination, cet homme se nommait Gobseck » ; ベシェ版より前では « un hasard » で現在時制 (p.1562, p.966の variante-*h*)。

IV 原型をめぐる二つの矛盾
～ファニー・マルヴォーの人物像と現在時制

(1) ファニー・マルヴォーの人物像

『ラ・モード』誌掲載の『高利貸』は、簡潔な筆致に加えて、主題の対比がすっきりした小品である。物語は、「名前のない私」が「不特定のあなた（がた）」に向けてゴプセックを紹介するところからはじまるが、作品の主要な部分は、「私」の語りの中で、このゴプセックという人物が語る主要な二つのエピソードから成り立っている。ひとつは堕落の雛形である「名前のない伯爵夫人」のエピソード、もうひとつは固有名詞の付与されたファニー・マルヴォーのエピソードである。ファニー・マルヴォーは、貞操に関する女性の両極をシンボリックに表す目的で、伯爵夫人の対局に位置づけられており、この小品からは消すことができないほど重要な存在であると言える。それが、マーム＝ドゥローネ版では、そのタイトルが『不身持ちの危険』と題されたことからも分かるように、伯爵夫人がクローズアップされることで不均衡な存在へと変化したため、これを収拾する目的で、デルヴィルの配偶者であると、加筆された。しかし、一方で匿名の伯爵夫人から、グランリュー家のサロンという語りの状況設定にともない、具体的な固有名詞を付与されてレストー伯爵夫人となった人物が、『高利貸』再利用部分以降のテクストにおいて、重要な人物へと変貌・増幅するのに対して、ファニー・マルヴォーは、その後の発展的加筆もなく、相対的に、あいまいで副次的な存在へと後退していくことになるだろう。実際、マーム＝ドゥローネ版以降、ゴプセックの語りを構成するひとりのエピソード的な人物である点は変わらないものの、それに終始し、単にデルヴィルの口を通してしか実在しないと言い換えることができる。

　　　「ファニー・マルヴォーについては、あなた方もご存知のように、私の妻です！」(p.978)[7]

『ゴプセック』だけではない。ゴプセックの語るエピソードにおいて肉声を発していたファニー・マルヴォーは、『人間喜劇』の世界では、一切口をとざす。人物再出法の適用を受けるのは、『セザール・ビロトー』に限られ、そこでもビロ

---

(7) この記述は1830年版からある。

トー夫妻の口を借りてその名前に触れられるにすぎない(8)。
　マーム＝ドゥローネ版においては、語り手がまだデルヴィルではなく、「名前のない代訴人」にとどまっていたこと、デルヴィルがその後重要な人物に変化していくことを考えると、あまりにも影が薄い存在と言っていいだろう。これが『ラ・モード』誌を再利用した結果生じた問題のひとつだった。

(2) 現在時制の問題

　ところで、現行の版において、再利用された『ラ・モード』誌のテクストはどの部分に当たるのだろうか。マーム＝ドゥローネ版以降、デルヴィルの語りの部分は、「"この出来事は"と、デルヴィルは間を置いて言った。"私の人生の中で唯一ロマネスクな状況を私に思い出させます"」からはじまるが、『ラ・モード』誌では6行ほどあとの「この蒼白で生気のない姿がお分かりになりますか？」(p.964)から実際にははじまっていた。そして、前述したように、その後の版では、デルヴィルの語りを保証するために、他の作品と同様、語りに随時「分断」を入れながら進行するが、原型では、この分断がなく、以下のようなテクストで終わっている。

　　「私は呆然として自分の部屋に戻りました。この干からびた小柄な老人が偉大な人物に変わっていたのです。彼は、私の目には、幻想的なイメージに変化していました。そこでは、権力と金が人間の姿をしています。私は、人生にも人間にも恐れをなしました。"ということは、すべて、金によって解決されるはずだというのだろうか？"」(p.977)

　現行の版ではこれにつづいて存在する「と、私は自分に問いかけてみたのです」という表現が、『ラ・モード』誌 (1830) のテクストにはない(9)。
　ここで注意しなければならないのは、『ラ・モード』誌の設定が、「きのうの晩」という近い過去になっていることだ。この点を忘れてはならない。「名前のない語り手（「私」）」が、見聞きしたばかりのゴプセックの物語を、新鮮さをもって「語る」という形式を取っているのである。このことから、「語り」において現在

---

(8) *Pl.* VI, p.162; p.164; p.1196, 註1.
(9) プレイヤッド版、ガルニエ・フラマリオン版ともに、『ラ・モード』誌の終わりを、誤って数行前の « qui sentait l'argent. » までとしている。*Pl.* II, p.977, p.1567, variante-h; *GF*, p.90, n.39.

時制を使用している箇所が少なからずあるのは当然であった。ラランドによれば、このテクストがそのまま使われたことになり、その結果、マーム＝ドゥローネ版では状況的に不自然な形でいくつかの現在時制が残存したということになる。

　もちろん、すべての移し替えに不自然さがあるわけではない。ラランドは、高利貸の描写における現在時制の使用が語り手の隣人という設定から、そのポートレートを描く際に使用した点は不自然ではないとしているし、過去の出来事には当初から半過去が用いられている点は留保している。30年版の状況設定では、ゴプセックはまだ死んでいないということは確認しており、その点において許容しうると述べていることも確かだ。

　その上でラランドが、現在時制の不自然さを指摘する記述がいくつかある。とりわけ彼が困惑を隠さないのは、次のような記述である。

　　「これこそ、私が今グレ通りに**住んでいる**家で、偶然が私に与えてくれた隣人なのです。」(10)

　この現在時制は、現行の版では、「それは、私がまだ第二書記に他ならず、法学部の三年目を終えたときでした」という後続の文脈に続くように、「これこそ、私がグレ通りに**住んでいた**家で、偶然が私に与えてくれていた隣人なのです。」と半過去となっている。この修正は35年版（ベシェ版）からのものであり、後続の加筆によって、全体を半過去にし、語り手がすでにグレ通りに住んでいない点を明記したことになる。

　次にベルナール・ラランドが挙げるのは、上記の記述のすぐあと、現行の版では半過去を用い「社会的な意味で、彼がつながっていた唯一の存在は、私でした」(p.966)(11)と修正された箇所である。これは、マーム＝ドゥローネ版では「社会的な意味で、彼がつながっている唯一の存在は、私です」となっており、それにつづく現在時制にも同様の不自然さを感じると、ラランドは指摘している(12)。

　これらはともに、『ラ・モード』誌からの移し替えの範囲であり、確かに不自然さが感じられるのは否定できない。

　注目したいのは、『ラ・モード』誌に相当する部分以外でも、現在時制の残存

---

(10) Bernard Lalande, 1839, p.185. 強調は筆者.
(11) *Pl.* II, p.1562. プレイヤッド版に、このヴァリアントの指示はない。
(12) Bernard Lalande, 1939, p.185.

が起こっているという点を、ラランドが挙げていることだ。

　《この出来事は、私の人生のうちで最もロマネスクな状況を私に思い出させるのですが、そこでは私がある役割を担っているものですから、どうぞ私が自分の霊感のままに語ることをおゆるし願いたいと思います。お嬢さん、私は27歳であり、私の話の中に出てくる昨日起こった諸事件を想像してみてください》（30年版, p.177）
　これはとても困惑させる表現だ。デルヴィルは、現在時制で話すとき、自分の青春時代を追体験する気紛れについて弁解している。この現在時制は、疑いもなく、以前の状態が残存したものである(13)

　ラランドが不自然さを感じているこの部分は、実は『ラ・モード』誌にはなかったもので、現在それに相当する部分がはじまる直前に位置している。従って、気をつけたいのは、実際にはラランドが言うような残存ではないという点だ。むしろ、マーム＝ドゥローネ版の中に、現在時制が不自然な形で混入していると表現する方が適切と言える。それが、ベシェ版（1835）以降では、以下のように複合過去ないしは大過去に修正された。

　「しかし、私は、皆さんがそうであったように、そのとき25歳でした。この年となっては、私は、さまざまな奇妙な事柄を、すでに*見てきた*わけですが。あなた方が知り合う可能性のないある人物について、あなた方にお話することからはじめなければなりません。それは、高利貸です。」（p.964: 強調は筆者）

　この部分が『ラ・モード』誌の再利用部分より前の記述であることは重要だ。マーム＝ドゥローネ版で代訴人によって語られる物語は、実際には、再利用による残存ではなく、『ラ・モード』誌とマーム＝ドゥローネ版との間で執筆された可能性のあるテクストの存在を想定させるからである。マーム＝ドゥローネ版では、確かに年月を経て語られたのでなければ矛盾が生じるような状況設定がほどこされていた。しかし、それは最終的にマーム＝ドゥローネ版としてまとまった

---

(13) *ibid.*

ときのものであり、仮に草稿の断片をバルザックがいくつもの部分に分けて書いていたとするならば、必ずしもその断片が執筆時点すべてを拘束するものとは言えない。しかも、マーム＝ドゥローネ版として、まとまった段階においてさえ、その時点では、「名前のない三人称の語り手（代訴人）」にとどまり、まだ語り手はデルヴィルに確定していなかった点や、更には、結末部分もゴプセックの死によっては終わっていないこと、彼はまだテクストの上では生きているという設定であることを考慮する必要があるだろう。つまり、生成プロセスにおいて、マーム＝ドゥローネ版を構成する部分的な草稿がすでに書かれており、『ラ・モード』誌の再利用以外のテクストが現在時制の不自然さの一因となったかもしれないということである。バルザックは、この時点ではまだ必ずしも不自然さを感じないで、現在時制を用いたのではないか。ゴプセックの物語と語り手の時間的距離感について、明確なある意図があったのではないか。本節冒頭で問題にした、テクストにおける現在時制の矛盾も、これと深く関連している可能性がある。この点を検討するため、次に、ラランドのスタンスに関する検証と、これに対する反論について、見ておきたい。

V 『高利貸』の位置づけ
　　〜『ラ・モード』誌とマーム＝ドゥローネ版との関係

(1) 原型としての『ラ・モード』誌

　すでに述べたように、『ラ・モード』誌掲載の『高利貸』がその後のバージョンの原型となるというのが、ラランドのスタンスであった。その際、ラランドが根拠としているものは何だったか。文体と執筆時期である。

　ラランドは、先ほどから問題にしている現在時制の残存の原因となったもの、すなわち『ラ・モード』誌の現在時制が、「疑似科学的な意図」から来ている点を挙げ、それが科学論文の模倣的文体に由来するとして、以下のようにコメントしている。

　　　　現在形の使用による文体は、科学的な論考の調子を模倣しており、論述全体にわたる形式は自然科学者たちを想起させる。[14]

---

(14) Bernard Lalande, 1939, p.189-190.

このようなラランドの根拠は、『ラ・モード』誌という雑誌に掲載された同種の記事との関連や、高利貸の生態を描くという目的から考えても、現在時制使用の理由として十分成り立つ。また、テーマの点からも、もっともシンプルでシンメトリックな主題対比からはじまり、拡散・増幅していくと考えた方が、バルザックの創作技法にかなっているとも言えるだろう。原型であるとする有力な根拠のひとつである。

　もうひとつ、考慮すべき重要な点がある。それは、『ラ・モード』誌とマーム＝ドゥローネ版の発表時期が1ヶ月の間隔しかないという問題である[15]。

　この点について、ラランドの考え方は単純明快だ。時間的な問題について、ラランドは、雑誌掲載時に通例起こりうる執筆と掲載の時間的な差を考慮した上で、『ラ・モード』誌のテクストが、これまでに想定されてきた時期よりもかなり前に執筆された可能性があるとし、この小品を1830年マーム＝ドゥローネ版から独立したものとして扱っている[16]。むろん、断言はしていないが、「『不身持ちの危険』が『高利貸』よりもあとに書かれたと考えることを妨げるいかなる物的証拠もない。」[17]とし、『ラ・モード』誌のテクストの先行性を結論づけているのである。

　これらの根拠は、一見十分に説得力のあるものと感じられるし、ゴプセックの人物像が進化していったプロセスとも一致すると考えられるだろう。

(2) シトロンの反論

　しかし、ここで、この根拠を十分踏まえているにもかかわらず、原型テクストの再利用というラランドの視点に反対する意見が存在することにも言及しておかなければならない。プレイヤッド版の序文において、ピエール・シトロンは、以下のように述べ、ラランドとは異なる見方を提出しているからだ。

　　これらの頁は、バルザックが、より充実した小説のためのステップとして

---

(15) Stéphane Vachon に拠れば、日付は、『ラ・モード』誌が1830年3月6日、マーム＝ドゥローネ版が1830年4月（遅くとも13日）となる。Stéphane Vachon, *Les travaux et les jours d'Honoré de Balzac, Chronologie de la création balzacienne*, Presses du CNRS, Paris, 1992, pp.95-96.
(16) Bernard Lalande, 1939, p.187.
(17) *ibid.*, p.188.

後で利用したかもしれないひとつの全体を、最初から構成していたのだろうか？　ベルナール・ラランド氏はそう考えた。校訂版研究で取り上げられるあるひとつの文を根拠に、私は、それとは反対の結論に傾いている。すなわち、バルザックは予備的な刊行の目的で、すでに書かれていたか、あるいは少なくとも部分的に書かれていた小説から、このテクストを抜き出したように思われる、ということである。[18]

　この根拠のひとつにシトロンが挙げているのが、「はっきり申し上げて、あなたの隣人はひどく私の興味を引きますね」というセリフの発話者に関するヴァリアントである[19]。異同のポイントを簡単に説明すると、まず、この表現が、『ラ・モード』誌では、「名前のない語り手」である「私」の語りの中に含まれていたこと（従って《あなたの隣人》ではなく《私の隣人》）、これがマーム＝ドゥローネ版では、科白として新たな発話者に振り当てられ、サロンの主人の兄、年老いたカミーユの「叔父」に当たる侯爵（現行ではボルンという固有名詞が当てられている）の発言に変更されたこと、語り手はこの段階ではまだデルヴィルではなく、三人称だが名前のない代訴人であり、代訴人の語りを中断する形で叔父の科白が入ること、35年ベシェ版では、この表現は削除されてしまったこと、こういった経緯である。
　これについて、シトロンは、『ラ・モード』誌にあった上記の表現は、「私」の語りにおいて不自然であり、マーム＝ドゥローネ版の設定のように、話を聞いていた聞き手（語り相手）の科白である方がより自然であると指摘している。更に、この事例を根拠に、むしろこの箇所を含むマーム＝ドゥローネ版の大部分、あるいは少なくとも一部がすでに書かれており、すべて書き終えていない段階で、『ラ・モード』誌掲載用に抜き出して整理されたものではないかとの考えを示しているのである。

　　この部分は、叔父の発言の中の方がはるかに自然であり、従って、『ラ・モード』誌の記事は以前書かれた《レシ》から抜き出されたことを証明しているように思われる。[20]

---

[18] Pierre Citron, *Pl.* II, p.945.
[19] *Pl.* II, p.946; 註2. Voir la variante *d* de la page 967; p.1563 (p.967 の variante-*d*).
[20] Pierre Citron, *Pl.* II, p.1563 [p.967, *d*].

このようなシトロンの見解について、クラシック・ガルニエ版の校訂者フィリップ・ベルティエは、当該箇所の註において、このような議論があることを指摘し、ラランドに発する従来の考え方を留保する註をつけている[21]。ベルティエは、シトロンの見解の可能性を付記するにとどめているが、双方とも、ラランドの作品分析を十分に踏まえた上で、このような疑問を呈している点は考慮する必要があるだろう。
　まず前提として、上に挙げた三つの版の異同を対象とするとき、マーム＝ドゥローネ版の草稿のいずれかに、まずサロンという状況設定の中で聞き手の科白として書かれたものが、単一の語り手「私」を必要とする『ラ・モード』誌のテクストに変換された際、その状況設定をはずし、更に再び35年ベシェ版で、これらをすべて削除したという執筆経過は、当然のことながら、想定しがたいものだと言える。従って、シトロンの言うように、もしもこの部分が最初に叔父の科白として書かれ、そのあとにまた「私」に戻されたとするならば、バルザックに何らかの他の意図がなければならない。実際は、作品が増幅しつつある状態の中、状況設定がまだ書かれていない段階で、ひとつの明快なモチーフを持つ小品に仕立てあげたと考えることができるだろう。
　シトロンとベルティエは、ラランドの見解を十分承知しているはずである。それにもかかわらず、生成プロセスを直線的なものと捉えるのに一種の躊躇を覚えていることが分かる。その背景に、バルザックがテクストを改変していく思考プロセスにおいて、直線的な進化過程とは異なるものを感じている可能性がある。シトロンの視点に立つと、これまで見てきた問題が違った角度から検討可能となるからだ。筆者は、『ラ・モード』誌のテクストの先行性は否定できないとしても、ほぼ同時期にマーム＝ドゥローネ版の部分的な執筆が存在し、その執筆はまだ結末部分に至っていないがゆえに、先行テクストに内在した現在時制、言い換えるならば、当初テクストが持っていた時間感覚を引きずっていったのではないかと考えている。すなわち、現在時制そのものに、ある種の必然性や意図があったかもしれないということである。現在時制が過去時制へと修正されることによって作品が進化していくという、その相関性について、次に、ピエール・バルベリスの見解を検討し、その可能性を見ておきたい。

---

(21) *GF*, p.205, n.25.

VI　ピエール・バルベリスの見解～人物像の保証と現在時制

　バルベリスは、『バルザックと世紀病』の中で、『ゴプセック』にかなりのスペースを割いている[22]が、その中心点は、ひとつは『人間喜劇』との関連から、『ペール・ゴリオ』であり、もうひとつは『あら皮』であった。作品内部の進化プロセスと同調的に、とりわけ『あら皮』との関係から『ゴプセック』が増幅していく点を詳細に検証していると言っていい。その際、1830年マーム＝ドゥローネ版から1835年ベシェ版への異同において、まず、デルヴィルのグランリュー嬢カミーユに対する「教訓」であるとする記述が姿を消す点に注目しているのは、ふたつの版にある根本的な相違を明確化するためであった[23]。ここで、バルベリスが、物語の時間について、以下のように述べている点は留意すべきだろう。

　　　最初の根拠は、レシの時制である。今度は、デルヴィルは過去で表現される。彼は、日を追って自分の生活を語ることはもはやない。彼は思い出を回想する。話すのは経験を積んだ男だ。そこから、彼は奥深さを獲得するが、それは、1830年版にはなかったものである。(…)[24]

　バルベリスの主眼が、ゴプセックの人物像の進化という点にあることは明らかだ。しかし、彼は更に、この現在時制から過去時制への修正によって、ゴプセックの人物像だけではなく、35年版においてデルヴィルの人物像が大きく飛躍したと指摘しているのである。先ほどラランドが不自然な現在時制として取り上げた同じ箇所を例示し、35年版における修正をデルヴィルの『人間喜劇』における成長の結果と考えていることが分かる。
　また、バルベリスは、35年版に際して、30年マーム＝ドゥローネ版で描かれていたゴプセックの人物像について、ラランドもすでに指摘していたゴプセックの過去に関する大幅な加筆の重要性を追認したうえで、その中に含まれる以下のよ

---

(22) Pierre Barbéris: *Balzac et le mal du siècle*, t.II, Gallimard, 1971, pp.1495-1506: pp.1112-1127.
(23) 現行の « Il est temps, madame la vicomtesse, que je vous conte une histoire qui vous fera modifier le jugement que vous portez sur la fortune du comte Ernest de Restaud. » という部分は、マーム＝ドゥローネ版では、以下のようになっていた。« Il est temps, madame la vicomtesse, que je vous conte une histoire, qui aura deux mérites: d'abord elle présentera de fortes leçons à Mlle Camille; puis, elle vous fera modifier […] fortune d'Ernest. *orig.*» (*Pl.* II, p.962; p.1559, v-i)
(24) Pierre Barbéris, *Balzac et le mal du siècle*, t.II, p.1498.

うな箇所を引用し、これをデルヴィルの成長の証左として強調していることは注目にあたいする。

　"この人の頭の中には詩情がある！、と私は思いました。なぜなら、私は人生についてまだ何も知らないからです" 現在時制で書くなど明らかにありえない文だ。今では人生をよく知っているデルヴィル。ゴプセックが語ったことについてその重要性を考え尽くす『シャベール大佐』のデルヴィル。二つの経験が重なり合い、交代し合う。学生の驚きさえ、過去のものとして提示される。(25)

　現在時制から過去時制への修正(26)が持つ意味は、従来強調されてきたゴプセックの人物像だけではなく、この作品の語り手であるデルヴィルの人物像の展開にも関連しているという考え方は、前節で『シャベール大佐』について筆者が想定したバルザック的テクストの展開の方向性と軌を一にするだろう。そして、デルヴィル像の展開という視点は、冒頭の問題点がどういう意味を持っているかを明らかにしてくれるのである。最後に、前節と同様、語り手の変更を軸とし、『ゴプセック』のケースを見ておく。

Ⅶ　語り手の変更 〜再び「私」からデルヴィルへ

(1) 語り手の変更
　『シャベール大佐』において、語り手の変更は重要な鍵であった。その意味で、『ゴプセック』はどうだろうか。同じように語り手の変更という観点からまとめてみると、初出『ラ・モード』誌の「名前のない私」からはじまり、30年版で「三人称の名前のない代訴人」、35年版でようやくデルヴィルという固有名詞が登場する。こういった推移は、『シャベール大佐』の場合と類似点が少なくない。
　前節において、筆者は、『シャベール大佐』に関する論を進めたあと、第一段階の草稿と『アルティスト』誌からベシェ版、更にはフュルヌ版に至る語り手の

---

(25)　*ibid*., p.1501.
(26)　« De la poésie dans cette tête ! pensai-je, car je ne connaissais encore rien à la vie » のうち、バルベリスが注目している « car je ne connaissais encore rien à la vie » の部分は、マーム＝ドゥローネ版にはない。ベシェ版からの加筆である (*Pl.* II, p.968; p.1563, v-j.)。

変更に着目し、当初から重要な登場人物であったデルヴィル自身が、最初の名前のない語り手のポジションを獲得したため、テクストの上で三段階の重心移動が見られるという点を考察した。しかし、『シャベール大佐』の場合は、三人称で終了するはずの結末部分に、「これまでの物語」という不自然な記述が混入する。つまり、「これまでの物語」が、実はデルヴィルが語ったものであると設定し直していたのである。このような現象の生じる原因が、テクスト生成のプロセスにおいて、語り手の位置づけに関する異同にあった点は、すでに指摘した。『ゴプセック』の場合は、まず象嵌される物語（ゴプセックの語り）を聞く語り手「私」という枠から出発し、この枠を、それとは別次元にある聞き手を新たに設定する目的で、グランリュー家のサロンという場へと広げていくというプロセス自体に、まず『シャベール大佐』との相違点がある。

これは、状況設定の増幅と関連しながら、初出は状況設定のない不特定の「私」が不特定の「あなた（がた）」に語る物語（ゴプセックの名前は当初からある）であり、1830年マーム＝ドゥローネ版で、語りの場所がグランリュー家のサロン、時も「1829年から1830年にかけての冬の日の午前1時」（p.961）と設定されるからである。そして、1835年版でもグランリュー家のサロンという状況設定は変わらないが、ゴプセックの人物像に関する大幅な加筆・修正と、なによりも作品の結末部分が大きく変化した。

このような執筆プロセスの中で、これまで検討してきた現在時制の問題が生じてきているという点を、まず理解しておく必要がある。語り手の変更に関して、『シャベール大佐』とは異なったプロセスを取りながらも、これと同じような現象が『ゴプセック』にも見られないだろうか。この点について、結末部分の異同を中心に、検討していきたい。

(2) ゴプセックの成り行き〜結末の異同

1830年『ラ・モード』誌掲載の『高利貸』には、ゴプセックの結末は存在しない。語り手が「昨晩」聞いた話として、語りの時点で継続中であり、「ならば、すべてが金でかたがつくということなのだろうか？」という詠嘆の一文で終わっている。

同年、あとから出たマーム＝ドゥローネ版において、まず大きく異なるのはゴプセックがレストー伯爵一家の「不身持ち」に関与し、語り手である匿名の代訴人とのやりとりを通して、単に冒頭のエピソードを語るだけの人物にとどまらず、作品の中で「行動する」人物であるということだ。象嵌されたゴプセックの語り

は、更に大きな物語の中のひとつのエピソードに変化している点を、まず確認する必要があるだろう。その上で、レストー伯爵家の生殺与奪の権を持つ人物として、まず次のように、書かれることになった。

> 「ゴプセックは伯爵邸を人に貸しました。所有地で夏を過ごし、お大尽となり、農園をつくり、製粉所や道路を整備し、木々を植えるのです。」(*Pl.* II, p.1008)

ゴプセックは、この時点では、伯爵邸を人に貸すほどの優位を獲得し、悠々自適の生活を送っていることになっている。そして、この記述は現行の版でも同じように存在するのである。

留意すべきなのは、1830年マーム＝ドゥローネ版に、以下のような記述があったことだ。

> 「彼は高利貸という仕事をやめました。そして、代議士に任命されました。今度は男爵になりたがっており、勲章を欲しがっています。彼は、もう馬車でしか出かけません。」(27)

驚いたことに、ゴプセックは高利貸を廃業し、代議士に任命されており、男爵の爵位と勲章を欲しがっていると書かれている。そして、今や馬車しか使わない。これは、現行の版でわれわれが知っているゴプセック像とは対局にあるイメージと言えるだろう。この箇所は、ベシェ版では削除された。

このあとの部分については、二つの版に異同は少ない。大きく異なるのは、デルヴィルが、エルネストに関して、レストー伯爵との約束を履行すべきだとゴプセックに進言したあとの部分から結末までということになるだろう。ベシェ版では、ゴプセックの死が描かれ、そのあとグランリュー家のサロンに戻る。それに対して、1830年マーム＝ドゥローネ版では、伯爵から遺言として任された仕事、つまり、結婚時には息子エルネストへ遺産を戻すという義務をゴプセックに履行させるという仕事を、デルヴィルが完遂できたことが語られたあと、デルヴィルがゴプセックの人物像に関して、次のような述懐を述べるという流れになる。

---

(27) *GF*, p.208, n.67; *Pl.* II, p.1008; p.1581, v-*e*.

「それにしても、私はゴプセックから何と多くのことを学んだことでしょう！…（中略）彼は人間を軽蔑しています。なぜなら、彼にはまるで本のように人の魂の中が読めるからです。そして、人に対して、あるときは善、またあるときは悪、という風に、交互に注ぎ込むことを好みます。彼こそ、神であり悪魔なのです。神よりも悪魔であることが多かったのですが。」[28]

　こうして、マーム＝ドゥローネ版は、最終的な結末へとたどりつくことになった。その結末には1835年版とは異なる要素が多く含まれている。
　第一に、時間的な問題が挙げられる。名前のない三人称の代訴人がゴプセックと会って、エルネストとカミーユは愛し合っており、若き伯爵は成人するのだから、委任された彼の任務を遂行するように言ったのは「1週間前」である。その際ゴプセックは、返事に「2週間」の猶予を要求している。ところが、「きのう」、ゴプセックは彼が二人の婚姻に賛成であり、エルネストに1万リーブルの年金を世襲させると言ってくる。要するに、語り手の話の前日までが語られて、子爵夫人のサロンへと場面が戻るという経緯である。
　第二に、ゴプセックの約束を信じていいかどうか、語り手が迷っているという問題が挙げられる。語り手は、ゴプセックがどんな人物か十分に知り尽くしている。この男の持つ慧眼と奸計、想像を絶する判断力の確かさを弁えており、彼が人間というものを軽蔑しているという理由で、彼が一種のデーモン、金力の権化であり、語り手にとって運命そのものであることを痛感する。そして、きのう「あなたは、どうしてこれほどに私やエルネストに関心を持ったのですか」と尋ねることになるが、語り手とエルネストの父親だけがかつてゴプセックに信頼を寄せたからだという返事をもらうところで、場面は子爵夫人のサロンへと戻る。語り手はゴプセックの好意を信用していない。
　第三に、結びの不自然さが挙げられる。今の語り手の言葉を受けて、子爵夫人は、「それじゃ、ゴプセックを男爵に任命させましょう」と発言する。しかし、この言葉は、それまで居眠りをして話を聞いていなかった老侯爵のそぐわない一言「もう、すんだことだ！」« C'est tout vu! » を二度繰り返すことで妨げられ、作品は終わっている。

---

(28) *Pl.* II, p.1008; pp.1581-1582, v-l; *GF*, pp.208-209, n.68.

マーム＝ドゥローネ版では、ゴプセックの物語は宙づりのまま唐突に終結する。登場人物たちの運命は、その裁可を受けることなく、事態は継続したままだ。従って、語り手の行為は目的を遂行することなく、語りはテクストが示すように、まさに中断されてしまうのである。これは、ゴプセックがまだ生きており、語り手とのやりとりが、時間的にも直近の過去＝きのうという設定で語られることに原因がある。エルネストとカミーユの結婚に対して、ゴプセックはいまだ生殺与奪の権を掌握したままだ。老侯爵の科白はこの中断状態を象徴していると言い換えることができるだろう。
　思い出しておきたいのは、マーム＝ドゥローネ版において、語り手は「名前のない代訴人」であって、まだ『人間喜劇』のデルヴィルではないということだ。従って、語り手自身にしても、中断・未決定の状態にあると言っていい。この時点では、バルザックが、ベシェ版以降の『人間喜劇』の世界にまだ到達していなかったという、単純な事実を忘れてはならない。つまり、バルザックはさまざまな作品群を同時に書きながら、生成プロセスの渦中にいたのであり、思考のプロセスの中に、ラランドが想定するような確固としたルートはまだ存在しなかったと考えられる。バルザックは、マーム＝ドゥローネ版の段階では、『ゴプセック』の物語を、いわば宙づりにしたままだった。これは、『シャベール大佐』も含めて、他の作品群についても当てはまる。
　これまでに検討した現在時制の矛盾は、実は、バルザックがまだ継続していく物語の途中にいたことを表しているにすぎない。語られる物語の時間について、十分な認識をまだ持っていなかったのだと言い換えることができる。語り手を明確に「デルヴィル」と名づけ、『人間喜劇』とリンクさせるまでにはまだ道のりがあったのである。現在時制が姿を消すには、ゴプセックの死と同時に、語り手が『シャベール大佐』を経た後のデルヴィルでなければならなかった。そして、唯一残ってしまった現在時制は、このようなバルザックの思考の葛藤を、象徴的に表す痕跡にほかならないと言うことができるだろう。

＊　　＊　　＊

　以上、『ゴプセック』における語りの構造について、そこに内在する語りの問題点を指摘した。『シャベール大佐』に関して前節で見出した語り手デルヴィルの位置づけという視点が、この作品においても有効であり、いくつかの新たな作品解釈を試みることができたと考える。
　登場人物に関するバルベリスの相互増幅という考え方は、『ゴプセック』の語り手がデルヴィルに決定するまでの、執筆と思考の関係を的確にとらえている。

そして、これは、『シャベール大佐』の場合とはまた異なるプロセスをたどるのである。『シャベール大佐』の場合は、シャベール大佐の結末を描く際に出てきた「これまでの物語」という表現によって、バルザックの思考プロセスにおける語り手の重心移動と語りの異相という現象が生じていたと言えよう。それが、『ゴプセック』においては、現在時制から過去時制への修正という執筆経緯の中で、人物像の増幅と同調して、語り手の形成がおこなわれたのである。この意味で、最初に挙げた決定稿における現在時制の残存が、バルザックの思考の葛藤を象徴的に表す痕跡であると述べたが、この点について再度、その部分を引用して結論づけてみたい。

　「私は、このご婦人に対して、讃嘆の念と同情を禁じえないと申し上げましょう。そのことで、ゴプセックは今でもまだ私をからかうのです。」(p.1000)

　デルヴィルが「ゴプセックは今でもまだ私をからかうのです」という現在時制を使用するこの場面は、最初に引用したレストー伯爵と夫人との凄絶なやりとりに先立つものであることを思い出す必要がある。デルヴィルは、伯爵夫人との言葉なき戦いの中で、堕落の極みにまで達したはずのこの女性に対して、逆に強烈な母性愛を感じ、心を打たれる。この時点では、ゴプセックはむしろその戦いの協力者であって、物語がその死の場面を通過しなければ終わらないという感覚は存在しなかった。バルザックは、まだ何も決定していない。ゴプセックは生きており、のちに登場するエステル・ゴプセックやペール・ゴリオを含めて、『人間喜劇』の世界が彼の頭の中をめぐるにとどまっていたと言える。マーム＝ドゥローネ版とベシェ版との間には、バルザックの思考をめぐる深い闇が横たわっていた。その後、ベシェ版刊行の直前まで彼の構想は大きく変化していくが、そのプロセスにおける作者の心象を、図らずも反映しているのが、現在時制の残存という現象だったと言い換えることができるだろう。ラランドは、綿密なテクスト校訂をもとに、『ゴプセック』の進化を論証する。しかし、他方で、この作品だけを直線的にとらえることによって、テクストに内在する思考の論理を見落としてはいないか。シトロンやベルティエの留保も、実はそこに理由を見いだすことができるのである。

　この意味で、レオ・マゼが、『ゴプセック』について提示するテクスト解釈は、一言でこのような現象を言い当てているように思われる。それは、先に引用したグレ通りの住居に関する記述のあとに来る「社会的な意味で、彼がつながってい

た唯一の存在は、私でした」(p.966) という表現についてである。

　　"社会的な意味で、彼がつながっていた唯一の存在は、私でした" とデルヴィルは言う。交換の段階的な定着が、二人の語り手の間で広がり広まるようになると、オイルの染みが広がるように、隠喩と換喩によって、二人からレシに関わる他の人物たちまで "伝わって" いき（それは文字通り交換の基盤であるから）、ひとつの交換の基本モデルが形を現わす。[29]

　レオ・マゼは、ゴプセックとデルヴィルとの間に交わされる語りの関係の前提として、デルヴィルの言葉に注目し、« communiquait » という表現に、語りの交換の予兆を見ている。「オイルの染みが広がる」という記述は、ゴプセックからデルヴィルへ、そしてデルヴィルから《テクスト・カードル》の聞き手へ、更には『ゴプセック』のテクストを読む読者へと広がる語りの特徴を言い当てているだろう。現行のテクストでは当然のことながら半過去であり、そこに何ら不自然さはない。しかし、レオ・マゼが、« communiquait » というテクスト上の制約を取払い、« se ≪communiquant≫. » と図らずも表現していることは象徴的である。なぜなら、この記述もまた、先に引用したように、マーム＝ドゥローネ版においては、現在時制のままであったからだ[30]。バルザックにおける語りのテクストには、本質的に「現在性」« actualité » が潜んでいる。バルザックがテクストの状況や人物の心情に同一化してしまう傾向があることには、この点が関係しているように思われる。それは、ラランドの前提であるテクストの直線的な進化という考え方とは、かけ離れた現象と言えよう。バルザックが、人物を析出し、テクストを増幅する際に、それに伴って生じる矛盾は、このような現象の現われではなかったのか。

　1835年版におけるゴプセック像の増幅は、語り手としての重心を、必然的にデルヴィルへと向けていくことになるだろう。そして、テクスト上では現在時制となっている「いまでもゴプセックはわたしをからかうのです」という記述の通り、デルヴィルの陰に潜む真の語り手バルザックにとって、ゴプセックはシンボリックな意味でいまだ死んではならない存在なのである。

---

(29) Léo Mazet, *art. cit.*, p.155.
(30) Bernard Lalande, 1939, p.185.; « Le seul être vivant avec lequel il **communique**, socialement parlant, c'**est** moi ». 強調は筆者。

第4章

『海辺の悲劇』と1834年以降の試み

『人間喜劇』の構想が具体化しつつある1834年以降、バルザックは新たなもうひとつの試みに挑戦した。名前のない「語り手」(「私」)という形式から出発する初期の雑誌掲載作品に源泉を持たないもののうち、小説技法上「私」の機能を巧妙に駆使している作品群がある。ひとつは、『海辺の悲劇』や『谷間の百合』に見られるように、形式面での工夫を凝らしたものが挙げられる。これは、「手紙」という18世紀的な遺産をどのように生かすかに関わる課題であった。「語り手」(「私」)の形態を練り直すステージに入ったと言うことができる。もうひとつは、これと不可分の関係にあるが、「語り手」(「私」)と作者自身との融合と分離という、バルザックの根幹に関わる問題を、テクストにおいてどのようにクリアするかという課題だと言っていい。自己から出発して作中人物を析出するという問題だと言い換えることができる。これらは、一般には「自伝的」と呼ばれる作品であり、その場合、「語り手」が作者バルザックの分身であると判断されることが多かった。これには、『海辺の悲劇』とも関連する『谷間の百合』や『ルイ・ランベール』が該当する。本章では、これらの問題から出発し、「語り手」(「私」)を基盤としたバルザックの意識が、最終的には、どのラインまで到達したかについて、浮き彫りにしたい。

　バルザックが、作品における名前のない「語り手」(「私」)を、最初から意識的に作中人物としてとらえ、読者に一種の驚きを与える効果を狙っていると思われるのは、『人間喜劇』における人物再出法を発想しつつあるか、あるいは発想したあとに書かれた二つの短編に顕著だ。

　物語はあたかも三人称形式であるかのようにはじまり、やがてある特定の人物が語っていることを読者は感じはじめる。しかし、「私」は、確かにこれから物語られる《レシ》に直接関わり、《テクスト・カードル》に厳然と存在しつつ作品の状況に身を置く人物であることは分かっても、この人物が誰なのかは謎のまま《カードル》は進行する。読者は一応、「私」＝作者として物語を読みはじめるが、間もなくそれが作者ではないある別の人物の語りであると感じさせられ、最終的には小説の末尾に至って、それが『人間喜劇』と馴染みの深い人物であることを唐突に知らされる。このような周到な仕掛けをほどこされた作品として挙げられるのが、『海辺の悲劇』(1834)と『Ｚ・マルカス』(1840)である。(『Ｚ・マルカス』は、第２節で扱う)この場合、名前のない「私」を、読者には最初作者であると思わせ、最後に作中人物であることをいきなり明らかにすることによって、個々の作品が一挙に『人間喜劇』と結びつき、その重層性が発揮されるという意味で、小説技法上、「語り手」(「私」)の機能を巧妙に駆使した作品だということができる。

第1節では、1834年初出の作品『海辺の悲劇』を対象として、バルザックが「手紙」を媒介とする新たな「語り手」（「私」）を生み出し、それによって『人間喜劇』の世界と個々の作品とのつながりをはっきりと意識した点について考察する。この短編には、『人間喜劇』構想が成立するまでにバルザックが考えてきたさまざまなテーマが影響している。また、第2節で扱う自己表出の問題と関連して、バルザックを取り巻く実際の家庭環境などの影響も無関係ではない。技法的にも初期に目ざした歴史小説構想とも関連がある。その中で、バルザックがどのような新たな工夫を創出しているかを見ていきたい。

第1節

《語り手》の構造化 ～『海辺の悲劇』

　『海辺の悲劇』[1]は、ひとりの父親が自らの手で息子を殺したことに対する深い「悔悛」[2]の物語であると同時に、それを語るルイ・ランベールをめぐって、一層悲劇的な意味合いを持つ作品でもある。また、歴史小説の要件のひとつである「地方色の描出」[3]が、この小説においては、単なる舞台設定の役割を脱して包括的な色彩を呈してもいる。核となる「子殺し」の物語が、「語り」の二重構造の中で、ルイ・ランベールというバルザックの精神的背景へと浸潤し、更には『人間喜劇』そのものの中へと通底しているのである。『海辺の悲劇』は、歴史小説を構成するに過ぎなかったはずの一挿話が、「語り」の手法によって、作品の重層性を獲得している点を如実に見ることができる見事な短編だと言っていい。

I　『海辺の悲劇』とはどんな作品か？

　『海辺の悲劇』は、ヴェルデから出版の予定であった『哲学的研究』の契約書（1834年7月16日）に、その名がまず見られる[4]。それに拠ると、この短編は、第5巻第1分冊で『エル・ヴェルデュゴ』のあとに収められるはずであった。テーマの相互補完性（父親殺し・子殺し）を意識しての配置だと思われる。しかし、この時点で、作品はまだ書かれていない。
　この間の事情を説明する書簡など、資料は一切残っていないが、作品末尾の1834年11月20日という日付から、『ペール・ゴリオ』執筆中、おそらくはベルニー夫人のそばで、大部分が数日のうちに書かれたものと考えられる。結局『哲学的研究』第1分冊にはこの作品だけが唯一収められなかった。1834年12月19日

---

(1) 『海辺の悲劇』からの引用は *Pl*. X に拠る。
(2) 本文中では、« repentant(e) » « remords » (p.1169) « en expiant son crime nécessaire » (pp.1176-1177) という表現が使われている。
(3) Louis Maigron, *Le Roman historique à l'époque romantique. Essai sur l'influence de Walter Scott*, Hachette, 1898, pp.422-423.
(4) 作品生成に関しては、*Pl*. X, pp.1821-1823 を参照。

に、漸く第5巻末尾に置かれることになる。その際、『エル・ヴェルデュゴ』の後ではなく、『不老長寿の霊薬』の次に置かれた。

　この刊行に先だって、1834年11月30日、『ル・ヴォルール』誌が、『海辺の悲劇』の一部（カンブルメールに関する話の部分）を掲載しているが、これは、綴りの間違いを除いてヴェルデ版とほとんど同じものである。1843年に、『海辺の悲劇』ではなく『父の裁き』という標題で、スヴラン版『地方の神秘』叢書に収められた。最終的には、1846年、『人間喜劇』第15巻中、『エル・ヴェルデュゴ』のあとに置かれる。

　草稿および校正刷りは残っていない。修正については、標題の変化と、作品末尾に付されていた日付を削除したほかは、スヴラン版『父の裁き』とヴェルデ版『海辺の悲劇』とは、ほぼ同じテクストである。『人間喜劇』の版についても、ローマ数字による5分割をやめたこと以外には、顕著な修正はないと言っていい。フュルヌ版の訂正に関しても、バルザックはこの作品にはまったく手を加えなかった。テクスト生成についてはほとんど考察の余地がなく、修正によって発展させていった形跡を認めることはできない。従って、テクストは1834年時点ですでに確定していたということができる。バルザックの執筆方法においては、稀な例のひとつである。

　作品全体に関する若干の異同だけをまず確認しておこう。

　『海辺の悲劇』は、最初ローマ数字によって五つの部分に分かれていた。これにはタイトルがなく、物語の推移に沿った時間の枠を示すにとどまっている。

　　Ⅰ．ル・クロワジックの浜辺での幸福な午前 (冒頭〜p.1162, Pauline?)
　　Ⅱ．貧しい漁師との出会い (p.1162, « Vous avez 〜 pp.1165, ville »)
　　Ⅲ．二人だけで、バッツまで歩く (p.1165, Cette 〜 p.1167, sublime.)
　　Ⅳ．漁師との散歩とカンブルメールについての話
　　　 (p.1167, Nous 〜 p.1176, parole)
　　Ⅴ．ホテルへの帰途とル・クロワジックでの最後の時間
　　　 (p.1176, Le pêcheur 〜 最後)

　この分割が最終的に消されているという点は、すでに述べたが、ここから分かるように、5分割されたうちの一つに《レシ》が置かれている。

　『海辺の悲劇』が、第1章で考察した『赤い宿屋』や『サラジーヌ』などと同様、「物語の中の物語」という手法を取っていることは言うまでもない。しかし、ピ

エール・シトロンが問題にしたように、《カードル》が《レシ》とほぼ均衡を保つ『サラジーヌ』とは異なり(5)、《レシ》は全体の三分の一ほどで、《カードル》の方が圧倒的に長いという点は注意をひく。また、《レシ》の短さからも推測できるように、『赤い宿屋』のような複雑な構造を取っておらず、《レシ》の中に《カードル》と通じる短い語りや中断を入れる余地もなかった。

　《テクスト・カードル》の場所は、ブルターニュの浜辺ル・クロワジック。海と空と砂の三要素が基調をなす風景である。時間は、1821年のおそらくは夏、《レシ》で物語られる出来事の12年後と推定される(6)。作品全体の中ほどで、漁師がルイとポーリーヌに対して語るカンブルメールについての《レシ》が入るという構成である。

　バルザックは、圧倒的に長い《テクスト・カードル》にも関わらず、『海辺の悲劇』の劇中劇となる《レシ》に、執筆当初は、この作品の中心があると明言していたことが、フェリックス・ダヴァンによる『哲学的研究』序文（1835年）(7)から分かっている。序文を読めば、この小説の核心がカンブルメールの話にあったことは明らかだ。そこには、《レシ》の重要性と、カンブルメールの悔悛者としてのイメージ、それに父性愛が殺人の要因となっていることが読み取れる。社会が厳しく非難する邪悪な性向を、わが子のうちに嗅ぎつけた父親は、息子が殺人者とならないうちに、自らの手で海の波間へと葬り去ったのである。ダヴァンの序文には、このように『海辺の悲劇』のテーマが明確に打ち出されている。

　『海辺の悲劇』という作品の表題は、初出の1834年ヴェルデ版でも現在と同じだが、1843年の『地方の神秘』叢書に収められる段階では、『父の裁き』となっていた(8)。これは、ダヴァンの序文と同様、『海辺の悲劇』がカンブルメールの物語を中核とし、加えて「父親による子の裁き」すなわち「子殺し」が、この物語

---

(5) Pierre Citron, « Interprétation de *Sarrasine* », *AB* 1972, p.81.
(6) ペロットに関しては、次のような記述が見られる。« Sa femme [la femme de Joseph] avait péri de la fièvre, il fallait payer les mois de nourrice de Pérotte. » (p.1173); « la grande Frelu(...) qui nourrissait Pérotte.» (pp.1173-1174). [　] は筆者。この時点でペロットは生後間もないと考えられる。フェルナン・ロットに拠れば、『ルイ・ランベール』では1820年と1822年の間にル・クロワジックへ行ったことになっており、ロットは、これを1821年としている。また、《カードル》にペロットは12才と記述されていることから、その誕生を1809年と想定する。*Pl.* XII, Index des personnages fictifs, p.1208 参照。
(7) *Pl.* X, pp.1213-1214.
(8) *ibid.*, p.1823 (p.1159 の variante-a).

第4章　『海辺の悲劇』と1834年以降の試み　*229*

の中心テーマであることを示していると言える。

　また、1834年のヴェルデ版に先だって、作品の一部、すなわち『海辺の悲劇』の後半三分の一に当たるカンブルメールの話が、『ル・ヴォルール』誌に掲載されていたという経緯に鑑みて、当時の出版事情から察すると、ルイ・ランベールの「語り」の全体の中で、《レシ》の部分が強調されることを作者自身望んでいたとも推測される[9]。従って、その内容を、テクストに沿って、明確化しておくことからはじめたい。

II　カンブルメールの子殺し

　カンブルメール家は代々漁師の家系であり、父親のピエール・カンブルメールは、その嫡子であった。(ジョゼフという弟がいることは、《レシ》の中程で示されている。) ピエールはブルアン家のジャケットを妻とし、二人の夫婦仲は睦まじかった。彼らには、ジャックという一人息子がいた。ここで、両親のジャックに対する甘やかしが問題となる。その可愛がりようは度を越していたからである。鍋におしっこをしても、砂糖ぐらいにしか思わなかっただろうと漁師は言う。そのため、何をしても許されると踏んだジャックは「手がつけられないくらい聞き分けがなくなって」(p.1172) しまった。

　家の金を盗みはじめ、母親が実直な父親にそのことを言えないでいるのをいいことに、ある日とうとう、何もかもむしり取ってしまう[10]。

　しかし、事態はカンブルメール家の親子三人の問題にとどまっているわけにはいかなかった。ジャックがナントの警察に取り押さえられた時から、父親の警告が始まる。だが、子どもを六ヶ月も寝込ませるほどの「平手打ち」(p.1173) という、父親の行動の荒々しさに比べて、叱責の言葉は余りにも間接的で柔らかい。この時から、一家の状況は、いっそう悲惨なものになっていった。蕩尽される財産と一家を荒らす不運。これに加えて、弟のジョゼフが妻をなくすという不幸が起こる。ジャケットは、生後間もない姪のペロットの乳女に給金を払ったりしなければならず、カンブルメール家の財政は逼迫を余儀なくされた。

---

(9)　ibid.
(10)　ジャックの悪童ぶりについては、« méchant comme un âne rouge » « requin » (p.1172) « ce monstre-là » (p.1173) « ce gredin de Jacques » (p.1174) « malin » (p.1175) という表現が取られている。

ここに至っても、依然として、両親の子供に対する寛容さは減じることがない。しかし、問題の金貨が盗まれることによって、何とか持ちこたえてきた均衡が崩れた。それは、母親が、姪のペロットのために、自分の寝具の中に縫い込んで大切にしていた1枚のスペイン金貨だった[11]。

　ビリヤードのあるカフェで、事情を話して問題の金貨を取り戻した父親は、帰宅したのち、息子の処刑の準備を始める。妻に部屋を掃除させ、自らも「晴れ着」(p.1174) を纏い、息子の帰りを待つ。決着をつけるのは短銃であり、父親はこれに弾丸を込め暖炉の隅に隠すのであった。

　母親の金を取ったのではないという息子の嘘に対して、父親は永遠の命に賭けて誓えるかと問い詰める。その場をごまかすため、安易に誓おうとする息子に対して、母親は、「ジャック、気をつけてね。本当じゃなければ誓ってはいけないよ。償いができるし、悔い改めることだってできる。まだ、間に合うわ。」と、諭した。

　これに対して、息子は母親への侮辱の言葉を吐く。逆上した父親は、息子が易々と嘘の誓いをしたことについて、「わしは、カンブルメール家の者が、ル・クロワジックの広場で処刑されるなんて、まっぴらだ。」(p.1175) と、宣告する。

　最後の秘蹟を息子に受けさせるべく、神父が呼ばれた。しかし、ジャックは、敬虔な父がこれを終わらせないうちは自分を殺さないという読みをし、抜け目なく一言も口を開くことがない。

　いよいよ、《レシ》は大詰めを迎える。神父が帰ったあと、床に就いた息子は父親と仲直りできるものと甘く考えていた。寝静まったころ、父親は、息子の口に麻の屑を詰め込み、布でしっかりと猿ぐつわをはめて、手足を縛る。この時、母親が初めて息子の助命をはっきりと求めるが、父親は、「裁かれたのだ」(p.1176) と言い放つ。

　「語りの現在」において、カンブルメールが悔悛の場としている岩場。息子をここまで連れて来た父親には、それでも若干の逡巡はあったかもしれない。「狼への石の一擲」となったのは、皮肉にも、絶望の末、最後の助命を懇願する母親の「お慈悲を！」という言葉だった。こうして、子殺しが父親の手によって行われる。

　母親は、息子を運んだ「忌まわしい船」(p.1176) を焼き捨ててくれるようカンブルメールに頼んで、息を引き取った。すべてを失い、錯乱状態に陥った父親は、

---

(11)　*Pl.* X, p.1174, « La Cambremer avait cousu une pièce d'Espagne dans la laine de son matelas, en mettant dessus: *A Perotte*.»

ある神父に自らの罪を告解し、神父の勧めによって、息子を放擲したまさしくその岩場の上に坐り続けるという、悔悛の苦行を始めることになるのである。

このようなカンブルメールに関する挿話は、『海辺の悲劇』の「語り手」であるルイ・ランベールとポーリーヌに対して、浜辺で出会ったひとりの貧しい漁師が語る物語であることは、先に触れた通りである。今度は《テクスト・カードル》に目を転じてみよう。

Ⅲ　二人の「語り手」

(1)　名づけられない最初の「語り手」

『海辺の悲劇』は、まず、「若者は、ほとんど誰もがコンパスをひとつ持っていて、それを使い、好んで未来を測るものです」という概念的な「語り」から始まるが、読者には、その「語り手」が誰なのかは分からない。

やがて、「私は、私の守護天使ポーリーヌを待っていました」(p.1159) という記述によって、「語り手」が、ポーリーヌという女性とともにブルターニュへ海水浴に来ている人物であることが分かる。

ここまでのところで、この一人称の人物がルイ・ランベールであると特定する根拠を見出だすことは、当時の読者には容易ではない。『人間喜劇』の全貌を知る者なら、ある程度は推測することは可能かもしれないが、『人間喜劇』中に、「ポーリーヌ」は二人存在するという点を考慮しなくても、特定するのは難しいと言っていいだろう[12]。加えて、この時点で現われる二人称の語りかけ「あなた(がた)」« vous » の対象者[13]が、われわれ読者なのか、それとも、別の登場人物を指すのかを、「語り」のレベルで明確化することは一層の困難を伴うと思われる。

もう少し読み進めると、ようやく、「想像してみてください、おじさん」(p.1165)、「思い出してみてください、おじさん」、「おじさん、あなたはたぶん一度も見たことはないでしょう」(p.1169) というような呼びかけの箇所に出会う。「おじさん」という呼びかけによって、この時点で、「語り手」(「私」) が向かっている物語の相手、すなわち「あなた」« vous » が語り手の「叔父」であることが判明する。

そして、この語りは、目の前の叔父に対してなされたものではなく、『海辺の

---

(12)　*Pl.* X, p.1823, n.4.『あら皮』の « Pauline de Vitschnau » と『ルイ・ランベール』の « Pauline de Villenoix » の二人である。

(13)　*ibid.*, p.1160.

悲劇』の最後の数行が示す通り、読者は、この作品が「語り手」からその叔父に宛てた手紙であることを知るに至る。

　「こういうわけで、私は、この出来事をあなたに書いてみたのです、おじさん。でも、それは、ここでの滞在や海水浴が保ってくれていた平静さを、すでに私から失わせてしまいました」(p.1178)

　ところで、『海辺の悲劇』の「語り手」がルイ・ランベールであることを読者が理解するのは、どの時点だろうか。むろん、先に引用した作品冒頭の思想的な語り口はルイらしいところであり、『人間喜劇』の全貌を知る注意深い読者なら、最初から容易に彼の人物像を彷彿とさせる箇所を見出だすことができるかもしれない。ポーリーヌの名が有力なヒントとなる。しかし、作品末尾で、上記のように叔父への手紙とわかる、そのすぐ手前、カンブルメールの話に精神的打撃を受けたルイ・ランベールに対するポーリーヌの助言によって、ようやく、「語り手」がルイ・ランベールであることを読者は確信することになるだろう。ここで初めて、「ルイ」という呼びかけが、ポーリーヌの口から発せられるからだ。

　「ルイ、それをお書きなさい。そうすれば、あの熱の性質を変えられるかもしれないわ。」(p.1178)

　このように、『海辺の悲劇』という作品は、中核となるカンブルメールの《レシ》の周りに、ルイ・ランベールという語り手とポーリーヌというその精神的伴侶の存在を前提として成立していることが分かる。そして、この《レシ》の持つ意味は、『人間喜劇』中でルイ・ランベールが主人公となるもうひとつの作品『ルイ・ランベール』の読解によって、一層の厚みを感じさせるだろう。実際、『ルイ・ランベール』の中の次のようなポーリーヌの言葉は、作品間をつなぐための現実的裏づけとなっている。

　「三年前、二度、私は何日間か彼を自分のものにしました。スイスへ彼を連れていきましたし、ブルターニュの奥のある島へ彼を海水浴に連れて行きました。私は二度も幸せでした！その思い出で私は生きることができます。」[14]

---

(14) *Louis Lambert*, Pl. XI, p.684.

(2) 風景描写と精神状態の照応

　このような「語り」の二重性は、ウォルター・スコット以来、歴史小説には欠かすことのできない要素である「地方色の描出」によって、更に効果的な色彩を帯びる。『呪われた子』において、エチエンヌ・デルーヴィルが海との間に感じた照応と同じ種類のものだと言うことができる。

　『海辺の悲劇』は、前述したようにブルターニュを舞台としており、その全体的風景は、ルイ・ランベールの精神的風景と同質のものとして描かれている。これは、カンブルメールの物語を契機に彼の精神状態に変化が生じていくことからも、自然との照応という考えに立って、バルザックが描写していることが分かるだろう。

　作品冒頭でルイ・ランベールが感じる心象風景は、海と空という「無限の産着」であり、この中にあって、ルイとポーリーヌは、彼ら「二人の観念の物質的な言い換え」(p.1160) を微妙に感じ取ることになる。そして、これは「魂が肉の軛から解き放たれた限りない喜びの瞬間」なのである。このように、カンブルメールの物語を話すことになる漁師と出会う前の、その日の午前中、ルイ・ランベールは、上記の心象風景をブルターニュの自然の中に感じながら、過ごしていた。

　二人の気持ちが変わり始めるのは、この午前中の散歩の途次、「ひとりの貧しい漁師」に出会った時からである。それは、まるで二人のハーモニーの中に入り込んできた「不協和音」(p.1161) のようであった。そして、この時点で風景は甘美な喜びから、沈んだ空気へと変化し始める。それは、漁師の物質的貧困が、次のように表現されていることから感じられる。

　　「その顔は長い間の諦めを示していました。つまり、漁師の忍耐とその穏やかな習慣のことです。この男は荒々しさのない声、それが唇もりっぱで、いささかも野心はなく、こう言ってよければ、か細く虚弱でした。それ以外の相貌はすべて私たちを不快にさせたことでしょう。」(p.1162)

　盲目の父親を養わなければならないという「たった一つの感情」によって、貧しさへの忍耐が支えられていた。この漁師の生活について、ルイ・ランベールは「自らそれとは知らないこの献身のもつ崇高さ」(p.1164) といった感慨をもつ。そして、これは、ポーリーヌの「可哀そうな人！」という言葉によって、すべて言い尽くされてしまうのである。

　しかし、一方で、この出会いによって、ブルターニュの風景は、二人にとって

一層豊かなものとなったことは疑いの余地がない。確かに、これも、ポーリーヌの「可哀そうな土地！」(p.1165)という言葉に集約されるわけだが、海と空と砂という「三つの際だつ色彩」(p.1166) は、単に貧しさと単調さを表わすだけではなく、変化のある、より荘厳なものへと変わっていく。そして、砂丘は「崇高な修道院」(p.1167) となり、ブルターニュそのものが偉大な魂の住む場所となるのである。物質的貧困と、無知を代償とした精神的自由が、この場所には共存する[15]。

しかし、このような心象風景の変化は、二人にとってはまだ決定的なものとはなっていなかった。彼らの魂は依然として「調和する恍惚感のもつ、言うに言われぬ柔らかさ」に身を委ねていた。それは、午前中の「半ば官能的な状態」(p.1168) のままだったと記されている。

それが、岩場に坐るカンブルメールの姿を見た瞬間、「電気の走ったような戦慄」(p.1169) を覚えたのだった。

このように、《テクスト・カードル》は、歴史的政治的な条件を捨象した地方色、ピトレスクであるよりも、場所のもつ雰囲気が「語り手」ルイ・ランベールの精神的舞台背景となっている点に特徴がある。

漁師の語るカンブルメールの挿話は、ルイ・ランベールとポーリーヌにとって、「斧の一撃」(p.1176) にも等しかった。二人の眼前にカンブルメール家の不幸が立ち現れる[16]。

そして、彼らは「私（＝ルイ）がこれまでに一度も出会ったことのない苦く陰鬱な自然」の中を投宿先へと歩き続ける。

彼らが泊まっているホテルの玉突き台が、ジャックの例の玉突き台であることを知った二人は、その夜のうちに出発の準備を始めた。しかし、時すでに遅く、脳を焼くような「熱」(p.1177) が、ルイ・ランベールに襲いかかることになるのである。この熱の病から脱するため、彼は叔父宛てに手紙を書く。こうして、『海辺の悲劇』は、子殺しの挿話を契機としたルイ・ランベールの精神的変異の物語へと変貌することになる。

---

(15) Pl. X, p.1165, « Ce pays n'est beau que pour les grandes âmes; les gens sans cœur n'y vivraient pas; il ne peut être habité que par des poëtes ou par des bernicles. »

(16) Pl. X, pp.1176-1177, « Les malheurs de ces trois êtres se reproduisaient devant nous comme si nous les avions vus dans les tableaux d'un drame que ce père couronnait en expiant son crime nécessaire. »

Ⅳ 「子殺し」の動機と「相続」のテーマ

(1)「子殺し」の動機

ところで、ルイ・ランベールに熱の病を起こさせた漁師の語る《レシ》には、子殺しの明確な動機と思われるような、例えばプロスペル・メリメの『マテオ・ファルコーネ』で示されるような一家の不名誉となる「裏切り」は見出だすことができない[17]。また、明らかに、公的な意味での犯罪（殺人や盗み）もまだ存在していないと言うことができる。先に触れた通り、ダヴァンは序文で、社会が非難するような邪悪な性向を息子の中に嗅ぎつけ、殺人者とならないうちに処刑したのだと述べていた。それをもって子殺しの動機とすることも不可能ではない。しかし、それでもなお、《レシ》における子殺しの動機は、曖昧さを残しているように思われる。

ここで、もう一度カンブルメールの物語に現われるいくつかの表現を拾っておこう。ジャックの犯した罪については、父親として、第二の警告をする際、次のような表現が取られている。

> 「"そこに座れ"と、息子に腰掛けを指し示しながら、彼は言いました。"お前は、お前が冒瀆した父親と母親の前にいる。私たちはお前を裁かなければならない。"」(p.1174)

カンブルメールは、息子が両親を「侮辱・冒瀆」したため、両親によって「裁く」ことが必要だと言っている。

この両親に対する「侮辱」とは何だろうか。問題は「金貨」であり、ジャックがその金貨を盗んだことにある。これが、両親を「冒瀆」するという意味は、まず第一に「盗み」そのものの持つ犯罪性、更には公的な意味での両親への不名誉、加えてカンブルメール家の伝統に対する否定と見なすことができよう。つまり、一種の家庭内犯罪が、この時点ですでに、それ相応の公的刑罰を前提とした犯罪へと発展する可能性を持っているとの判断からである。実際、カンブルメールは最終的な宣告を次のような言葉で行なっていた。

---

(17) Prosper Mérimée, *Mateo Falcone*, in *Théâtre de Clara Gazul*, *Romans et nouvelles*, Gallimard, bibliothèque de la pléiade, 1978, pp.451-463.

「私は、これまでお前がしてきたことを話しているんじゃない、私は、ル・クロワジックの広場でカンブルメール家のひとりが処刑されるのを望んではいない。」(p.1175)

　これは、公的処刑つまり一家の不名誉を望まないという意味に受け取れる。ダヴァンの序文を文字通りに裏づける言葉である。
　しかし、子殺しの動機をこの意味だけに限定すると、カンブルメールの「悔悛」が、子供を自らの手で殺したという点だけに由来することになり、その深さは説明しがたいものに終わってしまうだろう。実際には、問題はそう単純ではなかった。というのも、この「悔悛」の意味は、ひとつには、より宗教的であり、ブルターニュの風景と結びついた、神へのより原始的な畏敬を背景にしていると考えられるからである。父親が息子に最後の秘蹟を受けさせることなく殺している点は、彼の悔悛の意味を一層深いものにするだろう。
　実際、上記の宣告についても、それに先だって、息子が、盗みそのものを否定する「虚偽」を、母親の重大な警告にもかかわらず、神の名にかけて行なった点が、社会的な侵犯である「盗み」から、宗教的な侵犯へと、その意味を広げていることは見逃すことができない。
　更に、盗まれた金貨の意味は、先ほど述べた両親ひいてはカンブルメール家の公的な次元での名誉の否定という外的要素を含むだけではなく、もう一つ内的な二つの要素を含んでいるように思われる。そうでなければ、これまであらゆる不正を寛容にも赦してきたにもかかわらず、どうしてこの金貨だけは赦せなかったのかという決定的原因が理解しがたいからである。
　ひとつは、先ほども述べた宗教的な意味での侵犯が考えられる。この金貨は、一家にとって財産的に欠けがえがないという以外に、ある印によって他のものに代えがたい特別な存在だった。金貨には、「十字架」(p.1175) が刻まれていたからである。こうして、ジャックの「盗み」には、聖なるものへの侵犯という一つの内的要素が付随することになる。
　もうひとつは、この金貨が姪のペロットに与えられるはずのものであること、それを盗むことは親子三人の問題にとどまらず、ピエールの弟ジョゼフとその娘の死活に関わる点があげられる。ここで、カンブルメールの物語における「相続」の問題が浮かび上がってくる。つまり、正嫡の家系がジャックで途絶えてしまうかもしれないという可能性の中にいて、唯一カンブルメール家の存続を救うことのできる別系ペロットの存在そのものを、ジャックの悪行がおびやかしていると

言い換えることができよう。いわば、相続の可能性への侵犯が、もうひとつの内的要素だったと考えられる。ピエールは妻の死という弟ジョゼフの不幸に際して、ジャックとペロットをゆくゆくは夫婦にしようと言って、慰めていることを忘れてはならない。

このように、金貨を盗み、「ペロットへ」と記された紙を無残にも波間に捨て去ったジャックの行為に対して、父親が抱いた殺意の直接的動機は、生後間もないペロットという来たるべき相続者にあったのである。

(2) 父権と母性の葛藤

このような相続の問題は、『マテオ・ファルコーネ』に比べて、『海辺の悲劇』では、「父権と母性の葛藤」を描く表現が強められている点にも、その根拠を見出だすことができるだろう[18]。金貨の問題が起こってからは、母親は父親とはかなり異なった行動を取る。

まず、父親が息子を問い詰めている間、「母親はじっと体をこわばらせていた」(p.1174)「母親は何も言わなかった」(p.1175) という記述から、母親は終始押し黙

---

(18) ピエール・シトロンは、その著 "Dans Balzac" の中で、バルザックの父親ベルナール＝フランソワの死（1829年6月19日）とともに、彼の作品の中に父親殺し (parricide) のテーマが出てくると指摘している (Dans Balzac, p.63)。『エル・ヴェルデュゴ』がその顕著な最初の例だが、衆人環視のなかで、父親を斬首したあと、母親の番となり、その際ファニトが「私を育ててくれた人だ！」(Pl. X, 1142) と表現していることについて、その婉曲性に、ファニトが不義の子供であると解釈させるようなアンビヴァランスが考えられると、シトロンは述べている (p.64, n.1)。更に、シトロンは、『海辺の悲劇』についても、バルザックの母親シャルロットとマルゴンヌ氏との不義の子であると思われる弟アンリの影を指摘した (pp.187-189)。『海辺の悲劇』執筆時にアンリは西インド諸島から帰っている。弟アンリと母に対するバルザックの心理については、シトロンを初め、何人かの研究者が指摘する通り、複雑なものがあった。また、シトロンは、『エル・ヴェルデュゴ』に関しても、レガニェス公爵が夫人に対して「この子は、私の息子か？」(Pl. X, p.1140) と問う箇所を取り上げ、バルザック家の内情との関連を指摘する。加えて、『マテオ・ファルコーネ』でも同じことをマテオが尋ねる点をあげている (Pl. X, p.1129, p.1819, n.1)。このように、「嫡出性の問題」がバルザックの深層心理を通して、当時のテクストに現われている可能性がある。これは、『呪われた子』についても、冒頭から存在する大きな要素であった。『海辺の悲劇』の《レシ》には、ジャックの嫡出性に対する疑問を明らかに示すような表現は存在しない。それどころか、夫婦仲の良さ、両親の子供に対する甘やかしが強調されてさえいる。本節で取り上げたように、ジャックをめぐる父権と母性の葛藤を描く表現が明確な形で取られているのに対して、その原因については一切触れられていない点は、この作品を読む際考慮しておく必要がある。

って何も言わないことに留意しよう。
　それまで一度も口を開かなかった母親から警告が発せられるのは、「盗み」を否定し、「虚偽」を誓おうとする息子に対してである。

　　「"ジャック、気をつけてね。本当じゃなければ誓ってはいけないよ。償いができるし、悔い改めることだってできる。まだ、間に合うわ。"そして、彼女は泣きました。」(p.1175)

　父親の宣告を聞いた母親の絶望は、「母親は出ていきました。息子が断罪されるのを聞きたくなかったのです」(p.1175)という記述によって、その場を去るという暗黙の拒否の度合いを強めている。
　カンブルメールがジャックの処刑に踏み切った時、母親は初めてはっきりと息子の助命を求めるが、自分の願いが聞き届けられないことを知ると、「彼女はそれを拒みました。」(p.1176)という表現に現われているように、父親の申し出に対して、協力・共犯の明確な拒否をおこなう。
　絶望の末、最後の助命を懇願する母親の言葉が、皮肉にも子殺しに至るドラマの最後の瞬間となった。

　　「そのとき、哀れな母親は（…）"お慈悲を！"と叫びました。しかし、無駄でした。その言葉がまるで狼へ石を投げたのと同じ役目を果たしたのです。」(p.1176)

　母親は、息子の処刑に使われた船を焼き捨ててくれるようカンブルメールに頼んで、息を引き取った。
　このような母親の態度は、一家の名誉を守るために我が子を葬り去ろうとする父権（相続も含む）に対する母性の抵抗を示してはいないだろうか。
　母親が、「忌まわしい船」を焼き捨ててくれるようカンブルメールに頼んで、息を引き取ったことには、一家の名誉と相続の観念に由来する父親の行動そのものへの徹底した「拒否」が伺える。この船は、代々鰯漁のため船を何艘か持っていたものの一艘である。漁師の家系に伝わり、いわば相続の象徴であり、一家の財政の基盤でもあった。母親はこれを父親に焼き捨てるように言い残したのである。

V 「語り」における「相続の観念」

(1) 相続の物語〜ペロットと漁師

『マテオ・ファルコーネ』が、結末において、子孫の確保に対する絶対的父権の肯定を示しているのに対して、『海辺の悲劇』の《レシ》は、父親の手による子殺し、すなわち子孫の否定と相続を断念せざるを得ない父権の失墜を示している。そして、この父権の失墜は、カンブルメールの持つ「父性の神秘」に由来するのである。彼の後悔は、これによって一層深いものになっている。

しかし、バルザックは、『呪われた子』の結末でエチエンヌが突然の死に襲われたあと、すなわち、この魂の汚れなさと弱さとの共存する存在を消失させたあと、それでもデルーヴィルの口を借りて、相続の観念に固執したのと同様に、『海辺の悲劇』でも、最終的なカンブルメールの相続者を変更する。ペロットの存在である。読者は、カンブルメール家がペロットによって引き継がれるだろうと、推測することができる[19]。

『海辺の悲劇』を「相続の観念」の物語として読む根拠が、もうひとつ存在する。それは、この作品の構造に関する分析の際述べた「語り」の二重構造と密接な関係を持っている。

《レシ》は、相続の否定と同時に新たな相続者の存在をも暗示したが、そのことは、実は、カンブルメールの物語を話す漁師と無関係ではないのである。読者は、振り返って、このことを知ることができる。漁師の貧しさに心を動かされたルイ・ランベールとポーリーヌは、彼に伴侶か良い人はいないのかと尋ねる。それに対する漁師の答えは次のようなものであった。

> 「もし私が妻を持てば、どうしたって父親を棄てなければならないでしょう。私には父親の他に、妻と子どもたちを養っていくことはできないのです。」(p.1163.)

これは、文字通り性的な意味での「豊かさ」« fécondité » の欠如と、相続の不可能性を同時に物語っている。二人がこの漁師と出会ってすぐに気持ちが沈んだのは、単に貧しさの故だけではないことを、バルザックははっきりと表現していると言うことができるだろう。相続の否定であると同時に、過剰な父性によって

---

[19] *L'Enfant maudit, Pl.* X, p.960; *Un drame au bord de la mer, Pl.* X, p.1170.

逆に精神的な意味での「豊かさ」を失うというカンブルメールの物語を語る資格が、この漁師には、初めから備わっていたのである。相続者を持たない「語り手」として、漁師は描かれているからだ。

(2)「語り」による感染

　こうして、カンブルメールの悔悛の像が明確に読者に伝わってくる。ルイ・ランベールは、岩場に坐すこの人物について、「想像力が私を初期キリスト教の隠遁者たちが住む砂漠へ連れていってくれたとしても、この男の姿ほど悔悛に暮れる大いなる宗教的な姿を描いてみせたことはありませんでした」(p.1169) と言う。
　ここには、これまで述べたすべてを包括するに足るだけの深い悔悛の姿が、あらかじめ準備されている。そして、「語り」の二重性という、この作品の構造によって、カンブルメールの過剰な父性愛による「豊かさ」の消失が、ルイ・ランベールにも「感染」することになるのだ。
　『海辺の悲劇』という短い物語は、その《テクスト・カードル》が内包する更に短い《レシ》によって影響され、更には、この短編という形態を取るひとつのエピソードが、今度は、『人間喜劇』のレベルで、『ルイ・ランベール』という、もうひとつ別の世界に浸潤していくという構造を取っている。バルザックは、エピソードが持つこの力を『人間喜劇』へと意識的に波及させていることが分かる。テクストにおいて、作者は、略すことなく、次のように漁師に語らせていた。

　　　「カンブルメール、それが、男の名前ですが、風下を通るとこの男は何か良
　　　くない運を伝染させると考えている者もいます。」(p.1170)

　これは、ちょうど、ロラン・バルトが、『サラジーヌ』の分析において、「去勢の感染」と呼んだものと同じであり、「物語の去勢効果」が、『サラジーヌ』において《レシ》の聞き手となるロッシュフィード夫人に「感染する」とバルトが表現したように[20]、『海辺の悲劇』においても、カンブルメールの子殺しの挿話が、ルイ・ランベールに「感染する」と言うことができる。
　カンブルメールの子殺しの挿話は、『海辺の悲劇』という短編を介して、ルイ・ランベールの精神へと浸潤する。しかし、それだけにとどまらない。更には、『人間喜劇』そのものへと通底していくのである。最後に、皮肉にも、『サラジーヌ』

---

(20) Roland Barthes, *S/Z*, Ed.du Seuil, 1976, p.216.

で上記の感染を受けた人物ベアトリクスがヒロインとして登場する作品『ベアトリクス』の中で、カンブルメールに言及される部分を引用しておこう。これは、カミーユがベアトリクスに対して発する言葉である。

> 「あなたはそこでカンブルメールを見ることでしょう。自分の息子を、意志を持って殺したため岩場の上で悔悛している男です。ああ！あなたは、男たちが普通の感情を抱くことができない原始的な国にいるのです。カリストがその物語をあなたにしてくれるでしょう。」(21)

『ベアトリクス』での言及は、1836年現在ということになっている。カンブルメールは、1821年から、少なくともこの時点まで、悔悛の姿勢を崩さなかったわけだ。ここでも、子殺しの物語は有効性を持ち、単なる『ベアトリクス』中の一エピソードとしてだけではなく、ベアトリクスの不幸を、『サラジーヌ』に次いで予見する役割を担っている。カンブルメールの過剰な父性愛による「豊かさ」の消失という物語は、ザンビネッラの「去勢」の物語と同様、ベアトリクスに感染することになるだろう。

VI 再び《レシ》から《カードル》へ

『海辺の悲劇』は、核となる子殺しの物語が、作品に内在する「語り」の構造によって、一挿話の枠を越え、最終的には『人間喜劇』の奥深くへと通底している作品である。その短い物語の中には、「相続」のテーマが巧妙に内包され、もうひとつ別の物語を潜ませていた。

『海辺の悲劇』は、後年の『Z・マルカス』とともに、人物再出法の適用がもっとも効果的な作品のひとつであり、作品の構造化が周到にほどこされている短編と言っていい。それは、何よりもまず、中核となるカンブルメールの物語の面白さであり、同時にその物語が語られる《テクスト・カードル》との相関性である。しかも、そこに「語り手」に関する仕掛けが意識的になされている点は、見事と言うしかない。すでに述べたように、作品の冒頭では、名前のない「私」で語りはじめられるが、間もなくこの「私」と関連する人物としてポーリーヌという具体的な名前が「語り手」本人によって指示され、「私」が作者ではないことを読

---

(21) *Béatrix*, Pl. II, p.796.

者は伝えられる。しかし、この段階では「私」が誰であるかは分からない。「語り手」がルイ・ランベールであることは、『人間喜劇』に慣れ親しんだ読者でないかぎり推測することはできないだろう。

　作品は、「私」とポーリーヌの二人に、ある漁師がカンブルメールのエピソードを語るという形式を取りながら進行する。「私」の語りの中で、「私」とポーリーヌは行動し、子殺しの物語がもうひとり別の人物によって語られるのである。この漁師の語りの条件について、バルザックは、次のように『グランド・ブルテーシュ』や『ファチノ・カーネ』にも見られる「語り直し」という弁明をつけている。

　　「漁師は、この物語を話すのにほんの少ししか時間をかけませんでした。私が書いたのよりももっと単純に話したのです。庶民階級の人たちは、物語るときにほとんど考えたりしないものです。彼らは、心に響いた事柄を訴え、感じたままに表現します。この物語は、斧の一撃がそうであるように、鋭く抉るようなものでした。」(p.1176)

　外枠のテクストで、「私」が二人称で語りかけるのと同じように、「語り手」（漁師）は、二人称と疑問符や感嘆符を交えて、物語が漁師の語りによっていることを、テクスト中でも執拗に強調している。しかし、一方で、これらはすべて、冒頭から語りつづけている「私」の語りの内部の語りとして物語られるにすぎない。

　核心の物語が漁師によって語られたあと、読者はこの作品全体の語りが誰によってなされたのかを初めて知らされる。叔父への手紙であることを知らせる最後のひと言は、叔父への呼び掛けも含めて、バルザックが周到に準備したものなのだ。この言葉によって、「語り手」（「私」）が、『人間喜劇』中の主要な登場人物ルイ・ランベールであり、『ルイ・ランベール』という作品につながるひとつのエピソードが語られていたことが、明確に位置づけられるからである。

　『海辺の悲劇』における語りは、バルザックの意識的構造化によるものである。この作品には当初から大きな修正はない。特に語り手がルイだと分かる最後の部分にも、重要なヴァリアントは存在しない。これらは、『ルイ・ランベール』との関連を執筆のはじめから、作者が明確に考えていたことを示している。言い換えるなら、『ルイ・ランベール』を補足するひとつのエピソードとして、最初から意識的に書かれたと言うことができるだろう。バルザックは、『海辺の悲劇』において、物語だけではなく語り手についても一種の象嵌手法を獲得しているので

ある。

　『海辺の悲劇』は、ひとりの父親が自らの手で息子を殺したことに対する深い「悔悛」の物語である。そして、その悔悛は舞台となったブルターニュでしかありえない悔悛であり、この作品が書かれたのとちょうど同じ時期に、父性愛をテーマにして『ペール・ゴリオ』が構想・執筆され、更には『人間喜劇』の構想そのものが成立しつつあったことは、象徴的と言わなければならない[22]。舞台がパリという都会に移った時、カンブルメールの悲劇は、ゴリオの悲劇ともなる。『ペール・ゴリオ』は、父性愛の悲劇であると同時に、ゴリオの二人の娘による合法的な「父親殺し」の物語であるとも言うことができるからである。

---

(22) Tetsuo Takayama, *Les œuvres romanesques avortées de Balzac* (1829-1842). 『海辺の悲劇』の前身をなす未完の作『王』(*Le Roi*) については pp.57-59.「父のテーマ」の生成と作品間の相互作用については pp.104-105, pp.128-129 を参照。

第2節

新たな「私」の模索
～『谷間の百合』『ルイ・ランベール』『ファチノ・カーネ』『Z・マルカス』

　執筆形式として名前のない「私」を使用することは、とりわけ18世紀において「自己告白」という点で重要な意味を持っていた。フィリップ・ルジュンヌ[1]がルソーやスタンダールに関して「自伝契約」という観点から、「語り手」(「私」)の文学的機能を論述しているのはそのためである。

　バルザックの場合、事情は全く異なる。彼は直接的に自己を語ることがない。後述するように、むしろ巧妙に避けていた。しかも、技術的な問題として、ピエール・シトロンも指摘するように[2]、作者と分身（いわゆる「鏡の幻たち」）との同一性を確認するのは極めて困難であり、加えて、バルザックが分身たちに込めた自己表出の意図をはかるのは、作品理解の目的とは言いがたい。

　確かに、精神分析的伝記を作成する上で、バルザックが好個の材料を提供している点は否定できない。母親に愛されなかった不幸な少年時代、両親の不仲と母親の不義、弟アンリ（不義の子）との確執、年上の女性との関係における被保護性、年下の男性との交際に窺える同性愛的傾向等々、精神分析的アプローチには格好の実生活を持っているからである。マルト・ロベールは、ひとつの試みとして、「家族小説」の視点を導入し、「棄て子」ないし「私生児」の類型をバルザックの中に見た[3]。しかし、バルザックの自己表出はそれほど単純ではない。

　『人間喜劇』のなかに、「自伝的」と呼ばれる作品は存在する。しかし、形式面の工夫によって、バルザックは、個人的な自己を果敢に物語的自己へと変容させようとした。本章第2節では、マルト・ロベールのように、バルザックの作品群を家族小説の枠の中でとらえ、そこに一種の退行と転移の現象を見ていくのではなく、この作家が意識的に作品を構造化していること、作者個人から出発しながらも、視点の客観化・相対化によって、作中人物を分離・析出しようとするプロセスに目を向けていきたい。

---

(1) Philippe Lejeune, *Le Pacte autobiographique*, Seuil, 1975.
(2) Pierre Citron, « Sur deux zones obscures de la psychologie de Balzac », *AB* 1967, pp.3-27.
(3) Marthe Robert, *Roman des origines et origines du roman*, collection tel, Gallimard, 1983, pp.237-291.

I 一人称で語ることの「罠」と「仕掛け」～『谷間の百合』

　『谷間の百合』[4]は、一般に伝記的解釈を誘う好個の例であるが、実際には自伝小説となることを拒否し、その拒否の上に、バルザックに固有の自己表出の方法を垣間見せてくれる。形式自体が偶発的なものではなく、自己の変容を助ける働きをしていると言っていい。第1章でも触れたが、『結婚の生理学』において、バルザックは、「私」による語りが担う機能的側面を十分に意識していた。しかし、一方で、その危険性にも敏感だった。自伝的とされる代表作のひとつ『谷間の百合』を、まず最初に見ておこう。

(1) 告白小説か書簡体小説か？

　『谷間の百合』は、『人間喜劇』に再出する主要人物のひとりフェリックス・ド・ヴァンドネスが、これも『イヴの娘』などに再登場するナタリー・ド・マネルヴィルに宛てた300ページにも及ぶ長大な「手紙」を中心とし、その前後に、フェリックスからの短信（1ページ）とナタリーの返信（4ページ）を配した構成を取っている。フェリックスが自らの前半生を手紙の形で書き送るという手法で、現在進行中の枠組みに過去の出来事が組みこまれるといった形態をなす。実際には新たな書簡体形式に挑んでいると言えるが、作品の大部分はフェリックスという「私」が、女友だちのナタリーに向けて「あなた」と呼びかけながら自己告白を行なっていくという形式で進む。二人は今夜会うことになっており、フェリックスが短信とともにこの長大な手紙を一晩で書きあげ、その夜受けとったナタリーが一晩で読み、返信を送ったのち、夜会へ行くという設定だ。この設定自体、一般的な書簡体形式から考えると無理がある。むしろ、フェリックスの自己告白に終始した方が自然だったのではないかと感じる読者は少なくないだろう。しかし、バルザックが、『谷間の百合』を、フェリックスという自己の代理者による一人称の自伝小説ではなく、一見不完全性は免れないように見えても、書簡体形式の枠組を備えた彼独自の小説形式に仕上げたのには、明確な理由があった。

　19世紀に入り、書簡体小説が急衰したのは、近代的自我意識の表現にとってよりふさわしい一人称形式が、主流を占めてきたからだ。その中で、書簡体小説のもつ利点を見極め、これを活用しようとし、書簡体形式と告白形式のいわば「ア

---

(4) 本節については、複数の作品からの引用を明確化するため、本文中にプレイヤッド版の巻と頁を併記した。資料等についても、同様である。

マルガム」を『谷間の百合』へと適用することに、バルザックの意図があったと言うことができる。そして、この作品は、「アマルガム」というにはあまりに精緻に仕上げられているのだ。

『谷間の百合』の有名な序文で、バルザックは「私」の語りについて言及し、特に自伝的と取られかねない作品における一人称の使用が持つ危険性を、次のように言明している。

　《わたし》で語ることは、書簡体形式と同じくらい深く人間の心を探ることができ、その上書簡体の冗長さを持たない。どの作品もそれにふさわしい形式を持っているものだ。小説家の腕前は自らの着想を十分に素材化できるかどうかにかかっているのである。（中略）しかし、《わたし》で語ることは、作者にとって危険がないわけではない。（中略）判断基準が示されているにもかかわらず、多くの人々は今でも、作家が作中人物たちに与える諸々の感情の共犯関係を書き手に求めるという馬鹿げた行為をおこなっているし、彼が《わたし》を使った場合、ほとんどすべての人々が書き手と語り手を同一化しようとしてきた。『谷間の百合』は、多かれ少なかれ作者が真実の物語のもつ紆余曲折を間違いなく進むために《わたし》という語りの形式を取った最も重要な作品のひとつであるから、作者はこの場で明言しておく必要があると考える。すなわち、作者はどこにも登場しない、と。個人的な感情と創作上の感情の混在に関して、作者は厳しい意見といくつかの揺るぎない原則とを持っている。(*Pl*. IX, p.915)

　バルザックが読者に向かってあらかじめ、作者と「語り手」（「私」）とを切り離すべきだと明言しているのには、この作品に登場するモルソーフ夫人を実在のベルニー夫人と混同されたくないという理由があった。『谷間の百合』の物語が自伝的と見られることに不都合さを感じたのが直接的な動機だ。しかし、実際のところ、『谷間の百合』において、バルザックは、作家の立場に立ち、創作上の「私」の問題を真正面から意識的にとらえていたと言うことができる。

(2) 形式の模索

　『谷間の百合』の初出として公式に掲載されたのは、『パリ評論』誌である。「公式」というのは、その前に「非公式」に、『パリ評論』誌の編集人フランソワ・ビュロに手渡された冒頭部分の草稿と校正刷が、ビュロによって不法に売り渡さ

れたため訴訟となったからだ。『パリ評論』誌掲載は3回に分かれている。まず、1835年11月22日と29日の二回にわたり、第1章『二つの子供時代』が『パリ評論』誌に掲載され、第1章の続編も12月27日に発表された。その後、ビュロの違法が発覚し、訴訟となるが、結局バルザック側の勝訴で終わり、『谷間の百合』は、1836年6月、今度はヴェルデから初版が発刊される。この初版は、臨終のモルソーフ夫人が口にする言葉があまりに過度であるとのベルニー夫人の意見を入れて、かなり削除されたのち、1839年夏、シャルパンティエから改訂版が出た。この版に至って、ようやく現在の形とほぼ同じ全体を獲得したことになる。

　問題なのは、『パリ評論』誌掲載の草稿とヴェルデから刊行された初版との異同だ。モイーズ・ル・ヤウアンクに拠れば[5]、草稿には、フェリックスの短信及び彼の少年時代に関する記述、フェリックスの告白中に埋めこまれたモルソーフ夫人の遺書、それに、ナタリーの返信も存在しなかった。初めの三つについては、1835年9月から10月にかけて加筆されたものと、ヤウアンクは推定している。

　草稿以外、どの程度まで加筆修正された校正刷をビュロに手渡したのかはわからないが、少なくとも、草稿段階では、書簡体形式の意図はなかったらしいというのが、モイーズ・ル・ヤウアンクの見方である。モルソーフ夫人の最初の手紙は、草稿では冒頭で与えられることになっており、フェリックスという「私」が無名の女友だちに向けて語る形式にとどまっていた。それがヴェルデ版刊行に至るまでの間に、書簡体形式の役割が重要になっていく。ナタリーの返信が付加されたのも、ヴェルデ版に先立って作品全体を書き終えた段階にほかならないとヤウアンクは指摘する。

　この執筆上の変更について、ヤウアンクは二つの理由を挙げている。ひとつは、この頃バルザックが書簡体形式を利用して、独自の小説形式の可能性を追求していたのではないかということだ。そのひとつの現われとして、『谷間の百合』とほぼ同じ時期に書かれた短編『海辺の悲劇』の手法に着目している[6]。これについては、前節で述べたが、「語り手」に巧妙な仕掛けをほどこし、『人間喜劇』中の一登場人物ルイ・ランベールが叔父に宛てた手紙に仕立てたことを意味している。この結末の効果を『谷間の百合』にも適用したのではないかというのである。

　二つ目は、当初無名の女友だちという漠然とした存在であった手紙の受信者ナ

---

(5) Moïse Le Yaouanc, *Le Lys dans la vallée*, Classiques Garnier, 1971, p.452; p.426; p.434; p.435.
(6) Moïse Le Yaouanc, « Introduction à "Un drame au bord de la mer" », *AB* 1966, pp.149-155. ヤウアンクは、バルザックが書簡体形式を研究しようとした時期を、1834-1836年頃と推定している。

タリーが、『人間喜劇』中の主要な人物として明確に浮かびあがってきたことを挙げている。ちょうど同じ時期に『結婚契約』の草稿が書かれていたことと関連して、その女主人公ナタリーをフェリックスの手紙の受け手にすることを決めたのではないかというのである。当初ナタリーの返信は執筆意図のうちに含まれず、フェリックス糾弾という結末の効果も考えられていなかった[7]。

　このようなプロセスを見てくると、バルザックが、初めは一人称の自伝告白体小説から出発し、書簡体形式の重要性を自覚することによって、間もなくナタリーの返信を末尾につけようと思いついたということが分かる。フェリックスを批判するナタリーの返信は、『人間喜劇』中の他の二作品、『イヴの娘』『結婚契約』との関連の上で生まれたものであり、その時点ですでに、自伝的形態が物語的形態へとふくらんでいったと思われるからだ。バルザックは執筆初期には、フェリックスに自己を同一化しながら物語を発展させる。しかし、ほどなくこの人物から離れ、フェリックスを彼の想像世界の一人物として自立させ解き放つ手法を発想したと言うことができるだろう。

　書簡体形式への関心の深さが、このような「語り手」の変容を招いた原因と考えられるもうひとつの根拠として、作品内部に埋め込まれた「手紙」を挙げることができる。

　ヤウアンクは、モルソーフ夫人の書簡の役割についても言及しているし[8]、クロード・ラシェは、更にこの観点から、作品を構成する大枠の手紙以外にも、『谷間の百合』の内部にさまざまな手紙が見出される点を重要視した[9]。文面自体は出ていないが、人物の動きや筋の展開に影響を与える手紙が作品で指示されており、他の登場人物間の通信文も心理的な意味を含んでいると指摘している。バルザックにおける「手紙」の役割は、この作品に限らず重要な意味を持っているからだ[10]。

　柏木隆雄は、『白い肩の向こうをのぞけば』という論考[11]で、フェリックスの「長い主情的な書簡」においてアンリエットの遺書が担う役割の重要性に着目し、

---

(7) Moïse Le Yaouanc, *Le Lys dans la vallée*, *op. cit.*, LXIX-LXX ; p.520.
(8) *ibid.*, XC.
(9) Claude Lachet, *Thématique et Technique du Lys dans la vallée de Balzac*, Nouvelles Editions Debresse, 1978, pp.49-51.
(10) 手紙が果たす役割については、本章第3節で扱う『ボエームの王』の分析の中で補足する。
(11) 柏木隆雄、「第二章　白い肩の向こうをのぞけば　『谷間の百合』の意匠」、『謎とき「人間喜劇」』、ちくま学芸文庫、2002, pp.55-90.

この作品が「単なる自伝体の一人称ではなく、書簡体小説の形をとった意味」を明らかにしている。そして、フェリックスが書簡という形式によって「見られる人」アンリエット（貞節）と「見る人」アラベル（愛欲）とを語りながら、同時に「見えない人」ナタリー（美）を語っているとして、そこに三美神の構図を読み取り、ナタリーの返信が果たす本質的な役割に目を啓かせながら、『谷間の百合』が見事な構造体を形成している点に光を当てた。

『谷間の百合』の草稿には、冒頭の手紙もフェリックス・ド・ヴァンドネスの幼年期の部分もない。作品は舞踏会から始まっており、バルザックは当初明らかに「語り手」（「私」）を自分自身として書き出している。しかし、間もなく、執筆の初期の段階で、急遽「私」をフェリックス・ド・ヴァンドネスと命名し、量的に不均衡な書簡体という一見不自然な小説構成へと変更した(12)。構造上強引とも言える不均衡さを代償に、「私」の問題を解消しようとしているかに見えるが、バルザックは、「私」による語りを、書簡を軸として「三人称化」したと言うことができる。

書き起こし時点で「私」を使用し、その機能的側面を活用することによって、バルザックが意識的に自己投入をおこなっていることは確かだ。しかし、それをある程度おこなったあと、語り手である「私」を自己から分離し相対化していく。『谷間の百合』は、バルザックが「語り手」（「私」）を深く掘り下げた結果、意識的に構造化された新たな書簡体形式の作品である。この執筆のプロセスそのものに、『人間喜劇』における「私」という「語り手」の問題が反映している。

II 作者であるはずの「語り手」～『ルイ・ランベール』

(1) ルイ・ランベールと「私」

それでは、バルザックは一貫して自己と同一化されることを拒否する形で、「語り手」を作中人物化していったのだろうか。『谷間の百合』以外の自伝的作品において、バルザックは、どのような形で「私」を規定しているかという一例を見ておこう。

『谷間の百合』よりも一層自伝的とみなされる作品がある。ロバンジュールに残っている草稿にはじまり、1833年1月に『ルイ・ランベールの精神史』と題してゴスランから出版され、その後修正を重ねて現行の形となった『ルイ・ランベー

---

(12) Moïse Le Yaouanc, *Le Lys dans la vallée, op. cit.*, pp.434-435, p.520 ; Claude Lachet, *op. cit.*, p.48.

ル』である。この作品は、名前のない「私」が作品内部に関わり、しかも執筆当初から「私」が作者自身だと判断しうる記述があるため、バルザックにおける「語り手」(「私」) の諸相を考える上でひとつの指標となる作品と言える。

　一般に、ルイ・ランベールという人物は、多分に作者を反映しており、この作品が自伝的色彩を色濃く持つことはよく知られている。何よりもまず、ルイ・ランベール＝作者バルザックという側面は無視できないと言っていい。しかし、一方で、作品において、ピュタゴラス（ルイ・ランベール）と対置される「詩人」が「私」で語るため、この「語り手」(「私」) は作者なのか、登場人物なのか判別しがたい主体の二重性という現象が生じていることも確かである。

　作品は「ルイ・ランベールは、1797年ヴァンドモワ州の小さな町モントワールで生まれました（略）」(Pl. XI, p.589) という一節からはじまる。冒頭ルイの経歴を語る部分については、まだ「私」という主語人称代名詞は出てこない。「私」が作中人物として登場し、ルイの経歴に直接関わってくるのはテクストの上ではまだ先の話だ。初めの部分では「語り手」(「私」) が作中人物であるということは明示されないため、作品は誰か特定の人物によって「語られている」というよりも、むしろ作者がルイという人物について「書いている」という印象を読者は受けるだろう。

　ここで、最初に出てくる人称代名詞が、「私」« je »ではなく、「私たち」« nous »である点には注意が必要だ。バルザックは一人称の単数ではなく複数を使うことによって、ルイに関する一般論を抽出している。「しかし、往々にして人間事象の表層にしか目を向けないわれわれにとって（略）」「偉大な人物たちの生涯において多くの例がわれわれの目の前に提示されているこれら有為転変は（略）」という記述 (Pl. XI, p.590) は、通常の一般的な意味で用いられていることは確かだが、後続する« nous »が「語り手」を基点としていく点を考慮すれば、『結婚の生理学』で用いられた戦略的な« nous »とも受け取れる。これがテクストの上で« je »に先立って出てくることは、統括的な視点を保持する作者が、何よりもまずテクスト内に存在したことを表わしている。

　上記の« nous »が使われたあと間もなく、ヴァンドームのリセにおけるルイの精神生活に言及されると、突然、一人称単数の« m' » « je »が現われる[13]。ルイが読書の喜びを自分に語ったという記述の部分だが、この時点ではじめて、それまで

---

(13)　*Pl.* XI, p.590, « Il **m'a** dit avoir éprouvé d'incroyables délices en lisant des dictionnaires, à défaut d'autres ouvrages, et **je** l'ai cru volontiers.»（強調は筆者）

ルイ・ランベールの物語を語っていたのは「私」であり、まだ命名されていないにもかかわらず、作品レベルで、ルイと関わりをもつ人物であることが了解されるからだ。語り手である「私」は、ルイと同じ学院にいたのだと、読者は推測しはじめる。しかし、この段階においてもまだ、「私」が作品内部の具体的な登場人物になると予想することはむずかしい。

　学院の詳細がルイとの関わりにもとづきながら語られたあと、ようやく、先に学院にいた「私」が同級生とともに、「新入生」(Pl. XI, p.604) ルイの登場を待ち受けるという状況であることが判明する。この時点で「私」は、ルイを学院入学から直接見ていく作品内部の具体的な登場人物として規定されることとなった。また、学院生活において、「私」は、ピュタゴラス（ルイ・ランベール）と対置される「詩人」という渾名によって[14]、テクスト内部を動く「行為者」という位置づけを持つのである。このあと、« je » とともに使用される « nous » は、もはや統括的なものではなく、ルイ・ランベールと「私」という「対」を表わすことになるだろう。同時に、この段階で、「私」は作者ではなくなり、名前を与えられない登場人物として作中に「解放」されていく。

　「私」は、学院生活において、ルイ・ランベールと最も親密な関係にあり、余人を許さない彼の精神生活の深部にまで分け入りながら、この不遇な少年を一貫して見つづけるという役割を果たす。しかし、ここから先の「私」は複雑だ。

(2) 作者であるはずの「私」

　問題なのは「6ヶ月後、わたしは学院を去りました。」(Pl. XI, p.624) という記述からである。学院を去ったのは「私」が先だから、その後のルイの学院生活は、作品内部にいる「私」には直接知り得ないはずだ。そこで、バルザックは、ルイが学院時代に書き、オーグー神父に取り上げられた幻の著作『意志論』について「そのためわたしはランベールが自らの著作に再度取りかかったかどうか知らないのです（略）」と書いている。しかし、一方でそのあとすぐ、次のように断わりなく書きつづけている点には留意する必要があるだろう。なぜなら、「私」に関する規定が明確化し、「語り手」は作中の人物からいつのまにか作者自身の立場へと戻っていくからである。

---

(14) ibid., p.606, « **Notre** fraternité devint si grande que **nos** camarades accolèrent **nos** deux noms; l'un ne se prononçait pas sans l'autre; et, pour appeler l'un de **nous**, ils criaient: Le Poète-et-Pythagore ! »
（強調は筆者）

「これらの研究の最初を飾る作品のなかで、私は、ある架空の著作に対して、実際にはランベールが発案したタイトルを使いました。それに、私は、彼にとって大切な女性の名前を、献身に満ちたある若い女性につけたのです。それは、ルイの著作に到来した破局の思い出からでした。」(*Pl.* XI, pp.624-625)

「これらの研究」とは、『ルイ・ランベール』を含めた『哲学的研究』の諸作品に当たり、「ランベールが発案したタイトル」とは『意志論』を示している。したがって、上記引用における「私」は『人間喜劇』の作者バルザックに他ならない。

更には、「これらの研究の最初を飾る作品」とは、紛れもなく『あら皮』を指している。『意志論』に加えて、ルイ・ランベールの恋人であった女性の名前をその作品で使ったとしているからだ。具体的には明示されていないが、ポーリーヌ・ド・ヴィルノワに対するポーリーヌ＝ゴーダン・ド・ヴィシュノーその人である。

これらの記述は執筆のどの段階から存在したのだろうか。ヴァリアントを見ると、「これらの研究」に類似の記述が、初版であるゴスラン版以前からすでに存在していたことが分かる。ゴスラン版以前においては「これらの作品群のシリーズ」、ゴスラン版では「これらの作品群のさまざまなシリーズ」、そして、ゴスラン版訂正後は現行に至るまで「これらの研究」となっている[15]。このことから、すでに執筆当初から変わらず、バルザック自身意識的に「語り手」（「私」）が作者であると規定していると判断することができる。

更には、ポーリーヌの名前を作品で使ったとする記述については、ゴスラン版までは存在せず、それ以降の加筆である点を指摘しておく必要がある[16]。なぜなら、作品群の先頭をなす作品が『あら皮』に他ならないことを明確化する意図が、この加筆から読み取れるからだ。バルザックは、「私」を自分自身であると一層明確に規定し直したと言い換えることができるだろう。

執筆の早い段階から、「私」は『人間喜劇』の作者、つまりバルザック自身であると書き込まれ、更には、それを明確化する加筆が加えられているという現象

---

(15) *ibid.*, p.1547, « *g.* commencent ces Etudes, *G corr.*: commencent les différentes séries de ces contes, *G*: commence la série de ces contes, *ant.*»

(16) *ibid.*, « *a.* << ,et que j'ai donné le nom d'une femme qui lui fut chère à une jeune fille pleine de dévouement >> *add. G corr.*»

は、第1章で取り上げた位置づけが微妙な『不老長寿の霊薬』の場合を除いては、『人間喜劇』においておそらく類を見ない顕著な例だと考えられる。「私」が当初匿名でその後も人物再出法の適用を受けなかった事例は他にも少なからず認められるが、『ルイ・ランベール』における「私」のほかは、その性格を明らかにしないまま『人間喜劇』中に残っているにすぎない。それに対して、この作品においては、「私」の規定が当初からはっきりとしているのだ。

しかし、一方、『ルイ・ランベール』における「私」が文字どおり作者であると、単純にかたづけることができないのも確かである。なぜなら、すでに見てきたように、「私」は作品の語り起こしをおこなう主体であると同時に、作品の時間と空間を生き、ルイと深い関わりをもつ登場人物の一人として存在しているからだ。『谷間の百合』において、あれほど「私」で語ることの危険性に敏感だったバルザックが、この作品では、初期の段階から、自分自身と作中のルイ・ランベールとを、同じ語りのレベルで作品内部に混在させているのは奇妙な現象と言える。しかも、ルイ・ランベールの物語は、作中を動く「行為者」としての「私」には語り得ない部分を少なからず持っており、語りの真実性に関して、他の作品にも見られた、言わば「境界侵犯」が認められるのである。

このように分岐した「私」の異相を前に、作者はある方法を使うことによって、その矛盾を解消しようとした。物語という「進行する現実」において、実際には「私」が知りえないはずの部分に「語り」のアリバイを設定しているという点を見ておこう。

ルイの人生における「第三段階」について、「語り手」(「私」) は、ルイとの別離を理由に知るよしもないとした上で、ルイの伯父の存在をテクスト上に提示し、「叔父が覚えていた唯一の出来事」と「この時期にルイ・ランベールが叔父に書いた手紙の中で唯一残っていたもの」(*Pl.* XI, pp.644-645) という記述を通して、「叔父」という人物を介在者に仕立て上げている。作者バルザックであると同時に、作中の「行為者」でもある「語り手」(「私」) は、後年この叔父から「聞いた」話とすることによって、「語り」に保証を与えているのだ。また、ルイと関わり、「私」に情報を与えたもうひとりの重要な人物として、ポーリーヌを後半の場面に登場させることも忘れてはいない。

このように、ルイの叔父とポーリーヌというアリバイを設定することによって、作者である「私」しか知りえないはずの部分が、作中人物としての「私」にとっても整合性をもつようになる。

バルザックは、『谷間の百合』で、告白体の「名前のない私」を書簡体形式の

枠取りを採用することによって相対化し、最終的にはその主体に客観的な名前をつけて作中人物化した。更には、その人物の視点とは対抗するナタリーという人物を立て、名前のない「語り手」(「私」)が作者から完全に解き放たれるように工夫した。

『ルイ・ランベール』では、「名前のない私」は明らかに作者を名乗る。しかし、作品中を動き、作品内部で他の人物と関わる「行為者」という観点から言えば、『谷間の百合』におけるフェリックスと同じような立場にあるとも言える。それにもかかわらず、「語り手」は名づけられぬまま、ルイ・ランベールを最も良く知る親友の位置にとどまった。そのため、ルイはバルザックの分身であると同時に、それを見守ってきたバルザックその人でもあるという一種の矛盾を生じさせてしまっている。しかし、「私」という主体が作品レベルで分岐している反面、なおその物語を不自然としないように、バルザックが叔父というアリバイを配置している点は今見てきた通りである。

バルザック的テクストには、同じように「語り手」(「私」)の異相化を回避しようとする試みがいくつか見出される。第1章で『アデュー』という中編作品に触れたのも、その意味においてであった。

Ⅲ 『ファチノ・カーネ』の語り手

『谷間の百合』において、作品構造と「語り手」(「私」)とのバランスを工夫したバルザックは、今見てきたように、『ルイ・ランベール』では、また新たな矛盾を抱えることとなった。しかしながら、『ルイ・ランベール』は1832年の初出に始まっており、これまでにも言及した雑誌掲載作品からの矛盾とも言える。ところが、そこに源を発しない1836年の短編にも、同じような現象が起こっている。

(1) 「語り手」は作者か？～『ファチノ・カーネ』

命名されなかった「私」の中で、とりわけ留意すべきなのは、『ファチノ・カーネ』である。この作品における「私」も、最終的には名づけられなかった不思議な「語り手」(「私」)の部類に入るが、先に触れた『サラジーヌ』や『赤い宿屋』以上に、さまざまな問題点を含んでいるからだ。

まず何よりも、この作品の初出が1836年であり、人物再出法の発想以降であるという点が問題となる。「語り手」(「私」)を作中人物として最初から執筆されてもおかしくなかったからである。にもかかわらず、名づけられない「私」は、

多分にバルザック的であることは冒頭の部分から否定できない。
　「私」がその頃住んでいたレスディギエール通りや、通いつめて勉学に勤しんだ王弟殿下図書館などは、バルザックの苦境の青年時代をすぐに想起させる。また、「第2の眼＝透視力」« seconde vue »に関する言及は、ルイ・ランベールと作者バルザックを同時に想像させるくだりだ。
　『ファチノ・カーネ』については、語り手が作者であるとする見方が一般的だと言える。例えば、アンドレ・ロランは、「私」を若き日の作者とし、同類として、ルイ・ランベールの前身ヴィクトール・モリヨン、ラファエル・ド・ヴァランタン、それにルイ・ランベールそのものを挙げているのも不思議ではない(17)。従って、この作品は、自伝的作品群における「私」の問題と関連しているとする見方も可能だ。
　柏木隆雄は、『黄金の夢の彼方に』と題する論考(18)で、「こうした伝記的興味や、いかにも作者好みの主人公といった"文学史"的要素の指摘は、かならずしも『ファチノ・カーネ』という短編そのものの価値を高めるものではない。」とし、この作品が本来持っている「宝探し」「メロドラマのおとぎ話」という特徴に鋭く目を向けている。『ファチノ・カーネ』がすぐれているのは、むしろ、前半の回想的プロローグが「後半のファチノ・カーネの物語へと緊密に結びつくきわめて意識的な操作」にこそ存在すること、「Cの文字の寓意」を引きながら、作品の前半と後半の有機的な対照性を「二人がついには一人の人物であることの寓意にほかならない」と指摘したうえで、「見ること」に賭けた「私」とファチノ・カーネの「時間と空間の平行する二つの物語の層」ととらえている。最終場面でどうして「ああ、これでわしは人を見いだしたわけだ！」(Pl. VI, p.1031)とファチノが叫ぶのか、その意味が見事に解き明かされていると言えよう。
　このような解釈は、われわれを、バルザックが意識的に仕掛けた「物語性」に目を向けさせる。この作品は、元々「私」が作者ではないことから、むしろ出発してはいないか。
　『ファチノ・カーネ』の語り手を考えるとき、この形式が青年期の作品から存在した点を思い出しておく必要がある。今ここで『人間喜劇』の生成と関連させることはできないが、バルザックが「語り」において、初期から「私」で語る手法

---

(17) André Lorant, Pl. VI, p.1009.
(18) 柏木隆雄,「第一章　黄金の夢の彼方に　『ファチノ・カーネ』の幻視」,『謎とき「人間喜劇」』, ちくま学芸文庫, 2002.

を適用していた作品として、書簡体形式の『ステニー』以外に、『わが生涯のひと時』があった。道宗照夫は、この作品に当てた詳細な章において、この手法がスターンの影響を少なからず受けたものだと指摘している[19]。また、それに先立って、石井晴一は、初期作品群に関する一連の考察をおこなう際、この未完作品への「私」の登場が『ファチノ・カーネ』を想起させるとし、その上で、その「私」が展開する論の中に、のちの『人間喜劇総序』との親近性を指摘した[20]。更に、道宗照夫は、「語り手」(「私」)という手法が現われる初期の例として、『不幸な、迫害された、無実の最高公証人』を加えており、作者の「自伝的回想」を書き出しとするこの未完作品について詳論している点も見逃すことはできない[21]。

　これらの事例は、名前のない「私」で語るという形態が、18世紀的な発想であり、バルザックがそれを独自のやり方で発展させようとした可能性を示唆している。「名前のない一人称の語り手」で語ることは、バルザックにとって、自己から出発してテクストを構築するために必要な「方法」だったのではないか。バルザックが自分の作品群を『人間喜劇』という総合的な視点へとつなげていくプロセスにおいて、この手法はそれと切り離すことのできない役割を果たしたとも考えられる。

(2) 「語り相手」の問題

　『ファチノ・カーネ』は、初出が『クロニック・ド・パリ』紙 (1836.3.17) と時期がずっと遅い。「語り手」に関する矛盾というよりも、バルザックが意識的に取った方法の現われだと考えられないか。それを傍証する意味で、バルザックが「私」を作者自身とは別のレベルで考えていた可能性を示す痕跡が初出テクストに認められる点について、簡略に述べておきたい。

　『ファチノ・カーネ』において、「私」はファチノ・カーネから黄金の話を聞くわけだが、まず、その時の「私」の「語り」の前提を見ておこう。

　　「これからあなたがたにお話する物語をどうしてこれほど長い間人に伝えずにいたのか、私には分からない。それは、籤の番号のように気紛れに記憶が

---

(19) 道宗照夫，バルザック初期小説研究「序説」(二)，風間書房，平成元年，1989, pp.7-34.
(20) 石井晴一，『バルザックに成るまでのバルザック (IV)』，東京創元社版「バルザック全集」月報 no.25, 1975.
(21) 道宗照夫，前掲書，pp.129-148.

引いた袋の中に眠るあの奇妙な物語のひとつである。他にもそれと同じくらい風変わりで埋もれたままになった話をたくさん、私は持っている。とはいえ、それらの番もやがて来るだろう。お信じねがいたい。」(*Pl*. VI, p.1020-p.1021.)

　これは、「私」がファチノ・カーネから聞いた話を「語り直す」という前提を示している。この手法がバルザックには珍しくない点は、これまでにも繰り返し述べた。問題としたいのは、この物語が「誰に」向かって語られたものかという点だ。
　例えば、ピーター・ブルックスは、上記引用箇所について、次のように述べている。

　　　われわれに分かっているのは、ファチノの話が、転移と代理に熟達したこの語り手によって語り直されたものであり、彼がファチノの物語を引き受け、それをわれわれに伝えることによって、語り相手から語り手に再びなったということだけだ。(22)

　ブルックスはここに、ロラン・バルトの言う一種の「語りの感染」を見ている。しかし、この場合の「感染」には、対象が読者である「われわれ」という暗黙の了解が存在していることには注意が必要だ。現行の版では « vous » となっているため、これが誰を指すかは明確にされていない。しかし、執筆の初期には、具体的な「語り相手」が想定されていたのではないか。
　ヴァリアントを見ると、上記引用箇所は実はフュルヌ版からであり、それ以前のデロワ・エ・ルクー版 (1837) では、語り相手に名前がないのは変わらないものの、「私」がファチノ・カーネの物語を伝達する対象は、不特定だが男性と分かるひとりの人物であることを示しているのである。これは、とりもなおさず、発信者の「私」が、作者とは異なるレベルの人物だということを間接的に暗示している (23)。
　ヴァリアントが示すのは、まず、初出のテクストには呼びかけがなかったこと、

---

(22) Peter Brooks, *Reading for the plot*, p.220.
(23) *Pl*. VI, p.1538; p.1021 のヴァリアント « b. mais ils auront leur tour, croyez-le. *F* : ; mais ils auront leur tour, **mon ami** *add.D* »（強調は筆者）

258

従って語り直しの言明が誰に向かってなされたものかが明確でなかったという点だ。更に、1837年初版で、この対象が一般読者ではない語り相手を想定する加筆になったということである。この « mon ami » という「呼びかけ」を発することによって、物語全体の位置づけが大きく変わる。フュルヌ版以降では読者に向かって語っているとも解釈できるようになっているが、まだこの時点では『人間喜劇』中のある人物を想定していると解釈できるからだ。

　このような現象は、本章第3節でも詳しく論じるように、『ボエームの王』にも認められる。更には、『ボエームの王』と同様、この作品でも問題になるのは、物語は「私」自身が物語られる話の中に登場するという点である。黄金の物語を語るファチノ・カーネは、『人間喜劇』中の人物に他ならない。だとすれば、当然のことだが、作者であることは自然とは言えまい。作品の内部を「行動する」名づけられない「私」が、執筆段階で『人間喜劇』中の人物になり得た可能性はないか。

　このような現象がテクストレベルで残存し、「私」が作中人物として命名されなかったことには意味がある。バルザックが『ファチノ・カーネ』の「語り手」を、具体的なある特定の登場人物として想定しながら、この物語を書いていったかどうかについては、もちろん明らかではない。その意味では、結果的に「語り」の持つ不思議な力そのものを表現しえた稀有の短編とも見なしうる。しかし、一方で、もしもこのエピソードが『人間喜劇』中のある人物の語る物語であるとすれば、それはバルザックの執筆の秘密により近づくことだろう。

　第1章第1節で、ラファエル・ド・ヴァランタンと『サラジーヌ』の「語り手」（「私」）との間に、人物再出法を適用しようとした痕跡が残っていることはすでに述べた。『ファチノ・カーネ』の「語り手」について、バルザックの青年期を体現する『あら皮』の主人公ラファエルを想定した可能性があるとすれば、作品の意味は大きく変わってくる。『あら皮』第2部「心のない女」の大部分は、この作品の最初の草稿から存在し、しかも名前のない「私」の語りだったことを思い出そう。自分の青年期を振り返る冒頭でも、バルザックは『ファチノ・カーネ』の「語り手」（「私」）と同じような色調で書いているのである。

　すでに指摘したが、『女性研究』の「私」は、ベシェ版 (1835) では、「ラファエル」だったし、『ファチノ・カーネ』の翌年に書かれた未完作品『知られざる殉教者たち』（1837年7月）からも、まだラファエルの名前がバルザックの脳裡にあったことが分かる。しかも、この未完作品は『ルイ・ランベール』の思想的な部分を一層掘り下げようとする目的を持っていた。この時期に、ラファエルが作

中人物としてクローズアップされる可能性はまだ残っていたのではないか。村田京子が、この作品について、解題とともに翻訳をつけているが、そこから、最終的には『人間喜劇』から除外されたこの作品が、『ルイ・ランベール』との関係でどれほど重要なものになり得たかが推測されるのである[24]。

Ⅳ 仕掛けられた「私」 〜『Z・マルカス』

『ファチノ・カーネ』について、「語り手」(「私」)が、作者自身というよりも、特定はできないが何らかの架空人物を想定させる可能性について指摘した。更に言い換えると、バルザックが、語りの主体を、執筆時にひとつの装置として機能させていたのではないかということである。ここで、『海辺の悲劇』とほぼ同じ構造を取り、しかも初出が1840年と遅いにもかかわらず、またしても新たな「語り手」を生じさせている例を見ておきたい。

『海辺の悲劇』において、バルザックが見事な「私」の展開と活用をおこなったという点については、本章第1節で指摘したが、これと対比的に、名前のない「私」に巧妙な仕掛けがほどこされた作品として、『Z・マルカス』がある。しかし、この作品においては、『海辺の悲劇』とは異なり、なお「語り手」(「私」)の異相を明確に区別していないことも併せて指摘しなければならない。

(1)『Z・マルカス』の「語り手」

『Z・マルカス』は、『海辺の悲劇』と同様、『人間喜劇』に再登場する具体的な人物が「語り手」(「私」)として当てられている。更には、この作品では『海辺の悲劇』以上に巧妙な仕掛けがほどこされており、作品の構成において「私」の機能が十分に活用されていると言えよう。この点について、確認しておきたい。

まず冒頭読者は、突然名前の不思議さについて語りはじめる「語り手」を、作者だと思うだろう。夏目漱石は『我が輩は猫である』のはじめでこの部分を引用しているが、そこからも一般には「語り手」が作者であるとする読み方が自然であることが分かる。たとえば、ここでは、繰り返し、呼びかけの « vous » が使われるが、この時点ではこの « vous » は読者に対するものだと考える方が自然だ[25]。

---

(24) 村田京子,バルザック『知られざる殉教者たち』—解題と翻訳—,『国際文化』第3号,大阪女子大学人文社会学部人文学科国際文化専攻,2002,pp.9-66.
(25) *Pl.* VIII, p.829.

しばらくして、語り手が1836年にパリで法律を勉強している学生であり、「匿名」« anonyme » であることがわかる。語り手の友人にだけ名前（ジュスト）が与えられているのは、名前のない「私」による語りの信憑性を保証するためのアリバイに過ぎない。

　　「私は、1836年にパリで法律を修めました。その頃、コルネイユ通りに住んでいたのですが（…）。ジュストと私は、五階にあるツインの部屋を分け合っていました。」(26)

　『Z・マルカス』には『海辺の悲劇』と同様、初出からほとんど重要な修正は見られない。その意味で、作品進行の途中で時折出てくる « vous » の呼びかけと « je » の強調部分に、例えば以下のような箇所があった場合、そこには明らかに末尾の種明かしに対する伏線が感じられると言っていい。

　　「先ほどあなた（がた）に話しましたが、私たちの軽薄な生活は、さまざまな計画を隠していました。ジュストはすでにそれを実行しましたし、私もこれから仕上げに取りかかるところです。」 (*Pl.* VIII, 846.)

　物語がほぼ終わりにさしかかったとき、読者は、突然これまでの語りが読者そのものを対象にして書かれたものではなく、このZ・マルカスの物語には、それを複数の人たちが聞いているという状況があることを知らされる。そこに集う人たちの具体的な名は明らかにされないにしても、ともかく「語り」の場が存在し、バルザックの作品に親しんだ読者なら普通サロンであると理解される「語られた物語」であったこと、そして、語り手の名が単純なファーストネームによって「シャルル」であることを知らされるのである。「ここで、シャルルは口をつぐんだ。」という一文の挿入によって、読者は物語を取り巻く《テクスト・カードル》の存在を意識しはじめることになる。

　　「ここで**シャルルは口をつぐんだ**。彼はその思い出の数々に押しつぶされん

---

(26) *ibid*., p.830. この点について、プレイヤッド版の校訂者は以下のような註をつけている。*ibid*., p.1629, p.830の註3, « L'identité du narrateur va rester une énigme jusqu'aux dernières lignes du récit. »

ばかりに見えた。
　"それで、どうなったのですか？" と、彼に向かってあちこちで叫ぶ声がした。」(強調は筆者：Pl. VIII, p.853.)

　この作品においては、語りの主体がシャルルという具体的な名前を与えられた段階で、テクスト上の位置づけが次のように明らかにされている点も留意しておこう。

　「手短かにお話しましょう。というのも、これは、小説ではなく**お話**（＝**物語**）ですから。」(強調と括弧書きは筆者：Pl. VIII, p.853.)

　この位置づけは『ファチノ・カーネ』や『グランド・ブルテーシュ』にも見られる一種の「語り直し」を意味しており、その点で、これまでの語りが作者ではなく、具体的な人物によるものであることが傍証されている。
　そして、作品の最後のパラグラフにおいて、バルザックは語り手と語りの状況を一挙に説明することになるだろう。これまで読んできた「Z・マルカス」の物語が、実はシャルル・ラブールダンという具体的な人物によって語られたものであり、語りの時間はシャルルがマライ群島にむけてル・アーヴルから出航する前日であること、更にはこのとき彼がしてくれたいくつかの話の中のひとつであったことを、明確な記述とともに読者は知らされることになる。

　「私たちはみなこの物語を聞いて悲しそうにお互いを見つめ合いました。この物語は、シャルル・ラブールダンがその夜してくれたいくつかの物語の最後のひとつだったのです。夜が明けて、彼はル・アーヴルの港から二本マストの帆走船に乗り込み、マライ諸島へと旅立ちました。というのも、私たちはマルカスのような人、その政治的な献身に裏切りと忘却でしか報いられなかった犠牲者を、一人ならず知っていたからです。」(強調は筆者：Pl. VIII, p.854.)[27]

---

(27) この部分に関して、プレイヤッド版に、以下の註がある。« Comme on le découvre enfin, le narrateur se nomme Charles Rabourdin, étudiant pauvre en 1836. Ce nom, cette pauvreté permettent peut-être d'entrevoir une étape de l'épilogue du roman qui deviendra *Les Employés* en 1844, après avoir été laissé inachevé en 1837 sous le titre *La Femme supérieure*. (...) » (*Pl.* VIII, p.1649).

ここで明確化される語り手シャルル・ラブールダンは、『人間喜劇』中の作品『平役人』の主人公イグザビエ・ラブールダンの息子であることが分かる。『平役人』の原型は、初出が『ラ・プレス』紙 (1837) 掲載であり、初版のヴェルデ版 (1838)、1844年のフュルヌ版と、大幅に増補されたが、いずれにしても、『Z・マルカス』の方があとに書かれている。従って、バルザックは意識的に『平役人』を想定しながらこの中編小説を書いたであろうことが、容易に理解できるだろう。
　『平役人』の時代設定は1824年となっている。従って、『Z・マルカス』よりも12年前である。シャルルは当時9才で、子どもたちの記述は執筆当初から存在し、最終稿でも変わらないが、シャルル自体は『平役人』には出てこない[28]。いわば後日譚である。父親イグザビエ・ラブールダンと同じような運命をたどったZ・マルカスについて語る人物としては最適であり、そのためこのような一種の『平役人』のエピソードとも取れる書き方をしたと考えられる。シャルル・ラブールダンの父の名が「イグザビエ」« Xavier »であり、Zに勝るとも劣らない数奇な運命を感じさせるXで始まることは偶然ではなく、意識的な操作であると言っていい。

(2) 新たな「私」の層

　しかし、これほどまでに周到な仕掛けがほどこされている作品にもかかわらず、物語に付き従い、バルザックの意表をつく仕掛けに驚かされた読者は、先ほど引用した作品末尾の部分に、「私たちはみなこの物語を聞いて悲しそうにお互いを見つめ合いました」という表現があることに、一層驚愕せざるを得ない。『海辺の悲劇』では生じていないもうひとつの問題が、ここで新たに浮かび上がってくるからだ。
　この一人称複数の « nous » とは、いったい誰のことと理解すればよいのだろうか？作品冒頭、「私」は最初多分に作者的な位置づけとしてテクストを語り始めるが、やがて匿名のままではあっても具体的な登場人物として作品上を動く行為者の立場から「語る」ことになり、最後に至ってそれがシャルル・ラブールダンという『人間喜劇』中の一人物であったと明確化することによって、『人間喜劇』という総体と一挙に結びつく。この点で、『海辺の悲劇』と同様の効果を生み出していることは確かだ。しかし、それと同時に、« nous » という主語人称代名詞の

---

(28) Pl. VII, p.902.

唐突な出現によって、新たな「語り手」の問題へとわれわれをいざなうと言わなければならない。作品は、『海辺の悲劇』と同じ効果を狙ったとしても、それでは最終的に語り手「私」は誰だったのかという説明しがたい矛盾を抱えてしまっているからである。

　しかし、ここに現われているのは矛盾だけではない。読者のひとりとして、この作品を読み進めていくとき、そのプロセスの中で、物語る「私」が、「語り手」という狭い領域から、その外に広がっている『人間喜劇』という広い領域へと開放されていくような不思議な感覚を味わう。われわれは、まるで何か他のもっと違う小説に立ち会っているかのようだ。これは、本稿第1章から「語り手」(「私」)について見てきた者にとっては、興味深い現象である。つまり、作品最後のパラグラフに突如現れる一人称複数 « nous » によって、本来の語り手「私」とは別に、彼の話を聞いていた「私」が存在していたことになるからである。この「私」は、明らかにシャルル・ラブールダンではないばかりでなく、バルザックにはよくある現象として突如テクストに介入する作者ともまた別次元の「私」であると言わなければならない。バルザックは、その人物の名前を指示してはいない。しかし、執筆の際、「語り手」である主体をそのプロセスの中で変換してはいないか。それによって、他のテクストとの関連づけや、新たな物語テクストの増幅が、ひとつのメカニズムとして働いているように思われる。

　第1章の『赤い宿屋』に関する考察でも詳述したが、バルザックにおいて初期の「語り」の残滓のように一見見える「作者の介入」には注意をはらう必要がある。テクスト上で、結果的に「語り手」(「私」)のレベルが階層化するという現象が生じているからだ。この意味で、語りの場に存在し、語りを聞き、最終的な語りの締めくくりをおこなう「私」とは誰かが問題となるだろう。人物再出法という観点から見れば、『Z・マルカス』を『平役人』に結びつける以上の、最終的には明確化されない『人間喜劇』中の他の人物を想定させる余地がある。このように、周到に仕掛けをほどこされた作品においてさえ、「語り手」(「私」)の問題は解消されないまま残っているかに見える。

　しかし、ここで重要なのは、解消されていないという結果ではなく、現象として生じているその矛盾にこそ、バルザックに特徴的な執筆上の思考を見出し、その矛盾が今度はテクストの新たな展開と増幅を可能にさせたのではないかということである。本来匿名であった語り手「私」が、『人間喜劇』の作中人物として析出されるプロセスの中で、息づき機能している。バルザックはこの機能に意識的であったがゆえに、テクスト増幅に際して矛盾をきたしたのだ。

われわれは、本章の最後として、このような機能が細部にわたるまではっきりと見て取れる作品を対象としたい。『人間喜劇』の諸作品の中では、これまで、その手法はあまり着目されなかった。『ボエームの王』のテクストには、実際、溢れんばかりの矛盾がある。その矛盾の中に、バルザックが「語り手」（「私」）に込めた執筆思考の謎を味わうことにしよう。

第3節

語りの意識化の試み 〜『ボエームの王』

I マージナルな佳品

　『ボエームの王』⁽¹⁾は、1846年刊行のフュルヌ版『パリ生活情景』に収められた30ページほどの短編で、従来『人間喜劇』の作品群の中では、燦然と輝く煌星を彩る小さな星、いわばマージナルな佳品のひとつと考えられてきた。また、主人公ラ・パルフェリーヌについては、バルザックの世界を闊歩し、いくつかの主要な作品、例えば、『従妹ベット』や『従妹ポンス』、あるいは『偽りの愛人』や『実業家』、とりわけ『ベアトリクス』で、時に小説の展開上重要な役割を果たし、場面場面に登場する印象的な人物として、魅力に溢れた姿をわれわれに見せてもくれる。七月王政にくすぶる才気ある若者たちのひとり、しばしば謀略に加担し、華麗ながらも冷酷で、女性を誘惑する腕にかけては右に出るものがない。「ボエームたちの大公」(*Pl*. II, p.909) と呼ばれるマキシム・ド・トライユが、ことさら眼をかけ、自らの後継者として遇するこの人物は、『人間喜劇』に見え隠れするその颯爽たる風貌のほかにも、『ボエームの王』中のある部分、すなわちバルザックが自らの恋愛観を代弁させるあの有名な箇所をしばしば引き合いに出

---

(1) 『ボエームの王』の引用については、*Pl*. VII に拠り、頁だけを付記する。テクスト生成およびテクスト研究に関する文献として、以下を参照した。本文中でそれらに言及する場合は著者名のみを注記する。Henri Evans, *L'Œuvre de Balzac*, Club français du Livre, t.IX, « Notes », pp. XXIII-XXV; Paul Gadenne, Introduction à *Un prince de la Bohème dans L'Œuvre de Balzac*, Club de l'Honnête Homme, t.IX, pp.633-642, 1958; APPENDICE VII, Variantes entre l'édition de 1840 et l'édition de 1846 de « Un prince de la bohème », dans *L'Œuvre de Balzac*, Club de l'Honnête Homme, t.IX, pp.611-613, 1958; *La Comédie humaine*, t.XII, Bibliophiles de l'originale, 1967; Introduction à *Un Prince de la Bohème* dans les *Œuvres complètes* de Balzac, Club de l'Honnête Homme, t. XI, 1958; Pierre Barbéris, *Le Monde de Balzac*, Arthaud, 1973, pp.40-41; Pierre Citron, *Dans Balzac*, Seuil, 1986; Félicien Marceau, *Balzac et son monde*, Gallimard, 1970; André Wurmser, *La comédie inhumaine*, Gallimard, 1970; Maurice Bardèche, *Une lecture de Balzac*, Les Sept couleurs, pp.191-193, 1964; Anthony-R. Pugh, « Note sur l'épilogue de *Un prince de la Bohème* », *AB* 1967, pp.357-361; Patrick Berthier, « Nathan, Balzac et *La Comédie humaine* », *AB* 1971, pp.163-185; Léo Mazet, <<Récit(s) dans le récit: L'Echange du récit chez Balzac>>, *AB* 1976, pp.129-161.

される人物としても知られてきた。E. R. クルティウスが『バルザック論』で引用し、その後、『ボエームの王』の中の言葉として頻繁に取り上げられたバルザックの抱く両性具有の夢、精神と肉体が統合された理想的な愛という部分についても、この作品は重要な意味合いを持ってきたと言うことができるだろう。このように、『ボエームの王』はひとつの確固たる位置を『人間喜劇』中に占めてきたのである。

　ところが、この作品そのものの構成法や人物像の照射効果に関しては、枠づくりへの疑問を先頭に、物語の核に登場するラ・パルフェリーヌの恋人クロディーヌとその夫デュ・ブリュエル、枠を形成するナタン、ロッシュフィード夫人、ラ・ボードレー夫人、ルストーといった、主人公以外の人物も含めて、研究者たちは、ある種の戸惑いと留保を抱きつづけてきた感がある。確かに、ひとつのマージナルな作品として見れば、そこに大がかりな仕掛けやプロット上の展開の妙など望むべきではないし、人物像にしても、他作品において光り輝くラ・パルフェリーヌの姿が『ボエームの王』ではいくぶんくすんで見えても致し方ないとも考えられよう。しかし、それにしても、この作品をどう読んだらいいのか、そういった困惑を誘発するものが、『ボエームの王』にはある。その結果、作品そのものについて、例えばモーリス・バルデーシュのような否定的な見方が現われてくることになる。そこから何とか作品の魅力を引き出してみようという試みを、プレイヤッド版の作品解説の中でパトリック・ベルティエはおこなっているが、あまり成功していない。バルデーシュへの反論を A.-R. ピュッフの提出した見解を掘り下げることによって整合させたとは言い難く、この作品のもつほんとうの魅力を見出しえないで終わっている。

　ところで、筆者は第2章において、『続女性研究』に関する考察の中で、テクストの「中断」および分断化の傾向について、バルザックの特徴のひとつとして考察を加えた。『ボエームの王』にもその傾向が指摘しうる。

　他方、バルザックにおける一人称の問題を考える際、例えば、上記のような分断によるテクスト構成上の仕掛けについて『赤い宿屋』が見事な成果を上げていると同時に、バルザックの使用する「私」がある種のズレや歪みを伴っている点を指摘し、小説の展開上単純化しえない「私」の階層分化についても第1章ですでに検討した。そして、『人間喜劇』の生成プロセスの上で、「私」から始まって、さまざまな形態を取りながら、結果的に登場人物群を析出していく現象と関連があるのではないかという見通しを提出した。この意味で、『ボエームの王』はそのテクスト生成プロセスに、あるいくつかの興味深い「語り手」(「私」) のねじ

れを生じさせており、筆者がこれまでにおこなってきた論証に関して、もうひとつ別の例を加えることができると考える。

この二つの観点から『ボエームの王』を見ると、これまで研究者たちがこの作品に感じてきた戸惑いに、ひとつの光を当てることができるだろう。この作品の本当の魅力はどこにあるのか。『ボエームの王』でバルザックはどんな仕掛けをしたのか。結果的に生じた矛盾や構成上の不自然さは、修正前よりも作品を損なっていると言えるのだろうか。その矛盾そのものが、逆に、バルザックの思考プロセスを考える場合、これまでにもまして有用なヒントを与えてくれるものと筆者は考えている。

II 『ボエームの王』の分析〜あえて名のらないテクスト

【1】プロローグの分析

ここで考察の対象とする『ボエームの王』は、1840年8月25日に、まず『パリ評論』誌に『クロディーヌの気紛れ』というタイトルで掲載された。その後、1844年に『オノリーヌ』とともにポテール版第2巻に『ボエームの王』として収められる。前者では、全体は二部に分かれて、後者では、その各部が更に17章と10章に区分され、ある章はこれを更に三つの§（セクション）に細かく分けるなど、短編ではあるが当時の出版事情としては通例のレイアウトがほどこされた。ポテール版の章立てについてはクラブ・ド・ロネットム版の作品解説および補遺（モーリス・バルデーシュ）に詳しい。どの区分にもすべてサブ・タイトルが付され、十分なパラテクストをなしている。その後、1846年、枠組みなどのかなり重要な加筆と修正がほどこされたあと、フュルヌから『人間喜劇』中、『パリ生活情景』の一作品として『Z・マルカス』とともに刊行され、このとき章立て等はすべて削除された。

われわれは、分析に当たって、バルザックが『パリ評論』誌およびポテール版に記述した章立てやパーツの名称を積極的に取り入れ、その執筆概念をできるだけ正確に描出する。その際、理解を容易にする目的で、テクストのまとまりを構成するブロックや細分化されたパーツに呼び名をつけるが、これらは、バルザックが最終的には削除してしまった記述に基づく。また、これに加えて、テクストのまとまりごとに、その特徴を表わす呼称を便宜的に与えた。分析は、冒頭から、読み手が実際に読んでいく時間的な順序に沿っておこなうが、そこに版の異

同と加筆・修正を織り交ぜながら進めていきたい[2]。

プロローグの部分はフュルヌ版からの加筆である。ポテール版のはじまりの部分に二重の枠をつけることで、物語本体の状況設定は大きく変わった。プロローグは大枠と中枠という二つのテクストから構成される。

(1) プロローグ1—大枠テクスト (p.807)

はじめに、ここでの条件をいくつか列挙しておく。登場する人物は二名（ラ・ボードレー夫人と匿名の男性）。状況として「わたしたち」« nous » の経済的困窮が示され、語りの動機を小説の掲載による家賃の捻出に置いている。« bonne fortune » を強調する加筆はフュルヌ・コリジェからで、現行の版では « fortune » が3回繰り返されることになった。ラ・ボードレー夫人が « je » 以外に使う « nous » は夫人とルストーを含んでいると思われるが、作品の最後にならないと分からない。

大枠テクストは、まずラ・ボードレー夫人の「ねえ」« Mon cher ami » という呼びかけにはじまり、彼女たち（夫人は « nous » を使用）が金銭的に困っているので、この人物から数日前に聞いた話を小説にしたといって、その草稿を持ち出すところからはじまる。その人物は、今日では他人から頂戴していけないものなんか何もないし、人に語って聞かせるためなら情事さえ探すものがいるほどだとして、夫人の行為を許す。夫人は、この小説を売ることによって、結果的には彼女たちの家賃をロッシュフィード侯爵夫人とその人物に払ってもらうことになるだろうと言う。これに対して、その人物は、ロッシュフィード夫人と同じ幸運がラ・ボードレー夫人にもやってくるかもしれないとつけ加え、さあ、聞きましょうと、うながした。そこで、ラ・ボードレー夫人は次のような物語を「読んだ」、という設定である[3]。

---

(2) 『ボエームの王』のテクスト分析に際して、説明をしやすくする目的で、テクストを区分し、それに簡略な名前をつける。また、「中断」や「エピソード群」などの呼称を用い、構造の明確化をはかった。適宜、プレイヤッド版の該当ページを指示する。これらは、バルザックがおこなった章立てや区分に基づいているが、筆者が便宜的に設定した区分や用語もあることは明記しておきたい。

(3) フュルヌ版にバルザックは、上記のロッシュフィード夫人の「幸運」« fortune » という科白のあと以下のように加筆した。《「夫のもとへ帰るという**幸運**のことを言ってらっしゃるの？」「いいえ、それは単に大きな**財産**ということですよ」》{強調は筆者 *La Comédie humaine*, t.XII, p.97, Bibliophiles de l'originale, 1967; « Transcriptions et notes », p.18.} この加筆は明らかにエピローグの結末と対応している。この点については、後述する。

冒頭の設定ではっきりしている固有名詞は、ラ・ボードレー夫人とロッシュフィード夫人の二人だけである。ラ・ボードレー夫人の相手は、« Mon cher ami »という呼びかけによって、男性であることだけは理解できるが、実際には誰だか分からない。フュルヌ版では、「中断」1 (p.811) のロッシュフィード夫人が最初に発言する場面まで、この相手がナタンであることは読者には知らされないからである。ポテール版では、その部分でもまだ知らされず、「中断」2 でようやく分かる。一方、冒頭の設定で判明する関係者としてロッシュフィード夫人が挙げられるが、彼女がナタンとともに結果的にラ・ボードレー夫人たちの「家賃」を払ってくれるという表現だけで、まだ次の話にロッシュフィード夫人がどう関わっていくかは曖昧なままだ。冒頭の枠はこれから語られる物語が「ラ・ボードレー夫人は以下のような話を朗読した。」(p.807) という言葉によって、小説の「原稿」を「読む」という行為のうちにあることを知らせているのである。このような枠づくりは、バルザックにおいて「話す」「語る」という前置き、あるいは「語り」を「書き直す」という前提によって始められる傾向をもっているなかで、かなり風変わりな設定であることが感じられよう。しかし、この設定は一層複雑な仕掛けをこのあとに用意している。

(2) **プロローグ2―中枠テクスト** (pp.807-808) [「読む」という行為の内部]
　冒頭の設定で特徴的なのは、「語り」の前提ないしは条件として、「手紙」が位置づけられていることだ。書かれた小説を読むという行為によって、語られる物語は実は「読まれている」のであり、その語られた物語の中で手紙が「読まれる」という重層構造を取っている。
　場面はシャルトル・デュ・ルール通りのある素晴らしいサロン。ここに登場するのは「当代最も有名な作家のひとり」と「あるとても有名な侯爵夫人」である。二人は親密な仲だが、この時点では名前が一切与えられていない。きのう作家は手紙がないことを理由に、ある物語を夫人にしなかった。その手紙（複数）が見つかったかどうか、夫人は尋ねる。手紙がないと話ができないという条件つきだったからだ。手紙は見つかっていた。うるさくしないでおとなしく聞くという約束をし、夫人は作家の話に耳を傾ける。
　その物語は、のっけから不分明な « le » というイタリックの単語に関するものであると切り出される。これが人物であるのか、物であるのか、事柄であるのかは、実際のところ文脈からは分からないようになっている。場面設定そのものが「匿名性」に満ち、命名が意図的に控えられ、伏せられていることには、記述の上で

特に注意しなければならない。もちろん、冒頭の設定を条件とすると、「語り相手」の方は侯爵夫人とあるところから、ロッシュフィード侯爵夫人（ベアトリクス）ではないかとは想像しうる。従って、読者は、「ある作家」がベアトリクスに語った物語について、そのあとラ・ボードレー夫人にも同様に話し、それをラ・ボードレー夫人が小説原稿として書き写したものを自ら読んでいるのだな、という理解をするだろう。しかし、プロローグでこれほどの匿名性に徹している点については、研究者のいずれもが全く顧慮していない。作者は、とにかく彼（作家）が彼女（侯爵夫人）に彼（あるいはそれ／そのこと）に関連する話を語るというきわめて曖昧な設定から、物語をはじめるわけである。

【2】物語のはじまり―なかなか語りはじめないテクスト

　まず最初に認識しておくべき重要な点がある。それは、ポテール版はたとえば『続女性研究』で生じたのと同じ現象、つまりバルザックがクレンドフスキ版でおこなったように、作品量を増やすという目的ですでに相当過剰な部立てや章立て、サブタイトルによるテクストの分断をおこなっているということだ。これは『ボエームの王』という作品全体を眺めるとき、テクストに相当な影響をおよぼしていると言うことができる。従って、この作品に当初から「逸話」的な性格があったことは否定できない(4)。だが、問題なのはここからである。

　フュルヌ版ではこれらの分断化はすべて削除された。そして、そのために逆に本来ポテール版までに備えていた「語り相手」による「中断」の意味がクローズアップされる形になったことは見逃せない。そこに明確なバルザックの意図が感じられるからである。これらの「中断」はどのような役割を果たしているのか。この点が作品分析における最初の大きな眼目となる。

(1) 名前を明かさない「語り」(pp.808-809)

　物語本体は、「われわれがふつう自らの友人と*呼び*ならわしている知人たちの中に、わたしは、ここで問題となるその若者を数えています。」（強調は筆者：p.808）という一文ではじまる。物語冒頭から名前に関連する « nommer » という言葉が使われているのは象徴的だ。

---

(4) Patrick Berthier, *Pl.* VII, p.803; Bruce Tolley, Balzac anecdotier, *AB 1967*, pp.37-50.

ポテール版までのはじまりもまさしくここであり、プロローグはまだ存在しなかった。つまり、その時点では「語り手」（「私」）は匿名であり、名前を与えられておらず、誰であるかは全く分からなかったことになる。「語り手」の性別や身分も、プロローグがなければ実際には特定できない。また「語り相手」がいるのかどうかさえはっきりしないままだった。フュルヌ版でようやく上記のように二重構造をなすプロローグの枠が設定された。そのため、「語り手」（「私」）は「ある作家」であり、この物語は一般の読者に向けて語られたものではなく、プロローグ2で「侯爵夫人」という身分が記されることから、ロッシュフィード侯爵夫人ではないかと思われる女性に対して語られているという理解のもとに、読者は読みすすめるしかない。「語り手」の固有名詞はプロローグからここにいたるまで一度も記されていないのである。フュルヌ版から加筆されたプロローグ2（中枠テクスト）でも、「語り手」だけではなく「語り相手」の名前は明記されていなかった。これから見ていくように、テクストは、なるべく語らないように、名前がすぐには分からないように仕組まれているのである。
　「語り手」（「私」）は、一人称単数の « je » 以外に、時折一人称複数の « nous » を使い、途中二人称の « vous » という呼びかけをしながら、物語を進めていくことになるだろう。
　まず「語り手」は、ここで話題になるのが一人の青年であり、彼が「ボエーム」という種族に属すると言ったあと、ボエームがどういう種族であるかについて、自分の考えを述べる。ここは一般的な考察の論調であると言えるし、この文章から殊更「語り」の特徴を感じることはできない。
　加えて、問題となる人物にもなかなか名前が与えられず、匿名のままペンディングの状態だ。一度「語り相手」がいることを想像させる « vous » という呼びかけが出るが、この種の呼びかけはまだ読者を想定したレベルと言っていい。つまり、ここまでは「語り手」が特定できない状態であり、少なくともポテール版の冒頭部分では、作者が読者に向けて語りかけているか、書いているという受け取り方をすることが十分可能なのである。これは、例えば『海辺の悲劇』における冒頭と同じ効果を生じさせているということができる。
　やがて、突然、「奥様」« Madame » (p.809) という呼びかけが挿入される時点で、現行の版を読んでいる読者でさえ、あらためて、これまでの話が具体的な「語り相手」（女性）に向けられたものであるという設定を、思い出させられるだろう。一方、ポテール版は、サブタイトルが一種のパラテクストの役割を果しているため、先ではテクストにない情報も示唆するようになるが、ここまでの部分に関

しては、テクストが「語り相手」をもつことは分からないままだ。おそらくポテール版の読者は、ここで「私」が作者ではなく『人間喜劇』中の誰かだろうと想像することになる。
　そういった状況の中で、話題の人物の名前が明かされるのだが、その方法が徹底したフルネームであることから、これまでの匿名性と対局をなしていることは明らかである。

　　　「ガブリエル＝ジャン＝アンヌ＝ヴィクトール＝バンジャマン＝ジョルジュ＝フェディナン＝シャルル＝エドゥアール・ルスティコッリ、ド・ラ・パルフェリーヌ伯爵」(p.809)

　別の作品でラ・パルフェリーヌについて、ある程度長い命名は出てくるが[5]、これほどではないことを考えあわせると、ここに名前に対する一種のこだわりを感じることはさほど不自然ではあるまい。

(2) 話題から遠のく「語り」(pp.809-810)
　「奥様」という呼びかけのあと、「語り」はラ・パルフェリーヌという実名がはじめて出ることによって具体化していくきっかけをもつことが予想される。しかし、実際は彼の家系、家族の話へと「語り」は拡散し、遠のく。ラ・パルフェリーヌその人を語るために、父親の話が中心となって、話が進んでいくからだ。そして、「ああ、あなたがご存じだったら（…）」(p.810) という詠嘆と呼びかけが入り、物語冒頭と同じように「語り相手」を対象としてはいないのではないかと思わせるほど、「語り」は限りなくモノローグへと近づき、作者バルザックへと引き戻されるのである。

【3】侯爵夫人は発言する―分断されるテクスト１

(1)「中断」１―夫人の発言①フュルヌ版からの加筆 (p.811)

　　　―それは、と侯爵夫人は言った。われわれの時代の最も才気に溢れた冗談のひとつに欠けている唯一のものですね。

---

(5) *Béatrix*, *Pl.* II, p.927, « Charles-Edouard, comte Rusticoli de La Palférine ».

―わが友人ラ・パルフェリーヌに関するいくつかの特徴があなたにそのことを判断させることができるでしょう、とナタンは続けた。(p.811)

　ここで、最初の「中断」が入ることには意味がある。この夫人の発言はこのあと繰り返されるものとは異なり、「私」の「語り」を意識的に遮りたいという夫人の能動的な介入とは言えない。しかし、ともかく夫人はプロローグ2での約束を早々と破ったことは確かだ。どうして、約束を破ったのか？　なかなかはじまらない「語り」がモノローグになりかけていることに婉曲の抗議をしたかったからである。これをきっかけとして、「私」は話を今度はラ・パルフェリーヌ自身へとようやく転換する。バルザックはそのことを十分心得ていたと言うべきだろう。
　この時点でフュルヌ版ではようやく「語り手」(「私」)がナタンと命名されることはすでに述べた。「語り相手」は、まだ名前のない「侯爵夫人」のままである。一方、ポテール版ではこのやり取りはなく、単純に「私」の「語り」の中に入っており、本来展開の兆しを見せていなかったことには留意しておきたい。なぜなら、ポテール版からすでにあったこのあとの「中断」のもつ役割の明確さから考えると、フュルヌ版でこの箇所へと新たに一つの亀裂、テクストへの罅（ひび）を入れることは、この作品の全体的意図を象徴しており、ここにすべての出発点が含まれていると言えるからである。

(2)「エピソード群」1―拡散するテクスト (pp.811-812)

　ここから「語り」は、問題のラ・パルフェリーヌの話にようやく移るが、物語の進展を期待する読者は、そこに前後の脈絡がなく、いくつか立て続けにエピソードが述べられることに、一種の戸惑いを感じることになる。ラ・パルフェリーヌを主人公とする物語の展開のいとぐちが何ら感じられないからである。これはかなり意識的な操作だと言っていい。このような「エピソード群」がブロックとして、この作品には五箇所あり、「語り」のテクストを大きく特徴づけるものとなっている点は覚えておきたい。
　エピソードを簡略に列挙すると、以下のようになるが、これらはすべて「語り手」が自由気儘に取捨し配列したものにほかならない。つまり、ラ・パルフェリーヌに関して一定の距離をおいて離れた地点から「語り手」(「私」)は物語るのである。これについては、作品が進行するうちに、同じ「語り手」が、語られる人物たちへの距離感を次第に縮めていき、最終的には語られる人物たちのレベルで「動きはじめる」という現象が起こっているため、後述することになるだろう。

エピソード①　友人の決闘をとめたやり方1
エピソード②　友人の決闘をとめたやり方2
エピソード③　洋服屋との一件
エピソード④　ある娘に子をなさせた一件

　これらはいずれも、ラ・パルフェリーヌの性格を如実に表わす好個のエピソードであり、そのこと自体に何らかの不自然さを感じさせるものではないことは確かだ。特に、最後のエピソードの落ちをつける決めことば「大麦糖の棒飴」(p.812)は、薄情ながらユーモアに満ち、『人間喜劇』中を動きまわるラ・パルフェリーヌを別の場面で見る時、つい思い出してしまうほど印象的であると言える。しかし、エピソードを小間切れに読まされた読者は、このあと一層の困惑を覚えることになるだろう。サント＝ブーヴを口実にして、文体が急に意味の不分明なパスティッシュと化すからだ。

(3)「サント＝ブーヴ」1と「パスティッシュ」1 (pp.812-813)
　「語り手」(「私」)は、ラ・パルフェリーヌについて「サント＝ブーヴ氏が用いた文体を使うことをお許しいただければ」(p.812) という前置きをした上で、不分明な韜晦に満ちた「語り」へと移っていく。そして、サント＝ブーヴの文体を引き合いに出すのはこれを皮きりに三箇所（同じ箇所で2回使われるため合計4回）に及ぶこととなる。
　パトリック・ベルティエも指摘しているように、『ボエームの王』執筆の動機にサント＝ブーヴに対する皮肉があったことは確かである[6]。これらのパスティッシュも、そのように読むことができる。しかし、問題なのは、このパスティッシュが作品構造上、どのように機能しているかという点だ。というのも、作者レベルではなく、「語り手」にとってこの晦渋な文章は明らかに意図的であり、エピソードをきっかけとしてラ・パルフェリーヌの話を展開していこうという意欲を全く感じさせないように語られているからである。エピソードによって人物のイメージをおぼろげにとらえかけていた読者が、一種のいらだちをおぼえるだろうということが「語り」の狙いだと言っていい。実際、バルザックはこの点を十分に心得ていたということができる。なぜなら、次のような夫人の発言をこのあ

---

(6) Patrick Berthier, *Pl*. VII, p.798; Pierre Barbéris, *Le Monde de Balzac*, Arthaud, 1973, p.40.

とに差し挟むからである。

【4】侯爵夫人は抗議する――分断されるテクスト2
(1)「中断」2――夫人の発言②ポテール版からの「中断」(p.813)

　　―まあ！　それって、ナタンさん、あなたは何という訳のわからない話をな
　　　さるの？　と、侯爵夫人は驚いて尋ねました。
　　―侯爵夫人、とナタンは答えました。あなたはこのような凝った言い回しを
　　　御存じでない、わたしは今サント＝ブーヴ流に話しているのです。新しい
　　　フランス語なのですよ。わたしは再び話しはじめました。(p.813)

　この発言とやり取りはポテール版以前にも存在した。この「中断」はもともと必要だったことになる。ただし、「侯爵夫人」ではなく単に「彼女」が「私」に尋ねることになっている点と章立てが入り、サブタイトルに「第5章　夫人は我慢ができない」(p.1505)とあること、それに「私は再び話しはじめました」がフュルヌ版からの加筆である点だけが異なっている。

　名前に関して見ると、フュルヌ版以降では、「語り手」はナタンであり、「語り相手」は「侯爵夫人」のままであることはこれまでと変わらない。一方、ポテール版以前では、「語り手」はナタンだが、「語り相手」が誰であるかは身分的なものさえ情報としては与えられていない。ポテール版以前で「語り相手」の身分が「男爵夫人」だと分かるのは「中断」8であり、固有名がラスティニャック夫人であると分かるのは、ようやくエピローグにおいてということになる。

　このことから、バルザックは、ポテール版の時点ですでに、少なくとも「語り相手」の名前を意識的に伏せ、最終場面で種明かしすることによって、これまで語られてきた物語が『人間喜劇』の中の他の物語と連関し、「語り」が「語り相手」に大きな影響を与えたことを示していると言っていい。ポテール版『ボエームの王』の物語はラスティニャック男爵夫人に対して語られることに意味があり、そのように仕組まれていたのである。

　「語り」のレベルに話を戻そう。「わけの分からない話」« galimatias » という夫人の言葉は、前述の部分に読者がおぼえたいらだちを代表している。作者は、読者をここでたしなめて、読みつづけさせる必要があった。この「中断」はそのような目的をもって挿入されたと考えていい。

このような夫人の反応に対して、「語り手」(「私」)は、サント＝ブーヴが使用する新しいフランス語なのだと言訳をしたあと(「サント＝ブーヴ」2)、「ある日」と語りはじめ、ラ・パルフェリーヌにまつわる幾つかのエピソードを更に続けることになる。

(2)「エピソード群」2―さらに拡散するテクスト (pp.813-814)

　　エピソード①　債権者とのやりとり
　　エピソード②　食料品店でのやりとり
　　エピソード③　トラブルと決闘の次第

　決闘のエピソードが終わると、「語り手」(「私」)は再び、「相変わらずサント＝ブーヴ氏に追随すると」(p.814)という前置きをした上で、韜晦表現を続ける(「サント＝ブーヴ」3、「パスティッシュ」2)。ポテール版では、エピソードと上記の前置きの間に「第7章　夫人はサント＝ブーヴを読むならまだしも聞くことには応じない」(p.1506)というサブタイトルが来ることから、ポテール版以前でも意識的に「語り」の晦渋さを読者に納得させるように配慮されていることが分かる。
　夫人はこのあと、これまで以上のいらだちを表わすことになるだろう。

【5】侯爵夫人は激しく抗議する―分断されるテクスト3

(1)「中断」3―夫人の発言③ポテール版からの「中断」(p.814)

　　　―もうたくさん！　と侯爵夫人は言った。あなたはわたしの脳にシャワーを
　　　　浴びせかけています。
　　　―それは午後の倦怠です。仕事もなく、何もしないより何か悪いことをする。
　　　　それはフランスにはいつだって起きることでしょう。今や青春には二つの
　　　　側面があります。不遇な人たちの勤勉な側面と情熱家たちの激しい側面と。
　　　―もうたくさん！　とロッシュフィード夫人は命令するような仕草で重ねて
　　　　言った。あなたのお話はわたくしの神経をおかしくしますわ (p.814)

　二度の「もうたくさん！」« Assez! » は、夫人の苛立ちを単刀直入に伝えているし、「あなたはわたしの脳にシャワーを浴びせかけています」と「あなたのお

話はわたくしの神経をおかしくしますわ」という言葉には、明確な苛立ちと不快感が表明されていると言えるだろう。そして、ポテール版ではこの苛立ちはサブタイトルといういわばパラテクストとしても明示されていたことから、作者の意図は当初から明白だったと言わなければならない。

名前に関しては、ロッシュフィード夫人という固有名はポテール版ではここでもまだ登場しない。「ロッシュフィード夫人は繰り返した」はフュルヌ版からの加筆である。

ここで「語り手」（「私」）は、夫人の苛立ちを受けて、これまでの流れを変えなければならないという判断をしたことを示す発言「急いで、ラ・パルフェリーヌの描写を終らせるために」を挿入する。この表現は、バルザックが意識的に「語り」を先送りしてきたことを自ら明らかにしていると言っていい。

ところが、このあと続く「語り」は、相変わらず問題の核心のまわりをぐるぐる回る形で、またもや、エピソードの中へと入っていくことになる。

(2)「エピソード群」3―核心を避けるテクスト (pp.814-816)

　　エピソード①　貸馬車の一件
　　エピソード②　ラ・パルフェリーヌとアントニア夫人の情事

二つ目のエピソードには、アントニア夫人に宛てたラ・パルフェリーヌの短い縁切り状（手紙）がそのまま引用されている。(「手紙」1)

ここで読者はプロローグ2で言及された手紙（これがなくては「語り」が成立しなかった）に遭遇することから、「語り」の中心がアントニア夫人にあるのだろうという予測を一旦は立てる。

ところが、「語り手」（「私」）は、これで三箇所目（全体で4回目）になるが、執拗にサント＝ブーヴに言及し、「相変わらずサント＝ブーヴ氏の雅俗混淆の文体を使わせていただくと」(p.816)と前置きをし、韜晦表現を続けることになるだろう。(「サント＝ブーヴ」4と「パスティッシュ」3)

読者の苛立ちは限界間近と言っていい。

ここで、ついに夫人は、「語り手」（「私」）の言葉を遮り、最終的な不快感を表明することとなる。

【6】侯爵夫人はついに怒り出す―分断されるテクスト４

(1)「中断」４―夫人の発言④フュルヌ版からの加筆 (p.816)

　　―そんなわけのわからない言葉は止めてください、と侯爵夫人は言った。それは印刷なさるには構いませんが、そんな耳障りな言葉を聞くなんて、わたくしがどんなことをした罰なのでしょう。
　　―彼がクロディーヌに出会った経緯はこうです、とナタンは続けた。ある日（…）(p.816)

　このやり取りに関する表現はフュルヌ版からの加筆であり、「中断」１のところで述べたように、これも、本来ポテール版から存在した「中断」２「中断」３と同じ意図をもって、新たにテクストへの亀裂を入れたと理解することができる。ポテール版ではここから章が変わり、「彼がクロディーヌに出会った経緯はこうです。ある日（…）」とはじまる。分断ではあるが、一つの展開を「私」の「語り」の中でおこなっていたことになる。一方、フュルヌ版では、夫人の発言をきっかけにして話題が展開するという設定へと変えられたことは、これまでの「中断」の意味を最終的に明白なものとしていると言っていい。
　夫人の使う「わけのわからない言葉」« jargon » という表現は、前述「中断」３の「わけの分からない話」« galimatias » という言葉にもまして、その苛立ちを単刀直入に表わしているし、「印刷するならまだしも、こんな耳障りな言葉を聞くなんて、わたくしがどんなことをした罰なのでしょう」という訴えは、これまで「語り手」（「私」）が執拗に続けた語り方を真っ向から拒絶する反応と言っていい。
　ここで、「語り手」（「私」）は、ようやくクロディーヌという女性名を出し、ラ・パルフェリーヌがそのクロディーヌと出会った経緯を述べることが、物語の核心へと導くきっかけであることを「語り相手」に理解させることになる。読者もまた、夫人と同様、ようやく物語が始まってくれたという安堵感を感じるだろう。

(2)「エピソード群」４―核心を期待させるテクスト (p.816)

　　エピソード①　二人の最初の出会い
　　エピソード②　二人の翌々日の再会

これから語られる物語はこれまでのエピソードと異なっているだろうと、読者は期待する。確かにそれらは二人の出会いの場面に関するものであり、その後の展開を予見しうる要素を含んではいる。はじめての出会いと翌々日の再会という二つのエピソードは、クロディーヌというまだどんな人物か不明な女性とラ・パルフェリーヌとの間に、どのような事件があったのかという予測の楽しみを読者に与えるからである。しかし、これらのエピソードもまた、なかなか物語の核心へと導いてはくれないことがやがて分かる。その意味で、これらのエピソードも、これまでのエピソードと性質上さほど変わってはいない。つまり、二人の出会いのエピソードを語る一方で、相変わらずラ・パルフェリーヌ自身の性格も表現することに「語り」は向かうからである。それはエピソードのあとラ・パルフェリーヌの特異な恋愛観が続けて語られることで理解される。この部分はE.R.クルティウスが『バルザック論』で引用したあの有名な部分である。

　　「シャルル＝エドゥアールは、愛について正当この上ない見解を持っている。彼によれば、人の一生のうちに二つの愛は存在しないのだ。つまり、海のように深く引き潮でも浜辺の見えないひとつの愛だけがある。(中略)ハイネの見事な表現に拠るならば、この愛はおそらく、心に潜む秘密の病いであり、私たちのうちにある無限への意識と眼に見える形で立ち現われる理想美との結合と言えよう。すなわち、この愛は被造物と創造をともに包含しているのである。」(p.818)

　ここで述べられる恋愛観は、これ以後バルザックの考えを代弁する好個の例として引用されることとなる。バルザックにとって真実の愛とは何かという問いに、クルティウスは、とりわけ「プラトン的なアンドロギュヌスを実在化する両性の漸次的な融合」という表現を強調したが[7]、実際、『人間喜劇』の読者ならば、ここからさまざまな具体的事例を想起することができるだろう。しかし、重要なのは、『ボエームの王』という作品だけを考えるとき、この恋愛観の記述は、出会いのエピソードのすぐあとたちまち、ラ・パルフェリーヌがクロディーヌを愛さ

---

(7) Ernst Robert Curtius, *Balzac*, traduit de l'allemand par Henri Jourdan, Ed. Grasset, 2e édition, 1933, p.131（前述の引用箇所についてはpp.116-117を参照）; Ernst Robert Curtius, *Balzac*, Verlag Von Friedrich Cohen, 1923, p.157; pp.136-137. 日本語訳として、以下を参照した。E. R. クルティウス、『バルザック論』、大矢タカヤス監修、小竹澄栄訳、みすず書房、1990, p.91, p.104.

なくなるという経緯の根拠として唐突に置かれたという感じを免れないことである。つまり、物語はようやく出会いからはじまろうとしたかに見えたが、ここで物語の予測は遮られ、すぐさま別れという方向に、かなり不自然な形で漕ぎ出すことになってしまった。

【7】「語り手」は物語の中に首を突っ込む―ボエームの仲間という内部的な枠

　この方向を継続するべく、「語り」は「語り手」(「私」) を含めたボエームの仲間たちにおいて、クロディーヌがどのような形で話題にのぼったかという、内部的な枠へと移ることになるだろう。内部的な枠というのは、これまでの「語り」が対象から離れた形で、いわばラ・パルフェリーヌと直接関わらないでもすむ「私」から見た客観的なものだったのに対して、ボエームの仲間という場に入ることで、「私」がラ・パルフェリーヌとの直接的な接触の中で継起した事柄を語ることになるという意味である。テクスト上は、ここで急に一人称複数の «nous» が多用されはじめることが、その点を明らかにしていると言っていい (p.819～)。この傾向は更に「私」がクロディーヌへと視点を移すとき、完全な直接的関与という関係へと更に深入りすることになるだろう。「私」という主体の「ねじれ」がはじまった。

(1) 手紙の役割 (「手紙」2・3・4) (pp.820-823)

　ところで、この内部的な枠の中には、ある重要な要素が存在する。クロディーヌからラ・パルフェリーヌに当てられた手紙が、一通はまるごと、もう一通は中途まで、長々と引用されることである。これは、小説の均衡を考慮すると異様とも言える。手紙と手紙の間には「語り手」(「私」) のコメントは一切ない。そして、二通目の手紙を最後まで読み終えることなく、「語り手」(「私」) は、「この先まだ三ページもあるのです」(p.822) と言って、中途ではしょってしまう。読者は、プロローグ2で「語り」の前提として重要と思われた手紙が、前述のアントニア夫人宛ての手紙ではなく、クロディーヌの手紙であったと理解し、読み進めていくだろう。しかし、そこには一見すると何ら物語の展開に必要な要素は含まれておらず、加えて二通目が省略されることによって、どこが重要だったのか疑問に感じ失望を禁じえないのである。

　実際、このあと、更にもう一通クロディーヌではない女性の手紙に言及し、一旦また読み上げられるかと思うと、その手紙がどれほどすぐれているかというコ

メントに終始したあげく、テクストは一切出されない。手紙の現存性に関する一種のアリバイだけがここでは問題となっているに過ぎないのだ。このような中途半端な感じは、事実、この作品の最後まで続くと言っていい。なぜなら、ラ・パルフェリーヌの物語そのものが途中で終わり、完結することがないからである。この点については、先で述べることにしよう。

　しかし、それでものちほど「語り手」がクロディーヌに視点を移すとき、この「手紙」2（全文）のことが再度問題となることは言っておかなければならない。というのも、この「手紙」の中には、名前という問題に関して、バルザックの意図を感じさせる点が見いだせるからである。ここで夫に対して終始使われる «le» «lui» «il» (p.821) は、自分の名前が他の人には分からないようにするという差出人の意図を含んでいるが、テクストが他の箇所でも見せてきた「名前をできるだけ出さない」という傾向と一致している点は指摘しておきたい。

(2)「エピソード群」5—決定的にエピゾディックなテクスト (pp.823-825)

　　エピソード①　ラ・パルフェリーヌの借金の件
　　エピソード②　クロディーヌのけがと髪毛の件

　このあと、「語り」は、またしても「ある日」(p.823) という言葉によって、クロディーヌに関する具体的なエピソードを続けていく。これは、ラ・パルフェリーヌが借金のため窮地に立たされた時のもので、クロディーヌの心遣いに対するラ・パルフェリーヌの残酷な仕打ちがまず語られたあと、これに関連してボエームの仲間うちという立場で医師ビアンションが登場するエピソードへと継続していく。二つのエピソードには因果関係があり、物語性がいくぶんは感じられると言っていい。

　クロディーヌの髪を切らないと命に関わる外科手術はできないと説明されたラ・パルフェリーヌの「クロディーヌの髪を切るだって！　と彼は有無を言わせぬ声でこう叫んだ。だめだ、それぐらいなら死なせた方がいい！」(pp.823-824) という言葉は、ビアンションを介してボエーム仲間の語り草となった。

　手紙も含めて、先ほどのボエーム仲間という内部的な枠はここまでずっと続いている。一人称複数 «nous» の使用は明らかに継続的だ。しかし、ラ・パルフェリーヌの挙動や言葉は伝わってくるし、クロディーヌの手紙も長々と読者に示されるが、二人の物語にはなかなか行き着かない。

ここで、ようやく一つの方向性が現れるのは、作品構成上限界に近いかもしれない。これまでエピソードを主体とし、手紙を附随させる形で進んできた「語り」は、その中で、ひとつの課題「どのようにしてわたし（ラ・パルフェリーヌ）はクロディーヌを厄介ばらいするか」(p.824)が登場するわけである。
　この時点で作品は半ばを優に過ぎている。読者は今度こそ物語の膨らみがこの課題に向かうことを予見し、理解し、了解し、期待することになる。ラ・パルフェリーヌがクロディーヌに与えた課題、それは彼女と縁を切るための「計画」であり、自前の馬車を所有する爵位ある夫人になるという課題が、ひとつの筋書きを形成する方向へと向かうように読者はようやく理解し、この課題がもしかすると実現するかもしれないという期待を抱くことになるのである。

【8】「語り手」はクロディーヌに視点を移す―分断されるテクスト5

(1)「中断」5―ナタンの発言①フュルヌ版からの加筆 (p.825)

　ここで、ナタンは自ら一旦「語り」を「中断」する。ポテール版にはこの「中断」（「と、ナタンは話を一度中断したあと続けた」）は存在しなかった。作者がフュルヌ版から意図的に入れた意味を考えてみると、その理由はすぐに分かる。この時点で「語り」の対象がラ・パルフェリーヌからクロディーヌへと移ることが明記されているからである。ボエームの仲間というこれまでの枠から出て、新たにデュ・ブリュエル家というもうひとつ別の内部的な枠へと「語り手」は入り込んでいく。そして、ここで重要なのはその立ち会い人として「語り手」（「私」）が位置づけられることである。これから語られることは以下の理由で重要だと「語り手」（「私」）は自ら言明している。

> 「ここで、クロディーヌとはどんな女性であったのかをわたしがこの眼で見、おそらくお気にはとめられなかったことと思いますが、クロディーヌのあの手紙のひとことのなかにどれほどの真実が込められていたかを、わたしがどのように知りえたかという次第をお話することにしましょう。」(p.825)

　前述したように、ボエーム仲間という「語り」の内部的な枠に入った時点で、「私」はラ・パルフェリーヌに作品レベルで直接関与する立場に変わろうとしていたことを思い出そう。その意味で、クロディーヌに視点が移ると同時に、「私」の立ち会いが強調され、そこにクロディーヌの手紙の中にあった一言が重要なも

のとして喚起されることは、この作品を理解する上で看過しえない要素であると言える[8]。そして、のちに触れるように「語り手」(「私」)が、南十字星の場面で、唐突に出現してくるという奇妙な現象が起こることも、この「語り手」の問題と関連しているのである。

　しかし、デュ・ブリュエル家という内部的な枠に「私」が登場してくるのは、まだしばらく先のことである。「中断」が終わったあと、数ページにわたってデュ・ブリュエル夫妻に関するこれまでの経緯が語られるが、そこでは「私」という人称はほぼ完全に消え、客観的な三人称の「語り」になっている。そのため、ここでは立ち会いの言明だけにとどまり、このあと一時「語り手」は物語内部の人物たちから距離を置き、遠くから眺めるという姿勢を維持することになるだろう。「語り手」(「私」)が物語の中で動きはじめるのは、段階としてはまず三人称から再び一人称複数の « nous » が用いられ、そのあと、一人称単数の « je » がはっきりと出てきはじめる夕食への誘いの場面 (p.830) からということになる。

(2)「中断」6―夫人の発言⑤ポテール版からの「中断」(p.825)
　このあと、「語り相手」の夫人に関する「中断」が挿入される。この部分については、「語り手」の問題を考える場合、ポテール版以前の形、すなわち『パリ評論』誌のテクストが有効なヒントを与えてくれる。

　『パリ評論』誌では、ここで「男爵夫人は考え込んで笑うことさえできなかった。」という状況が説明されたあと、すぐに「第2部　クロディーヌの夫婦生活」が来て、新たな「語り」へと移行している[9]。つまり、この版ではこれまでのラ・パルフェリーヌの話とこのあとのクロディーヌの話とは明確に区別されていたことになる。ここから、物語は後半を迎えると読者は理解するだろう。

　それに対して、ポテール版では、「男爵夫人は考え込んで笑うことさえできなかった。彼女はわたしに《続けてください》と言った、とナタンはつけ加えた。それは、高貴なご婦人方は素晴らしい女優の演技を見せてくれることを、わたしに証してくれたのです。」と修正され、その後、[第二部　第18章]へと移行して

---

(8)　クロディーヌの手紙で重要なのは、「今度お目にかかるときあなたがお迎えになるのは、侯爵夫人ということになるでしょう、あなたは、わたくしとはおわかりにならないでしょう。」(pp.820-821) という箇所である。
(9)　*Pl.* VII, p.1513 (p.825 の variante-*d*).

第4章　『海辺の悲劇』と1834年以降の試み

いく(10)。これはまず、『パリ評論』誌と同様、このあとの物語がこれまでの物語と等価値をもち、自立していることを示している。加えて、『パリ評論』誌が男爵夫人の状況だけを記述するにとどまったのに対して、ポテール版では夫人が《続けてください》という言葉を「私」に言い、その言葉が「私」にどんな印象を与えたかが加筆されたため、彼女が主体であるはずの「中断」が、「私」のフィルターを通して間接的な表現に変えられており、「私」が主体となるような文に結果的になってしまった。

　ポテール版での「とナタンはつけ加えた」は、このような「私」の位置づけを補正する意味で加筆されたと考えられるが、この記述は他の中断箇所と比べると奇妙な印象を与えると言わざるを得ない。ポテール版の他の中断箇所、更にはフュルヌ版で加筆された中断箇所のいずれをとっても、「私」とナタンが並列して用いられることはなかったからである(11)。

　ところが、上記の部分では、「と彼女は私に言った、とナタンはつけ加えた」という形で、一箇所に「私」と「ナタン」を二重に置くという書き方をしているのである。後述する「中断」8でも、ポテール版に関しては「私」で支障のなかった記述がフュルヌ版では不自然と判断したのか、「私」に関わるその部分を削除し、「と私は話を終えながら、若きラスティニャック夫人に言った」から「とナタンは話を終えながらロッシュフィード夫人に言った」というふうに、「ナタン」という三人称の固有名詞に寄り添う現象が起こっている。このことを考え併せると、このポテール版の時点で、「語り手」ナタンが使用しているはずの「私」に、

---

(10) *ibid.*
(11) 該当する部分を列挙しておく。
　　　［＊は「中断」がポテール版ではなかった箇所］
　　＊「中断」1→とナタンはつづけた（ポテール版にはない加筆）
　　　「中断」2→とナタンは答えた（ポテール版でも同じ）
　　　「中断」3→« je »のまま
　　＊「中断」4→とナタンはつづけた（ポテール版にはない加筆）
　　＊「中断」5→とナタンは間をおいてつづけた（ポテール版にはない加筆）
　　　「中断」6→侯爵夫人はナタンに言った、それが彼に（…）
　　　（ポテール版　彼女はわたしに言った、
　　　　それがわたしに（...)とナタンはつけ加えた）
　　＊「中断」7→とナタンは言った（ポテール版にはない加筆）
　　　「中断」8→とナタンはロッシュフィード夫人に言った
　　　（ポテール版　とわたしはラスティニャック夫人に言った）

一種のねじれが生じているのではないかと感じさせるものがあると言っていい。
　フュルヌ版で、この部分が「侯爵夫人は考え込んで笑いもせず、ナタンに《続けてください》と言った。それが彼には（…）」となっていることが、その点の証左となるだろう。なぜなら、侯爵夫人へと中心が移動し、「私」という表現は見事に消し去られているからである。この点については、のちほど「中断」8で再度取り上げたい。

【9】クロディーヌの物語──デュ・ブリュエル家という内部的な枠

　ここからいよいよ原題「クロディーヌの気紛れ」にふさわしい展開がはじまる。読者はようやくひとつのまとまった物語の中へと入っていくことになるだろう。
　しかし、先ほども述べたように、デュ・ブリュエル家という内部的な枠に「私」が登場してくるまでには、まだ数ページの記述を待たなければならない。デュ・ブリュエル夫妻に関するこれまでの経緯が、客観的な三人称の「語り」によっておこなわれるからである。「語り手」は再び物語内部の人物たちから距離を置き、遠くから彼らを眺める。その意味で、夫妻の現状に至るいきさつを説明する「語り手」（「私」）は、必ずしもナタンである必要はない。「私」が作者であっても少しもおかしくないのである。それにもかかわらず、「語り」はやがて三人称から一人称複数の « nous » に移行し、最終的にはデュ・ブリュエルが「わたしたち」を夕食に誘う場面 (p.830) から、一人称単数の « je » へと明確に戻っていく。
　注意しなければならないのは、ここからの「私」がこれまでの「語り手」のレベルを超えて、デュ・ブリュエルとともにクロディーヌとじかに接触することである。そのため、「私」は物語レベルで「語り手」と同時に行為者をも演じることになるだろう。このような「語り手」に生じる微妙な変化は、バルザックが「私」という人称を使用する場合に、そこに作者自身が物語へと同一化していくという傾向を表わすひとつの現象であるように思われる。この点については、すでに『赤い宿屋』をはじめとするいくつかの節でも指摘した。その際、問題としたのは、バルザックがテクストを増幅させるときに、「語り手」（「私」）を一種の装置として機能させてはいないかという点だった。『ボエームの王』は、一見「語り手」（「私」）の問題とは無関係に見える。しかし、実際には、「語り手」（「私」）の視点や作中人物との距離感覚が可変的・可塑的であるということから、やはり同じような役割を担っているのではないかと考えられる。
　ポテール版における「私」に比べると、フュルヌ版の「私」はバルザックにと

ってナタンでなければならない理由が存在した。なぜなら、ポテール版ではまだラスティニャック夫人に関する具体的な物語の構想はなかったと考えられるのに対して、フュルヌ版段階では『ボエームの王』を『ベアトリクス』と関連づける必要性があったからだ。しかし、「私」という記述はそれほど単純に解消されてはいない。これから見ていくように、すでにポテール版で存在した「私」の曖昧さが、現行の版にも痕跡をとどめているのである[12]。これは、名前のない「私」が、テクスト操作に対応しうるだけの可塑性を持つ証拠であり、比喩的に表現するならば、「語り手」（「私」）が切り替え可能なスイッチを備えた一種の装置でなければ生じない現象だと言うことができる。

(1)「中断」7─ナタンの中断②［夫人の微笑・フュルヌ版からの加筆］(p.832)

　デュ・ブリュエルが「私」にクロディーヌのことを毒づく科白のところで、侯爵夫人は思わず微笑を洩らす。ここでナタン自身による「中断」（夫人は無言のまま）が出てくる。

　　「ああ！　奥様、とナタンは、思わず微笑を洩らした侯爵夫人を、抜け目なさそうに見ながら、言った」(p.832)

　この部分はポテール版以前にはなかった。フュルヌ版から「中断」が挿入された理由は何だろうか。これまでの「中断」の流れを振り返ってみると、その理由は明らかである。「中断」1（夫人の発言①）は、「語り」に対する夫人の不満を暗示させる最初のコメントだった。「中断」2（夫人の発言②）から「中断」4（夫人の発言④）までは、「語り手」の語り方への夫人の抗議であり、その調子が段階的に増していることはすでに見たとおりである。ここまでは、夫人の直接的な言葉として科白の形で表わされている。「中断」5（ナタンの中断①）は夫人によ

---

[12] デュ・ブリュエル家に入り込んだ「私」が誰であるかを明確にしない記述が一つだけ見出される。夕食に呼ばれた「私」は、最初クロディーヌにとって匿名 (anonyme) のままだ。ナタンと呼ばれることに支障がないはずの «je» に対して、クロディーヌはあえてナタンと呼ぶことはない。言述は巧妙に避けられている。クロディーヌは «je» に対して、終始 «Mon cher» とだけ呼びかけ、«vous» と語りかけるに過ぎないからである。« Tenez, **me** dit-elle en **me** prenant pour juge par un regard, je **vous** le demande à **vous-même**, (...). Trente-cinq ans, **mon cher**, **me** dit-elle, l'énigme est là.... (...) Vous savez bien que j'en ai trente-sept. (...) » (p.830)［強調は筆者］

るものではない。ここでは夫人は黙って「語り」に耳を傾けていた。それが、「中断」6（夫人の発言⑤）になると、夫人が発言したことは確かであり、夫人が主体となった記述を取っているが、実際は括弧つきの間接的な言葉「続けてください！」« Continuez !» で表わされている。つまり、「語り手」ナタン（ポテール版では単に「私」）が、夫人の言葉を聞いたものとして言い直しているにすぎない。この時点で夫人の興味は物語に向けられていく。夫人は次第に遠景へと遠のき、抗議の声はもはや聞こえてくることはないだろう。

　この流れの中で、夫人が何らかの形で関与するものとしては最後となる上記の「中断」が、挿入されるのである。夫人はここではもはや発言することさえなく、微笑という言葉以外のやり方で「中断」に関わっているにすぎない。言い換えるならば、テクストはみずから核心の物語へと入り込んだことを、この「中断」によって示していると言い換えることができる。ロッシュフィード侯爵夫人は「罠」にかかった。躊躇しつづけていた「語り」に抗議という亀裂を入れていた夫人は、ここで完全に口をつぐみ、沈黙する[13]。これは、ポテール版とフュルヌ版との決定的な相違と言っていい。この点についてはポテール版で「語り相手」がラスティニャック夫人だと判明するエピローグ部分の分析において再度取り上げよう。

（2）物語の内部を動きはじめる「語り手」

　『パリ評論』誌のタイトルだった「クロディーヌの気紛れ」という意味を如実に表わすこの日の長いエピソードののち、「私」は、実際その現場に居て、この気紛れには別の理由があることを鋭く見抜く。

　　　「わたしには彼女のベルトに斜めに挟まっている一枚の小さな紙が見えました」(p.834)

　そして、「私」は大胆にもこっそりとデュ・ブリュエルの部屋に忍び込み、そこである告知文書に書かれていたデュ・ブリュエル夫妻のフルネームから、夫人

---

[13] この部分では、« je »（ナタン）の言い換えた言葉として、単に "un « continuez »" が付加されるだけだが、所作としては『サラジーヌ』の最後でロッシュフィード夫人に対して用いられたのと同じ « pensive » という表現が使われている点は注意を引く。

のファースト・ネームが「クロディーヌ」であることを初めて知ることになる。

　　「わたしにはすべてが明らかになりました。」(p.834)

　この部分には重要な点が三つある。一つは「語り手」が「語り」における行為者として、これほど明確な動きをする場面ははじめてだということだ。つまり、「語り手」は語られている物語のレベルで動き、そこで語られていることがらに影響を与えるほど能動的な行為者だと言い換えることができる。実際、このあと、「私」はクロディーヌに自分がラ・パルフェリーヌの知り合いであることをはっきりと伝えるのである。その後の二人の経緯は書かれていないが、少なくとも「彼女はわたしをスパイにしたがりました。しかし、彼女はボエームの戯れに出会ったのでした。」(p.835) という言葉によって、クロディーヌが、ラ・パルフェリーヌへの事態の伝達者的機能を果たすものとして「私」を認識する、という結果を生むことになるだろう。「語り手」は、テクストのレベルで、自らが語っている物語を形成する重要な要素そのものに変わったのである。

　もうひとつは、読者には明らかであった事実（なぜなら、「語り手」はクロディーヌを知っているという条件で語るわけであるが）、つまり、デュ・ブリュエル夫人＝クロディーヌという事実を、ここまで読者レベルで語ってきた「私」が初めて知るという点だ。この時点で「私」は、物語の「語り手」から登場人物へとズレを起こしている。そして、それまでの「語り」が、『人間喜劇』中の登場人物ナタンによるものでなければならないという必然性が希薄であったものが、ここで作者バルザックのレベルを離れて、「語り」の主体が物語内人物へと移行しつつあるを垣間見せる一種の「ねじれ現象」を生じさせていると考えることができるだろう。

　三つ目として、上記の現象に介在するアイテムが、「小さな紙片」つまり「手紙」であったことだ。手紙が「語り」のきっかけであり、根拠となる出発点だったことは、テクスト分析に入る時点で、すでに指摘した。このような「語り」の主体が関わる重要な場面で、「手紙」が再度登場することには、見のがし得ない意味が隠されているのではないだろうか。

【10】クロディーヌはいかにして課題を実現したか——時間的「飛び越し」

　ここでわれわれは、バルザックにおける時間記述の矛盾という問題に逢着

す[14]。物語レベルで、以下のような時間的「飛び越し」« ellipse » という特徴や、起点の変更といった時間記述上の矛盾が、どの程度テクストに影響しているかは、現時点で明確にするのはむずかしい。バルザックにおいて、時間の問題が「語り」の主体と何らかの関わりがあるのではないかという点については、『赤い宿屋』と『続女性研究』に関連する節で指摘しておいた。『ボエームの王』の中でも、特にこの場面で出てくる具体的事例は、重要だ。

(1)「飛び越し」1

　物語を進展させる目的で、バルザックは、まず小さな時間的な「飛び越し」を設定する。「一ヶ月後」(p.835) という記述のもとに、辻馬車の件でクロディーヌの怒りが爆発し、彼女は夫に対して、ラ・パルフェリーヌが自分に課した困難な課題をそのままつきつけ、実現したいという強い意志を見せるという事件が語られるのである。夫は理由が分からず、困り果てるばかりだ。ここから、テクストは第二の大きな時間的「飛び越し」を迎える。そして、この「飛び越し」のあいだ、事態を観察しつづけた「私」によって、そのプロセスが「要約」(sommaire) されることになるだろう。

(2)「飛び越し」2

　　「二冬の間、わたしはデュ・ブリュエル家に足繁く通い、そして、クロディーヌの遣り口の数々を注意深く見守りました。」(p.836)

　提案が実現されていくプロセスは「私」の立ち会いというアリバイをもち、その詳細は問題にならない。「要約」という形で記述され、クロディーヌがラ・パルフェリーヌの課題を実現したことが結果として明かされるからである。

---

(14)　物語における時間の問題については、ジェラール・ジュネットの考察から出発するのが一般的だと考える。概念や用語についても、同様の観点から暫定的に適用した。(Gérard Genette, *Figures* III, Seuil, 1972.) ただし、バルザックにおける時間にはまだ分からない点が多い。大矢タカヤスが指摘するように、バルザック特有の時間感覚というものが存在するからだ。大矢タカヤス，バルザックにおける時間の感覚，日本バルザック研究会編『バルザック　生誕200年記念論文集』，駿河台出版社，1999，pp.3-14.

「こうして、クロディーヌは三年の空白のうちに、あの魅力に溢れ快活なラ・パルフェリーヌが彼女に課した計画の諸条件を実現していたのです。」(p.836)

彼女はいまや伯爵夫人となっていた。

(3)「飛び越し」3―二つの起点の変更
　この記述を挟む形で、三たび時間的な「飛び越し」が起こっている部分については、特に注意を払う必要がある。というのも、前の二つと異なり、この「飛び越し」は時間的な経過を遡る形を取るからだ。ここで問題となる二つの記述は、起点が変更されているという点で奇妙な現象と言うしかない。
　一つは、「三ヶ月前に、クロディーヌは自分の紋章をつけた供廻りを引き連れ輝くばかりの馬車に乗って、ラ・パルフェリーヌの門口に来ました。」(p.836) である。そして、このあとに上記「こうして、クロディーヌは三年の空白のうちに、あの魅力に溢れ快活なラ・パルフェリーヌが彼女に課した計画のすべての条件を実現していたのである。」が来る。
　ところが、そのあとすぐに「その一ヶ月前のある日」(p.837)という表現が書き込まれた。これに続くエピソードは物語の最後を飾るものであるから、物語の時間的順序が逆流し、先に三ヶ月前の事柄が記述され、そこを起点として更に一ヵ月前のエピソードが語られるという順番を取っている。これらの時間的起点は、「語り」の現在時点であるとしか考えられない。つまり、ナタンが侯爵夫人にラ・パルフェリーヌとクロディーヌの物語をしている中枠テクストの時点ということだ[15]。

---

(15) 時間の流れは以下のようになる。
　　　クロディーヌの気紛れのエピソード　　　　　起点↓
　　　（1ヶ月）
　　　辻馬車事件
　　　（三年間［二冬の間］）
　　　計画の成就
　　　南十字星の場面―ラ・パルフェリーヌの物語の終結点
　　　（1ヶ月）
　　　クロディーヌが馬車で乗りつける
　　　（3ヶ月）
　　　ナタンの「語り」（侯爵夫人）―中枠テクスト　　起点↑
　　　（空白期間不明）
　　　ナタンの「語り」（ラ・ボードレー夫人）
　　　（数日）
　　　ラ・ボードレー夫人の朗読　　―大枠テクスト

更に、プロローグ1で触れたが、フュルヌ版にバルザックが加筆した部分が問題となる。後述するように、エピローグでナタンは物語の結末として、ロッシュフィード侯爵夫人が自分の話に刺激されてラ・パルフェリーヌに興味をもったこと、それにマキシム・ド・トライユとラ・パルフェリーヌが夫人を夫のもとへ帰すために、ションツ夫人とアルテュールの仲を割いたことを教えている。ラ・ボードレー夫人はこの事実に驚いて、『ボエームの王』という作品は終わることになるのだが、フュルヌ版刊行後バルザックは、ロッシュフィード夫人が夫のもとへ帰るという「幸運」« fortune » についてラ・ボードレー夫人の口から言わせるように加筆した。これは、ラ・ボードレー夫人が朗読前の時点でそのことをすでに知っていたことを示している。
　これは、作者が『ベアトリクス』との関連をフュルヌ版以後も強めようとしたひとつの証拠だが、この加筆によって読者は『ベアトリクス』第三部と『ボエームの王』における時間的順序の双方を感じ取るように要請されていると言える。バルザックが『人間喜劇』内部の時間的関連をどのように考えていたか、上記の加筆はそれを知る面白い事例と考えていいだろう。
　ここでは、起点の変更も含めて、「語り相手」をラスティニャック夫人からロッシュフィード夫人に変更するために、どれほどの技術的困難があったかを示す痕跡と言うにとどめておきたい。他作品においても生じているように、上記部分「三ヶ月前」はポテール版では「三日前」(p.1519) となっていたからである。

(4)「語り手」の遍在─南十字星の場面

　クロディーヌは課題が実現したことを報告するため、三年ぶりにラ・パルフェリーヌのもとを訪れた。しかし、あくまで彼女を押しやろうと、ラ・パルフェリーヌはここで新たに困難な課題を与えてくる。それは事もあろうに南十字星を見たいということだった。
　この時、突如前置きもなく「私」が登場することには注意したい。「私」は観察者であると同時に、物語そのものに影響を与える行為者であったことは確かだが、この場面で二人に同伴している点は奇妙としか言いようがないからだ。つまり、この場面を語るにあたって、ラ・パルフェリーヌから「聞いた」というだけでは不十分で、現場に立ち会ったという設定を取っているのである。物語内行為者としての「私」がこれほど物語そのものに関わるのは、どう考えても不自然な印象を免れない。しかも、その立ち会いの役割が重要である。課題の困難さを理解できずに困惑するクロディーヌは、南十字星がどんなものかについて、ラ・パ

ルフェリーヌではなく、前触れもなく突然「私」に尋ねるのである。

　　「《南十字星って何ですの？》と、*彼女は恥ずかし気な悲しい声でわたしに言った。*（…）*わたしは、南十字星が*（…）*南半球の海上でしか見られないことを、彼女に説明してやった。*」（強調は筆者）(p.837)

　クロディーヌが課題成就の報告のためラ・パルフェリーヌのもとを訪ねるとき、「私」を同伴させるということは考えがたい。また、来訪をあらかじめ察知して「私」がラ・パルフェリーヌの部屋にいたとも考えられるが、「わたしはちょうどその時ラ・パルフェリーヌの部屋にいたのです」といった説明がないのはどういう訳だろうか。「私」に関する一切の言及がないまま、テクストは突如、夫人の質問を受ける対象として「私」を登場させてしまった。この現象は、「語り」の主体である「私」に何らかの「ねじれ」が起こっていることを示していないだろうか。
　クロディーヌはその困難さを承知し、それをなおも成し遂げようとする。そこで、さすがのラ・パルフェリーヌもついに涙を流した。しかし、その感動を表すラ・パルフェリーヌの最後の発言は、「大麦糖の棒飴」よりも、もっと読者の予想を超えている。

　　「よしよし、君のために何かしてあげよう。そうだな、君の名前を... ぼくの遺言書に書いておこう！」(p.837)

　ラ・パルフェリーヌの物語は、結局、このような形で終わりを迎える。

【11】物語はどのようにして尻切れとんぼに終るか―終らないテクスト

(1)「中断」8―ナタンの中断③ポテール版［ラスティニャックという名前］
　このすぐあとに、物語本体に関わる最後の「中断」が出てくる。それが夫人ではなくナタン自身による「中断」であることは、ここでは実はそれほど単純な問題ではない。フュルヌ版では、「ところで、と*ナタンは話を終えながらロッシュフィード夫人に言った*」(p.837) となっているのに対して、ポテール版では、「ところで、と*私は話を終えながら若きラスティニャック夫人に言った。*」(p.1519) となっている。（強調は筆者）

問題の第一は、「語り相手」に関するものだ。
　フュルヌ版では、プロローグ1（« loyer » のところ）でロッシュフィード夫人の名前が出ていた。しかし、この時この夫人が物語にどう関わるかはまだ分からなかった。プロローグ2ではロッシュフィードという名前は与えられない。「侯爵夫人」と出てくるだけだ。この「侯爵夫人」がロッシュフィード夫人であることがはじめて分かるのは、「中断」3の2回目の「もう、たくさん」の部分である。フュルヌ版でも、「語り相手」＝ロッシュフィード夫人とアプリオリに条件づけられていたわけではないという点をまず確認しておきたい。
　その上で、ポテール版を見ると、ここではじめて「語り相手」がラスティニャック夫人であることが明かされるのは、現行の作品に潜むバルザックの意図を考える上で示唆的だ。この物語を聞くべき人物として、ラスティニャック夫人はまさにふさわしい人物であり、その名前を作者は意識的にここまで伏せてきたことになるからである。後述するが、「語り手」（「私」）によってまだ続けられる可能性のあった「語り」を最終的に遮り、頓挫させるのはラスティニャック夫人自身であり、その時発せられる言葉が「わたしは、愛されるのが夫で、デュ・ブリュエルさんの立場が妻であるようなもう一つ別の家庭を知っています。」(p.1519)という夫人の夫ラスティニャックと夫人の母親デルフィーヌ・ド・ニュシンゲンとの関係を暗示するものであることを忘れてはならない。「語り相手」であるラスティニャック夫人は、これまで「私」によって語られた物語に対して、ある明白な感情をもって答えたことになるだろう。つまり、物語そのもの以上に、物語が「語り相手」（聞き手）に与える影響ないし作用の方に、作品の目的があったのではないかと推測しうると言い換えることができる。この点についてはすでにA.-R. ピュフも言及していた[16]。
　しかし、現行の版においてラスティニャック夫人からロッシュフィード夫人へと変更されることには更に意味深いものがある。この点をピュフおよびベルティエは看過していると言わなければならない。上記ポテール版の経緯は、振り返ってフュルヌ版を読むとき、この「中断」が「語り相手」ロッシュフィード夫人によるものではないことに一種の意味を付与すると考えられるからである。
　先ほど詳述したように、これまでのロッシュフィード夫人による「中断」の流れを考慮すると、「中断」7ですでに「語り」への介入をやめていた夫人が、ここ

---

[16] Anthony-R. Pugh, « Note sur l'épilogue de (sic d') *Un prince de la Bohème* », *AB 1967*, p.360.

でも発言せず、「語り相手」としてどのような「語り」の影響を受けたかについては一切明らかにはしないことで、この物語のもつ意味をポテール版とは異なったものに変えてしまっていると言える。ロッシュフィード侯爵夫人は、『サラジーヌ』における最後の場面でと同様、一切口をつぐんだままだ。プロローグ2で設定した中枠テクストが、フュルヌ版に出てこないのも、そのためである[17]。

　問題の第二は、「語り手」自身に関するものである。フュルヌ版では三人称のもとにナタンが中断するのに対して、ポテール版では「私」が中断する。もちろん、ポテール版でもこの「私」がナタンであることには変わりはない。ところが、上記ポテール版「ところで、と*私*は話を終えながら*若きラスティニャック夫人*に言った。」（強調は筆者）のあと、次のようなフュルヌ版では削除された部分がつづいていた。

　　「私は彼女にこの極めて正確な真実の物語を細部にいたるまでつぶさに語ったのでした。」(p.1519)

　ポテール版がほぼ一貫して「私」で語っているかぎり、この記述には何ら不自然さは感じられない。しかし、「私」の重心がフュルヌ版ではポテール版に比べて、ナタンという人物そのものに移っていくために、この部分では「私」のレベルがねじれてしまっているように感じられる。「中断」7の部分で述べたように、バルザックが上記部分を削除したのはそのためではないだろうか。

　問題なのは、これまでにも述べた「私」の行為者としての介入の仕方に、現行の版ではかなり不自然な点が残っているということである。つまり、当初ポテール版ではナタン＝「私」の意識はバルザックの中で希薄だったため、主に「私」で書いてきたが、『ベアトリクス』と関連させる必要性からナタンに重心を移したとき、十分に作品内部の「私」の階層補正を処理しえなかったのではないかという仮説が想定される。このため、フュルヌ版に至っても、他のいくつかの箇所、特に「中断」6で指摘したように、「語り手」（「私」）に一種の「ねじれ」が生じているのではないかというのが筆者の考えである。

---

(17) *Pl.* VI, p.1076, « Et la marquise resta pensive. ».『サラジーヌ』のテクスト生成上からは、« pensive » は1835年ベシェ版から加筆された部分に含まれる。

以上のように、物語本体、つまり、ナタンが「私」で語るラ・パルフェリーヌとクロディーヌに関わる物語において、この最後の「中断」はわれわれの視点から見る場合、大きな意味を持っていると言わなければならない。

(2) 終わることのない「語り」

　この「中断」のあと、「語り手」は「わたしはデュ・ブリュエルが翻弄されたと言っていいかどうか疑問に思います」(p.837) と、しばらく、クロディーヌの気紛れが引き起こした事の顛末に関して意見を述べようとするが、「語り」の途中で、突然冒頭の大枠（ラ・ボードレー夫人とナタン）へと引き戻されることになる。
　しかも、「語り手」の言葉はナタンによって遮られるのではなく、エピローグでの記述から分かるように、ラ・ボードレー夫人の小説が未完成であり、書かれたところまでが読まれて「中断」した、と理解しうる点には留意しなければならない。というのも、ポテール版ではラスティニャック夫人が「語り手」（「私」）の話を遮り、すでに述べたように物語の「語り相手」との一場面が来ているからである。その遮りにはラスティニャック夫人の明白な反応が含まれていた。
　ところが、フュルヌ版ではナタンとロッシュフィード夫人との間でのやり取りは一切消え、一気に冒頭へと立ち戻って、全くのペンディング状態になっている。ラ・パルフェリーヌに関する物語は、ポテール版ではまだ継続を示唆しながら終わるのに対して、フュルヌ版では、『ベアトリクス』でラ・パルフェリーヌを前にしたマキシム・ド・トライユがカリストに向かってそのベアトリクスに対する愛の結末に関して言う科白「終りなんて尻切れとんぼなものですよ」(*Pl*. II, p.940) と同様、曖昧な形で「中断」したまま、いくたの「中断」を経てここでようやく「語り」の継続をやめることになった。

【12】エピローグ―大枠テクスト（終結の場面　ポテール版）

　エピローグは最初からポテール版に存在したが、フュルヌ版では大幅に修正されている。まずフュルヌ版から見ておこう。

(1) フュルヌ版のエピローグ

　フュルヌ版の最終場面を簡単にまとめると以下のようになる。
　ラ・ボードレー夫人の《読む》行為は中途で途切れ、ナタンの「名前は変えて

くださるでしょうね！」(p.838) という言葉によって冒頭の大枠テクストへと戻った[18]。ここでも再度名前が問題となっている点は注意を引く。これを受けて、ラ・ボードレー夫人は、聞き手がナタンだから名前は伏せなかっただけで、そうするつもりだと答える。そして、詩人の耳もとで「妻がデュ・ブリュエルに当たるようなもうひとつ別の家庭をわたしは知っています」(p.838) というポテール版でラスティニャック夫人が言ったのと同じ言葉を続けるのである[19]。

ここで、これまで一度も出てこないばかりか言及さえされなかったルストーが突如「それで、結末は？」と発言することには驚きを禁じ得ない。

　　「《それで、結末は？》と、ルストーが尋ねた。彼は、ラ・ボードレー夫人が彼女の小説を読み終えようとしていた時に戻ってきたのである。」(p.838)

これは、ラ・パルフェリーヌの話が遮られたのではなく、このあとはまだ書かれておらず、結末のない途中の段階でナタンに聞いてもらっていたということを表わしている。

このルストーの質問に対して、ラ・ボードレー夫人は結末がさほど重要なものとは思わないと答え、人が作品を読み返すのはそのディテールのためだと述べることになるだろう。この発言は『ボエームの王』の真価を言い当てているがゆえに、これまでわれわれが分析してきた仕掛けに、バルザックが無意識だったとは

---

(18)「私」(Nathan) の「語り」は途中で切れてしまった。フュルヌ版でこれを途絶させるのはラ・ボードレー夫人である。しかし、枠の二重構造によって、ナタン自身の「語り」がナタンその人によって遮られているような印象を受ける。実際は書かれた物語を読んでいるラ・ボードレー夫人の声が途切れたに過ぎないのだが、まるでこれまでの話がナタン、あるいは« je »のモノローグであり、それを自ら切ったような奇妙な現象だ。これも « je » のねじれに拠るものと考えられる。

(19)　ポテール版ではラスティニャック夫人の言葉だった「妻がデュ・ブリュエルに当たるようなもうひとつ別の家庭をわたしは知っています」に関して、ピュッフもベルティエも、ラ・ボードレー夫人にふさわしくない言葉だとして、バルザックが状況設定を変えたことには無理があると指摘している。(A.-R. Pugh, *op. cit.* p.359; Patrick Berthier, *Pl.* VII, p.803.) しかし、われわれは、この言葉がラ・ボードレー夫人からナタンへのひそかなメッセージだとすれば、十分妥当であるように思われる。『ボエームの王』中に、「彼女はわたしを**フロリーヌ**の家まで送ってくれたのです。」(p.835; 強調は筆者) という箇所があった。『エーヴの娘』におけるナタンとフロリーヌとの関係を考えれば、ラ・ボードレー夫人がナタンの事情を知った上での発言とも取れる。

考えられない。なぜなら、まさしくこの言葉は、ポテール版において作者を思わせる人物の科白だったからである。この点はこのあと言及する。

それに対して、ナタンが「でもね、結末はあるんですよ」(p.838) と切り出し、「ロッシュフィード侯爵夫人はシャルル＝エドゥアールに夢中です。わたしの物語が彼女の好奇心を刺激したのです。」(p.838) と、物語の結末を明かし、作品は次のような形で終わっている。

　　「―まあ、不幸な方！　とラ・ボードレー夫人は叫んだ。―それほど不幸でもありませんよ！　とナタンが言った。というのも、マキシム・ド・トライユとラ・パルフェリーヌは侯爵とションツ夫人を仲違いさせたあと、アルテュールとベアトリクスの二人を和解させようとしていますからね。(『私生活情景』の『ベアトリクス』を見よ) 1839年-1845年」(p.838)

ルストーがここに登場することは、『田舎ミューズ』を読んだことのない読者には意味不明であり、結末として最後にナタンが説明する部分は、『ベアトリクス』を知らない読者には何のことか分からない。しかし、ひとつだけ言えることは、このエピローグによってバルザックがこの作品を他のいくつかの作品、特に『ベアトリクス』と関連づけようとしたという点である。

(2) ポテール版のエピローグ

次に修正前のエピローグを見ておこう。ポテール版の最終場面を簡単にまとめると以下のようになる。

　　「それを昇進とお呼びになりますの？」と彼女は深い悲しみのただなかで微笑みながら答えた。美しい男爵夫人は眼に涙をたたえ、自分のハンカチを噛んでいた。
　　「どうかなさったのですか？」
　　「ねえ、ナタンさん、と彼女はわたしに苦し気な微笑を投げかけながら言った。わたしは愛されるのが夫でデュ・ブリュエルさんの立場が妻であるようなもう一つ別の家庭を知っています。」(p.1520)

ここで「語り手」(「私」) は、ラスティニャック家の問題が自分の話したことがらに一致し、「語り相手」に彼女と同じような家庭の物語をしてしまったこと

に気づく。

> 「わたしは（…）若きラスティニャック男爵夫人が、パリ中の誰もが知っている事情をとうとう最後には知るに至ったことをすっかり忘れてしまっていたのです。」(p.1520)

　ここで場面は大きく変わる。フュルヌ版では中枠テクストがなく、大枠テクストへと突然飛んだ。ポテール版では中枠テクストに当たる部分で、この作品が終わるのではないことを読者は突然知らされるのである。ポテール版のエピローグは、先ほどのラスティニャック夫人の発言を最後に、上記の「私」のモノローグをナレーションのような役割として、まるで映画の最終場面を思わせるように、これまでの「語り手」(「私」)＝ナタンと、「語り相手」＝ラスティニャック夫人を遠景に追いやり、彼らの会話がより大きな枠の中にあったことを明らかにする。これまでの「語り」全体が、作者を思わせる「私」の書いたものであり、ナタンがその小説を黙読していたか、あるいは現行の版と同じようにナタンの前で「私」が朗読していたことが示されるからだ。

> 「あなたはそれを出版なさるのでしょうね。」と、ナタンはわたしに言った。
> 「もちろん」
> 「それで、結末は？」(p.1520)

　「私」は、ここでフュルヌ版のラ・ボードレー夫人が言った科白と全く同じように、結末がさほど重要なものとは思わないと答え、人が作品を読み返すのはそのディテールのためだと述べる。これについては、既に述べたようにバルザックの執筆意図を考える上で明白な言明と言わざるを得ない。

> 「でも、結末はあるんですよ」と、ナタンはわたしに言った。
> 「それで！」
> 「若きラスティニャック男爵夫人はシャルル＝エドゥアールに夢中です。わたしの物語が彼女の好奇心を刺激したのです。」
> 「そうですか、でも、ラ・パルフェリーヌの方は？」
> 「夫人にぞっこんです」
> 「不幸な女だ！」(p.1520)

ここでポテール版は終わっている。

　この最後の部分の「私」を、読者は物語全体の作者であるバルザックだと感じるだろうか？　それまでの部分だけならば、かぎりなくバルザック自身に近いと言っていい。しかし、この時点で、「語り手」（「私」）＝ナタンと了解していた読者の目の前で、「私」がナタンから分離されてしまっている。「語り手」（「私」）が『人間喜劇』中の別の人物と名づけられていれば、不自然さは解消されるだろう。第１章でも『赤い宿屋』に関して、同じような現象が生じていることはすでに指摘した。つまり、バルザックは、ポテール版の段階で、自分自身のつもりで語っていたにも関わらず、執筆のプロセスにおけるバルザックに特徴的なひとつの現象として、登場人物の誰かを想定して書いていた可能性がある。確かに、執筆の意識としては、ある特定の具体的な人物像を思い描きながら書いたものだとは言えない。いわば、バルザックは、まだ命名されえぬ人物の姿を借りて、自ら「語り手」（「私」）の中に入り込んでしまったと考えることができるだろう。

　ポテール版での「私」がナタンと呼ばれるのは、「中断」２が最初で、そのあと、「中断」６、「中断」８の計３回しかないこと、フュルヌ版になっても、プロローグには彼の名前はなく、新たな加筆「中断」１でようやく出てきて、そのあとも加筆箇所（「中断」４、「中断」５、「中断」７）に新たに加わる３回のみである。「語り手」である「私」は、ナタンに近づこうとしつつも、なかなかナタンでなければならないというレベルには達していない。

　このようなプロセスを考えるとき、この作品における「語り」の主体が、はじめから明確なものではなかったと考える方が自然だと思われる。バルザックは最終的に「私」をナタンとして、他作品にできるかぎり結びつけようとしたが、「私」のねじれは、消えずに残ってしまったと言うべきだろう。

Ⅲ　『ボエームの王』の特徴

　以上、可能なかぎり詳細に分析した。この作品の中には、『赤い宿屋』以上に、本稿第１章からこれまで一貫して検討してきた課題のエッセンスを認めることができる。最後に、この分析の結果得られた主要な点を概念ごとに整理し、バルザックの執筆プロセスに見られるいくつかの特徴を集約しておきたい。

(1)「引き延ばし」の物語構造（ペンディング効果）

　『ボエームの王』はなかなか語りはじめないテクストである。分析の冒頭からも分かるように、そこに介在する要素として、第一に命名の延期および命名の躊躇があげられる。名前に関するバルザックのこだわりについては、これまでにもＺ・マルカスの例をあげるまでもなく、さまざまな形で取り上げられてきた。今回、『ボエームの王』の分析に当たり、これほど周到に名前が扱われている作品であったことにあらためて驚いている。それほど、この作品には最初から最後まで名前の問題が出てくるのである。

　第二に、これまでサント＝ブーヴに対する皮肉なパスティッシュとして、この作品が書かれたのではないかという見解があったが[20]、それが作品の中でどのような具体的な役割を果たしているかについては、明らかにされていなかった。作品の分析を通して、このテクストには「引き延ばし」という特徴が与えられていることが分かる。その観点から見ると、テクストの流れを疎外するためにパスティシュが意図的に使われたと言うことができる。単にサント＝ブーヴを皮肉るためだけではなく、それを物語構造の中に取り込んだところに、バルザックの技量がある。

　第三に、このような名前やサント＝ブーヴといった要素は、この作品の解釈上重要な「中断」という仕掛けを基盤として成立していることは忘れてはならない。すでに見たように、「中断」の特徴のひとつは「語り」をとめること、さえぎることで、「語り」の「引き延ばし」に抗議することだった。この掛け合いの妙が『ボエームの王』の魅力となっている点を筆者は特に強調しておきたい。なぜなら、これまで、このような構造的な面白さに言及されることがなかったからだ。第2章で『続女性研究』について、その特徴として検討したテクストの「分断」という現象は、『ボエームの王』という作品では見事に効果を発揮していると言うことができる。

　更に、この中断構造の意味はそこにとどまらない。「中断」7および「中断」8で指摘したように、『ボエームの王』は「語り相手」がポテール版のラスティニャック夫人からフュルヌ版のロッシュフィード夫人へと変更されたことで、作品のもつ広がりを決定的に変えたと考えられるからである。『人間喜劇』との関連の上で、これまでピュッフやベルティエは主に『ベアトリクス』や『田舎ミュー

---

(20) Patrick Berthier, *Pl.* VII, pp.1504-1506.

ズ』との関係の中でしか、「語り相手」変更の意味を見出しえなかった[21]。確かにバルザック本来の意図はそこにあったと言っていい。しかし、バルザックの思考プロセスという観点から見ると、この変更にはもうひとつ別の意味がある。

ポテール版ではロッシュフィード夫人は影も形もなかった。それが『ベアトリクス』第三部執筆の時点でロッシュフィード夫人が浮上してきた理由の一つに、『サラジーヌ』の「語り相手」があったことは容易に推測しうるだろう。『サラジーヌ』の「語り相手」が「フェドラ」から「ド・ロッシュフィード」に修正されたのは1844年のフュルヌ版からであった。この意味で、『ボエームの王』は『ベアトリクス』と関連しているだけでなく、バルザックの名前をめぐる思考プロセスを考える上で興味深い現象を表わしていると言えるのである。

テクストの「ペンディング効果」に大きく寄与する第四の要素として、「手紙」をあげておきたい。バルザックが「手紙」というアイテムに込めた戦略については、本章でも取り上げた『海辺の悲劇』や『谷間の百合』など、バルザック研究者の多くが認めるところだが、『ボエームの王』だけに関して言えば、これがひとつは「引き延ばし」の目的で、もうひとつはクロディーヌに関する物語を牽引する重要な要素として、意図的に置かれたであろうことは想像にかたくない。作品上「手紙」は、「語り」における決定的要素とも言える。なぜなら、「手紙」の有無を条件としてプロローグ2で示したように、「語り」は出発するからである。

これまで述べてきた四つの要素、「名前」、「サント＝ブーヴ」、「中断」、「手紙」のいずれもが、テクストの操作機能を考える上で、テクストの「分断」というひとつの概念の中に入れることができるだろう。この観点は他の作品に向けることが可能だ。例えば、『赤い宿屋』のように、緻密な「中断」構造を取り、「語り」の内部と外部を結ぶために周到に構造化されたものがある。また、『続女性研究』に見られる「分断」のように、バルザックが1830年前後から関心を抱いていた会話体形式と密接に関連している例も考えられるだろう。いずれにしても、「中断」「分断」は、バルザックがテクストを構築する上で用いた手法の中でも、とりわけ注目すべきものと考えることができる。

(2) エピソードの階層化の現象

『ボエームの王』分析中、五つのブロックに分かれて配置された「エピソード群」のことにも触れておく必要がある。これも、作品分析上ではテクストの流れ

---

(21) Patrick Berthier, *Pl.* VII, p.798.; Pierre Barbéris, *op. cit.*, p.40.

を疎外する大きな要素だった。エピソードはこの作品の大きな特徴になっている。これについては、すでに指摘したように、ポテール版で細かい部立て、章立て、サブタイトルなどによる「分断」化がおこなわれていたことに意味がある。バルザックが当初から逸話による物語形成をおこなったと考える根拠と言えるだろう。

『ボエームの王』ではテクストの流れを疎外し、「語り」を引き延ばす目的で配置されてはいるが、本来エピソードはバルザックにとって「語り」の手法の特徴だった。その意味で、『ボエームの王』に見られるような「エピソード群」という現象は、他の作品においてペンディング以外の効果や機能を持っている可能性がある。「エピソード群」を主体とする物語構造は、他のバルザック的なエピソード形式と同一とは一概に言えない。なぜなら、『ボエームの王』において「エピソード群」は、物語の叙述を分断し疎外することに目的があり、一方で、物語を二重に構造化しながら巧みに語るという『赤い宿屋』での筆致が、この作品には全くないからである。最初から対極的な性質をもつものとしてバルザックは書いたのではないか。二つの作品に見られる意識的なテクスト効果を考えれば、同様のエピソード形式を取る他作品、例えば『実業家』や『そうとは知らぬ喜劇役者たち』、あるいは『ニュシンゲン銀行』についても考察の深化が期待される[22]。

(3) 時間記述の問題

この作品に含まれているもうひとつの要素を挙げておきたい。時間記述の問題である。これについては特にクロディーヌの物語部分で出てきた。バルザックに特徴的な「飛び越し」が存在したが、起点の変更についてはまだ不分明な点が多い。前半部分では時間は点描的にしか存在せず、エピソードはそれぞれ時間の枠からはずれている。『「人間喜劇」架空人物索引』は、ラ・パルフェリーヌの項目で、他作品との関連からアントニア夫人などいくつかについては年代を推定しているが、エピソードの多くには時間の言及をしていない[23]。

前半で「語り」を可能なかぎり引き延ばしてきたという一方で、後半では時間は急速に過ぎ去る。バルザックの時間の感覚に対するひとつの例として、『ボエームの王』をあげることができるだろう。『赤い宿屋』ですでに触れた時間記述

---

(22) Patrick Berthier, *Pl.* VII, p.803.; Bruce Tolley, Balzac anecdotier, *AB 1967*, pp.37-50.
(23) *Index des personnages fictifs*, *Pl.* XII, p .1390. 奥田恭士, *Index des personnages fictifs* における年代決定の問題点―*L'Auberge rouge* と *Un drame au bord de la mer*―, 姫路工業大学一般教育部研究紀要『論苑』第7号, 1996, pp.99-109.

の矛盾が、どのような形で「語り」と関わっているのかという問題は、この作品における起点の変更も含めて、発展的要素を含んでいる。

　バルザックにおける時間の問題は、ジョルジュ・プーレの著作『人間的時間の研究』に端を発しているが、実際には、大矢タカヤスも指摘するように、意識的な時間感覚がバルザックのうちに存在したという点を見逃してはならない。この意味で、ジェラール・ジュネットの言う「飛び越し」« ellipse »や「要約」« sommaire »をキー概念とし、作品に刻まれる「時」の記述を対象とした研究が可能であり、『ボエームの王』でもバルザックに特徴的な「時」の記述について、すでに指摘した。これは、バルザック以外の作家たちにも適用されうるし、そこに手法の違いや時間に対する感覚の相違を見ていくことは興味深い。

　もうひとつ、これはバルザックにしか当てはまらない時間の問題がある。人物再出法の発想との関連から、バルザックはすでに書いた、あるいは書きつつあるテクストにおいて、名前の書き換えや匿名の人物に名前をつける作業をおこなうが、それは時間の修正という波及効果も生じさせている。そのため、ある人物に他の作品で偶然出会い、至福にも近い不思議な感覚を覚えるという読書体験が『人間喜劇』の場合存在するのである。

　しかし、バルザックは、フュルヌ版を中心とした修正プロセスにおいて、さまざまな形で年代設定に矛盾を生じさせていることもよく知られている。そこに、単純な記憶違いやコントロールを断念した形跡を認めうる事例が数多く存在することは否定できない。しかし、一方で、『赤い宿屋』や『サラジーヌ』についてすでに指摘したように、意識的に年代をあいまいにしたり、一見矛盾していると思われる時間記述にも根拠が認められる場合がある。『人間喜劇』においては、時間は意識的なものと統御できないまま放置されたものとが混在しているというのが実状だと言っていい。『ボエームの王』は、バルザックの時間記述についても、発見の多い作品と言えよう[24]。

---

(24) 大矢タカヤス，バルザックにおける時間の感覚，『バルザック生誕200年記念論文集』，駿河台出版社，1999, pp.3-14.; Takayasu OYA, *Ellipse dans l'œuvre de Balzac*, Bulletin of Tokyo Gakugei University, Sect. II Humanities Vol.40, February 1989, pp.121-134.; *Problème du temps dans Une Double Famille*, Bulletin of Tokyo Gakugei University, Sect. II Humanities Vol.38, February 1987, pp.85-95.

(4)「私」« je » のねじれ現象

　もうひとつ大きな問題が『ボエームの王』には含まれていた。この点を最後にあげておきたい。

　本節の分析の最後で、フュルヌ版とポテール版において「語り手」(「私」) の位置づけの違いについて述べた。その際、バルザックがテクストの問題点を正確に把握し、その上で意識的にポテール版を修正した形跡を認めた。バルザックは、ポテール版で「語り手」(「私」) を自己分化の初期段階として機能させていたのではないか。そのため、無意識のうちにナタンという人物を想定しながら、しばしば作者／「語り手」ナタン／行為者ナタンという「私」の階層を往来する結果となったのだと考えられる。しかし、ポテール版の修正によって、フュルヌ版で新たな「名前のない私」の階層化を生じさせたにもかかわらず、具体的に「私」から登場人物を析出することができず、フュルヌ版で『人間喜劇』中の複数の人物を枠づけによって設定したあとも、「語り手」ナタンに関する「私」のレベルを統一できなかったのではないかというのが、筆者の最終的な考えである。

　このような現象は、『赤い宿屋』にも見られた「私」の階層分化に、新たな証左を与えるものだ。他の作品でも、「私」の機能にこのようなねじれが生じている事例を本稿でも見てきた。現行の版では見事に三人称を駆使した作品となっているが、実は初期段階では一人称であり、「名前のない私」を巧妙に作中人物化した二つの作品、『シャベール大佐』と『ゴプセック』についても、第3章で分析対象とした。これは、本稿全体を通じ一貫して考察してきた問題であり、1840年『パリ評論』誌初出という時期においてさえ、バルザックが「語り手」(「私」) を縦横に変形していく様子が、『ボエームの王』という作品生成のプロセスにも見ることができる。本稿で述べてきたさまざまなテクストの矛盾は、バルザックが「語り手」(「私」) に関して意識的であったからこそ生じたのである。

結論にかえて

　本稿は、1829年の『結婚の生理学』から出発し、1830年－1832年期に書かれた新聞雑誌掲載短編群を概観したあと、バルザックの模索した試みとして、《レシ》の再配置とテクストの再利用、「語り手」（「私」）からの三人称化の問題を検討し、最後に「語り手」（「私」）が見事に構造化されていくプロセスについて、そこに生じる矛盾も併せて指摘しながら、いくつかのカテゴリーに分けて論じてきた。最後に、これまでに論及した《会話体形式》のひとつの到達点として、1838年の『ニュシンゲン銀行』、また、《象嵌形式》のひとつの成果として、1843年の『オノリーヌ』についても簡略に触れ、本稿の論旨を補足しながら、一連の考察を締めくくりたい。

I 「会話体小説」の到達点〜『ニュシンゲン銀行』

　ロラン・ショレは、バルザックが初期から試行してきたいわゆる「会話体小説」« roman-conversation » の作品として、本論で扱った『続女性研究』と『11時と真夜中の間の会話』、第3章で言及した『知られざる殉教者たち』の他に、もうひとつ『ニュシンゲン銀行』を挙げた[1]。

　この作品は、1838年にヴェルデから刊行された初版のあとは、1844年のフュルヌ版と、他に比べると当初からコンセプトの明確な作品と言えるが、ヴェルデ版に至る校正の加筆修正やフュルヌ版への修正など、やはり同じような執筆の経過をたどる。また、1830年の掲載予告や書簡から推測されるように、基本的なモチーフは、かなり初期からあり、素描の « Une vue du monde » や、それよりも現在の形に近いと推測される « La Haute banque » といった呼び名が使われていた。ピエール・シトロンは、この小説の形式に『あら皮』の「大饗宴」« orgie » の場面、『シャベール大佐』や『ゴリオ爺さん』における会食の場面を想起しているが、これまでに本稿でも検討してきた会話の連続体という形式が用いられた作品である。『続女性研究』に比べると、会話の連続性はより自然であり、作品全体のモチー

---

(1) Roland Chollet, *op cit.*, p.270.

フは一貫している。

　場所は「パリで最もエレガントなナイトクラブ」。あるひとりの女性を連れて食事に来た名前のない「語り手」(「私」)が「個室を仕切る壁がどれほど薄いかご存知だろう」と、« vous » で語りかけ、« je » と « nous » を使いながら状況を説明するところからはじまる(2)。そこへ、4人の人物が壁を隔てた隣のボックスへ入ってきた。『人間喜劇』ではお馴染みの人物たち、ビジウ、ブロンデ、フィノ、クテュールである。会話の連続性に中心がある一方で、作品では、ビジウの語りを中心とし、ラスティニャックの財産の起源とそれに背後から関係するニュシンゲンの財産形成の秘密が、とりわけ計画倒産という近代的な視点から明らかにされていく。

　とはいえ、この作品もまた、本題に入るまでには中ほどを過ぎるころまで、ビジウの語りをめぐる他の三人の人物たちの「中断」を通らなければならない。

　『続女性研究』などに比べて、『ニュシンゲン銀行』が異なっている顕著な点は、冒頭の状況設定のあと早々に、「語り手」(「私」)が、これから繰り広げられる《レシ》に関して、これまでにはない留保をつけていることだ。ひとつは、ビジウの《レシ》は「しばしば中断されては再開につぐ再開を繰り返す」と明記されていること、二つ目に、あらゆる点で「文学的な条件の埒外にある」と留保していること、最後に、「主たる語り手に責任」を負わせると言明していることである (Pl. VI, p.332)。つまり、このあとの語りの形式を説明するに際して、ビジウがおこなう語りの臨場感を読者に感じさせるべく、名前のない「語り手」(「私」)は口を挿まないと宣言することで、『ファチノ・カーネ』や『グランド・ブルテーシュ』の場合とは異なり、「語り手」による語り直しに対して一種の否定的立場が提示されていることは興味深い。これは作品の最終部分で最初の「語り手」(「私」)が背景に押しやられ、三人称的な扱いの中で場面から消えていくという記述と対応するものである。「語り手」(「私」)とその同伴者の女性は、作品冒頭を除いて、二人とも固く口を閉ざし、そのまま立ち去る(3)。

　ベシェ版では、「私」と女性との間で、ビジウの《レシ》に関するやりとりが

---

(2) 冒頭「語り手」は、« vous » で呼びかけ、語りの前提となる状況を、次のように説明する。« Vous savez combien sont minces les cloisons qui séparent les cabinets particuliers dans les plus élégants cabarets de Paris. (...) Nous étions deux, je dirai donc, comme le Prud'homme de Henri Monnier : "Je ne voudrais pas la compromettre." » (Pl. VI, p.329)

(3) « – Tiens, il y avait du monde à côté, dit Finot en nous entendant sortir. – Il y a toujours du monde à côté, répondit Bixiou qui devait être aviné. » (Pl. VI, p.392)

相当行存在したが、その後削除されたこと (Pl. VI, p.392-v-c; pp.1307-1308.) も、バルザックが意図的に「語り手」(「私」)を「消した」ことを示している。名前のない「語り手」(「私」)という設定は、ヴェルデ版の校正1からすでに存在した。このように、『ニュシンゲン銀行』は、バルザックが1830年から試みた「会話体小説」の最終的な到達点と見なすことができる。この作品において、バルザックは、「語り手」(「私」)を作者という位置づけから引き離し、当初からひとつの装置として意識的に機能させていると言えよう。そのため、語り手である「私」は誰か、同席の女性は誰か、何らかの形で人物再出法の適用を想定して書かれたのかという疑問に答えることなく、作品は終結するのである[4]。

II 「象嵌形式」の完成～『オノリーヌ』

「語り手」を複層化して《レシ》を象嵌するという手法に関して、1840年以降の作品『オノリーヌ』に言及しておこう。この小説には草稿 (Pl. II, p.531 以降の「総領事」の話) が存在するが、最初に触れられるのは1843年1月17日のハンスカ夫人宛書簡である。初出は『ラ・プレス』紙 (1843年3月17日－3月29日)、初版はポテール版1844年10月 (刊行日付1845年) であり、1845年12月にフュルヌ版、その訂正という経緯を取る。この作品は、バルザックが《レシ》の枠づくりをおこなったという点で、最も完成度の高い作品と見なすことができる。

とはいえ、作品冒頭から、「この小さな序」(Pl. II, p.525) という表現が見られるし、また、頻繁ではないにしても « vous » を使用している点は、本稿で扱った他の象嵌形式の作品と変わらない。三人称形式にしては、「語り手」(「私」) が読者に向かって語りかけるような表現が取られている。場所はジェノヴァ総領事の家。聞き手はデ・トゥーシュ嬢とレオン・ド・ロラという『人間喜劇』に馴染みの深い人物たちである。他の作品と同様、一種のサロンという状況設定の中で会話が続く。やがて、総領事モーリス・ド・ロスタルの《レシ》がはじまるが、この語

---

[4] このような『ニュシンゲン銀行』の特異性について、レオ・マゼは、次のように言っている。Léo Mazet, *op. cit.*, pp.130, « Dans la plupart des contes de *La Comédie humaine*, l'origine de l'énonciation est claire. (…) Mais il arrive que l'origine de l'énonciation soit savamment brouillée par le désir mimétique du projet, sans cesse réaffirmé, de <<réalisation>> de la fiction. Il devient impossible de situer le narrateur de *La Maison Nucingen*, cette transcription d'un récit surpris entre plusieurs personnages du cycle. Le narrateur pourrait aussi bien être l'un d'eux que leur narrateur général. »

りは、他の作品と同じように、いくつかの「分断」ないし「中断」をともなって進行する。しかし、その中断は比較的少ない。これは、主に、『ラ・プレス』紙にあった章立てに準じているためだと思われる。バルザックは、『続女性研究』でおこなったようには、《レシ》を積極的に分断しなかった。

　この作品の特異性のひとつは、モーリスが語りはじめに当たって、次のように言っていることだ。

　　　「私は、これからひとつの物語をお話しますが、そこでは、私がある役割を
　　　果たしています（…）。」(Pl. II, p.531)

　本稿では、「語り手」（「私」）が突然「語り」の中に登場し、そこで「行動する」という点について、『赤い宿屋』や『ボエームの王』について見てきた。その意味で、この「語り手」は、作中人物として位置づけられており、名前をつけられ、その上で物語上を「動く」だけではなく「ある役割を果たしている」と、明確に記されている。これまでにも語りの前提としてバルザックは、その真実性のアリバイを保証していたことはすでに見たが、この作品では、その保証が物語レベルではっきりと言明されている点が、これまでの作品とは顕著に異なる。

　『オノリーヌ』が他の象嵌形式の作品と異なるもうひとつの点は、語りの象嵌が複雑化していることだ。総領事の《レシ》は、ここから更にもうひとつの《レシ》を分岐させる。総領事の《レシ》の内部においては、その語られる物語に登場するひとりの人物（オクターヴ伯爵）の発言や「私」＝総領事と伯爵との会話、その他の人物たちの発言や会話が立ち上がり、いわば《レシ》中の会話という形式へとテクストは進む (p.546〜)。やがて、その物語の中で、オクターヴ伯爵が、作品全体の語り手（総領事）に、ある打ち明け話を物語る場面に移る。

　この打ち明け話が、これも比較的長い《レシ》(pp.550-558) となっている点は特徴的だ。もちろん、『ゴプセック』冒頭のゴプセックによる《レシ》も同様の形態を取っていたが、『オノリーヌ』ではひとつの箱の内部で次々に箱が開かれていくといった様相を呈する。この《レシ》が語られたあと、オクターヴ伯爵と総領事の二人の会話に戻り、全体の語り手は総領事へと帰っていく (p.560)。通常はサロンという語りの場へ戻ることで、語りは終熄へと向かうのだが、この作品では、このあともいくつかの「中断」をともないながら、更にテクストは継続していく。これも、『赤い宿屋』に見られた《テクスト・カードル》の伸長と同じ形態と考えることができるが、総領事の語る《レシ》の内部にとどまり、名前の

ない「語り手」という矛盾を生じさせることはない。

　問題なのは、語りの場と《レシ》とを結ぶその中断のアイテムが、手紙の朗読を中心とするという点だ。総領事はデ・トゥーシュ嬢に、まず、オノリーヌがモーリスに宛てた長い手紙を朗読する (pp.580-583)。そのあとも、オクターヴ伯爵からモーリスに宛てた手紙1通と、オノリーヌがモーリスに宛てた手紙2通、計3通 (pp.587-589; pp.590-592; pp.593-594) の長い手紙が読み上げられ、ようやく最初の枠に戻ってくるときには、作品は末尾を迎えている (p.594～)。

　このように、『オノリーヌ』は、これまで見てきた作品群、とりわけ『ボエームの王』との親近性が高い。バルザックは、《レシ》の「語り」に関して、さまざまな試みを意識的におこなってきたことは、本稿ですでに分析した。『ボエームの王』ではまだ「語り」の主体である「私」の位置づけがあいまいであったのに比べ、『オノリーヌ』は、「語り手」(「私」)をはじめから明確に位置づけたという意味で、《象嵌形式》のひとつの到達点を示す作品と言うことができるだろう。

III　人物再出法の意味

　ロラン・ショレは、本稿でもたびたび取り上げた著作の序文冒頭で、「バルザックは、1830年以前ジャーナリストであったし、それ以後もそうであった、彼はそうであることをやめなかった。」[5]と、シンボリックに書いている。実際、1830年という年だけを見ても、ステファヌ・ヴァションが「1830年に、バルザックの活動はとりわけジャーナリスティックである」[6]と言っているように、その後のバルザックを豊かにする素材が詰まっていた。われわれが本稿の考察をはじめるきっかけも、そこにあったことは言うまでもない。

　バルザックは何よりもまず、初出作品において、「語り相手」＝新聞雑誌の読者という意識から書きはじめた。それが、やがてロマネスクなものとして変貌する。語り手の意識に「分岐」や「異相」が生じる理由が、そこにあった。この場合、「語り手」(「私」) は、バルザックが執筆プロセスにおいて機能させた一種の「装置」と見なすことができる。この認識に立てば、時代が要請する出版事情に対応することから出発しながらも、バルザックが「私」という形態を用いることによって、さまざまな語り手の変容を生じさせているという点が理解できる。

---

(5) Roland Chollet, *op. cit.*, p.9.
(6) Stéphane Vachon, *Les travaux et les jours d'Honoré de Balzac*, p.105.

第1章で述べた不思議な「名前のない私」の諸形態も、スタート地点では可塑的だったのだ。『サラジーヌ』は、ひとつの寓話的な物語にとどまったが、それだからこそ、読者はいつまでも、この不思議な物語を追い求める。バルザックの世界は、このあと、多面的な広がりをもって形成されていくことになるだろう。
　人物再出法は、単純な構造的方法などではなく、一つの認識論的な発見であった。その意味で、《レシ》と《テクスト・カードル》とは、バルザックのテクストにおいて密接に絡み合っている。挿話を支える枠、それに挿話と挿話をつなぐ議論と会話。このような《テクスト・カードル》の柔軟な変更の中で、挿話は再利用されていったと言える。
　このように、テクストの再利用とパッチワークの作業の中で、《会話体形式》の作品が試みられた。来るべき豊かな『人間喜劇』の畑地として、『コント・ブラン』が耕され、実りをもたらす。それと同時に、『人間喜劇』構想成立の一端として、名前のない一人称の「語り手」(「私」)に名前が与えられ、具体的な三人称化が押し進められた。そこで重要な役割を担うのが、ビアンションとデルヴィルである。
　ジュリエット・フロリッシュは、「『人間喜劇』の世界ではとにかく人はよくしゃべるし、他人のことをよく話す。実際、他人のことを話すというのは、バルザックの小説においてとてもユニークでとても複雑な活動なのだ。」[7]と言っている。バルザックにおける「語り」は、執筆プロセスを背景とした可塑的な構造体そのものであった。ここに、バルザックに固有の執筆原理が存在する。語られる《レシ》は、ひとつの作品のうちで終わるのではなく、より広い《テクスト・カードル》の存在を、読者に確信させるだろう。物語は、閉じることなく常に開かれた世界を、控えさせている。
　作品に見られるさまざまな矛盾もまた、バルザックに特徴的な執筆上の思考の現われであり、その矛盾が新たにテクストの展開を可能にさせた。
　われわれは、本稿の最後で、これまでバルザックが意識的にテクストを紡いだとはあまり考えられてこなかった『ボエームの王』について、現象として生じる矛盾に込められた「語り手」(「私」)を媒介とするバルザックの執筆思考の跡をたどった。
　『人間喜劇』の生成プロセスの上で、「私」から始まって、さまざまな形態を取りながら、結果的に登場人物群を析出していく現象を見たことになる。

---

(7) Juliette Frølich, *op. cit.*, p.15.

クロード・ブレモン＆トマ・パヴェルは、『サラジーヌ』論の最後で、「『サラジーヌ』は完璧な作品ではない。しかし、それは、驚くべき豊穣さを予感させるテクストである。」と言っている[(8)]。

　バルザックのテクストは、そのひとつひとつが独立して完成されているというよりも、それぞれが、執筆のプロセスの中で、溢れるばかりの意欲をはみ出させ、枠におさめることができないほど豊かな世界を形作っている。そこに人物再出法が生まれた本質的な意味があると言っていい。バルザックのテクストは、ひとつの《レシ》であると同時に、その《レシ》を包む《カードル》でもあった。偶然にある作品でひとつの名前に逢着することによって、閉じているはずの作品の内部から、『人間喜劇』に含まれる他の作品へと瞬間的に移動するという体験を、バルザックの読者ならば、少なからずしたことがあるはずだ。この場合、たとえその名前に具体性がなくとも、読者はその空白を自ら埋めることができるのである。

　芳川泰久は、『人間喜劇』における人物再出法の必然性について、「人物再登場の方法とは、すでに書かれたまま孤立した作品という地点どうしを、さらにはいまだ書かれてはいない作品をも繋いで行く、作品世界をネットワーク化する三角測量の方法そのものなのだ。」とし、「バルザックは、人物を再登場させ、再利用＝リサイクルするとき、半面、そうした各人物の書き得ない空白部をも受け入れたのである。」と記している[(9)]。

　これは、本稿の出発点であった「すべては真実である」という『ペール・ゴリオ』における言明が、根拠を持って語られたものであることを表わしている。

　バルザックのテクストは変貌する。そして、変貌するプロセスにおいて、テクストは「真実性」« vraisemblance » を獲得するのであり、多様な語りの試みと矛盾にこそ、19世紀前半のフランスの「現実性」« réalité » が浮き彫りにされていると言うことができるのである。

---

(8) Claude Brémond et Thomas Pavel, *op. cit.*, p.264.
(9) 芳川泰久，前掲書，p.279; p.283.

参考文献

1. テクスト

La Comédie humaine, Bibliothèque de la Pléiade, Gallimard, 1976-1981, 12 vol.

Œuvres diverses, Bibliothèque de la Pléiade, Gallimard, 1990, 1996, 2 vol.

Œuvres complètes, Conard, 1912-1940, 40 vol.

L'Œuvres de Balzac, Le Club Français du Livre, 2e éd.,1962-1964, 16 vol.

Œuvres complètes de Balzac, Club de l'Honnête Homme, 1963, 28 vol.

La Comédie humaine, Bibliophiles de l'originale, 1967, 28 vol.

Honoré de Balzac, Sarrasine, Présentation et notes par Eric Bordas, Le Livre de Poche, Librairie Générale Française, 2001.

Le Conseil, Mame et Delaunay-Vallée, *Scènes de la vie privée*, t.III, 1832.

La Grande Bretèche ou les Trois Vengeances, Werdet, E*tudes de mœurs au XIXe siècle, Scènes de la vie de province*, t.III, 1837.

Les Contes bruns, Max Milner, Laffitte reprints, Marseille, 1979.

La Grande Bretèche ou les Trois Vengeances, Charpentier, *Scènes de la vie de province*, t.II, 1839.

Dinah Piédefer, Bruxelles, Ed. Alph. Lebègue et Sacré Fils, 1843.

La Muse du département, Furne, *La Comédie humaine, Etudes de mœurs, Scènes de la vie de province*, t.II, 1843.

La Muse du département, Souverain, *Les Mystères de province*, t.I-IV, 1843.

La Grande Bretèche, Furne, *La Comédie humaine, Etudes de mœurs, Scènes de la vie privée*, t.IV, 1845.

La Muse du département, in *L'Illustre Gaudissart&La Muse du département*, Classiques Garnier, Ed. Garnier Frères, 1970.

Contes bruns, Préface de Max Milner, Laffitte reprints, Marseille, 1979.

Le Colonel Chabert, édition critique avec une introduction, des variantes et des notes par Pierre Citron, Paris, Librairie Marcel Didier, 1961.

Le Colonel Chabert, Le Livre de Poche *Classiques*, Introduction, Notes, Commentaires et Dossier de Stéphane Vachon, 1994.

Le Colonel Chabert, folio classique, Préface de Pierre Barbéris, Edition de Patrick Berthier, Gallimard, 1999.

Le Colonel Chabert, GF-Flammarion, Edition établie par Nadine Satiat, 1992.

Une conversation entre onze heures et minuit, in *L'ARTISTE*, le 25 décembre, 1831, pp.217-222.

Une scène de boudoir, in *L'ARTISTE*, le 21 mars, 1841, pp.201-203.

Une scène de boudoir (suite et fin), in *L'ARTISTE*, le 28 mars, 1841, pp.220-222.

Balzac, *Gobseck, Une double famille*, GF-Flammarion, Edition établie par Philippe Berthier, 1984.

Pensées, Sujets, Fragmens, Edition originale avec une préface et des notes du Jacques Crépet, A. Blaizot, 1910.

Le Lys dans la vallée, Classiques Garnier, Ed. Garnier Frères, 1971.

2. 書簡

Correspondance, Garnier Frères, 1960-1969, 5 vol.

*Lettres à Madame Hanska*La, Bibliophiles de l'originale, 1967, 4 vol.

Lettres de Madame de Bernard-François Balzac à sa fille Laure Surville. Texte présenté avec une introduction par Hachiro KUSAKABE, Ed. Seizansha, 2000.

3. 文献（欧文）

BARBERIS (Pierre)

– *Balzac et le mal du siècle*, nrf, Gallimard, 1970.

– *Balzac, une mythologie réaliste*, Larousse, 1971.

– *Le Monde de Balzac*, Arthaud, 1973.

– « A propos du *S/Z* de Roland Barthes » in *AB* 1970.

BARDECHE (Maurice)

– *Balzac, romancier*, Slatkine reprints, 1967.

– *Une lecture de Balzac*, Les Sept Couleurs ,1964.

BARTHES(Roland)

– *Œuvres completes*,Tome2, Edition du Seuil,1994.

– *S/Z*, Ed. du Seuil, 1970.

BEGUIN (Albert), *Balzac lu et relu*, éd. du Seuil, 1965.

BERTHIER (Patrick), « Nathan, Balzac et *La Comédie humaine* », *AB 1971.*

BORDAS (Eric)

– « *Sarrasine* de Balzac,une poétique du contresens » in *Nineteenth-Century French Studies*, vol.31, no, 1&2, winter 2002-03.

– « Introduction » in *Honoré de Balzac, Sarrasine*, Présentation et notes par Eric Bordas, Le Livre de Poche, Librairie Générale Française, 2001.

- « Au commencement était l'impossible (la *Physiologie du mariage*) », *Balzac ou la tentation de l'impossibles*, SEDES, 1998.

BOREL (Jacques), *Le Lys dans la vallée et les sources profondes de la création balzacienne*, José Corti, 1961.

BOUTERON (Marcel)
- Préface et notes aux *Contes bruns*, Paris, A. Delpech, 1927, pp.7-17.
- « Les tribulations des *Contes bruns* », dans *Etudes balzaciennes*, Paris, Jouve, 1954, pp.71-74.

BREMOND (Claude) et PAVEL (Thomas), *De Barthes à Balzac, Fictions d'un critique, critique d'une fiction*, Bibliothèque Albin Michel, Idées, 1998.

BROOKS (Peter)
- *Body Work*, Harvard University Press, 1993.
- *Psychoanalysis and Storytelling*, The Storyteller, Black well, 1994.
- *Reading for the Plot*, Harvard University Press, 1995.

CHOLLET (Roland), *Balzac journaliste, le tournant de 1830*, Klincksieck, 1983.

CITRON (Pierre)
- *Dans Balzac*, Seuil, 1986.
- « Sur deux zones obscures de la psychologie de Balzac », *AB* 1967.
- « Interprétation de *Sarrasine* », *AB* 1972.
- « Le rêve asiatique de Balzac », *AB* 1968.
- *Introduction à Echantillon de causerie française*, *La Comédie humaine*, t.5, Editions du Seuil, « L'Intégrale », 1966.

CURTIUS (Ernst Robert)
- *Balzac*, traduit de l'allemand par Henri Jourdan, Ed. Grasset, 2e édition, 1933.
- *Balzac*, Verlag Von Friedrich Cohen, 1923.

EVANS (Henri), « Notes » in *L'Œuvre de Balzac*, Club français du Livre, t.IX.

FRφLICH (Juliette), *Au Parloir du roman de Balzac et de Flaubert*, Paris, Société Nouvelle Didier-Erudition; Oslo Solum Forlag A/S, 1991.

GADENNE (Paul), Introduction à *Un prince de la Bohème* dans *L'Œuvre de Balzac*, Club de l'Honnête Homme, t.IX, 1958, pp.633-642.

GAUTHIER (Henri), « Le projet du recueil "Etudes de femme" », *AB* 1967.

GENETTE (Gérard), *Figures III*, Seuil, 1972.

GERMAIN(François), *Honoré de Balzac, L'Enfant maudit*, édition critique établie avec introduction et relevé des variantes par F. Germain, Les Belles Lettres, 1965.

GUISE (René), « Balzac, lecteur des *Elixirs du diable* », *AB* 1970.

GUYON (Bernard), *La Pensé politique et sociale de Balzac*, Armand Colin, 1969.

HAKATA(Kaoru)

– *Le mot « télégraphe » (« télégraphique » « télégraphiquement ») chez Balzac*, Equinoxe No. 19, Rinsenbooks, 2001, p.69-p.81.

– *La Rumeur dans l'œuvre de Balzac –Les discours collectifs et l'écriture du romancier–*, *Études de langue et littérature françaises*, 2004, No.84, p.56-p.70.

KAMADA (Takayuki), *La stratégie de la composition chez Balzac*, Surugadai-Shuppansha, 2006.

KASHIWAGI (Takao)

– *La Trilogie des célibataires d'Honoré de Balzac*, Nizet, 1983.

– *Balzac, Romancier du regard*, Nizet, 2002.

LACHET (Claude), *Thématique et Technique du Lys dans la vallée de Balzac*, Nouvelles Editions Debresse, 1978.

LALANDE (Bernard)

– *Les Etats successifs d'une nouvelle de Balzac*: « Gobseck », *Revue d'histoire littéraire de la France*, 1939, pp.180-200.

– *Les Etats successifs d'une nouvelle de Balzac*: « Gobseck » *(Fin)*, *Revue d'histoire littéraire de la France*, 1947, pp.67-89.

LEFEBVRE (Anne-Marie)

– « Bianchon,cet inconnu », *AB* 1987.

– « Visages de Bianchon », *AB* 1988.

– « Bianchon,un astre du cosmos balzacien », *AB* 1995.

– « Balzac et les médecins du XVIIIe siècle », *AB* 1997.

LEJEUNE (Philippe), *Le Pacte autobiographique*, Seuil, 1975.

LE YAOUANC (Moïse)

– « Introduction à "Un drame au bord de la mer" », *AB* 1966.

– « Présence de Melmoth dans la *Comédie humaine* », *AB* 1970 .

MAIGRON (Louis), *Le Roman historique à l'époque romantique. Essai sur l'influence de Walter Scott*, Hachette, 1898.

MARCEAU (Félicien), *Balzac et son monde*, Gallimard, 1970.

MAZET (Léo), « Récit(s) dans le récit: L'Echange du récit chez Balzac », *AB* 1976.

MERIMEE (Prosper), *Mateo Falcone* in *Théâtre de Clara Gazul, Romans et nouvelles*, Gallimard, Bibliothèque de la Pléiade, 1978.

MILATCHITCH (Douchan Z.), *Le Théâtre inédit de Honoré de Balzac*, Hachette, 1930.

MOZET (Nicole)
- *Balzac au pluriel*, Ed. PUF, 1990.
- *Honoré de Balzac, La Grenadière et autres récits tourangeaux de 1832*, Christian Pirot, 1999.

MURATA (Kyoko), *Les métamorphoses du pacte diabolique dans l'œuvre de Balzac*, Klincksieck, 2003.

NESCI (Catherine), « Des révolutions conjugales: le récit restauré dans la *Physiologie du mariage* », *AB* 1990.

NYKROG (Per), *La Pensée de Balzac dans la Comédie humaine*, Esquisse de quelques concepts clés, Copenhague, 1965.

OSHITA (Yoshie), « L'Imaginaire mélodramatique dans l'œuvre de Balzac », *AB* 2000.

OYA (Takayasu)
- *Ellipse dans l'œuvre de Balzac*, Bulletin of Tokyo Gakugei University, Sect. II Humanities Vol.40 February 1989.
- *Problème du temps dans Une Double Famille*, Bulletin of Tokyo Gakugei University, Sect.II Humanities Vol.38 February 1987.

PIERROT (Roger)
- « Une Source du *Grand d'Espagne* », *AB* 1964.
- Introduction à *Echantillon de causerie française*, *Œuvres complètes de Balzac*, Club de l'Honnête Homme, t.XXVII (Œuvres diverses, t.III), 1958.

PROUST (Marcel), *Contre Sainte-Beuve*, Bibliothèque de la Pléiade, Gallimard, 1971.

PUGH (Anthony R.)
- « Du *Cabinet des Antiques* à *Autre étude de femme* », *AB* 1965.
- « Note sur l'épilogue de (sic d') *Un prince de la Bohème* », *AB* 1967.

RAITT (A.W.), *Notes sur la genèse de La Grande Bretèche*, *AB* 1964.

ROBERT (Marthe), *Roman des origines et origines du roman*, collection tel, Gallimard, 1983.

SERRES (Michel)
- *L'Hermaphrodite, Sarrasine sculpteur*, Flammarion, *1987.*
- *Balzac, Sarrasine, suivi de Michel Serres, l'Hermaphrodite*, Garnier Flammarion, Paris, 1989

TAKAYAMA (Tetsuo), *Les œuvres romanesques avortées de Balzac (1829-1842)*, The Keio institute of cultural and linguistic studies, 1966.

TOLLEY (Bruce)
- « Balzac et Le Sylphe: *Le Grand d'Espagne* et la veillée funèbre de Coralie », *AB* 1976.

– « Balzac anecdotier », *AB* 1967.

UDA (Naohisa), *La madone dans l'œuvre d'Honoré de Balzac*, Septentrion, 1998.

VERCOLLIER (Claudine), « Le lieu du récit dans les nouvelles encadrées de Balzac », *AB* 1981.

VACHON (Stéphane), *Les travaux et les jours d'Honoré de Balzac*, Presses du CNRS, Paris, 1992.

VUONG-RIDDICK (Thuong), La main blanche et « L'Auberge Rouge »: Le processus narratif dans « L'Auberge Rouge », *AB* 1978.

WURMSER (André), *La comédie inhumaine*, Gallimard, 1970.

4. 文献（和文）

飯島耕一，『バルザック随想』，青土社，1993.

石井晴一
　―『バルザックに成るまでのバルザック（IV）』，東京創元社版「バルザック全集」月報no.25, 1975.
　―『バルザックの世界』，第三文明社，1999.

泉利明，「全集」の夢，『バルザック　生誕200年記念論文集』，日本バルザック研究会，駿河台出版社，1999.

伊藤幸次，『バルザックとその時代』，渡辺出版，2004.

大矢タカヤス，バルザックにおける時間の感覚,『バルザック　生誕200年記念論文集』，日本バルザック研究会，駿河台出版社，1999.

柏木隆雄
　―『謎とき「人間喜劇」』，ちくま学芸文庫，2002.
　―『ゴリオ爺さん』における「知ること」，大阪大学大学院文学研究科紀要第42巻，2002.
　―バルザック『シャベール大佐』における〈まなざし〉，関西フランス語フランス文学第9号，2003.
　―バルザック『無神論者のミサ』の「謎」の構造,『シュンポシオン　高岡幸一教授退職記念論文集』，朝日出版社，2006, pp.175-184.

片桐祐,『オノリーヌ』のなかのバイロン，青山学院大学フランス文学会，青山フランス文学論集第4号，1995, PP.43-55.

加藤尚宏,『バルザック　生命と愛の葛藤』，せりか書房，2005.

私市保彦
　―バルザック「教会」-宗教の死と再生の夢，武蔵大学人文学会雑誌，Vol.12, No.4,

武蔵大学人文学会，1981.
　　―『名編集者エッツェルと巨匠たち』，新曜社，2007.
霧生和夫『バルザック』，中公新書，1978.
佐久間隆
　　―そそのかす声たち―『結婚の生理学』における認識論的問題 (1)，仏語仏文学研究第 29 号，仏語仏文学研究会，東京大学，2004.
　　―バルザック『結婚の生理学』における文学的コミュニケーション，日本フランス語フランス文学研究，No.85・86, 2005.
　　―対話者の声、「自分自身」の声―『結婚の生理学』における認識論的問題 (2)，仏語仏文学研究第 32 号，仏語仏文学研究会，東京大学，2006.
佐野栄一
　　―『ゴプセック』論：バルザックにおけるブルジョワ的なものの変質、青山学院大学文学部紀要第 27 号，1985，p.25-p.44 (p.36).
　　―バルザックの復権，『流経法学』第 1 巻第 1 号, 2002・3（通巻 1）
澤田肇
　　―バルザックの登場人物形成法に関する一考察 ―アンリ・ド・マルセーとフェリックス・ド・ヴァンドネスについて(1)―，上智大学仏語・仏文学論集，第 23 号，1989.
　　―バルザックの登場人物形成法に関する一考察 ―アンリ・ド・マルセーとフェリックス・ド・ヴァンドネスについて(2)―，上智大学仏語・仏文学論集，第 24 号，1990.
　　―バルザックの文体：批評小史，上智大学仏語・仏文学論集，第 25 号，1991.
高山鉄男，『バルザック』，清水書院，1999.
中川久定，自伝の文学　ルソーとスタンダール，岩波新書，1979.
中堂恒朗
　　―オノレ・ド・バルザック『マラナ家代々』について，大阪学院大学外国語論集第 28 号，1993.
　　―バルザックと摂取吸収作用（アンテュスュセプション）について，『テクストの生理学』，柏木隆雄教授退職記念論文集刊行会編，朝日出版社，2008.
中山眞彦，物語テキストにおける「視点」の意味，東京工業大学人文論叢，1991.
西節夫，バルザック『谷間の百合』覚書，成城大学大学院文学研究科ヨーロッパ文化研究第 2 集，1982.
博多かおる，噂の断片から隠された事実を探る―1830 年代初頭のバルザック短編小説における噂の役割―，『人文論究』，第 54 巻第 1 号，関西学院大学人文学会，2004.
早水洋太郎，「バルザックの新聞記事、掲載順リスト」，新聞人バルザック：「パリ便り」，バルザックと周辺領域における文化史的背景の研究，平成 12 年度～平成 13 年度科学研究費補助金　基盤研究(B)(1)研究成果報告書.

松村博史
　—医師ビアンションの目—『人間喜劇』における医学の視点(1)—，近畿大学語学教育部紀要第3巻第1号，2003.
　—病気と死に向き合う医師ビアンション—『人間喜劇』における医学の視点(2)—，近畿大学語学教育部紀要第3巻第2号，2004.

道宗照夫
　—バルザック初期小説研究「序説」，風間書房，1979.
　—バルザック初期小説研究「序説」（二），風間書房，1989.
　—バルザック『人間喜劇』研究（一），風間書房，2001

村田京子
　—バルザック『知られざる殉教者たち』—解題と翻訳—，『国際分化』第3号，大阪女子大学人文社会学部人文学科国際文化専攻，2002.
　—『シャベール大佐』におけるフェロー夫人の娼婦性，バルザックと周辺領域における文化史的背景の研究，平成12年度〜平成13年度科学研究費補助金　基盤研究(B)(1)研究成果報告書.

森野由美子，バルザックの『ゴプセック』におけるテキストの発展，武蔵大学人文学会雑誌第22巻第1・2号，1991.

芳川泰久，『闘う小説家　バルザック』，せりか書房，1999.

ロラン・バルト，『S/Z バルザック「サラジーヌ」の構造分析』，沢崎浩平訳，みすず書房，1973.

E. R. クルティウス，『バルザック論』，大矢タカヤス監修，小竹澄栄訳，みすず書房，1990.

ミッシェル・セール，『両性具有　バルザック「サラジーヌ」をめぐって』，及川馥訳，叢書ウニベルシタス，法政大学出版局，1996.

ロール・シュルヴィル，『わが兄バルザック』，大竹仁子・中村加津訳，鳥影社，1993.

『シャベール大佐』，川口篤・石井晴一訳，東京創元社，1995.

『シャベール大佐』，大矢タカヤス訳,河出書房新社,1995.

『バルザック全集』，東京創元社，全26巻，1964.

『バルザック「人間喜劇」セレクション』，藤原書店，全13巻／別巻2，1999-2002.

『バルザック幻想・怪奇小説選集』，水声社，全5巻，2007.

『バルザック　生誕200年記念論文集』，日本バルザック研究会，駿河台出版社，1999.

『ユリイカ』，第26巻第12号，青土社，1994.

『テクストの生理学』，柏木隆雄教授退職記念論文集刊行会編，朝日出版社，2008.

【付表】本論に関係する年表

1826 ○ *La Physiologie du mariage* (préoriginal)
   ↓
1829 ● *La Physiologie du mariage* (Levavasseur et Canel)
   ↓
   1834 *La Physiologie du mariage* (Ollivier)
   1838-48 *La Physiologie du mariage* (Charpentier)
   1846 *La Physiologie du mariage* (Furne)

1830
○ 6 mars *L'Usurier* (*La Mode*)
  13 avril *Les Dangers de l'inconduite* (*Scènes de la vie privée*, Mame)
   ↓
   1835 *Le Papa Gobseck* (*Scènes de la vie parisienne*, Béchet)
  ● 1842 *Gobseck* (Furne)

○ 20 mars *Etude de femme* (*La Mode*)
   ↓
   1831 *Etude de femme* (*Romans et contes philosophiques*, Gosselin)
   1835 *Profil de marquise* (Béchet)
   1839 *Profil de marquise* (Charpentier)
  ● 1842 *Etude de femme* (Furne)

○ 8 mai *Les Deux Rêves* (*La Mode*)
  déc. *Le Petit Souper* (*Revue des Deux Mondes*)
   ↓
   1831 *Le Petit Souper* (15 mars, *Le Voleur*)
   1831 *Les Deux Rêves* (*Romans et contes philosophiques*, Gosselin)
   1837 *Les Deux Rêves* (*Etudes philosophiques*, Werdet=Delloye et Lecou)
   1842-1844 *Catherine de Médicis expliquée* (Souverain)
  ● 1846 *Sur Catherine de Médicis* (Furne)

○ 15 mai/5 juin *Souvenirs soldatesques. Adieu* (*La Mode*)
   ↓
   1832 *Le Devoir d'une femme* (*Scènes de la vie privée*, 2e éd., Mame)
   1834 *Adieu* (*Etudes philosophiques*, Werdet)
   ● 1846 *Adieu* (Furne)

○ 3 oct. *Zéro* (*La Shilhouette*)
   9 dés. *La Danse des pierres* (*La Caricature*)
   ↓
   1831 *L'Eglise* (*Romans et contes philosophiques*, Gosselin)
   1836 *L'Eglise* (*Etudes philosophiques*, Werdet)
   ● 1845 *Jésus-Christ en Flandre* (Furne)

○ 24 oct. *L'Elixir de longue vie* (*Revue de Paris*)
   ↓
   1831 *L'Elixir de longue vie* (*Romans et contes philosophiques*, Gosselin)
   1834 *L'Elixir de longue vie* (*Etudes philosophiques*, Werdet)
   ● 1846 *L'Elixir de longue vie* (Furne)

○ 21/28 nov. *Sarrasine* (*Revue de Paris*)
   ↓
   1831 *Sarrasine* (*Romans et contes philosophiques*, Gosselin, 2e éd.)
   1833 *Sarrasine* (*Romans et contes philosophiques*, Gosselin, 4e éd.)
   1835 *Sarrasine* (*Etudes de mœurs aux XIXe siècle*, Béchet)
   ● 1844 *Sarrasine* (Furne)

○ 16 dés. *Le Dernier Napoléon* (*La Caricature*)
   ↓
   1831 *Le Suicide d'un poète* (29 mai, *Revue de Paris*)
   1831 *Une Débauche* (juin, *Revue des Deux Mondes*)
   1831 *La Peau de chagrin* (août, Gosselin et Canel)
   1834 *La Peau de chagrin* (*Etudes philosophiques*, Werdet)
   1838 *La Peau de chagrin* (Delloye et Lecou)
   ● 1846 *La Peau de chagrin* (Furne)

○ 24 dés. *Une passion dans le désert* (*Revue de Paris*)
  ↓
  1837 *Une passion dans le désert* (*Etudes philosophiques*, Werdet)
  1845 *Une passion dans le désert* (Chlendowski)
  ● 1846 *Une passion dans le désert* (Furne)

1831
○ 21/28 août *L'Auberge rouge* (*Revue de Paris*)
  ↓
  1832 *L'Auberge rouge* (*Nouveaux contes philosophiques*, Gosselin)
  1837 *L'Auberge rouge* (*Etudes philosophiques*, Werdet=Delloye et Lecou)
  ● 1846 *L'Auberge rouge* (Furne)

○ 25 déc. *Une Conversation entre onze heures et minuit* (*L'Artiste*)
  ↓
  1832 fin du jan. *Une Conversation* / *Le Grand d'Espagne* (*Contes bruns*)
        mai *La Grande Bretèche* (*Le Conseil*, Scènes de la vie privée, 2e éd, Mame)
  1837 *La Grande Bretèche ou les Trois Vengeances* (Werdet)
  ● 1842 *Autre étude de femme* (Furne)
  ● 1843 *Dinah Piédefer* (*Le Messager*)
        La Muse du département (Furne / Souverain)
  ○ 1844 *Echantillon de causerie française* (Potter)
  ● 1845 *La Grande Bretèche* (Furne)

1832
○ 15 fév. *Le Message* (*Revue des Deux Mondes*)
  ↓
  1832 *Le Conseil* (*Scènes de la vie privée*, 2e éd., Mame)
  1833 *Le Message* (*Etudes de mœurs aux XIXe siècle*, Béchet)
  ● 1842 *Le Message* (Furne)

○ 19/26 fév. 4/11 mars *La Transaction* (*L'Artiste*)
  ↓
  1835 *La Comtesse à deux maris* (*Etudes de mœurs aux XIXe siècle*, Béchet)
  ● 1844 *Le Colonel Chabert* (Furne)

○ 20 oct. *Notice biographique sur Louis Lambert*
(*Nouveaux contes philosophique*s, Gosselin)
↓
1833 *Histoire intellectuelle de Louis Lambert* (Gosselin)
1835 *Histoire intellectuelle de Louis Lambert* (Werdet)
↓
● 1846 *Louis Lambert* (Furne)

1834
○ 30 nov. *Un drame au bord de la mer, L'impartial* (*Le Voleur*)
déc. *Un drame au bord de la mer* (*Etudes philosophiques*, Werdet)
↓
1843 *La Justice paternelle* (*Les Mystères de province*, Souverain)
● 1846 *Un drame au bord de la mer* (Furne)

1835
○22/29 nov./27 déc. préface/l'envoi à Natalie, le début du chap. I
(*Les Deux Enfances*) (*Revue de Paris*)
↓
1836 *Le Lys dans la vallée* (Werdet)
↓
● 1844 *Le Lys dans la vallée* (Furne)

1836
○ 17 mars *Facino Cane* (*Chronique de Paris*)
↓
1837 *Facino Cane* (*Etudes philosophiques*, Delloye et Lecou)
1843 *Le Père Canet* (*Les Mystères de province*, Souverain)
● 1844 *Facino Can*e (Furne)

1838
○ oct. *La Maison Nucingen* (Werdet)
↓
● 1844 *La Maison Nucingen* (Furne)

1840

○ 25 août. *Les Fantaisies de Claudine* (*Revue parisienne*)
   ↓
   1844 *Un prince de la bohème* (Potter)
● 1846 *Un prince de la bohème* (Furne)

○ 25 juillet *Z. Marcas* (*Revue parisienne*)
   ↓
   1841 *La Mort d'un ambitieux* (Desessart)
   ↓
● 1846 *Z. Marcas* (Furne)

1843

○ 17-29 mars *Honorine* (*La Presse*)
   ↓
   1844 *Honorine* (Potter)
● 1845 *Honorine* (Furne)

あとがき

　本書は、2008年3月大阪大学より博士を授与された学位請求論文をもとに、本文を修正し、註や参考資料をコンパクトにまとめ直したものである。横書き・欧文混じり・脚注つきという体裁は、一般の読者にはわずらわしいだろうが、論旨のまわりに、自分の考えの足跡を残しておきたいという思いがあった。この本の中心的な柱は、書くという行為が、思考の火花を散らしながらひとつの方向に収斂していこうとするプロセスそのものであり、発展の糸や複数の方向性を内包しているという点にある。したがって、熱心なバルザックの読者、これからバルザックを研究対象にしようとする学部や大学院の学生にも、注釈はむしろ役に立つのではないかと考えている。

　本書が期待する第一の読者は、19世紀フランスの小説家バルザックに深く入り込み、その作品に精通している人たちであることは言うまでもない。バルザックを専門とする研究者に、ここ20年ほど自分なりに考えてきたことを問いかけようというのが、本来の主旨である。しかし、それにとどまらず、文学上の語りに関心を持つ人たちにも、バルザックという「刺激」を味わっていただきたい。この本を、創作という人間の思考に関わるプロセス、特に言葉を用いて織りなす行為それ自体として関心を抱く人たちにも読んでいただければと思う。バルザックを分析対象とすることで、語りに関するさまざまなヒントを見出してもらえるだろう。この本が、小説とは何かを根底から問い直す端緒となることを、ひそかに願っている。

　バルザックがテクストを紡ぎ出そうとするとき、宵から夜更けにいたる思考の彩が、作品の中をさまざまな糸となって繰られていくさまを見ることができる。この作家のテクストに仕掛けられた謎を読み解くこと、そこに乱れ飛ぶ思考の跡と統御したいという意欲を同時に感じること、作品生成の出発点で、一人称の語り手がいまだ名のりをあげぬ前の、貴重なひと時をすくいあげることこそ、本書の目論見であった。

　少しだけ本書が出来あがった経緯に触れておきたい。年刊研究誌『ラネ・バルザスィエンヌ』が新たなシリーズに変わり、その海外研究欄の担当を始められた故 沢崎浩平先生の呼びかけから、大矢タカヤス先生を世話役とするバルザック研究会が、1979年に東京で再開した。この研究会には当時新進の鹿島茂、柏木隆雄両氏も発表者として迎えられた。これがひとつの契機となり、柏木先生の呼びか

けで、関西でも中断していた研究会が、1985年に道宗照夫先生を世話役として再開する。筆者は、1985年の赴任を機に、ちょうど前後二つの研究会のそれぞれ第1回目から参加するというチャンスに恵まれた。これは、私の研究キャリアにとって大きな意味を持っている。

　このような環境の中で、追手門学院大学の草壁八郎先生や村田京子さんと定期的に読書会をするようになり、『フランス閑談見本』に着目したのが、本書のはじまりであった。修士論文では、『人間喜劇』に刻印されるセクシュアリティ、とりわけ「同性愛」をテーマに扱ったが、バルザックのテクストはさほど単純ではなかった。展開の可能性に苦しんでいたとき、バルザックの語りに着目できたのは幸運と言える。その後、大阪の研究会で『コント・ブラン』や『続女性研究』について発表したあたりで、柏木先生から「学位論文にまとめてみたら」と声をかけていただいた。しかし、道のりは遠く、あれから10年あまりが経っている。博士論文をまとめたあとも、まだ十分ではないという思いは残るが、この時期に自分なりのバルザック読解を世に問うことには意義があるだろう。恩師や年上の先生がたがどう反応されるか、気になるところではある。それに、同年代の仲間や近頃にわかに力をつけてきた年下の朋友諸氏の厳しい目が待っていることに変わりはない。忌憚のないご批判を心から願っている。

　巻末に参考文献と簡単な生成年表を付した。参考文献については、他にも直接間接に参照した文献がまだまだたくさんある。しかし、網羅的なものではなく、本書に何らかの影響を与えた著作や論文にかぎって名前をあげたことをお断りしておく。挙げなければならない文献が数多く残っているからだ。

　この場を借りて、学位論文を審査してくださった大阪大学文学研究科柏木隆雄名誉教授、和田章男教授、服部典之准教授に厚くお礼を申し上げたい。論文試問の公聴会は、私にとって実りの多い貴重な時間であった。このような機会がなければ、本書は日の目を見ることはなかっただろう。

　また、発刊をご快諾いただいた朝日出版社の藤野昭雄氏、完成に向けて種々ご助言を頂戴した編集の田家昇氏（A & A）、筆者のイメージをすっきりとしたカバー・デザインに仕上げてくださった小島トシノブ氏（NONデザイン・代表）に、感謝の意を表したい。

　それから、最後に、身近にいて、いろいろなことに気づかせてくれた妻と娘にも、深い感謝を込めて。

2009年4月

奥田恭士

著者略歴

奥田　恭士（おくだ　やすし）

1954年長崎県生。東京外国語大学フランス語学科卒業。埼玉大学（修士）、青山学院大学（博士課程単位取得退学）を経たのち、論博（文学、大阪大学）。現在、兵庫県立大学環境人間学部教授。19世紀フランス文学、特にバルザックを研究。主な共著に、『バルザック「人間喜劇」セレクション』別巻1・2（藤原書店・大矢タカヤス編・1999年）、『バルザックとこだわりフランス』（恒星出版・柏木隆雄編・2003年）、共訳に『バルザック幻想・怪奇小説選集』第3巻（水声社・私市保彦／加藤尚宏責任編集・2007年）がある。

バルザック　―語りの技法とその進化―

2009年7月1日　初版発行　　　　定価はカバーに表示してあります。

編　著　奥田　恭士
発行者　原　雅久
発行所　朝日出版社
　　　　〒101-0065　東京都千代田区西神田3-3-5
　　　　電話（03）3263-3321（代表）

万一落丁乱丁の場合はお取替えいたします。

Printed in Japan
ISBN978-4-255-00484-6 C0087